안네의 일기

안네 프랑크

일신서적출판사

안네의 일기/차례

안네 프랑크에 대하여

　안네 프랑크와 그 가족들은 본디 독일에서 살고 있었으나, 히틀러가 정권을 잡은 1930년대 첫 무렵에 네덜란드로 옮겨가 그곳에서 얼마 동안 평화로운 생활을 보냈다. 안네의 아버지는 상당히 광범위한 지역에 걸쳐 장사를 했으며, 그 무렵 안네와 언니 마르고트는 학교에 다니고 있었다.

　그런데 제2차 세계 대전이 일어나 네덜란드가 독일군에게 점령되자, 안네의 집안은 유태인이라는 이유 때문에 또다시 피신해야만 했다. 그러나 갈 곳이 없었기 때문에 암스테르담에 남아 프린센 운하를 향한 사무실용으로 지어진 낡은 건물의 한구석에 숨었다. 그때 안네는 겨우 13살이었다.

머 리 말

이 책은 진실로 훌륭한 책이다. 한 소녀──진실을 이야기하기를 두려워하지 않는 어린 소녀──가 쓴 이 책은 전쟁과 그것이 인류에게 미치는 영향에 대해 내가 이제까지 읽은 논평 가운데 가장 뛰어나고 가장 강하게 내 마음을 감동시킨 것 중의 하나이다. 네덜란드가 나치에 점령되었던 2년 동안 전쟁이라는 끔찍스러운 외적 사정만이 아니라, 정신적으로도 스스로 자신에게 구속되면서 끊임없는 두려움과 외로움 속에 살았던 안네 집안 여덟 사람에게 일어난 갖가지 변화를 그린 이《안네의 일기》를 읽고, 나는 전쟁이 가져오는 가장 큰 악──인간의 타락──을 눈앞에 역력히 보게 되어 나도 모르게 몸서리쳐지는 것을 어쩔 수 없었다.

그러나 이와 동시에《안네의 일기》는 인간의 정신은 그 최후의 순간에 숭고한 빛을 발하는 것이라는 사실을 분명히 말하고 있다. 이 사람들은 매일 무시무시한 굴욕적인 생활을 하면서도 절대로 단념하지 않았다. 안네는 모든 소녀가 가장 빠른 변화를 보이는 13세에서 15세까지의 이 중요한 2년 동안에 매우 급속히 성숙했다.

《안네의 일기》가운데서 가장 마음을 감동시키는 것은 그녀 자신에 대한 묘사이다. 안네는 그 정열, 재치, 영지(英智) 그리고 풍부한 정조(情操)로 감수성이 예민하고 영리한 사춘기의 소녀라면 누구나 그럴 것이라고 생각되는 부모와의 관계, 자의식의 발달, 어른들의 문제를 쓰고 또 생각했다.

이것은 보통과는 다른 이상(異常) 상태 아래에서 생활한 한 소녀의 사색이며 진술이다. 따라서 그녀의 일기는 우리 자신과 우리 아이들에 대해 우리에게 많은 것들을 일깨워준다. 또 그렇기 때문에 안네의 경험은 우리

모두에게 있어 절대로 남의 일이 아니며, 안네의 죽음과 온 세계의 일에
우리가 크나큰 관계를 가지고 있다는 것을 깊이 느끼는 것이다.

《안네의 일기》는 그녀의 훌륭한 정신과 이제까지 평화를 위해 애써
왔으며 또 지금도 애쓰고 있는 사람들의 정신을 찬양하기에 어울리는 기
념비이다. 이 책은 우리에게 풍부하고 특이한 경험을 주는 책이다.

엘리노어 루즈벨트

—— 안네의 글씨

　나는 이제까지 아무에게도 털어놓고 이야기
할 수 없었던 것들을 하나도 남김없이 당신(일
기장)에게 털어놓고 이야기할 수 있게 되기를
빌겠어요. 그리고 당신이 나에게 있어 크나큰
마음의 뒷받침이 되고 위로가 될 것을 빌겠습
니다.

1942년 6월 12일

안네 프랑크

이 책은 1947년 《헤트 아프텔하이스》라는 제목으로 네덜란드에서 맨 처음 출판되었다. '헤트 아프텔하이스'라는 말은 안네들이 1942년에서 1944년까지 숨어 살던 건물의 한 부분을 가리키는 말이다. 네덜란드 어로 '아프텔'은 '뒤', '하이스'는 '집'이라는 뜻이다. 암스테르담의 옛 건물들은 뜰을 향한 방의 지붕과 큰길을 향한 방의 지붕이 따로 갈라져 있어서 같은 건물이 두 개로 나누어져 있다. 이 '뒤의 집'은 암스테르담에 있는 운하 가운데 하나인 프린센 운하를 향해 있다.

영어 옮김에서는 '뒤의 집'을 '비밀 부속 건물'이라고 했으나, 여기서는 알기 쉽게 '은신처'라고 옮겼다.

생 일

1942년 6월 14일 일요일

6월 12일 금요일, 나는 6시에 잠이 깼습니다. 왜냐하면 오늘은 내 생일이었거든요. 하지만 그렇게 일찍 일어나면 꾸중을 듣기 때문에 호기심을 꾹 누르며 가만히 잠고 있어야만 했습니다. 7시 15분 전에 마침내 견디다 못 해 식당으로 가니, 모르체(고양이 이름. 검둥이라는 뜻)가 나를 따뜻하게 맞아주었습니다. 7시 조금 지나서 아빠와 엄마에게 갔다가 거기서 거실로 가서 선물꾸러미를 풀었습니다. 맨 처음에 나온 것이 당신(일기장)이에요. 가장 멋진 선물이었어요. 테이블 위에 장미꽃다발, 화분이 하나, 모란꽃 등이 있었습니다. 나중에 꽃 선물이 더 왔습니다.

아빠와 엄마로부터 여러 가지 선물을 받았지만 많은 친구들로부터도 산더미처럼 선물이 왔습니다. 그 중에는 힐데브란트가 쓴 유명한 사회 풍자 소설《검은 상자》, 파티용 장난감, 많은 과자, 초콜릿 퍼즐, 브로치, 요셉 코헨의《이야기와 전설》, 데이지의《산의 휴일(굉장한 책!)》그리고 돈도 조금 있었습니다. 자, 이것으로《그리스와 로마 신화집》을 살 수 있습니다. 아이, 좋아라!

  얼마 뒤, 리스가 데리러 와서 둘이 학교에 갔습니다. 쉬는 시간에 모두에게 비스킷을 나누어주었습니다. 그리고 공부했습니다. 자아, 이쯤에서 그만두고 안녕을 해야겠어요. 우리 아주아주 사이좋게 지내기로 해요, 네?

1942년 6월 15일 월요일

  어제 오후, 집에서 내 생일 파티를 열었습니다. 명견(名犬) 린 틴틴이 출연하는 《등대지기》라는 영화를 보여주었더니 학교 친구들이 아주 기뻐했습니다. 남자친구와 여자친구가 많이 모여서 참으로 즐거웠습니다. 엄마는 언제나 내가 이 다음에 누구와 결혼할 것인가에 대해 호기심을 갖고 있습니다. 그것은 피터 벳셀이라는 점을 엄마는 거의 깨닫지 못하고 있습니다. 어느 날 나는 얼굴도 붉히지 않고 눈도 깜빡하지 않고 엄마에게 쓸데없는 상상은 그만두세요, 라고 말해주었습니다. 리스 호센스와 산네 하우트만은 오래 전부터 나와 가장 친한 동무였습니다. 그러나 유태인 학교에서 죠피 드 발을 알게 되고부터 우리 둘은 늘 함께였고, 지금은 그녀가 나와 가장 친한 동무입니다. 리스는 다른 여자아이와 친해지고, 산네는 다른 학교에 다니게 되어 거기서 새 친구들을 사귀었습니다.

1942년 6월 20일 토요일

  요 며칠 동안 일기를 쓰지 않은 것은 첫째 자신의 일에 대해서 생각해보고 싶었기 때문입니다. 나 같은 사람이 일기를 쓰다니, 우스운 생각이 듭니다. 왜냐하면 이제까지 일기를 써본 적이 없을 뿐만 아니라 나 자신도, 또 다른 사람들도 13살짜리 여학생의 고백 따위에 흥미를 느끼리라고는 생각할 수 없기 때문입니다. 하지만 그런 건 문제가 안 되겠지요? 나는 쓰고 싶습니다. 아니, 그뿐만 아니라 난 가슴속에 있는 것을 모조리 털어놓고 싶답니다. "종이는 인간보다 참을성이 있다."라는 속담이 있습니다. 조금 우울한 어느 날 밖으로 나갈까 집에 있을까를 결정하는 것조차도 귀찮아서 힘없이 턱을 괴고 가만히 앉아 있을 때 문득 이 속담이 생각 났습니다. 그렇다, 종이가 참을성이 있다는 것은 틀림없는 사실이다. 그리고 나는 남자아이든 여자아이든 진실한 친구가 아닌 이상, 잘난 체하고 '일기' 라고 쓴 이 마분지 뚜껑의 일기장을 아무에게도 보일 생각이 없으니까 무엇을 쓰든 궁금해 하는 사람은 없겠지요. 그런데 내가 어째서 일기를 쓰기 시작했는가 하는 근본 문제에 이르렀습니다. 그것은 내게는 진실한 벗이 없기 때문입니다.

　이 세상에서 13살짜리 소녀가 고독을 느끼리라고 믿는 사람은 없을 것이고 또 사실 그럴 리는 없을 것이므로 문제를 보다 확실히 해야겠군요. 나에게는 사랑하는 부모님과 16살 된 언니가 있습니다. 나는 친구라고 말할 수 있는 사람을 30명이나 알고 있습니다. 나에게는 많은 남자친구들이 있습니다. 이 남자친구들은 나를 엿보고 싶어하고 그게 안 되면 교실에서 거울을 이용하여 모습을 비춰보려고 한답니다. 나에게는 친척이 있습니다. 그리고 다정한 아저씨와 아주머니가 있습니다. 훌륭한 집도 있습니다. 나는 아무것도 부족한 것이 없는 것 같습니다. 그러니 아무리 친구가 많아도 마찬가지입니다. 그저 장난을 치거나 농담을 주고받을 뿐입니다. 나는 주위의 공통된 일 말고는 이야기하고 싶지가 않습니다. 우리들은 조금도 친해지지가 않습니다. 이것이 참으로 난처한 일입니다. 아마 내가 자신이 없기 때문이겠지만 그렇게 생각해도 나로서는 어떻게 할 도리가 없습니다.

　그래서 이 일기를 쓰기로 한 것입니다. 나는 오랫동안 기다리고 있던 친구들을 내 마음속에 이상적인 사람으로 그려두고 싶기 때문에 남들처럼 너무 노골적인 것을 일기로 쓰고 싶지는 않지만 나는 이 일기장을 마음의 벗으로 삼으렵니다. 그리고 이 친구를 '키티'라고 부르기로 했습니다. 그러나 갑자기 키티에게 편지를 쓰기 시작한다면 내가 무슨 이야기를 하고 있는지 모를 테니까 조금 싫긴 하지만 우선 내가 자라온 과정을 간단히 쓰겠습니다.

　우리 아빠는 36살 때 엄마와 결혼했습니다. 그때 엄마는 25살이었대요.

언니 마르고트는 1926년 독일의 프랑크푸르트 암 마인에서 태어났고 나는 1929년 6월 12일에 태어났습니다. 우리는 유태인이기 때문에 1933년 독일에서 네덜란드로 옮겨와, 여기서 아빠는 트라피스 상회의 지배인이 되었습니다. 이 회사는 같은 건물에 있는 코룬 상회와 깊은 관계가 있습니다. 아빠는 이 상회에도 관계하고 있습니다.

그러나 우리 친척들은 히틀러의 유태인 탄압 정책 때문에 독일에서 불안한 생활을 하고 있었습니다. 1938년 유태인 습격 사건이 일어난 뒤 두 외삼촌은 미국으로 망명하고 외할머니는 우리 집으로 오셨습니다. 할머니는 그때 73살이었습니다. 그 1940년 5월부터는 좋은 시대가 급격히 물러갔습니다. 첫째는 전쟁입니다. 이어서 항복을 하게 되고 독일군이 몰려왔습니다. 유태인의 고난이 시작된 것은 이때부터입니다. 유태인을 탄압하는 포고령이 차례로 내려졌습니다. 유태인은 노란 별을 달아야만 했습니다. 유태인은 자전거도 모두 갖다 바쳐야만 했습니다. 유태인은 전차도 자동차도 탈 수가 없습니다. 유태인은 오후 3시에서 4시 사이에만 물건을 살 수가 있습니다. 더구나 '유태인 상점'이라고 쓴 곳에서만 사야 합니다. 유태인은 밤 8시 이후로는 집 안에 있어야만 합니다. 이 시간이 지나면 자기 집 뜰에 나가도 안 되는 것입니다. 유태인은 극장이며 영화관, 그 밖의 오락장에도 들어가지 못합니다. 유태인은 일반 스포츠 경기에도 참가할 수 없습니다. 풀장, 테니스 코트, 하키 경기장 그 밖의 모든 경기장에 들어갈 수도 없습니다. 유태인은 그리스도 교도를 방문할 수가 없습니다. 유태인은 유태인 학교에 다녀야만 합니다. 이 밖에도 이와 같은 수많은 제한이 있습니다.

이렇게 우리는 이것을 해서는 안 된다, 저것은 금지되어 있다는 것들 투성이입니다. 하지만 그럭저럭 생활해왔습니다. 죠피는 나에게 "너는 금지되어 있지나 않을까 해서 뭐든지 하기를 겁내고 있구나." 하고 곧잘 말했습니다. 우리들의 자유는 극도로 제한되었습니다. 그래도 아직은 견딜 수 있을 정도였습니다.

할머니는 1942년 1월에 돌아가셨습니다. 할머니는 지금도 내 마음속에 살아 계십니다. 내가 할머니를 얼마나 사랑했는지 아무도 모를 거예요.

1934년 나는 몬테소리 유치원에 다니기 시작했고 국민학교도 거기를 다녔습니다. 그 국민학교를 졸업하고 마침내 K 선생님과 헤어질 때 얼마나 슬픈지 우리 두 사람은 몹시 울었습니다. 1941년 나는 언니 마르고트와 함께 유태인 중학교에 입학했습니다. 언니는 4학년이고 나는 1학년입니다. 여기까지는 우리 네 식구는 무사했습니다. 이제부터 현재로 옮기겠습니다.

키티님

이제 시작합니다. 지금 무척 조용합니다. 엄마와 아빠는 외출하셨고 마르고트는 친구와 탁구를 치러 갔습니다. 나도 요즈음 탁구를 자주 합니다. 탁구를 치면 아이스크림이 무척 먹고 싶어집니다. 특히 여름에는 탁구를 치고 더워지면 대개는 바로 가까이에 있는 아이스크림 집 델피나 오아시스로 갑니다. 여기는 유태인도 들어갈 수 있는 곳입니다. 우리는 용돈을 좀더 달라고 졸라대지 않게 되었습니다. 오아시스는 언제나 만원이고 손님 중에는 우리가 1주일이 걸려도 다 못 먹을 정도로 많은 아이스크림을 사주는 친절한 아저씨나 남자친구가 있거든요.

내가 이렇게 어린데도 남자친구 이야기를 하다니, 틀림없이 당신은 놀라셨겠지요. 하지만 우리 학교에서는 아무래도 남자친구가 생기게끔 되어 있습니다. 남학생이 자기의 자전거로 같이 돌아가자고 하여 도중에서 이야기라도 하게 되면 십중팔구는 내게 열중하여 나한테서 눈길을 떼지 못하게 되곤 한답니다. 그러나 한참 동안 아무리 그가 유심히 나를 보고 있어도 내가 전혀 모르는 체하고 유쾌하게 페달을 밟고 달리면 물론 열은 식습니다.

만일 "아빠의 허락을 받고 싶다……."는 말까지 하게 되면 나는 자전거를 조금 기울여서 일부러 가방을 떨어뜨립니다. 남학생은 하는 수 없이 자전거에서 내려 가방을 주워줍니다. 그때는 이미 나는 다른 이야기를 시작하고 있습니다.

이런 것은 그래도 순진한 편입니다. 더러는 입으로 키스하는 소리를

내기도 하고 팔을 잡으려는 뻔뻔스러운 아이도 있습니다. 하지만 크게 잘못
생각한 것이지요. 이런 때에는 나는 자전거에서 내려 함께 가기를 거절
합니다. 아니면 모욕을 당하여 화가 난 듯한 얼굴로 분명하게, 내 곁에
오지 말아요, 하고 말해줍니다.

자아, 오늘로써 친구가 될 바탕은 마련되었습니다. 그럼, 또 내일⋯⋯.

안네로부터

키티님   1942년 6월 21일 일요일

우리 반 아이들은 모두 겁에 질려 있습니다. 곧 학교의 직원회의가 있기
때문입니다. 누가 진급하고, 누가 낙제할 것인가에 대해 별별 소문이 다
나돕니다. 미프 드 영과 나는 뒷자리에 앉은 두 남학생, 빔과 잭스의 일을
무척 재미있어합니다. 두 사람은 "너는 진급할 거야." "아니, 못 할 거야."
"아니, 문제없어." 하고 아침부터 밤까지 내기를 하고 있으므로 일요일의
용돈이 1플로링(1길더를 말함
약 2백원 정도)이나 없어졌을 것입니다. 미프가 조용히 하라고
부탁해도, 내가 화를 내어도 소용이 없습니다.

나는 클래스의 4분의 1은 낙제시켜야 한다고 생각합니다. 그러나 선생
님이란 세상에서 가장 멋대로 된 인간이기 때문에 멋대로 진급을 시키겠
지요.

나는 나와 여자친구들의 걱정은 하지 않습니다. 나는 수학에는 별로
자신이 없지만 모두 어떻게든 진급하겠지요. 하지만 참을성있게 기다리는
수밖에 없습니다. 그때까지는 서로 격려하도록 해요.

나는 모든 선생님에게 사랑받고 있습니다. 선생님은 모두 9명인데 남자
선생님이 7명, 여자 선생님이 2명입니다. 나이 많은 켑틀 수학선생님은
내가 너무 재잘대기 때문에 나에게 '수다쟁이'라는 제목의 작문을 쓰라고
했습니다. 수다쟁이! 뭐라고 쓰면 좋을까요. 그러나 나중에 어떻게든
쓰려고 노트에 작문 제목만 써놓고 그날은 되도록 재잘거리지 않도록 노
력했습니다.

그날 밤 다른 숙제를 마쳤을 때 문득 노트에 적어놓은 작문 제목이 생각났습니다. 만년필 끝을 씹으면서, 큼직한 글씨로 단어와 단어 사이를 잔뜩 벌려서 쓰면 누구든 뭔가 하찮은 것이라도 쓸 수 있으리라고 생각했지만 그보다 재잘거려야 할 필요성을 증명하는 것이 큰일입니다. 나는 궁리 끝에 갑자기 좋은 생각이 떠올랐으므로 명령받은 3페이지분을 쓰고 기분이 썩 좋아졌습니다.

나의 주장은, 수다를 떠는 것은 여자의 특성으로, 나는 되도록이면 수다를 떨지 않으려고 노력하지만, 엄마도 나 이상으로 수다쟁이이므로 나의 수다를 떠는 버릇은 고쳐지지 않는다. 유전은 어쩔 도리가 없는가 보다——라는 것이었습니다.

켑틀 선생님은 나의 작품을 보고 웃으셨지만 내가 다음 시간에도 여전히 재잘댔기 때문에 또 작문을 짓게 했습니다. 이번에는 '못 고치는 수다쟁이'라는 제목이었습니다. 나는 작문을 써서 선생님께 드렸습니다. 켑틀 선생님은 이 두 번째 작문에는 아무 말도 하시지 않았지만, 세 번째의 수업에서 나의 수다를 도저히 견디지 못해 "안네, 수다를 떤 벌로 '재잘재잘재잘 네테르비크 부인이 말합니다.'라는 작문을 써와요." 하고 말했으므로 아이들이 와아 하고 웃음을 터뜨렸습니다. 쓸 이야깃거리도 이제 없다고 생각했지만 나도 어쩔 수 없이 웃었습니다.

나는 뭔가 다른 것, 전혀 새로운 것을 생각해야만 했습니다. 그런데 다행스럽게도 시를 잘 쓰는 친구 산네가 시 형식으로 이 작문을 써주겠다고 해서 나는 펄쩍 뛰며 좋아했습니다.

켑틀 선생님은 이 바보 같은 제목으로 나를 곯려주려고 했지만 나는 그것을 거꾸로 이용해서 선생님을 클래스의 웃음거리로 만들어주려고 생각했습니다.

시는 만들어졌습니다. 썩 잘 되었습니다. 그것은 세 마리의 아기 오리가 있는 엄마 오리와 아빠 백조의 이야기였습니다. 아기 오리는 너무 수다를 떨었기 때문에 아빠 백조에게 물려 죽고 말았습니다. 다행히 켑틀 선생님은 장난이라는 걸 알아차리시고 비평을 하면서 이 시를 클래스 전체에 학생들에게 큰소리로 읽어주시고 다른 클래스에 가서도 읽어주었습니다.

그 다음부터는 수다를 떨어도 꾸중하지 않았고 숙제도 내주지 않았습니다. 켑틀 선생님은 언제나 시 이야기를 하고는 웃으십니다.

안네로부터

전차도 타지 못하는 유태인

키티님   1942년 6월 24일 수요일

오늘은 찌는 듯한 더위입니다. 마치 몸이 녹을 것만 같습니다. 이런 더위에 나는 어디를 가나 걸어가야만 합니다. 지금 생각해보면 전차가 얼마나 고마운 것인지 절실하게 알겠습니다. 그러나 전차는 유태인에게는 허락되지 않는 사치품입니다. 우리들 유태인은 택시로 만족해야 합니다. 나는 어제 점심 시간에 얀 루켄 스트라트 치과의사에게 가야만 했습니다. 스태팀메르튜넨의 우리 학교에서는 꽤 먼 곳입니다. 대기실에서 졸음이 왔습니다. 다행히 치과의사의 조수는 매우 친절한 사람으로 나에게 마실 것을 주었습니다── 좋은 사람입니다.

우리들은 나룻배는 탈 수 있습니다. 그 정도입니다. 요셉 이스라엘 안벽(岸壁)에서 떠나는 작은 배가 있습니다. 부탁했더니 곧 태워주었습니다. 우리가 이처럼 고생하는 것은 네덜란드 사람들 때문이 아닙니다.

우리는 감사절 휴일에 자전거를 도둑맞았기 때문에 학교에 가기가 싫어졌습니다. 엄마의 자전거는 아빠가 그리스도 교도의 집에 맡겨놓았습니다. 그러나 이제 곧 휴가입니다. 앞으로 1주일이면 이 고생도 끝납니다.

어제 조금 재미있는 일이 있었습니다. 우리가 자전거 예치장(預置場) 앞을 지날 때 누군가 나를 부르는 사람이 있었습니다. 주위를 살펴보니 전날 밤 나의 친구 에바네 집에서 만난 예쁘장한 남자아이가 서 있었습니다. 그는 부끄러운 듯이 나에게로 다가와서 자기는 하리 골드베르그라고 소개했습니다. 나는 약간 놀라며 도대체 무슨 볼일일까 하고 생각했지만 곧 알 수 있었습니다. 그는 학교에 같이 가지 않겠느냐고 물었습니다. 나는 "어차피 같은 방향이니 함께 가요."라고 대답하고 나란히 학교로 갔습니다. 하리는 16살인데 여러 가지 재미있는 화제를 갖고 있습니다. 그는 오늘 아침에도 나를 기다리고 있었습니다. 앞으로도 줄곧 그럴 거예요.

안네로부터

키티님   1942년 6월 30일 화요일

오늘까지 당신에게 편지 쓸 시간이 없었습니다. 목요일에는 하루 종일 친구와 함께 있었고 금요일에는 집에 손님이 오셔서 오늘까지 이런저런 일로 시간을 낼 수가 없었습니다. 하리와 나는 1주일 동안에 매우 친해졌습니다. 그는 나에게 자신에 대한 이야기를 많이 해주었습니다. 그는 혼자 네덜란드로 와서 할아버지와 할머니와 살고 있답니다. 부모님은 벨기에에 있습니다.

하리에게는 화니라는 여자친구가 있습니다. 나도 화니를 잘 압니다. 조금 멍청해 보이는 그다지 영리하지 못한 아이입니다. 하리는 나를 만난 뒤부터 화니 앞에서 자기가 헛된 꿈을 꾸고 있었음을 깨달은 듯합니다. 나는 그의 눈을 뜨게 하는 자극제 구실을 하는가 봅니다. 우리는 서로 이용가치가 있어요. 가끔 묘한 이용가치가.

죠피는 토요일 밤에 우리 집에서 잤지만 일요일에는 리스네 집으로 가버렸기 때문에 나는 무척 심심했습니다. 하리는 밤에 오기로 되어 있었는데, 오후 6시에 전화를 걸어왔습니다.

내가 전화를 받자 그는 "여보세요, 나는 하리 골드베르그입니다만, 안네

양 좀 바꿔주세요." 하고 말했습니다.

"하리, 나 안네야."

"안네? 어때?"

"고마워. 덕분에 아주 기운이 났어."

"미안하지만, 오늘 밤엔 갈 수가 없어. 그렇지만 안네에게 할 얘기가 있는데, 십분쯤 뒤에 그리로 가도 좋아?"

"좋아, 기다릴게. 안녕."

"안녕, 곧 갈게."

전화는 끊어졌습니다.

나는 급히 옷을 갈아입고 머리를 살짝 매만지고 나서 창가에 서서 차분해지지 않는 마음으로 그가 오기를 기다리고 있었습니다. 이윽고 그가 오는 것이 보였습니다. 내가 생각해도 이상하게 나는 당장 뛰어내려가서 그를 맞이하지 않고, 그가 벨을 누르기까지 가만히 기다리고 있었습니다. 벨이 울리고 나서야 나는 내려갔습니다. 문을 열자 그는 뛰어들 것처럼 들어왔습니다.

"안네, 우리 할머니가 안네는 아직 어리니까 자주 불러내서는 안 된다고 말씀하셨거든. 하지만 나는 이제 화니와는 외출하지 않겠어."

"왜? 화니와 싸웠어?"

"아니, 싸운 게 아니야. 나는 화니에게 두 사람은 서로 잘 맞지 않으니까 이제부터는 함께 외출하지 않는 편이 서로를 위해 좋을 거라고 말해주었어. 하지만 화니가 우리 집에 오면 언제든지 환영하고 나도 화니네 집에서 환영받았으면 해. 나는 처음에 화니가 다른 남자아이와 외출하는 것으로만 생각했기 때문에 나도 그렇게 알고 대해왔었는데, 그건 전혀 잘못 생각했던 거야. 할아버지는 화니에게 사과하라고 하지만 나는 사과 같은 건 하고 싶지 않아서 깨끗이 정리하고 말았어. 할머니는 안네보다도 화니와 데이트하기를 바라고 있지만, 난 이젠 지긋지긋해. 노인들은 너무 구식이어서 곤란하단 말이야. 나는 절대로 노인들을 쫓아갈 수가 없어. 나는 할아버지나 할머니가 없으면 곤란하지만 할아버지와 할머니 쪽에서도 어떤 의미로는 나를 필요로 하고 있어.

앞으로 나는 수요일 밤엔 언제든지 시간이 있어. 노인들을 기쁘게 해 드리기 위해서 목각(木刻)을 배우러 다닌다고 했지만 정말은 유태 민족 운동의 집회에 가는 거야. 할아버지는 이 운동에 반대니까 이건 비밀이야. 나는 절대로 광신자는 아니지만 이 운동에 흥미를 갖고 있어. 그러나 요즘은 여러 가지로 복잡하니까 그만둘 거야. 그러니까 다음 수요일로 그것도 마지막이지. 그 다음부터는 수요일 밤과 토요일 그리고 일요일 오후에는 안네를 만날 수 있을 거야. 좀더 만날 수 있을지도 몰라."

"하지만 하리네 할아버지와 할머니는 나를 만나는 것을 반대하시잖아? 어른들 몰래 그런 짓을 해서는 안 돼."

"사랑은 수단을 발견해."

그리고 두 사람이 거리 모퉁이의 책방 앞을 지나는데 거기에 피터 벳셀이 두 소년과 함께 서 있었습니다. 그는 나를 보자 "핼로우." 하고 말했습니다 ──그가 내게 말을 건 것은 몇 년 만입니다. 나는 기쁘게 생각했습니다.

하리와 나는 끝없이 걷고 또 걷다가 마침내 다음날 저녁 7시 5분 전에 그의 집 앞에서 만나기로 약속했습니다.

안네로부터

키티님   1942년 7월 3일 금요일

하리는 어제 우리 집을 방문하여 엄마와 아빠를 만났습니다. 나는 크림 케이크며 과자며 차, 비스킷 등 맛있는 것을 많이 준비해두었지만 하리도 나도 언제까지나 딱딱하게 굳은 채 앉아 있는 것이 싫어 함께 산책을 나갔습니다. 그가 나를 집까지 바래다주었을 때는 이미 8시를 10분이나 지나 있었습니다. 아버지는 몹시 성이 나 계셨습니다. 유태인이 8시 이후에 외출하는 것은 위험하기 때문입니다. 나는 앞으로는 8시 10분 전까지는 무슨 일이 있더라도 돌아오겠다고 약속해야 했습니다.

나는 내일 그의 집에 오라는 초대를 받았습니다. 나의 여자친구 죠피는 하루 종일 하리와 나 사이를 놀려댔습니다. 나는 절대로 연애 같은 것을

하고 있지는 않습니다. 나도 남자친구를 가져도 되리라고 생각해요——누구든 그런 것은 아무렇지도 않게 생각합니다——그러나 오직 한 사람의 남자친구라고 하면 문제가 달라지는 듯합니다.

하리는 어느 날 밤 에바를 만나러 갔습니다. 나중에 에바가 나에게 말한 것을 들으니, 에바가 그에게 "너는 화니와 안네, 어느 쪽을 더 좋아하니?" 하고 물으니까 그는 "그건 네가 알 문제가 아니야."라고 말하더랍니다. 그뿐으로 두 사람은 입을 다물었지만 그는 돌아갈 때에 "그럼, 말하겠는데, 내가 좋아하는 것은 안네야. 안녕, 누구에게도 말하면 안 돼." 하고는 급히 가버리더랍니다.

하리가 나를 좋아한다는 건 나도 잘 알 수 있습니다. 기분 전환으로 재미있을 거야. 언니 마르고트는 "하리는 점잖은 아이더구나." 하고 퍽 칭찬합니다. 나도 그 말에는 같은 생각이지만 그는 그 이상입니다. 엄마도 "잘 생긴데다 얌전하고 착실한 아이야."라고 무척 칭찬을 합니다. 나는 가족들이 모두 그를 좋아해서 아주 기쁩니다. 그도 우리 집 사람들을 좋아합니다. 그러나 그는 내 여자친구들을 너무 어리다고 생각하고 있습니다. 정말 그렇습니다.

안네로부터

아빠의 놀라운 이야기

지난 주 금요일 유태인 극장에서 시험 성적이 발표되었습니다. 나의 성적은 예상했던 것보다 좋았습니다. 결코 나쁘지는 않았습니다. 만점이 하나, 대수는 5점이고 6점이 둘 있었습니다. 나머지는 7점과 8점입니다. 우리 식구들은 물론 기뻐해주었습니다. 나의 부모님은 다른 부모님들과 달리 내가 건강하고 행복하고 거기다 행실이 그다지 나쁘지만 않다면 다른 것은 어떻게 해도 괜찮다는 주의(主義)여서 학교 성적이 좋고 나쁘고에는 전혀 신경을 쓰지 않습니다. 그러나 나는 그와 반대입니다. 성적이 나쁜 학생이 되고 싶지는 않습니다. 나는 몬테소리 학교의 7학년에 남아야 했 겠지만 유태인 중학교에서 나를 받아준 것입니다. 입학할 때 우리 집에서 교장선생님에게 나와 리스를 부탁했으므로 조건부로 받아들였던 것입니 다. 교장선생님은 우리들이 열심히 공부할 것으로 믿고 있었기 때문에 그를 실망시키고 싶지 않습니다. 언니 마르고트는 여전히 성적이 훌륭해서 우 등으로 진급했습니다. 언니는 머리가 굉장히 좋습니다. 아빠는 일이 없기 때문에 요즈음 집에 있는 일이 많아졌습니다. 자기는 필요없는 인간이라고

생각한다면 누구든지 우울지겠지요. 코프하이스 씨가 트라피스 상회를, 크라이렐 씨가 코룬 상회를 인수한 것입니다.

며칠 전 우리 집 옆의 광장을 아빠와 함께 거닐고 있을 때 아빠는 어딘가 숨어 살 집으로 옮길 거라고 이야기를 꺼냈습니다. 나는 깜짝 놀라 도대체 어째서 벌써부터 그런 얘기를 하느냐고 물었습니다. 그러자 아빠는 "안네, 너도 알고 있듯이 우리들은 이미 일 년 이상이나 전부터 이웃집으로 식량이며 가구며 의복들을 옮겨왔단다. 재산을 독일인에게 빼앗기는 것도 싫었지만 독일인에게 붙잡히는 것은 더 못 할 일이다. 그러니까 그들이 잡으러 오기 전에 먼저 손을 써서 미리 자취를 감추어버리는 거야."

"하지만 아빠, 언제요?"

아빠가 무척 진지한 얼굴로 이야기하셨기 때문에 나는 걱정스러워졌습니다.

"너는 걱정하지 않아도 된다. 아빠가 다 알아서 할 테니까. 너는 아직 어린아이이니까 할 수 있는 동안은 고생없는 어린 시절을 충분히 즐기도록 하려무나."

여기서 이야기는 중단되었습니다. 아아, 하느님, 아빠의 슬픈 말이 실현되더라도 그날은 훨씬 먼 미래의 일이기를!

안네로부터

아프텔하이스로

키티님   1942년 7월 8일 수요일

일요일부터 오늘까지 몇 해나 지난 것처럼 생각됩니다. 마치 온 세계가 뒤집힌 듯이 여러 가지 일이 일어났습니다. 하지만 나는 아직 살아 있습니다. 아빠는 그것이 중요한 일이라고 말했습니다. 그렇습니다. 나는 아직 살아 있습니다. 그러나 어디서 어떻게 살아 있느냐고는 묻지 말아주세요. 당신은 알지 못할 테니까요. 일요일 오후에 일어난 일부터 이야기를 시작하겠습니다.

오후 3시, 누군가 바깥 문의 벨을 울렸습니다. 하리는 마침 돌아간 참이었는데, 나중에 다시 오기로 되어 있었습니다. 나는 베란다에서 햇볕을 쬐고 누워서 멍하니 책을 읽고 있었으므로 벨소리를 듣지 못했습니다. 조금 뒤 마르고트가 매우 흥분하여 주방 문께로 와서 "SS(나치의 친위대)에서 아빠께 호출장이 왔단다. 엄마는 아까 팬 던 씨를 만나러 갔어." 하고 조그맣게 말했습니다. 팬 던 씨는 아빠의 회사 동료입니다. 나는 언니의 말을 듣고 깜짝 놀랐습니다. 호출장! 그것이 무엇을 의미하는지는 누구나 다 알고 있습니다. 나는 강제수용소와 쓸쓸한 감방을 상상했습니다. 아빠를 그런 곳에 보낼 수 있을까요?

"물론 아빠는 가지 않아. 엄마는 우리가 내일 아프테하이스(집집으로 된 집의 뒤쪽. 뒷집이라는 뜻의 네덜란드 말)로 옮기는 게 좋을지 어떨지 팬 던 씨에게 의논하러 가셨어. 팬 던 씨네 가족도 우리와 같이 가니까 모두 일곱 명이야." 하고 마르고트는 엄마가 돌아오기를 기다리는 동안 말했습니다. 그 다음에는 두 사람 다 입을 다물고 말았습니다. 아빠를 생각하니 말할 생각도 없었습니다. 아빠는 아무것도 모르고 죠제 요양소로 아는 노인들을 위로하러 가셨습니다. 엄마가 돌아오기를 기다리면서 우리는 더위와 긴장으로 한 마디도 말하지 않았습니다.

갑자기 다시 벨이 울렸습니다. "하리다." 하고 나는 말했습니다. "문을 열면 안 돼." 하고 마르고트는 나를 말렸지만 엄마와 팬 던 씨가 하리와 이야기하는 소리가 아래층에서 들려왔습니다. 세 사람은 집 안으로 들어오자 문을 꼭 닫았습니다. 벨이 울릴 때마다 아빠인지를 확인하기 위해 마르고트나 내가 살글살금 아래로 내려가곤 했습니다.

마르고트와 나는 다른 방으로 가 있으라고 했습니다. 팬 던 씨는 엄마하고만 이야기하고 싶었던 것입니다. 마르고트는 나와 침실에 있게 되자 호출장은 아빠에게 온 것이 아니라 자기에게 왔다고 말했습니다. 나는 너무도 무서워서 울음을 터뜨리고 말았습니다. 마르고트는 아직 16살입니다. 이런 소녀를 정말로 혼자 데려가는 것일까요? 아니, 마르고트를 보낼 수는 없습니다. 엄마가 그렇게 말했으니까요. 아빠가 언젠가 숨어 살 집으로 옮기겠다던 말을 이제야 이해할 수 있었습니다. 숨는다지만, 어디로 가는 것일까요? 시내일까, 아니면 시골일까, 살 곳은 집일까, 아니면 움막일까……?

이런 것을 물으면 안 된다고 했지만 나는 아무래도 생각하지 않을 수가 없었습니다. 마르고트와 나는 저마다 가장 중요한 것을 책가방에 챙기기 시작했습니다. 내가 가장 먼저 넣은 것은 이 일기장입니다. 그리고 머리를 컬하는 도구, 손수건, 교과서, 빗, 오래된 편지 등등입니다. 숨으러 가는데 이런 것을 가방에 넣다니, 미친 짓이라고 남들은 생각할지 모르지만 나는 후회하지 않습니다. 나에게는 옷보다도 추억이 더 소중하니까요.

오후 5시에야 겨우 아빠가 돌아오셨으므로 코프하이스 씨에게 전화를 걸어 저녁때 집으로 와달라고 부탁했습니다. 팬 던 씨는 외출하였다가 미프를 데리고 왔습니다. 미프는 1933년부터 아빠와 함께 일해왔기 때문에 친한 친구가 되었습니다. 미프는 신이며 옷, 코트, 속옷, 양말 같은 것을 가방에 챙겨서 저녁때 돌아오겠다고 약속하고 나갔습니다. 미프가 가버리자 모두 입을 다물고 말았습니다. 아무도 식사를 하려고 하지 않았습니다. 아직 덥고 모든 것이 아주 묘했습니다. 우리는 2층 방 하나를 고트스미스라는 사람에게 빌려주고 있었습니다. 부인과 헤어진 30대의 남자로, 이날 밤은 우리들과 전혀 관계 없는 사람이지만 곁에 있는 것을 가라고 쫓아보낼 수도 없고──그래서 그는 10시쯤까지 우물쭈물하고 있었습니다. 11시에 미프가 남편인 헹크 팬 산텐과 함께 왔습니다. 미프는 또 신이며 양말, 책, 속옷가지를 가방에 챙기고 헹크는 윗옷의 큰 호주머니에 여러 가지 물건을 넣은 다음, 11시 반에 두 사람은 나갔습니다. 나는 몹시 지쳐 있었으므로 이것이 내 침대에서 자는 마지막 밤이라는 것을 알면서도 곧 잠들어버려 다음날 아침 5시 반에 엄마가 깨울 때까지 잠을 깨지 않았습니다. 다행히 일요일만큼 덥지 않았고 하루 종일 비가 내렸습니다.

우리들은 될 수 있는 대로 옷을 많이 가져가고 싶은 마음에 마치 북극에라도 가는 듯이 잔뜩 껴입었습니다. 우리들과 같은 입장에 있는 유태인이 아니라면 여행 가방에 옷을 넣어 외출한다는 것은 꿈에도 생각지 못하겠지요. 나는 속옷을 두 벌 입고, 팬티를 세 개나 입은 위에 드레스를 입었으며, 그 위에 스커트를 입고, 재킷과 여름 코트를 입고 양말을 두 켤레나 신은 위에 신을 신고, 털모자를 쓰고, 스카프를 목에 감고……. 또 있었습니다. 우리들은 떠나기도 전에 숨이 막힐 것 같았지만 아무도 입을 열지는 않았습니다.

마르고트는 책가방에 교과서를 챙겨넣어 자전거를 타고 미프를 따라 어디론지 가버렸습니다. 물론 숨어 살 집으로 간 것이지만 그곳이 어디쯤인지 나는 아직 모릅니다. 7시 반에 모두들 밖으로 나가 문을 닫았습니다. 내가 작별 인사를 한 것은 아기 고양이 모르체뿐이었습니다. 모르체는 어떤 이웃집에 가더라도 귀여움을 받을 것입니다. 고트스미스 씨에게 쓴 편지에는 고양이에 대한 부탁도 해두었습니다.

　주방에는 고양이를 위해 살코기를 한 파운드 놓아두고, 테이블은 아침 식사를 한 채 치우지도 않았으며, 침대는 시트와 담요가 벗겨져 있는 등 모든 것은 우리가 허둥지둥 달아났다는 인상을 주었지만 그런 것은 아무래도 좋습니다. 우리는 다만 여기를 피해 안전한 곳으로 가고 싶을 뿐입니다. 내일 계속해서 쓰겠습니다.

안네로부터

새로운 거처

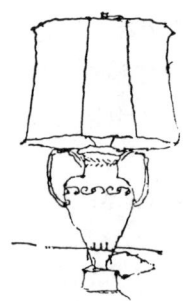

키티님   1942년 7월 9일 목요일

이리하여 아빠와 엄마와 나, 세 사람은 저마다 여러 가지 물건들을 터질
만큼 가득 담은 가방과 바구니를 들고 억수같이 퍼붓는 비를 맞으며 걸
어갔습니다.

일하러 나가는 사람들은 우리들을 불쌍한 듯이 보고 있었습니다. 우리를
차에 태워주지 못하는 것을 얼마나 미안하게 생각하고 있는지 그들의 표
정으로 알 수 있었습니다. 눈에 두드러져 보이는 노란 별표를 단 사람들을
아무도 태워줄 리 없습니다.

아빠와 엄마가 앞으로의 계획에 대해 나에게 이야기하기 시작한 것은
큰 길로 나온 뒤였습니다. 몇 달 전부터 될 수 있는 대로 많은 가구와 생활
필수품을 운반해내어, 7월 16일까지는 은신처로 갈 준비가 끝날 계획이
었다고 합니다. 그러나 호출장이 왔으므로 예정을 열흘 앞당겨야만 했습
니다. 때문에 은신처의 준비는 아직 충분치 못하지만 참고 견디는 수밖에
없습니다. 은신처는 아빠의 사무실이 있던 건물 안에 있습니다. 이것은 제 3
자에게는 이해가 가지 않을 것이므로 나중에 설명하겠습니다. 아빠의 사

무실에서 일하던 사람은 크라이렐 씨와 코프하이스 씨와 미프 그리고 23살의 타이피스트 엘리 포센, 이렇게 네 명뿐으로, 모두 우리가 오는 것을 알고 있었습니다. 엘리의 아버지 포센 씨와 두 소년이 창고에서 일하고 있었지만 그들에게는 비밀로 하고 있었습니다.

그러면 여기서 건물을 설명하겠습니다. 건물 1층에 큰 창고가 있고 창고 입구 곁에 사무실로 들어가는 바깥 문이 있습니다. 바깥 문을 들어서서 조금 가면 계단이 있습니다(A). 계단을 오르면 또 하나의 문이 있고, 그 문의 비치지 않는 유리에 검은 글씨로 사무실이라고 씌어 있습니다. 이것이 가장 큰 사무실로 매우 넓고 밝은 방입니다. 엘리와 미프와 코프하이스는 낮에 여기서 일합니다. 그 옆에 금고와 옷장과 큰 찬장 등이 있는 어둡고 작은 방이 있고 또 그 안쪽에 작고 조금 어두운 제2의 사무실이 있습니다. 거기에는 전에 크라이렐 씨와 팬 던 씨가 있었지만 지금은 크라이렐 씨만 있습니다. 복도를 통해 이 방으로 들어갈 수 있지만 유리가 끼워진 문은 안에서만 열리게 돼 있고 밖에선 좀처럼 열리지 않습니다.

크라이렐 씨의 사무실에서 석탄 창고 곁을 지나 긴 복도를 가면 복도 끝에 네 단의 층계가 있고 그 층계를 올라가면 이 건물 안에서 가장 훌륭한 사무실이 있습니다. 비품은 검은 빛이 도는 고급품이고 바닥에는 리놀륨과 융단이 깔려 있으며 라디오와 스마트한 전등 등 모두 다 가장 좋은 것들입니다. 그 옆에는 가스 조리대와 물 끓이는 그릇이 딸린 넓은 주방이 있고 그에 잇따라 화장실이 있습니다. 이것이 2층입니다.

나무 계단(B)을 오르면 3층의 좁은 층계참으로 나섭니다. 층계참 양쪽에는 문이 있고, 왼쪽 문을 열면 앞길 쪽으로 난 창고와 지붕밑 다락방으로 가는 복도로 나갑니다. 이 복도 끝에 있는 네덜란드 식의 경사가 가파른 계단(C)을 다 오른 곳에 앞길 쪽으로 난 창문이 있습니다.

층계참 오른쪽 문이 우리들의 은신처로 통하는 입구입니다. 이 사무실 속의 소박한 문 안쪽에 이처럼 많은 방이 감추어져 있으리라고는 누구도 상상할 수 없을 것입니다. 문 앞에 계단이 하나 있고 그것을 오르면 바로 은신처가 됩니다.

문을 들어서면 맞은편에 경사가 급한 계단(E)이 있습니다. 계단 왼쪽의 좁은 통로로 들어가면 프랑크 집안의 침실 겸 거실, 그 옆의 작은 방이 프랑크 집안 두 딸의 침실 겸 공부방으로 되어 있습니다. 문을 들어서서 바로 오른쪽으로 세탁장과 화장실이 있는 창문이 없는 방이 있습니다. 우리들의 방에는 이 방으로 통하는 문이 있지요. 또 계단을 올라 문을 열면 운하에 면한, 이처럼 낡은 집에 이토록 크고 밝은 방이 있었던가 하고 놀랄 만한 방이 나옵니다. 이 방은 실험실로 쓰이고 있었던 덕분에 가스 스토브가 달려 있고 세탁장도 있습니다. 이 방은 팬 던 씨 댁의 거실이며 식당 겸 주방으로 되어 있습니다. 그 옆에 복도를 겸한 작은 방이 피터 팬 던의 방으로 쓰이겠지요. 이 밖에 큰 지붕밑 다락방이 있습니다. 자아, 이것으로 우리들의 훌륭한 은신처의 모습을 당신에게 대강 소개했습니다.

안네로부터

안네가 살던 은신처의 평면도

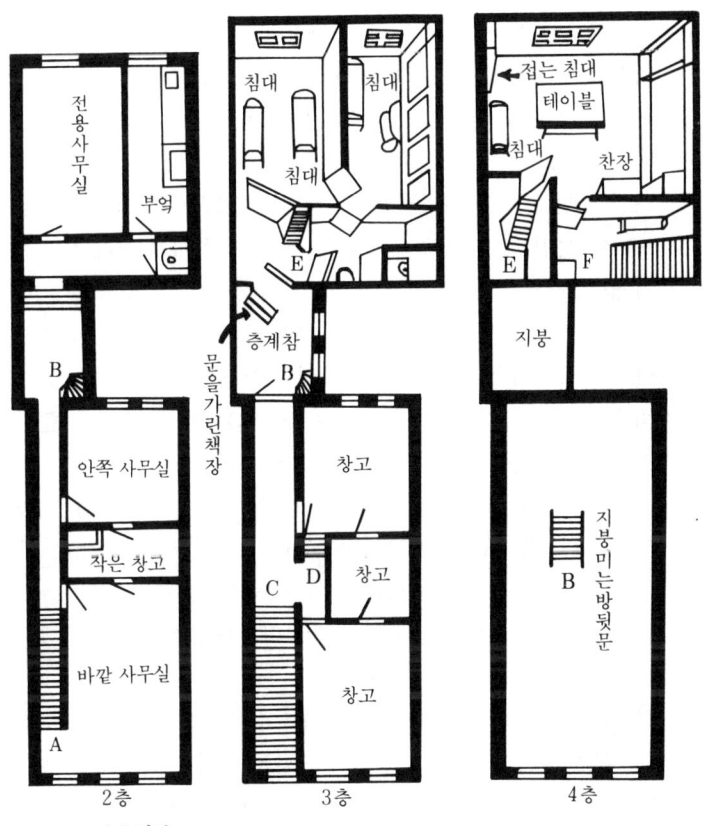

전용사무실
부엌
B
안쪽 사무실
작은 창고
바깥 사무실
A
2층

침대
침대
침대
E
문을 가린 책장
층계참
B
창고
창고
C
D
창고
3층

접는 침대
테이블
침대
찬장
E
F
지붕
B
지붕 밑은 방 뒷문
4층

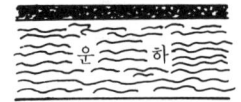

바깥 한길
운 하

키티님   1942년 7월 10일 금요일

  지루한 은신처의 설명을 듣고 넌더리가 나셨을 겁니다. 그러나 우리가
어디에 자리를 잡게 되었는지 당신은 알고 있어야 한다고 나는 생각합니다.
  이야기를 계속하자면——아직 다 끝나지 않았어요——우리가 프린센
운하 거리의 은신처에 도착하자 미프가 황급히 우리를 3층으로 안내했습
니다. 모두가 들어가자 미프는 문을 닫았습니다.
  자전거로 먼저 도착한 마르고트는 우리가 오기를 기다리고 있었습니다.
거실도 다른 방들도 말할 수 없이 어질러져 있었습니다. 몇 달 전부터
살림도구를 이 은신처로 나르는 데 썼던 보드 지 상자가 방바닥과 침대
위에 쌓여 있었고, 작은 방은 침구가 천장에 닿을 것같이 쌓여 있습니다.
그날 밤 깨끗이 정리를 하고 침대에서 자려면 곧 청소를 시작해야 했지만
엄마와 마르고트는 청소를 할 상황이 아니었습니다.
  두 사람은 지쳐서 침대에 축 늘어지고 말았습니다. 두 사람은 슬펐던
것입니다. 아니, 좀더 복잡한 심정이었습니다.
  하지만 아빠와 나는 곧 청소를 시작하고 싶었습니다. 두 사람은 하루
종일 상자의 짐을 풀기도 하고, 옷장에 옷을 정리해 넣기도 하고, 못을
박기도 해서 마침내 녹초가 되도록 지쳐버렸습니다. 우리들은 그날 밤
깨끗한 침대에서 잤습니다. 이날은 하루 종일 따뜻한 음식을 먹지 못했지만
아무렇지도 않았습니다. 엄마와 마르고트도 피로와 마음의 긴장으로 식
욕이 없었고, 나와 아빠는 바빠서 먹을 겨를이 없었습니다.
  화요일은 아침부터 모두 함께 어제 하다 남은 정리를 했습니다. 엘리와
미프는 우리들을 위해 배급을 타러 갔습니다. 아빠는 등화관제(燈火管制)가
불완전한 곳을 고치고 주방 마루를 물로 닦는 등 또 온종일 바쁘게 지
냈습니다. 우리들은 수요일까지 자신의 생활에 일어난 큰 변화에 대해
생각할 틈이 없었습니다. 수요일에 이리로 온 뒤 처음으로 당신에게 이
이야기를 하고, 동시에 나 자신도 실제로 일어난 일과 앞으로 일어나려고
하는 일을 생각할 여유가 생겼습니다.

                                         안네로부터

키티님   1942년 7월 15일 수요일

  아빠, 엄마, 마르고트는 15분마다 시간을 알리는 웨스터토렌(서쪽의 시계탑)의
시계 소리에 익숙지 못해 애를 먹고 있습니다. 하지만 나는 익숙해졌습
니다. 나는 처음부터 이 시계가 좋았습니다. 특히 밤에는 충실한 친구처럼
생각됩니다. 당신은 자취를 감춘다는 것이 어떤 심정인지 알고 싶겠지요?
사실 나는 아직 잘 모르겠어요. 이 집에서는 진실로 안정된 기분이 될 것
같지 않습니다. 그러나 여기가 싫다는 것은 아닙니다. 묘한 하숙집에서
휴가를 즐기고 있는 듯한 느낌이 듭니다. 좀 어이없는 생각일지도 모르지만
문득 그런 느낌이 드는군요. 이 집은 이상적인 은신처입니다. 조금 기울
어져 있고 습기도 차 있지만, 이처럼 쾌적한 은신처는 암스테르담의 어
디에도, 아니 온 네덜란드를 다 찾아봐도 없을 것입니다. 우리의 작은 방은
처음에는 벽에 아무런 장식도 없어 아주 살풍경했지만, 아빠가 미리 영
화배우의 사진과 그림엽서를 가져다 주셨기 때문에 풀과 솔로 벽 전체를
하나의 큰 그림으로 만들었습니다. 이제는 벽이 훨씬 밝아 보입니다. 팬
던 씨네가 오면 지붕 밑의 창고에서 재목을 가져다가 벽과 방 안을 돋
보이게 하기 위해 작은 선반을 두어 개 만들어야겠어요.
  엄마와 마르고트는 조금 기운을 차리기 시작했습니다. 엄마는 어제 비
로소 수프를 만들 정도로 기운을 차렸는데, 아래층으로 잡담하러 갔다가
깜박 잊어서 콩이 새까맣게 타버렸답니다. 코프하이스 씨는 나에게 《소년
연감》이라는 책을 가져다 주었습니다. 우리들 네 식구는 어젯밤 2층에 있는
전용 사무실로 가서 라디오를 들었습니다. 나는 누가 듣지나 않을까 몹시
겁이 나서 아빠에게 3층으로 가자고 졸랐습니다. 엄마는 나의 심정을 알
아차리고, 나를 따라 돌아와주셨습니다. 우리는 이웃 사람들이 우리의 말
소리를 듣거나 우리의 행동을 보지나 않을까 하고 무척 신경이 날카로워
있습니다. 그래서 도착한 날에 곧 커튼을 만들었습니다. 그러나 이것은
모양도 품질도, 무늬도 다른 여러 가지 천조각을 주워모아 아빠와 내가
서투른 솜씨로 꿰맨 것으로 커튼이라고 할 수도 없는 것입니다. 이 예술
품은 떨어지지 않도록 압핀으로 고정되어 있습니다.

우리의 은신처 오른쪽에 큰 회사 건물이 있고, 왼쪽에는 가구 공장이 있습니다. 근무 시간이 지나면 아무도 없습니다. 하지만 소리는 벽을 따라 전달됩니다. 마르고트가 악성 감기에 걸렸을 때, 밤중에 기침을 해서는 안 된다고 하여 기침을 멈추게 하는 약을 많이 먹었습니다. 나는 화요일에 팬 던 씨네가 옮겨오기를 마음속으로 잔뜩 기다리고 있습니다. 사람이 많아지면 재미도 있고 떠들썩해지겠지요. 저녁때나 밤에 우리를 두렵게 하는 것은 너무 고요하다는 것입니다. 누군가 우리를 보호해줄 사람이 한 분 밤에 여기서 잘 수 있으면 좋겠다고 생각합니다.

한 발자국도 밖에 나갈 수 없다는 것이 얼마나 답답한 일인지 당신에게 설명할 수는 없습니다. 또 나는 들켜서 살해되지나 않을까 하고 무척 걱정이 됩니다. 이런 생각을 하는 것은 유쾌한 일이 아닙니다. 우리는 낮에는 속삭이듯 낮은 소리로 말하고 소리가 나지 않도록 조용히 걸어야만 합니다. 그렇지 않으면 아래 창고에 있는 사람들에게 들릴 염려가 있습니다. 누군가가 나를 부르고 있습니다.

안네로부터

팬 던 씨네 가족

키티님   1942년 7월 27일 토요일

한 달 동안이나 만나지 못했지만 솔직히 말해서 별다른 일도 없었고, 날마다 당신에게 알릴 만한 재미있는 일도 없었습니다. 팬 던 씨 식구는 7월 13일에 왔습니다. 14일에 올 것으로 알고 있었는데, 독일군이 여기 저기의 사람들에게 7월 13일에서 16일 사이에 출두하라는 호출장을 보냈기 때문에 유태인들 사이에는 불안한 마음이 생겨, 팬 던 씨 가족들은 하루라도 빠른 게 안전하다 싶어 예정을 하루 앞당겼다고 합니다. 오전 9시 반, 우리가 아직 아침 식사를 하고 있을 때 팬 던 씨 아들인 피터가 왔습니다. 아직 16살이 다 차지 않은 소년으로 얌전하고 부끄럼쟁이 얼간이입니다. 같이 놀아도 재미가 없을 것 같습니다. 그는 못시라는 고양이를 데리고 왔습니다. 팬 던 씨 부부는 30분쯤 뒤에 왔는데, 아주머니는 모자 상자에 커다란 침실용 변기를 넣어가지고 왔기 때문에 아주 우스웠습니다.

"나는 내 변기가 없으면 도무지 불편해서요." 하고 그녀는 말했습니다. 그래서 우선 그것을 놓을 장소를 찾아내는 것이 첫째 문제였습니다. 아저씨는 자기의 변기를 가져오지 않고, 접는 식으로 된 티 테이블을 안고 왔습니다. 팬 던 씨네가 온 날부터 모두 함께 즐거이 식사를 하게 되어 우리는 하나의 대가족 같았습니다. 팬 던 씨네는 우리가 숨어버린 뒤의 세상 일을 여러 가지 전해주었습니다. 그 중에서도 우리가 듣고 싶었던 것은 살던 집에 대한 이야기와 세를 주었던 고트스미스 씨의 일이었습니다. 팬 던 아저씨는 다음과 같이 말했습니다.

"고트스미스 씨가 월요일 아침 아홉시쯤 전화를 걸어 나더러 와달라지 않겠소. 곧 가보니 그는 몹시 흥분해 있더군요. 그는 당신들이 두고 간 편지를 내게 보이며, 편지에 쓴 대로 고양이를 이웃집에 맡겨야겠다고 말했지요. 나도 반가웠소. 고트스미스 씨가 가택 수색을 당할 것이라고 걱정하였기에 우리 두 사람은 주인이 떠난 방을 돌아보고 대강 청소한 뒤 아침 식사한 식탁도 정리했지요. 그러다가 나는 부인의 책상 위에 마스트리히트의 주소가 적힌 종이쪽지를 발견했다오. 일부러 이렇게 한 줄은 알았지만 나는 깜짝 놀란 것처럼 고트스미스 씨에게 이 불길한 쪽지를 당장 찢어버리라고 말했지요.

나는 당신네가 자취를 감춘 데 대해서는 아무것도 모르는 체했지만 그 쪽지를 보고는 어떤 생각이 떠올랐어요. '고트스미스 씨, 이 주소가 어디를 말하는 것인지 갑자기 생각이 났습니다. 6개월쯤 전에 회사에 어느 고급 장교가 온 적이 있었지요. 그 사람은 프랑크 씨와 대단히 친한 듯 무슨 일이 생기면 언제든지 도와주겠노라고 말하더군요. 그 사람은 마스트리히트에 주재하고 있었다오. 내 생각으로는 틀림없이 그때의 약속대로 프랑크 씨네 식구를 벨기에로 도피하게 하고, 거기서 다시 스위스로 가게 한 것 같군요. 프랑크 씨의 친구들이 묻거든 그렇게 말해줍시다. 물론 마스트리히트를 말해서는 안 되오.' 나는 이렇게 말하고 고트스미스와 헤어졌소. 당신의 친구들은 이미 거의 다 이렇게 알고 있지요. 나 자신이 여러 사람으로부터 이런 얘기를 들었으니까요."

우리는 무척 재미있게 이야기를 들었지만 팬 던 아저씨가 보다 자세히 여러 가지 이야기를 했을 때는 세상 사람들의 엉터리 공상에 웃음을 터뜨리고 말았습니다. 어느 집에서는 우리들 자매가 아침 일찍 자전거로 지나가는 것을 보았다고 하고, 또 어느 부인은 우리가 한밤중에 군용차에 실려가는 것을 확실히 보았다고 말하더랍니다.

안네로부터

키티님   1942년 8월 21일 금요일

  은신처의 입구는 묘하게 잘 가려졌습니다. 크라이렐 씨는 숨긴 자전거를 찾아내기 위해 가택 수색을 하는 경우가 많으니까 문 앞에 책장을 놓는 것이 좋겠다고 말했던 것입니다. 물론 문처럼 열 수 있는 책장으로 했습니다. 이것은 포센 씨가 모두 해주었습니다. 우리는 이미 그에게 비밀을 털어 놓았는데, 별로 우리의 일을 도와줄 수가 없었으므로 하다 못 해 이것만 이라도 해주어야겠다고 하셨습니다. 문 앞의 계단은 떼어냈기 때문에 아래로 내려갈 때는 몸을 굽히고 뛰어내려야만 합니다. 처음 사흘 동안 우리는 낮은 문의 입구에 이마를 부딪쳐 모두 혹투성이가 되었지요. 그러나 이제는 문 위에 대팻밥을 넣은 자루를 못에 걸어놓았습니다. 글쎄요, 이것으로 안전할까요?

  나는 요즈유 그다지 공부를 하지 않습니다. 9월까지는 쉴 생각입니다. 9월이 되면 아빠가 학과를 가르쳐주시기로 되어 있지만, 너무 많이 잊어 버려서 나 자신도 놀랐습니다. 여기의 생활은 거의 변화가 없습니다. 나와 팬 던 아저씨는 늘 싸우지만 마르고트는 그와 정반대여서, 아저씨는 마르고트를 무척 귀여워합니다. 엄마는 가끔 나를 아기처럼 취급하기 때문에 나는 그것이 화납니다. 그 밖에는 모든 일이 차츰 좋아졌습니다. 나는 아직 피터를 좋아하지 않습니다. 정말 지긋지긋해요. 그는 언제나 반나절은 침대에 드러누워 있습니다. 목수일을 조금 하는가 하면 금방 침대로 기어 들어가 낮잠을 잔답니다. 참으로 멍청해요.

  요즈음은 좋은 날씨가 계속되고 있습니다. 이런 생활이지만 우리는 열린 창문으로 햇빛이 들어오는 지붕밑 다락방에 캠프용 침대를 놓고 그 위에 드러누워 되도록이면 생활을 즐겁게 지내려고 애쓰고 있습니다.

안네로부터

게으름쟁이 피터

키티님   1942년 9월 2일 수요일

 팬 던 부부가 아주 크게 싸움을 했습니다. 나는 이제까지 이토록 굉장한 싸움을 본 적이 없습니다. 우리 아빠와 엄마는 서로 큰소리로 말하는 것조차 꿈에도 생각지 못할 거예요. 싸움의 원인은 참으로 하찮은 것으로 정말 괜한 짓이에요. 하지만 사람마다 서로 취미가 다른가 보지요.

 피터는 정말 불쾌했을 거예요. 그는 잠자코 곁에 서서 보는 수밖에 없었지요. 아무도 그를 상대하지 않아요. 그는 무척 성을 잘 내고, 거기다 아주 게으름쟁이입니다. 그는 어제 혀가 빨갛지 않고 파란 것을 보고 몹시 놀랐지만 곧 나았습니다. 오늘은 목이 아파 돌아가지 않는다며 목에 스카프를 감고 있었습니다. 게다가 '나리'께서는 신경통으로 허리가 아프다고 호소하고 있습니다. 염통이며 콩팥, 허파 부근에 아픔을 느끼는 것은 그다지 이상할 것도 없겠지요. 그는 참말로 우울증 환자입니다.(이것은 그와 같은 사람을 두고 말하는 것이겠지요.) 엄마와 팬 던 아주머니도 사이가 별로 좋지는 않습니다. 사이가 나쁜 원인은 많이 있습니다. 조그마한 예로, 팬 던 아주머니는 우리와 함께 쓰는 벽장에서 자기네의 깔개를 석 장이나

치워버렸습니다. 말하자면 우리 것만으로도 충분하리라고 생각한 것입니다. 엄마는 화가 나서 우리 깔개도 치워버렸는데 아주머니가 이것을 알면 깜짝 놀라며 화를 낼 거예요.

또 아주머니는 우리가 자기네 접시를 쓰는 것에 기분이 상하나 봐요. 아주머니는 우리의 접시를 어디다 두었는지 늘 알고 싶어합니다. 우리 접시는 아주머니가 생각하는 것보다 가까운 곳에 있습니다. 지붕 밑 광의 잡동사니들을 넣은 뒤에 있는 벽장에 있답니다. 우리 접시는 다행스럽게도 우리가 여기 있는 한은 사용할 수가 없어요. 나는 늘 운이 나빠서 어제 아주머니네 수프 접시를 한 장 깨뜨렸습니다. 아주머니는 화가 나서 "어머나! 어째서 좀더 조심을 못 하니? 우리는 그것 하나뿐이에요." 하고 소리쳤습니다. 팬 던 아저씨는 요즈음 내게 부쩍 친절합니다. 이 상태가 언제까지나 계속되기를. 엄마로부터 오늘 아침에도 굉장한 설교를 들었습니다. 나는 참을 수가 없습니다. 엄마와 나의 사고방식은 전혀 반대입니다. 아빠는 가끔 내게 5분쯤 계속해서 화를 내실 때도 있지만 그래도 아빠는 아주 좋아요.

지난 주일 우리의 단조로운 생활 속에 조그맣지만 재미있는 일이 일어났습니다. 그것은 여자에 대한 어떤 책과 피터에 대해서 토론이 벌어진 것이었습니다. 우선 첫째로 당신에게 꼭 알려야 할 것은 마르고트와 피터는 코프하이스 씨가 빌려주는 책은 거의 다 읽도록 허락이 되었지만, 여자에 대한 책만은 읽지 못하게 했던 것입니다. 피터는 당장 호기심이 일었습니다. 두 사람이 읽어서는 안 될 무엇이 이 책에 씌어 있는 것일까요? 피터는 아주머니가 아래층에서 잡담을 하는 사이에 몰래 그 책을 가지고 지붕밑 다락방에 숨었습니다. 2, 3일 동안은 아무 일도 없었습니다. 아주머니는 피터가 무엇을 하고 있는지 알고 있었지만 잠자코 있었습니다. 그러나 아저씨가 발견하고 펄펄 뛰면서 피터에게서 책을 빼앗아버렸습니다.

아저씨는 그것으로 모든 일이 끝났다고 생각했지만, 이들의 호기심에 대해서는 미처 생각이 미치지 못했던 것입니다. 피터는 아버지의 태도로 호기심이 줄어들기는커녕 오히려 더욱더 호기심이 늘어 이 책을 끝까지 읽으려 마음먹고, 이것을 다시 손에 넣을 방법을 생각했습니다. 한편 아주머니는 우리 엄마에게 이 문제를 어떻게 생각하느냐고 물었습니다. 엄마는 이 책은 적당하지는 않지만 대개의 책은 마르고트에게 읽게 해도 괜찮을 것이라고 대답했습니다.

"팬 던 부인, 마르고트와 피터는 매우 달라요, 첫째 마르고트는 여자 아이예요. 여자는 남자보다 조숙하지요. 둘째로 마르고트는 좋은 책을 많이 읽었고, 읽어서는 안 되는 책 같은 건 찾지 않아요. 셋째로 마르고트는 중학교 4학년이니까 피터보다 훨씬 어른이고, 지혜도 발달되어 있어요." 하고 엄마는 말했습니다. 팬 던 아주머니도 이에 동의했지만 역시 어른을 위해 만들어진 책을 아이들에게 읽게 하는 것은 근본적으로 잘못된 일이라고 말했습니다.

그런던 참에 피터는 모두들 자기에 대해서나 책에 대해서 잊어버릴 만한 시간을 발견했습니다——저녁 7시 반이었습니다. 그때는 모두 전용 사무실에서 라디오를 듣고 있었습니다. 그가 책을 가지고 다락방으로 간 것은 이때였습니다. 그는 8시 반까지 돌아와 있었으면 좋았을 것을, 책에 열중한 나머지 시간을 잊어버려서 아래로 내려왔을 때 방으로 들어가려던 아저씨와 부딪쳤던 것입니다. 어떤 장면이 일어났을지 상상해보세요. 아저씨는 다 짜고짜 피터의 뺨을 후려치고 책을 빼앗아 책상 위에 놓았습니다. 피터는 지붕밑 방으로 달아났습니다. 우리는 식탁 앞에 앉았지만 피터는 내려오지 않았습니다. 그러나 아무도 그를 상관하지 않았습니다. 그는 저녁을 굶고 자야만 했습니다. 우리가 명랑하게 잡담을 즐기며 식사를 하고 있는데 갑자기 삐익 하고 휘파람 소리가 들렸습니다. 모두 식사를 멈추고 파랗게 질려서 얼굴을 마주 보았습니다. 그러자 굴뚝을 통해 "어이, 나는 아무튼 내려가지 않을 테니 그리 알아요." 하는 피터의 목소리가 들렸습니다. 팬 던 아저씨가 벌떡 일어나는 바람에 냅킨이 바닥에 떨어졌습니다. 아저씨는 화가 나 얼굴이 빨개져서 "절대로 용서할 수 없다."고 소리쳤습니다. 아버지는 걱정이 되어 아저씨의 팔을 잡고, 둘이서 함께 지붕밑 다락방으로 올라갔습니다. 한참 툭탁거리고 다투다가 피터는 방으로 끌려오고, 문이 닫히자 우리들은 식사를 계속했습니다. 아주머니는 귀여운 아들에게 빵을 한 조각 남겨주려고 했지만 아저씨는 "당장 사과하지 않으면 다락방에서 자게 할 테다." 하고 아주 강경한 태도로 말했습니다. 우리는 저녁을 굶기는 것만으로도 충분히 벌을 준 셈이라고 생각했으므로 그것은 너무 지나치다고 아저씨에게 항의했습니다. 게다가 피터는 다락방에서 자게 되면 감기에 걸릴지도 모르고, 그렇게 되었을 경우 의사를 부를 수 없다는 걱정이 있었습니다.

피터는 사과하지 않았습니다. 그는 스스로 지붕밑 다락방으로 갔습니다. 아저씨는 내버려두었습니다만, 다음날 아침 나는 피터의 침대에 사람이 잔 흔적이 있음을 알아차렸습니다. 피터는 7시에 다락방으로 돌아갔습니다만 아저씨는 조금 부드러운 목소리로 그를 불러내렸습니다. 사흘쯤 두 사람은 찡그린 얼굴로 말도 하지 않았지만 그 뒤로는 다시 모든 일이 전과 같이 돌아갔습니다.

안네로부터

키티님   1942년 9월 21일 월요일

오늘은 당신에게 우리의 일반적인 뉴스를 전하겠습니다.

팬 던 아주머니는 참으로 한심한 사람이에요. 나는 언제나 수다를 떨기 때문에 꾸중만 듣는답니다. 아주머니는 언제나 우리를 난처하게 만듭니다. 최근의 이야기를 하나 하겠어요. 아주머니는 냄비에 뭐든지 남아 있으면 냄비를 씻기가 싫어서 우리가 늘 하듯이 그것을 유리그릇에 옮겨 담지 않고 그냥 냄비에서 썩혀버리고 맙니다.

다음 식사가 끝나고 마르고트는 가끔 냄비를 7개나 씻어야만 한답니다. 그런 때 아주머니는 천연덕스럽게 "어머나, 마르고트, 일이 많구나." 하고 말합니다.

나는 아빠를 도와 아버지 쪽 계보(系譜) 작성에 열중하고 있습니다. 아빠는 일을 하면서 계보 중의 한 사람에 대해 조금씩 이야기해주십니다 ——몹시 흥미가 있습니다. 코프하이스 씨는 1주일마다 우리를 위해 책을 몇 권씩 가져다 줍니다. 죠프 텔 호일 전집은 참으로 훌륭했습니다. 《시시팬

막스벨트》도 아주 재미있게 읽었습니다. 나는 《에인 조메르조데이드(^{여름}_{의 우스개 이}_{야기라는 책})》를 네 번이나 되풀이해서 읽었는데, 거기에 나오는 우스운 장면을 생각하면 지금도 웃음이 터집니다.

다시 새 학기가 시작되었습니다. 나는 프랑스 어를 열심히 공부하여 날마다 불규칙 동사를 5개씩 외기로 하고 있습니다. 피터는 영어 공부에 시달려서 한숨을 쉬고 있습니다. 교과서가 몇 권 막 도착했습니다. 나는 이리로 올 때 가지고 왔기 때문에 연습문제 책이며 연필, 지우개, 레테르 등을 많이 갖고 있습니다. 나는 가끔 런던에서 방송되는 네덜란드 어의 뉴스 방송을 듣습니다. 최근 줄리아나 공주의 부군(夫君) 버나드 공의 이야기를 들었습니다. 줄리아나 공주는 다음달 1일 아기를 나을 예정이랍니다. 멋져요. 다른 사람들은 내가 왕실 이야기에 열중하는 것을 이상하게 생각하고 있습니다.

모두들 내 이야기를 하고 있었는데, 결국 나는 그다지 바보가 아니라는 결론이 나왔습니다. 그 말을 듣고 다음날에는 여느때보다 더 공부를 했습니다. 나는 열 네댓 살이 되어서도 계속 1학년에 머무르고 싶지는 않습니다.

나는 아직 본격적인 책을 읽어서는 안 된다는 이야기도 나왔습니다. 엄마는 지금 《헤렌 프라우엔 운트 크네히텐(^{신사 숙녀}_{와 사환})》을 읽고 있습니다. 마르고트에게는 그것을 읽어도 된다는 허락이 내려졌지만 내게는 허락되지 않습니다. 우선 나는 머리 좋은 언니처럼 좀더 어른이 되지 않으면 안 됩니다. 그리고 내가 철학이나 심리학을 모르는 데 대해 이야기를 나누었습니다──나는 사실 아무것도 모릅니다. 아마 다음해가 되면 나도 좀더 영리해지겠지요!

'나는 급히 사전을 뒤져 이 어려운 말의 의미를 찾아보았습니다.'

나는 이번 겨울에 소매가 긴 드레스 한 벌과 가디건 세 벌밖에 없다는 것을 깨닫고 당황했습니다. 아빠의 허락을 얻어 흰 털실로 점퍼를 뜨기로 했습니다. 그다지 고급 털실은 아니지만 따뜻하기만 하면 됩니다. 우리는 친구 집에 옷을 조금 맡겼지만 곤란하게도 전쟁이 끝날 때까지는 그 사람들을 만날 수가 없겠지요──그때 그 장소에 아직 있다 하더라도, 내가 팬 던 아주머니의 이야기를 다 썼을 때 아주머니가 들어왔으므로 일기장을 탁 덮었더니, 아주머니는 "안네, 좀 보여주지 않겠니?" 하고 말했습니다.

"싫어요."

"그럼 맨 끝장만, 괜찮겠지?"

"안 돼요, 싫어요."

끝 페이지에 아주머니의 험담이 적혀 있기 때문에 나는 가슴이 철렁했습니다.

안네로부터

키티님 　　　　　　　　　　　　　　　　　　1942년 9월 25일 금요일

어제 저녁 때 4층의 팬 던 씨네를 방문했습니다. 가끔 잡담을 하러 가는데, 나프탈렌 냄새가 물씬 나는 비스킷(나프탈렌을 넣어둔 벽장에 함께 두었습니다)과 레모네이드를 내놓아 무척 즐거울 때도 있습니다. 어젯저녁에는 피터와 이야기를 했습니다. 피터는 곧잘 내 뺨을 만지는데 나는 남자아이가 그렇게 하는 것은 싫다고 말해주었습니다.

그러자 아저씨와 아주머니는 부모다운 태도로, 피터가 나를 좋아하니까 나도 그를 좋아해줄 수 없느냐고 말했습니다. 어머나, 맙소사!

은신처의 난민(難民) 위원회(남자부)는 매우 유능합니다. 우리의 일부 물품을 몰래 감추어준 트라피스 상회의 대표 사원 팬 디크 씨에게 위원회가 어떤 식으로 우리의 소식을 전했는지 이야기하지요. 위원회는 우리 회사와 거래하는 남(南) 제이런드 약방에 타이프로 찍은 편지를 냅니다. 이때 주소를 쓴 회신용 봉투를 함께 넣어둡니다. 주소는 사무소로 되어 있습니다. 회답이 든 이 봉투가 도착하면 안의 편지를 꺼내 아빠가 직접 쓰신 편지로 바꾸어 넣습니다. 이렇게 하면 팬 디크 씨는 편지를 읽어도 의심하지 않겠지요. 특별히 제이런드 약방을 택한 것은 거기는 벨기에의 국경에 가깝고 특별히 허가가 없으면 아무도 갈 수도 없으므로 우리가 거기 있다고

44

생각해도 찾을 수가 없기 때문입니다.

안네로부터

키티님   1942년 9월 27일 일요일

엄마와 몇십 번째의 큰 싸움을 한 참입니다. 요즈음 엄마와는 아무래도 잘 맞지가 않아요. 마르고트와 나도 그다지 신통치 않고요. 집에서는 보통 오늘과 같은 싸움은 하지 않았지만, 요즈음은 늘 불쾌합니다. 엄마와 마르고트의 성질을 나는 전혀 이해할 수가 없습니다. 나는 우리 엄마보다도 오히려 친구의 심정이 더 잘 이해됩니다. 딱한 일입니다!

우리는 전쟁이 끝난 뒤의 문제, 예를 들면 사환을 뭐라고 부르면 좋을까 하는 점에 대해 이야기를 했지만, 나와 엄마는 의견이 다르답니다.

팬 던 아주머니도 굉장히 화를 잘 내는 사람입니다. 그리고 자기의 물건은 자꾸만 집어넣어버린답니다. 엄마도 똑같이 대항했으면 좋겠어요. 세상에는 자기의 아이뿐만 아니라 남의 아이까지도 버릇을 가르치려고 하는 사람이 있는데, 팬 던 부부가 꼭 그런 타입이랍니다. 마르고트는 얌전하고 착한 아가씨이니까 버릇을 가르칠 필요가 없지만 나는 두 사람 몫을 혼자 차지한 말괄량이인가 봅니다. 당신도 식사때에 꾸짖거나 말대답하는 소리를 들었을 거예요. 아빠와 엄마는 언제나 내 편이 되어줍니다. 그렇지 않으면 나도 말다툼 같은 것을 하지 않아요. 아저씨들은 나에게 너무 수다를 떨지 말고 얌전히, 그리고 무슨 일이나 나서는 것은 고쳐야 한다고 말하지만 나는 아무래도 그렇게 할 수 없는 성격인 것 같습니다. 만일 아빠가 이처럼 너그럽지 않았다면 나는 부모가 감당할 수 없는 아이가 될지도 모릅니다. 아무튼 우리 부모님은 내게 아주 너그러우십니다.

내가 식사때 싫어하는 야채를 별로 먹지 않고 감자만 먹으면 팬 던 부부 특히 아주머니는 아이들의 응석을 받아들여서는 좋지 않다고 고집을 부립니다.

"자아, 자, 안네, 좀더 야채를 먹어라." 하고 말합니다.

"아주머니, 더 못 먹겠어요. 감자를 실컷 먹었는걸요." 하고 내가 대답하면 "야채는 몸에 좋아요. 엄마도 그렇게 말씀하시지 않던? 좀더 먹어요." 하고 억지로 먹이려고 합니다. 이런 때는 아빠가 나를 도와줍니다.

그러면 아주머니는 언제나 "너는 우리 집에서 자랐더라면 좋았을 걸 그랬다. 우리는 철저하게 교육을 받았어요. 안네를 그렇게 응석받이로 만들어서는 안 되는데……내 딸 같으면 어림도 없어."라고 말합니다.

'안네가 내 딸이라면…….' 하는 말은 아주머니의 입에 익은 말입니다. 아주머니의 딸이 아닌 것이 천만다행이에요!

'교육' 하니까 생각나는데, 어제 아주머니의 설교가 끝난 뒤 잠시 어색한 침묵이 흐른 다음 이윽고 아빠가 입을 열었습니다. "안네는 아주 교육이 잘 되어 있다고 나는 생각합니다. 안네는 아무튼 아주머니의 긴 설교에 말대답을 하지 않았지요. 그것은 하나의 진보입니다. 야채라면 아주머니의 접시를 보시오." 아주머니는 졌습니다. 완전히 졌습니다. 아주머니는 잠시 후에 자기 접시에 남은 야채를 먹었습니다. 이래도 아주머니는 자기가 잘 교육되었다는 것입니다. 말하자면 저녁 식사 때 여러 가지 야채를 많이 먹으면 변비가 되기 때문에 곤란하다는 것입니다. 그렇다면 도대체 어째서 내게 간섭하지 않고는 못 배기는 것일까요?

내게 간섭하지만 않았더라면 이처럼 괴로운 변명을 할 필요가 없었을 텐데. 아주머니는 얼굴이 붉어졌습니다. 나는 붉히지 않았습니다. 아주머니는 그 점이 속상한 것입니다.

안네로부터

어른들은 왜 싸움을 할까요

키티님   1942년 9월 28일 월요일
　어제는 이야기를 도중에서 그만두었습니다. 당신에게 또 한 가지 싸움에 대한 이야기를 해야되겠지만, 그 전에 잠깐 다른 이야기를 하겠어요.
　어른들이란 어째서 하찮은 일로 금방 싸움을 할까요? 나는 오늘까지 싸움을 하는 것은 아이들뿐이며, 어른이 되면 하지 않는 것으로 생각하고 있었습니다. 물론 때로는 당연히 싸움이 일어날 이유가 충분히 있기도 하겠지만 그러나 어른들이 하는 짓이란 하찮은 말다툼입니다. 나도 이것에 익숙해지는 것이 좋겠다고 생각하지만 거의 모든 토론(싸움이란 말 대신 토론이라는 말을 씁니다)이 나에 대한 것인만큼 익숙해질 수가 없습니다. 또 익숙해지리라고도 생각하지 않습니다. 나에게는 한 가지도 좋은 점이 없다는 것입니다. 나의 전체적인 태도와 성격과 모습 등이 하나에서 열까지 토론됩니다. 아무리 꾸중을 듣거나 야단을 맞아도 나는 오직 잠자코 있으라는 것입니다. 그러나 나는 그런 일에 익숙하지 않습니다. 또 사실 그렇게는 할 수 없습니다. 나는 잠자코 모욕만 당하고 있을 수는 없습니다. 나는 저 사람들에게, 안네 프랑크는 어제 태어난 갓난아이가 아님을 보여주어야겠습니다. 내가 그들의 교육을 시작하겠다고 말해주면, 그들은 아마 놀라서 잔소리를 하지 않게 되겠지요. 정말 그런 태도를 취해버릴까? 나는 그들의 무례한 태도며 특히 아주머니의 바보스러움에는 언제나 아연해질 뿐이지만, 이에 익숙해지면——곧 습관이 되고 말겠지요——철저하게 보복을 해주겠습니다. 그렇게 하면 그 사람들의 태도도 바뀌겠지요.

나는 그 사람이 말하듯이 그처럼 버릇없고 건방지고 고집스러우며 되바라지고, 바보에다 게으름쟁이……일까요? 물론 그렇지는 않습니다. 나에게도 다른 사람들과 마찬가지로 결점은 있습니다. 나도 그것을 알고 있지만 그 사람들은 모든 것을 너무 과장하고 있습니다.

키티님, 이런 모욕과 조롱을 받고 나의 가슴이 얼마나 뒤집히는지 상상해보세요. 얼마나 참고 견딜 수 있을지 나 자신도 알 수 없습니다. 언젠가는 폭발하겠지요.

이 얘기는 이것으로 끝내겠습니다. 싸움 이야기는 당신도 지긋지긋할 거예요. 그러나 나는 식탁에서 있었던 아주 재미난 토론에 대해 말해야겠습니다. 우리는 이야기를 하는 동안 핌(아버지의 애칭)이 대단히 겸손하다는 것이 화제가 되었습니다. "어떤 사람도 아버지의 겸손함은 인정하지 않을 수 없었지요." 하고 말했습니다.

어머나, 기막혀라! 이 말부터 아주머니가 얼마나 나서기를 잘 하는가를 분명히 증명하고 있지 않습니까! 아버지도 자기 말이 나온 이상 한 마디 하지 않을 수 없었으므로 "나는 겸손한 것은 싫어——내 경험에 따르면 겸손은 어울리지 않아요."라고 말하고 나서, 내게 "안네, 내 말을 잘 들어요. 인간은 너무 겸손해선 못 써요. 손해만 보게 되지." 하고 말했습니다.

엄마도 이 의견에 찬성했지만 아주머니는 늘 그렇듯 자신의 의견을 덧붙였습니다. 아주머니의 다음 말은 아버지와 어머니에게로 돌려졌습니다. 그녀는 이렇게 말하는 것이었습니다. "당신들은 묘한 인생관을 갖고 있군요. 안네에게 그런 말을 하다니. 내가 어렸을 때는 전혀 그렇지 않았어요. 당신네 같은 현대적인 가정 말고는 지금도 그럴 거라고 생각해요."

이것은 우리 엄마의 딸에 대한 교육을 정면에서 공개한 것입니다. 아주머니는 흥분하여 얼굴이 새빨개졌습니다. 엄마는 그와 반대로 참으로 냉정했습니다. 금방 얼굴을 붉히며 흥분하는 사람은 이런 때에 손해입니다. 엄마는 어디까지나 동요하지 않고 빨리 이 이야기를 끝내고 싶어서 조금 생각한 끝에 이렇게 말했습니다.

"나는 지나치게 겸손하지 않는 편이 세상을 살아가는 데 좋다고 생각합니다. 나의 남편이나 마르고트와 피터는 너무 겸손하고, 당신의 주인 양반과 당신 그리고 안네와 나는 그 반대라고까지는 할 수 없지만 그다지 내성적은 아니잖아요?"

"프랑크 부인, 나는 부인의 말을 납득할 수가 없군요. 내가 이처럼 겸손하고 내성적인데 당신은 어째서 그렇지 않다고 하시지요?"

"나는 뭐 당신이 주제넘다고는 말하지 않지만, 당신이 내성적인 성격이라고는 아무도 말하지 않을 거예요."

"문제를 분명히 하는 게 좋겠어요. 도대체 나의 어디가 주제넘은지 알고 싶군요. 주제넘다면 한 가지 있긴 해요. 그것은 나 자신의 일은 나 스스로가 걱정한다는 것이에요. 그렇게 하지 않으면 당장 굶어 죽으니까요."

이 바보스러운 변명을 듣고 엄마가 웃음을 터뜨리자 아주머니는 짜증이 나서 독일어와 네덜란드 어를 섞어가며 마구 떠들어댔지만 마침내는 혀가 굳어서 아무 말도 못 하게 되자 의자에서 일어나 방을 나가려고 했습니다. 이때 갑자기 아주머니의 눈길이 내게 쏠렸습니다. 당신에게 그때의 아주머니를 보여주고 싶습니다. 마침 아주머니가 내 쪽을 돌아보았을 때 나는 한심하다는 듯이 슬픈 표정으로 머리를 가로젓고 있었습니다. 일부러 그랬던 것이 아니라 이 대화를 끝까지 듣고 있었기 때문에 자연히 그렇게 되었던 것입니다. 이것을 본 아주머니는 홱 돌아서서 천박한 독일어로 퍼부어 댔습니다. 마치 얼굴이 붉은 천박한 생선장수 같았습니다──참으로 볼 만했어요. 만일 그림을 그릴 줄 안다면 그때의 아주머니를 그리고 싶었을 정도였습니다. 참으로 웃음거리예요. 바보 같은 사람!

그러나 이것으로 한 가지를 배웠습니다. 남과 크게 싸웠을 때에야말로 비로소 그 사람의 진정한 성격을 알 수 있다는 것입니다.

안네로부터

키티님   1942년 9월 29일 화요일

숨어 사는 사람들에게는 이상한 일이 일어나는 밤인가 봅니다. 욕조가 없기 때문에 빨래함지를 이용하는데, 사무실에 더운 물이 나오므로 우리 일곱 사람은 차례로 목욕을 즐길 수 있습니다——내가 사무실이라 부르는 것은 언제나 2층을 두고 하는 말입니다.

그러나 우리는 서로 성격이 다르고, 조심스러운 사람과 그렇지 않은 사람이 있기 때문에 목욕하는 장소가 모두 다릅니다. 피터는 문이 유리로 되어 있는데도 주방에서 합니다. 목욕을 하려고 할 때는 우리에게 일일이, 30분 동안 주방을 지나다니지 말라고 부탁하며 돌아다닙니다. 그는 이것으로 충분하다고 생각하는 모양입니다. 아저씨는 4층 자기 방에서 목욕합니다. 더운 물을 나르기가 힘은 들지만 누구에게도 폐가 되지 않는 자기 방이 좋은 모양입니다. 아주머니는 요즈음 전혀 목욕을 하지 않습니다. 어디가 가장 좋은 장소인가를 찾고 있는 것입니다. 아빠는 2층 전용 사무실에서, 엄마는 주방의 방화(防火) 철판 뒤에서 합니다. 나와 마르고트는 2층의 가장 큰 사무실을 골랐습니다. 거기는 토요일 오후에는 커튼이 쳐져 있으므로 어두해서 목욕을 할 수 있습니다.

그러나 나는 거기가 싫어졌기 때문에 보다 좋은 장소를 찾고 있는데, 피터가 큰 사무실의 화장실이 좋을 거라고 가르쳐주었습니다. 거기는 앉을 수도 있고 전등도 켤 수 있고 문을 잠글 수도 있으며, 사용한 목욕물을 쏟아버리기에도 편리하고 누가 엿볼 염려도 없습니다.

나는 일요일에야 비로소 이 훌륭한 욕탕을 시험해봤습니다. 바보 같은 소리로 들리겠지만 여기가 가장 좋은 장소라고 생각합니다. 지난 주일 파이프공이 2층에 와서 배수관과 수도관을 화장실에서 복도로 옮겼습니다. 겨울에 파이프가 어는 것을 막기 위해서입니다. 파이프공이 왔기 때문에 불쾌한 일이 일어났습니다. 온종일 물이 나오지 않을 뿐만 아니라 화장실에도 갈 수 없었기 때문입니다. 이 곤란을 어떻게 극복했는지를 얘기하는 것은 점잖치 못한 일이지만, 나는 잘난 체하는 사람이 아니므로 말할 수 있습니다.

여기에 파이프공이 온 첫날, 나와 아빠는 임시 변기를 사용했습니다. 적당한 것이 없었기 때문에 유리 항아리를 희생시켰지요. 파이프공이 와 있는 동안 거실에서 이 항아리를 사용했는데, 이것보다도 말하지 않고 하루 종일 가만히 있는 편이 더 괴로웠습니다. 나 같은 수다쟁이에게 말을 하지 않고 있는 것이 얼마나 괴로운 일인지 상상해보세요. 여느때도 속삭이듯 말해야 하지만, 말을 할 수도 움직일 수도 없는 것은 그 10배나 고통스러운 일입니다. 3일 동안을 계속 가만히 앉아만 있었으므로 엉덩이가 뻣뻣해져서 아프기 시작했습니다. 그러나 잠들기 전에 체조를 했더니 조금 좋아졌습니다.

안네로부터

키티님   1942년 10월 1일 목요일

어제 나는 몹시 놀랐습니다. 8시에 갑자기 벨이 요란하게 울렸거든요. 물론 나는 누가 온 줄로 알았습니다. 내가 누구를 의미하는지 당신은 상상할 수 있겠지요? 그러나 모두 아이들의 장난이거나 우체부일 것이라고 말했기 때문에 나는 얼마쯤 마음이 가라앉았습니다.

여기의 생활은 차츰 조용해졌습니다. 레윈이라는 몸집이 자그마한 유태인 약제사가 주방의 크라이렐 씨 밑에서 일하고 있는데, 이 남자는 건물의 구석구석까지 알고 있기 때문에 예전의 실험실을 들여다보려고 하지나 않을까 하고 우리는 늘 마음이 조마조마합니다. 나는 생쥐처럼 조용히 지내고 있습니다. 이 말괄량이 안네가 몇 시간이나 꼼짝 않고 있어야 하다니——아니, 꼼짝하지 않고 있을 수 있다고 3개월 전에는 누가 상상이나 했겠어요?

23일은 아주머니의 생일이었습니다. 물론 요란한 축하는 할 수 없었지만 아주머니의 방에서 조촐한 파티를 열고, 특별 요리를 만들고, 아주머니에게 약간의 선물과 꽃을 드렸습니다. 아저씨는 빨간 카네이션을 선사했습니다. 이것은 아저씨 댁의 습관인 듯합니다. 여기서 잠시 아주머니 이야기를

하자면, 아주머니가 우리 아빠에게 시시덕거리는 것이 나로서는 늘 속상한 일입니다. 아주머니는 아빠의 수염이나 얼굴을 만지고, 스커트를 살짝 들어올리고, 자기 딴에는 기발하다고 생각되는 경구(警句)를 말해서 핌의 주의를 끌려고 합니다. 그러나 다행스럽게도 아빠는 아주머니를 전혀 매력적이라거나 우습다고 생각지 않기 때문에 상대가 되지를 않습니다. 우리 엄마는 팬 던 아저씨에게 결코 그런 태도를 취하지 않습니다. 나는 아주머니에게 직접 대놓고 그렇게 말해주었습니다.

피터는 가끔 자기 보금자리에서 기어나오는데, 무척 재미있는 일도 있습니다. 나는 피터와 한 가지 공통점이 있습니다. 그것은 분장(扮裝)을 좋아하는 일로, 이것 때문에 모두들 언제나 크게 웃습니다. 피터가 아주머니의 통이 좁은 드레스를 입고 여자 모자를 쓰고 내가 그의 옷을 입고 남자 모자를 쓰면, 어른들은 배를 잡고 웃으며 나도 함께 즐거워집니다. 엘리는 마르고트와 나를 위하여 바이젠콜프 백화점에서 새 스커트를 사다주었습니다. 천은 거친 삼베 종류로 형편없는 것이었지만 값은 놀랍게도 마르고트의 것이 24플로링, 내 것이 7플로링 반이나 되었습니다.

전쟁 전과 비교해서 너무나 엄청난 차이였습니다.

또 하나 특별 뉴스가 있습니다.

엘리는 어느 비서 양성학교에 편지를 보내 마르고트와 나와 피터를 위해 속기 통신 강좌를 신청해주었습니다. 내년까지 우리 세 사람이 얼마나 속기의 명수가 될지 즐거운 마음으로 기대하세요. 아무튼 속기를 익힌다는 것은 대단히 중요한 일입니다.

안네로부터

키티님   1942년 10월 3일 토요일

어제 또 한바탕 소동이 있었습니다. 엄마는 내게 대단히 화를 내서, 아빠에게 내 욕을 마구 늘어놓았습니다. 그러고는 엉엉 울었습니다. 나도 물론 울고 말았지요. 아무튼 나는 머리가 아파졌습니다. 나는 나중에 아

빠에게 엄마보다 아빠가 훨씬 좋다고 말했더니 아빠는 이제 곧 괜찮아질 것이라고 대답했습니다. 하지만 나는 그렇게 생각하지 않습니다. 나는 엄마에게는 그저 꾹 참고 있을 수밖에 없습니다. 아빠는 나에게, 엄마가 기분이 언짢다거나 머리가 아프다고 말할 때는 자진해서 도와드리라고 말했지만 난 싫습니다.

나는 프랑스 어를 열심히 공부하여 지금 《라 벨 니베르네이즈》를 읽고 있습니다.

안네로부터

키티님   1942년 10월 9일 금요일

오늘은 우울한 뉴스를 알려야겠습니다. 많은 유태인 친구들이 한꺼번에 열 명, 열다섯 명씩 끌려갑니다. 이들은 게슈타포로부터 털끝만한 동정도 없는 구박을 받으며 가축용 트럭에 실려 드렌테에 있는 가장 큰 유태인 수용소 베스테르부르크로 실려가고 있습니다. 베스테르부르크라는 말만 들어도 소름이 끼칩니다. 백 명에 하나씩밖에 세탁장이 없고, 변소도 충분치 않습니다. 남자도 여자도 아이도 한곳에 뒤섞여서 자기 때문에 풍기가 대단히 문란하고, 거기에 얼마 동안 있는 여자 가운데는——아이들까지도 ——임신한 사람이 많다고 합니다.

거기서 도망칠 수는 없습니다. 수용소에 들어 있는 사람은 대부분 머리를 깎였고, 또 많은 사람들이 유태인 특유의 얼굴을 하고 있으므로 금방 알아볼 수 있기 때문입니다.

네덜란드에서조차 이렇게 심하니 멀리 미개한 지역으로 보내지면 어떨까요. 그러한 곳으로 보내진 사람들은 대부분 살해되었으리라고 생각합니다. 영국의 방송은 그 사람들이 독가스로 살해되고 있다고 말합니다.

독가스가 가장 빨리 죽겠지요. 나는 정신이 뒤집힐 것 같습니다. 미프가 이 무서운 이야기를 할 때, 나는 듣지 않을 수가 없었습니다. 미프도 나와 마찬가지로 흥분하고 있었습니다. 아주 최근의 일이지만 가난하고 늙은

불구자인 유태인 여자가 자기네 집 문 앞에 앉아 있었습니다. 그보다 조금 전에 게슈타포가 와서 그녀에게 거기서 기다리라고 하고 차를 가지러 간 것입니다. 이 가엾은 노파는 공중의 영국 비행기를 향해 쏘는 고사포 소리와 눈부신 서치라이트에 겁을 먹고 떨면서 하라는 대로 거기에 가만히 앉아 있었습니다. 그러나 미프도 노파를 안으로 들어오게 하려고는 하지 않았습니다. 누구든 그런 위험한 짓은 하지 않겠지요. 그런 짓을 했다가는 독일군이 사정없이 후려때리기 때문입니다. 엘리도 아주 말수가 적어졌 습니다. 그녀의 남자친구 딜크가 독일로 끌려갔기 때문입니다. 엘리는 연 합군 비행기가 딜크의 머리 위에 때로는 합계 백만 킬로그램의 폭탄을 떨어뜨릴 것이라고 걱정하고 있습니다. "한 사람에게 백만 킬로그램의 폭탄은 떨어지지 않아요."라든가, "한 방만 맞으면 끝장이지, 뭐."라는 농담은 좋지 않은 취미입니다. 물론 끌려간 것은 딜크만은 아닙니다. 날 마다 수많은 젊은이들이 여러 대의 기차에 가득 실려서 떠납니다. 기차가 도중의 작은 역에 섰을 때를 틈타 도망치는 사람도 있습니다. 그러나 성 공하는 사람은 아주 적은 수이겠지요. 당신에게 알릴 언짢은 뉴스는 이 것만이 아닙니다. 당신은 인질이라는 말을 들어본 적이 있습니까? 이것은 파괴행위에 대한 최근의 처벌방범입니다. 이처럼 무서운 일을 상상할 수 있겠어요?

저명한 시민——물론 죄없는 사람들——이 자꾸만 감옥에 갇히어서, 내일을 알 수 없는 운명을 기다리고 있습니다. 만일 파괴행위의 범인이 발견되지 않으면 게슈타포는 약 5명의 인질을 그야말로 간단히 총살해 버립니다. 이러한 사람들의 사망이 가끔 신문에 발표되지만, 이처럼 무도 하게 죽여놓고도 '사고에 의한 사망'이라고 씌어집니다. 독일인이란 어 쩌면 이렇게도 훌륭한 국민일까요! 나도 옛날에는 독일 국민의 한 사 람이었다고 생각하니 한심해집니다. 히틀러는 오래 전에 우리들 유태인 들로부터 국적을 빼앗았습니다. 독일인과 유태인은 이 세상에서 하늘을 함께 이고 살 수 없는 원수 사이입니다.

안네로부터

키티님   1942년 10월 16일 금요일

오늘은 몹시 바쁩니다. 《라 벨 니베르네이즈》를 한 장 번역하고 새로운 낱말을 노트에 적었습니다. 이제부터 하기 싫은 수학문제 하나와 프랑스어 문법을 3페이지 해야 합니다. 날마다 수학을 공부하는 것은 정말 지긋지긋해요. 아빠도 수학은 싫다고 합니다. 나도 아빠도 수학은 그다지 잘하지 못하기 때문에 가끔 마르고트의 도움을 받아야 하지만 아빠보다는 내가 잘하는 편입니다. 속기는 내가 세 사람 중에서 가장 잘합니다.

이제 《더 엣소울트》를 다 읽었습니다. 아주 재미있지만 《죠프 텔 호일》에는 따를 수가 없습니다. 정말 시시팬 막스벨트는 일류 작가라고 생각합니다. 나는 내 아이에게는 반드시 그녀의 작품을 읽게 하겠어요. 엄마와 마르고트와 나, 세 사람은 다시 아주 사이가 좋아졌습니다. 이러는 편이 훨씬 낫습니다. 어젯밤에는 마르고트와 함께 잤습니다. 비좁았지만 즐거웠습니다. 마르고트는 내게 일기를 읽어도 좋겠느냐고 물었습니다. 나는 "좋아요, 조금은." 하고 말하고, 그녀의 일기를 읽게 해주겠느냐고 물었더니 좋다고 대답했습니다. 그리고 둘이서 앞날에 대한 이야기를 했습니다. 마르고트에게 앞으로 무엇이 되고 싶으냐고 물었지만 말하려 하지 않았습니다. 무척 비밀로 하고 있습니다. 그녀는 학교 선생이 되고 싶을 거라고 나는 상상하고 있습니다. 잘은 모르지만 나는 그렇게 생각합니다. 아무튼 꼬치꼬치 캐어묻는 것은 좋지 않겠지요.

오늘 아침 나는 피터를 그의 침대에서 쫓아내고 거기서 잤습니다. 그는 매우 화를 냈지만 그런 것쯤 문제도 아닙니다. 그는 나를 좀더 상냥하게 대해도 좋을 것입니다. 어제 그에게 사과를 한 개 주었으니까요.

마르고트에게 내가 보기 싫게 생겼느냐고 물었더니, 아주 예쁘고 눈이 좋다고 말했습니다. 뭔가 막연한 말 같군요. 그렇게 생각하지 않아요? 그럼, 다음에 또.

안네로부터

이크, 들켰나!

몹시 놀라고 나서 두 시간이나 지났는데도 아직 손이 떨립니다. 집 안에 소화기(消化器)가 5개 있습니다. 우리는 누군가 ㄱ 속에 약을 채우러 오게 되어 있는 것을 알고 있었지만, 아무도 우리에게 목수나 누가 언제 올 것인가를 미리 알려주지 않았습니다.

그래서 내가 책장으로 가려놓은 우리의 입구 저쪽 층계참에서 나는 망치 소리를 듣기까지는 아무도 조용히 있으려고 하지 않았습니다. 나는 곧 목수가 온 것이라고 생각하고, 우리와 함께 식사를 하던 엘리에게 아래로 내려가선 안 된다고 주의를 주었습니다. 아빠와 나는 와 있던 사람이 갔는가를 확인하기 위해 문 곁에 지키고 서서 귀를 기울이고 있었습니다. 15분쯤 일을 하고 나서 그 사람은 망치와 다른 도구를 벽장 위에 올려놓고——우리는 그렇게 생각했습니다——이윽고 문을 두드렸습니다. 우리들은 파랗게 질렸습니다. 아마 그 사람은 뭔가 소리를 듣고 우리의 은신처를 조사하려고 한 모양입니다. 아무래도 그랬던 것 같았습니다. 잠시 문을 두드리기도 하고 당기기도 하고 밀기도 하고 손잡이를 틀기도 했습니다. 나는 이 낯선 사람이 우리의 은신처를 발견할지도 모른다고 생각하자 정신이 아득해지는 것 같았습니다. 마침내 마지막이 왔다고 생각한 그 순간 "문 좀 열어줘요, 나입니다." 하는 코프하이스 씨의 목소리가 들렸습니다. 우리는 곧 문을 열었습니다. 비밀을 알고 있는 사람이라면 문제없이 벗길 수 있는 책장을 눌러두는 고리가 잠겨서 열리지 않았던 것입니다. 그래서 아무도 목수가 온다는 소식을 전하지 못했던 것입니다. 일을 하러 왔던 사람은 이미 아래로 내려갔으므로 코프하이스 씨가 엘리를 데리러 왔는데 문이 열리지 않았던 것입니다. 나는 정말로 안도의 한숨을 쉬었습니다. 문을 두드리기도 하고 밀어도 보고 당겨도 볼 때, 문 저쪽 사람은 나의 공상 속에서 차츰 커져 마침내 거대한 파시스트가 되어갔습니다.

아아, 천만다행으로 이제 만사 OK입니다. 그런데 월요일에는 아주 재미있는 일이 있었습니다. 미프와 헹크가 여기서 잤습니다. 나와 마르고트는 그날 밤 아빠 방에서 자고 우리들의 방은 미프 부부에게 비워주었습니다. 저녁 식사는 무척 맛이 좋았지만 식사 중에 아빠 방의 전등 퓨즈가 끊어졌기 때문에 갑자기 캄캄해져서 몹시 곤란했습니다. 집에 퓨즈가 조금 있었지만 퓨즈 복스가 있는 장소가 어두운 광 뒤였습니다. 밤이었기 때문에 대단한 일이었지만 남자들이 활동하여 10분 뒤에는 촛불을 끌 수가 있었습니다.

아침에 일찍 일어났습니다. 헹크는 8시 반에 떠나야만 했습니다. 즐거운 아침 식사를 마치고 나서 미프는 아래로 내려갔습니다. 밖에는 비가 많이 내리고 있어서 미프는 자전거로 사무실에 나올 필요가 없게 된 것을 기뻐하고 있었습니다. 다음 주일에는 엘리가 자러 오기로 되어 있습니다.

안네로부터

키티님　　　　　　　　　　　　　　　　1942년 10월 29일 목요일
아빠가 몸이 편찮으셔서 매우 걱정입니다. 열이 많고, 빨간 발진(發疹)이

돌았습니다. 아무래도 홍역 같아요. 의사도 부를 수 없음을 생각하면 슬퍼집니다. 엄마는 아빠가 땀을 내도록 하고 있습니다. 그렇게 하면 아마 열이 내리겠지요.

아침에 미프가 말하기를 팬 던네 가구를 모두 들어 내갔다고 합니다. 아주머니에게는 아직 알리지 않았습니다. 그녀는 그렇잖아도 말이 많은 사람인데 집에 남기고 온 고운 도자기며 훌륭한 의자 등으로 해서 또 자꾸만 불평을 늘어놓는다면 야단입니다. 우리도 좋은 것을 거의 다 두고 왔습니다. 이제 와서 불평을 한들 무슨 소용이 있겠습니까.

나는 요즈음 어른들의 책을 좀더 읽어도 좋다는 허락을 얻었습니다. 지금 니코팬 스크테렌의 《에바의 청춘》을 읽고 있는데, 여학생의 사랑 이야기와 그다지 다를 바가 없다고 생각합니다. 하긴 뒷골목에서 낯모르는 남자에게 몸을 맡기는 여자의 이야기가 조금 씌어 있기는 합니다. 그 대가로써 돈을 요구하는 겁니다. 내가 이렇게 되면 부끄러워서 죽어버릴 거예요. 그리고 에바에게 월경이 있다는 이야기가 씌어 있습니다. 아아, 나도 빨리 그렇게 되고 싶어요. 그것은 여성에게는 매우 중요한 거라더군요.

아빠는 큰 책장에서 괴테와 쉴러의 희곡을 꺼내왔습니다. 밤마다 내게 읽어주시기로 했습니다. 먼저 《돈 카를로스》에서부터 시작했습니다.

아빠의 좋은 본을 받아 엄마는 나에게 자신의 기도책을 억지로 주었습니다. 나는 체면상 독일어로 된 기도문을 조금 읽습니다. 확실히 아름다운 문장이기는 하지만 내 마음을 그다지 감동시키는 것은 없습니다. 엄마는 어째서 나에게 신앙을 강요하는 것일까요? 다만 자신을 만족시키기 위해서라고밖에는 생각되지 않습니다.

내일은 처음으로 불을 피우게 되어 있습니다. 틀림없이 연기 때문에 숨이 막힐 거예요. 굴뚝은 여러 해 동안 청소한 일이 없습니다. 안이 막히지 않았으면 좋으련만 하고 생각합니다.

안네로부터

엄마에 대한 불만

키티님   1942년 11월 7일 토요일

엄마는 매우 초조해 하고 있습니다. 이것은 내게는 언제나 불쾌한 징조입니다. 엄마도 아빠도 마르고트는 절대로 나무라지 않으면서, 뭐든지 좋지 않은 일이 생기면 내 탓으로 돌리는 것은 어째서일까요? 예를 들면 어제 저녁때 마르고트는 예쁜 삽화가 들어 있는 책을 읽고 있었는데 별안간 벌떡 일어나 나중에 계속해서 읽을 수 있도록 책을 그 자리에 두고 아래로 내려갔습니다. 그때 나는 아무것도 하지 않고 있었기 때문에 그 책을 집어들어 그림을 보기 시작했습니다. 마르고트는 돌아와서 내가 책을 들고 있는 것을 보자 이맛살을 찌푸리며 책을 돌려달라고 했습니다. 내가 조금만 더 보고 주겠다니까 마르고트는 마구 화를 냈습니다. 그러자 엄마가 마르고트의 편을 들어서 "마르고트가 그 책을 읽고 있었으니까 돌려줘라." 하고 말참견을 했습니다. 이때 아빠가 방으로 들어왔습니다. 아빠는 사정도 모르면서 마르고트의 화난 얼굴을 보자 "마르고트가 만일 너의 책을 읽는다면 너는 도대체 뭐라고 하겠니?" 하고 나를 꾸짖었습니다. 나는 곧 체념하여 책을 놓고 방을 나갔습니다——모두 내가 화난 줄 알았겠지요.

그러나 어쩐 일인지 나는 화도 나지 않았고 토라지지도 않았습니다. 판단을 내리는 것은 잘못입니다. 나는 만일 엄마와 아빠가 참견을 하지 않았더라면 좀더 일찍 마르고트에게 자진해서 책을 돌려주었을 거예요. 아빠도 엄마도 마르고트가 마치 뭔가 크게 옳지 못한 일의 희생자이기라도 한 듯이 곧 마르고트를 편들기 때문에 나는 슬펐던 것입니다.

엄마가 마르고트를 편드는 것은 틀림이 없습니다. 두 사람은 언제나 서로 감싸줍니다. 나는 그것에 익숙하기 때문에 엄마의 잔소리나 마르고트의 시무룩한 기분도 전혀 마음에 두지 않습니다.

나는 두 사람을 사랑하고 있습니다. 그러나 그것은 두 사람이 나의 엄마이고 언니이기 때문일 뿐입니다. 아빠의 경우는 다릅니다. 만일 아빠가 마르고트를 착한 아이의 본보기라고 말하고 그녀가 한 일을 칭찬하며 그녀를 포옹하거나 하면 나는 온몸이 찢기는 듯한 아픔을 느끼는 것입니다. 나는 아빠를 뜨겁게 사랑하고 있기 때문입니다. 아빠는 내가 존경하는 오직 한 사람입니다. 나는 이 세상에서 아빠 말고는 아무도 사랑하지 않습니다. 아빠는 자신이 마르고트와 나를 차별하고 있음을 깨닫지 못합니다. 마르고트는 이 세상에서 가장 예쁘고 가장 귀여운 여자아이일는지도 모르지만 나에 대해서 얼마쯤은 진지하게 생각해주어야 할 의무가 있다고 생각합니다. 나는 언제나 우리 집에서 가장 못생긴 저능아 취급을 받아왔습니다. 나는 무엇을 해도 처음에는 언제나 꾸중을 듣고 기분이 상하기 때문에 같은 일을 하는데도 언니의 두 배나 힘이 듭니다. 나는 이제 이 명백한 편애에 더 참고 견딜 수가 없습니다. 나는 아빠가 나에게 줄 수 없는 무언가를 아빠로부터 이어받고 싶습니다. 나는 마르고트를 질투하지 않습니다. 이제까지도 질투한 적은 없습니다. 마르고트의 아름다움을 부럽다고도 생각하지 않습니다. 내가 동경하고 있는 것은 아빠의 진정한 애정입니다――아빠의 딸로서뿐만 아니라 안네라는 나 자신을 위해서입니다.

내가 아빠에게 매달려 있는 것은 아빠가 있음으로써 얼마쯤이나마 가정적인 감정을 가질 수가 있기 때문입니다. 아빠는 엄마에 대해 갖고 있는 감정을 가끔 털어놓고 싶어하는 나의 심정을 몰라줍니다. 아빠는 그것에 대해 이야기를 하려들지 않습니다. 아빠는 엄마의 결점에 대한 이야기는 일체 피하려고만 합니다. 내 입장에서 보면 엄마의 결점은 도저히 참을 수가 없습니다. 나는 이것을 내 가슴에만 담아둘 수가 없습니다. 그렇다고 해서 엄마의 야무지지 못한 점이며 짓궂음이며 박정한 점 등을 끊임없이 충고할 수도 없습니다. 나는 언제나 내가 틀렸다고는 생각지 않습니다.

　나와 엄마는 모든 것이 정반대이므로 충돌하는 것은 당연합니다. 엄마의 성격은 어딘가 나에게 이해되지 않는 점이 있기 때문에 비판은 하지 않겠습니다. 나는 그녀를 오직 한 사람의 어머니로서 바라볼 뿐입니다. 하지만 그녀는 나에 대해서는 어머니답지 않습니다. 나는 나 스스로 나의 어머니가 되어야 합니다. 나는 우리 가족들로부터 고립되어 있습니다. 나 스스로가 내 운명의 배의 선장과도 같은 것입니다. 어디에 닿을 것인지는 나중에 알게 되겠지요. 이런 생각을 하는 것은 마음속으로 완전한 어머니나 아내는 이러해야 할 것이라는 환영(幻影)을 그리고 있기 때문입니다. 내가 '어머니'라고 부르는 사람에게는 이 환영의 어떠한 부분조차도 볼 수가 없습니다.

　나는 언제나 엄마의 나쁜 점만 보지 않기로 하고, 좋은 면만을 보아 엄마에게 없는 것을 나 자신에게서 찾아내려고 생각하고 있습니다. 하지만 그게 도무지 잘 되지 않습니다. 좋지 않은 것은, 엄마도 아빠도 내 생명 속의 이 갭을 이해하지 못합니다. 이것은 그들이 옳지 않다고 생각합니다. 아이들을 절대적으로 만족시켜줄 부모는 없을까요? 나는 가끔 신이 지금 또는 앞으로 나를 시험하려 하는 것이라고 믿고 있습니다. 나는 본보기도 없이 충고도 받지 못하고, 스스로의 노력으로 훌륭한 인간이 되어야만 합니다. 그렇게 하면 나는 보다 강해지겠지요. 나 이외에 이 일기를 읽은 사람이 있을까요? 나 말고 누구에게서 나는 위로를 받을 수 있을까요? 나는 가끔 위안을 필요로 할 때, 자신이 약한 것을 통감하고 나 자신에게 불만을 느낍니다. 나는 너무도 결점이 많은 인간입니다. 나는 이것을 알고 있으므로 날마다 자신을 보다 좋게 하려고 노력하고 있습니다.

　나에 대한 취급방법은 그날그날에 따라 다릅니다. 어느 날은 안네는 퍽 영리하다면서 무엇이든지 가르쳐주지만 다음날이 되면 안네는 책에서 여러 가지 훌륭한 것들을 배웠다고 생각하고 있으나 사실은 아무것도 모르는 바보라는 말을 듣습니다. 나는 이미 어린아이도 아니고 웃음거리 응석받이도 아닙니다. 아직 말로는 표현할 수가 없지만 나는 이상도 계획도 의견도 갖고 있습니다. 나의 심정을 잘못 이해하는 사람들에게는 정말 넌더리가 납니다. 이런 사람들을 참고 견디어야만 한다고 생각하면, 나는 침대에 누우면서 문득 이러한 여러 가지 일을 마음속으로 중얼거리고 맙니다. 그래서 마침내는 일기장을 대하게 됩니다. 당신은 참을성이 있으니까 끝까지 내 말을 들어주겠지요? 나는 당신에게, 어떤 일이 있어도 눈물을 삼키고 참으며 나 자신의 길을 발견할 것을 약속합니다. 나는 가끔 자신이 한 노력의 결과를 보고 누군가 나를 사랑하는 사람으로부터 격려를 받고 싶을 뿐입니다.

　나를 나무라지 말아주세요. 나도 때로는 가슴속의 울분을 터뜨리는 경우가 있다는 것을 기억해주세요.

안네로부터

키티님　　　　　　　　　　　　　　　　　1942년 11월 9일 월요일

　어제는 피터의 생일이었습니다. 그는 만 16살이 되었습니다. 그가 받은 선물 속에는 모노폴리 게임 도구와 면도기, 라이터 등이 있었습니다. 그는 허세로 담배를 피울 뿐 별로 피우지 않습니다.

　오후 1시, 팬 던 아저씨가 큰 뉴스를 알려왔습니다. 영국군이 튀니스와 알제리아, 카사블랑카, 오랑에 상륙했다고 합니다. "이것은 종말의 시작이다."라고 모두가 말했지만, 영국에서 같은 뉴스를 들은 처칠 수상은 "이것은 종말이 아니다. 종말의 시작도 아니다. 아마 시작의 종말일 것이다."라고 말했다고 합니다. 당신은 무엇이 다른지 알겠어요? 아무튼 낙관해도 좋을 상태가 되었습니다. 석 달씩이나 방어를 계속하고 있는 소련의 스탈린그라드는 아직도 독일군에 함락되지 않고 있습니다.

　그러나 우리들의 은신처에 대해서 말한다면 식량 이야기를 하지 않을 수 없습니다. 당신도 알고 있듯이 4층에는 식성 좋은 돼지들이 있습니다.

코프하이스 씨의 친구 집인 마음 착한 빵집에서 빵을 사들이지만, 전처럼 많이 살 수 없는 것은 당연합니다. 그러나 그런 대로 충분합니다. 4인분의 배급 카드도 암거래로 샀습니다. 배급 카드의 암거래 가치는 차츰 올라가서 지금은 27플로링에서 33플로링이나 됩니다. 단 한 장의 인쇄된 종이쪽지가 이렇게 비싼 것입니다. 지금 갖고 있는 야채 1백 50캔(깡통) 외에 뭔가 오래갈 만한 것을 저장하려고 말린 완두콩과 누에콩을 2백 70파운드 샀습니다. 모두 다 우리를 위한 것은 아니며, 일부는 사무실 사람들의 것입니다. 콩은 자루에 넣어서 비밀 문 안쪽 좁은 복도의 못에 걸어두었으나 무거워서 자루가 터졌기 때문에 다락방에 두는 편이 좋겠다고 하여 피터가 자루를 위로 끌어올리는 일을 맡았습니다.

피터는 여섯 개의 자루 중에서 다섯 개까지는 무사히 끌어올렸지만, 마지막 자루를 끌어올릴 때 자루 밑바닥의 꿰맨 부분이 터져 완두가 소나기처럼——아니, 그야말로 우박 섞인 폭풍우 같은 기세로 충계에서 쏟아져 내렸습니다. 자루에는 약 50파운드의 콩이 들어 있었기 때문에 그 소리는 죽은 사람도 깨어날 만큼 굉장한 것이었습니다. 아래층에 있던 사람들은 이 낡은 건물이 무너져내리는 줄 알았답니다. 다행스럽게도 건물 안에는 외부 사람은 아무도 없었습니다. 그 순간 피터는 놀랐지만, 충계 아래 콩의 바닷속에 작은 섬처럼 서 있는 나를 보자 큰소리로 웃었습니다. 나는 발목까지 콩에 묻혀버렸습니다. 모두들 곧 콩을 줍기 시작했지만, 콩은 미끄러운데다 작아서 저쪽 구석 이쪽 구멍으로 굴러들어가 좀처럼 쉽게 주울 수가 없었습니다. 지금도 누구든 아래로 갈 때마다 허리를 굽혀 줍다 남은 콩을 한 움큼씩 주워서는 팬 던 아주머니에게로 가져갑니다.

잊어버릴 뻔했지만, 아빠의 병은 완전히 좋아졌습니다.

안네로부터

덧붙임——방금 라디오에서 알제리아가 함락된 소식을 전했습니다. 모로코, 카사블랑카, 오랑은 이미 며칠 전에 영국군의 손에 떨어졌습니다. 이번에는 튀니스 차례입니다.

여덟 번째의 동거인

키티님   1942년 11월 10일 화요일

큰 뉴스입니다! 이 집에 8명째의 사람을 들이려 하고 있습니다. 정말입니다! 우리는 언제나 한 사람분의 식량과 장소가 여유있다고 생각하고 있었습니다. 다만 우리는 코프하이스 씨나 크라이렐 씨에게 더 이상 수고를 끼치고 싶지 않았습니다. 그러나 요즈음 유태인에 대해서 들리는 무서운 이야기가 더욱 심해졌기 때문에 아빠가 두 사람에게 계획을 털어놓았더니, 두 사람 다 "그거 좋은 생각이오. 일곱이 여덟이 되어도 위험의 정도에는 변함이 없으니까."라고 말했습니다. 정말 그렇습니다. 이것이 결정되자 우리의 가족과 잘 어울릴 만한 독신자를 염두에 두고 친구들 사이에서 물색해봤습니다. 알맞는 사람을 찾아내기는 그다지 어렵지 않았습니다. 아빠는 팬 던네의 친척은 모두 거절했습니다. 그리고 마지막으로 알버트 뒤셸이라는 치과의사를 선택했습니다. 그의 부인은 다행스럽게도 전쟁이 일어났을 때 외국에 가 있었습니다. 그는 온순한 사람으로 우리나 팬 던 아저씨가 적당한 교제를 통해 판단한 바 우리 두 가족과 마음이 맞을 사람으로 생각되었습니다. 미프는 이 사람을 알고 있으니까 모든 것을 잘

주선해줄 것입니다. 만일 그 사람이 오면 마르고트는 나의 방에서 자야 됩니다. 마르고트는 캠프용 침대를 사용하게 되겠지요.

안네로부터

키티님   1942년 11월 12일 목요일

뒤셀 씨는 미프에게서 은신처를 마련했다는 이야기를 듣고 몹시 기뻐했습니다. 미프는 그에게 되도록이면 빨리——가능하면 토요일에 오라고 말했습니다. 하지만 그는 진료 카드를 정리하고 환자를 두셋 진찰하고, 여기저기의 계산을 끝내야 하므로 토요일은 좀 어렵겠다고 말했습니다. 미프는 오늘 아침에 이 소식을 전해왔습니다. 우리는 우물쭈물하는 것은 현명하지 않은 일이라고 생각했습니다. 여러 가지 준비를 하기 위해서는 그다지 알리고 싶지 않은 사람들에게까지도 설명을 해야 할 경우가 생기기 때문입니다. 미프는 아무래도 토요일에 올 수 없는지 그에게 묻기로 되어 있습니다.

뒤셀 씨는 도저히 안 되겠다고 말했습니다. 그는 월요일에 오기로 되었습니다. 이처럼 좋은 조건에 선뜻 덤벼들지 않는 것은 좀 이상하다고 생각합니다. 만일 거리에서 붙잡히면 진료 카드를 정리하거나 환자를 진찰하거나 계산을 끝낼 수가 있을까요? 그렇다면 무엇 때문에 늦추는 것일까요? 아빠가 양보하는 것은 어리석은 일이라고 생각됩니다. 이 밖에 소식은 없습니다.

안네로부터

키티님   1942년 11월 17일 화요일

뒤셀 씨가 왔습니다. 모든 것이 잘 되었습니다. 그 상황을 간단히 이야기하겠어요——미프가 그에게 우체국 앞의 어떤 장소로 한 남자가 그를

맞으러 가게 되어 있으니까 오전 11시까지 거기에 오도록 말했습니다. 뒤셀 씨는 지정된 장소로 시간에 맞추어 와서 서 있었습니다. 그를 알고 있는 코프하이스 씨가 그에게 다가가 마중올 사람이 못 오게 되었는데 사무실로 가서 미프를 만나는 게 좋을 것이라고 말하고, 전차를 타고 사무실로 돌아왔습니다.

뒤셀 씨는 전차를 탈 수 없기 때문에 같은 방향으로 걸어갔습니다. 11시 20분쯤 그는 사무실에 도착했습니다. 미프는 그의 노란 별표가 남의 눈에 띄지 않게 하기 위해서 그를 도와 외투를 벗겨주고 그를 전용 사무실로 안내했습니다. 거기서 코프하이스 씨는 청소부가 갈 때까지 그와 잡담을 하고 있었습니다. 청소부가 돌아가자, 미프는 전용 사무실이 다른 일로 필요하기 때문이라는 구실로 뒤셀 씨를 데리고 3층으로 올라가 예의 비밀 책장을 밀치고 깜짝 놀라는 그를 모른 체하며 안으로 들어왔습니다. 그리고 그에게도 빨리 들어오라고 손짓했습니다.

이때 우리는 모두 팬 던네 방에서 새로 오는 사람을 환영하기 위해 커피와 코냑을 준비해놓고 테이블에 둘러앉아 기다리고 있었습니다. 미프는 그를 먼저 우리의 거실로 안내했습니다. 그는 곧 가구가 우리 것임을 알았지만 우리가 바로 위층에 있으리라고는 꿈에도 생각지 못했습니다. 미프가 그 이야기를 하자 그는 몹시 놀랐지만 미프는 지체하지 않고 그를 위층의 우리가 있는 방으로 데리고 왔습니다.

뒤셀 씨는 마음이 가라앉기를 기다리기라도 하는 듯이 가만히 의자에 앉은 채 잠시 우리의 얼굴을 둘러보고 있었습니다. 조금 뒤 그는 "그런데 ──그렇다면 당신네들은 벨기에로 간 것이 아니었습니까……독일군이 오지 않았나요?……결국 달아나지를 못한 것이로군요." 하고 더듬거리며 말했습니다.

그래서 우리는 군인이나 자동차 이야기는 사람들, 특히 독일군을 속이기 위해 일부러 퍼뜨린 것이라고 그에게 모두 털어놓았습니다. 뒤셀 씨는 우리의 교묘한 방법에 새삼 놀라고, 은신처의 내부 이야기를 듣자 실용에 알맞는 이상으로 잘 되어 있는 데 감탄하며 말없이 주위를 둘러볼 뿐이었습니다.

다 함께 점심을 마치고 나서 뒤셀 씨는 잠시 낮잠을 잤는데, 차 마시는 시간에는 일어나서 우리들 틈에 끼었으며, 그리고 미프가 미리 가져다 놓았던 자기의 짐을 정리했습니다. 그는 차츰 마음이 가라앉아갔습니다. 특히 '은신처의 규칙'이라는 타이프친 종이를 받았을 때는 완전히 명랑해졌습니다. 이 규칙은 팬 던 아저씨가 만든 것으로 다음과 같이 씌어 있습니다.

은신처의 취지 및 안내

유태인 임시 주거지로서의 특별 시설. 연중 무휴. 암스테르담의 중심지에 있으며 아름답고 한적함. 13번 및 17번 전차 또는 자동차, 자전거로도 올 수 있음. 독일군이 수송기관의 사용을 금하는 경우는 걸어서 올 수 있음.

방값, 식사는 일체 무료.

비곗살이 오르지 않는 특별 요리를 제공함.

욕실 및 벽 안팎에 수도가 통해 있음. 단 욕조는 없음.

모든 짐을 보관할 만한 장소 있음.

자가용 라디오 센터 있음. 런던, 뉴욕, 텔아비브, 그 밖의 많은 방송국과 직통, 라디오는 오후 6시 이후 은신처 거주자의 전용임. 어느 방송을 듣거나 상관없지만 독일로부터의 방송은 고전 음악 등 특별한 것에 한함.

휴식 시간——오후 10시부터 오전 7시 반까지. 단 일요일은 오전 10시 15분까지.

거주자는 상황이 허락하는 한 지휘자의 지시에 따라 낮에도 휴식을 취할 수 있음. 공공(公共)의 안전을 위해 휴식 시간을 엄수할 것.

휴일——옥외에서의 휴일은 무기 연기.

언어——언제나 조용히 이야기할 것. 이것은 명령이다! 문명국 언어는 무엇을 사용해도 상관없음. 따라서 독일어 사용은 금함.

학과——매주 1회 속기 수업 있음. 영어, 프랑스 어, 수학, 역사 수업은 매일 있음.

애완용 동물——허가를 요함. 우대함. 단 빈대, 이런 종류는 거절함.

식사 시간——아침은 일요일과 은행 휴일을 빼고 오전 9시 일요일과 은행 휴일에는 11시 반 무렵. 점심(양은 그다지 많지 않음)은 오후 1시

15분부터 45분까지. 저녁은 라디오 뉴스 방송에 따라 시간이 일정하지 않음. 저녁 식사에는 찬 것 또는 따뜻한 것, 양쪽이 다 나오는 경우도 있다.

의무——거주자는 늘 자진해서 사무를 도울 것.

목욕——일요일 오전 9시부터 거주자는 목욕을 위해 빨래함지를 사용할 수 있음. 화장실, 주방, 2층의 전용 사무실, 그 밖의 어디서든 마음에 드는 장소를 사용하면 된다.

알코올 음료——의사가 허가하는 경우에 한함. 이상.

안네로부터

키티님   1942년 11월 19일 목요일

뒤셀 씨는 모두가 상상했던 대로 아주 좋은 사람입니다. 물론 그는 우리의 작은 방에서 함께 지낼 것을 동의했습니다. 솔직히 말해서 나는 남에게 내 물건을 쓰게 하는 것은 그다지 좋아하지 않지만 좋은 일을 위해서는 누구든 조금은 희생을 치를 마음가짐이 있어야 합니다. 그러므로 나는 기꺼이 약간의 것을 제공합니다. 아빠는 "한 인간을 구할 수 있다면 아무리 소중한 것이라도 아무것도 아니야."라고 말했습니다. 정말 아빠의 말씀이 맞습니다. 뒤셀 씨는 여기 와 닿은 날 나에게 여러 가지를 물었습니다. 청소부는 언제 오며 욕실은 언제 사용할 수 있으며 화장실은 언제 사용할 수 있는가 등등. 당신은 웃을지 모르지만 이러한 것은 은신처 생활에서는 그리 간단한 문제가 아닙니다. 낮 동안 우리는 아래층에 들리지 않도록 아무리 작은 소리라도 내지 않도록 주의해야 합니다. 특히 예를 들면 청소부라도 와 있을 때는 세심한 주의가 필요합니다. 나는 뒤셀 씨에게 모든 것을 자세하게 설명해주었지만 놀랍게도 그는 이해력이 매우 좋지 않습니다. 그는 같은 일을 두 번 되묻고도 그래도 기억을 못 하는 모양입니다. 그러나 차츰 나아지겠지요. 틀림없이 갑작스럽게 환경이 바뀌어 머리가 혼란되고 있을 것입니다.

이 밖에는 모든 것들이 순조롭게 진행되고 있습니다. 뒤셀 씨는 우리가

이미 오랫동안 듣지 못한 세상 이야기를 많이 들려주었습니다. 매우 비참한 이야기도 있었습니다. 셀 수 없을 만큼 많은 우리의 친구며 친지들이 끔찍한 운명 속으로 빠져들었습니다. 밤마다 유태인을 가득 실은 초록과 회색 칠을 한 독일 군용 트럭이 거리를 지나갑니다. 독일군은 한 집 한 집 벨을 울려서 유태인이 없느냐고 묻고, 만일 있으면 하나도 남기지 않고 모조리 끌고 갑니다. 없으면 다음 집으로 갑니다. 그러므로 은신처에 숨어 있지 않는 한 절대로 살아날 수가 없습니다. 독일군은 명부를 들고 다니며 많은 사냥감이 있다고 짐작되는 집만 습격할 때도 가끔 있습니다. 때로는 한 사람 앞에 얼마씩 돈을 집어주면 놓아주는 수도 있습니다. 마치 옛날의 노예 사냥 같습니다. 그러나 이것은 농담이 아닙니다. 농담으로 돌리기에는 너무도 비참한 이야기입니다. 저녁때 어두워지고 나서 선량하고 죄없는 한 떼의 사람들이 아이들을 데리고 독일 병사에게 구박을 받고 쓰러질 만큼 매를 맞으면서 비틀비틀 걸어가는 것을 나는 창문으로 자주 봅니다. 노인이건 어린아이건 임신을 한 여자이건 또 병자건 간에 사정이 없습니다. ──모두가 죽음의 행진을 하게 됩니다.

　붙잡히지도 않고 도움을 받으며 여기에 잘 있는 우리는 얼마나 행복한가요? 우리는 우리가 도울 수 없는 친한 사람들의 신상에 마음 아파할 뿐 이러한 불행에 대해 걱정할 필요는 없으니까요. 자기의 친한 친구가 매를 맞고 쓰러지거나 추운 밤에 어디선가 도랑에 떠밀려 떨어지거나 하는데, 나만 따뜻한 침대에서 자는 것이 나쁜 것같이 생각되기도 합니다. 나는 친한 친구들이 이 세상에서 가장 잔인한 짐승들의 손에 잡힌 것을 생각하면 두려워집니다. 오직 유태인이라는 이유만으로!

안네로부터

키티님　　　　　　　　　　　　　1942년 11월 20일 금요일
　우리 가운데 누구도 이 뉴스를 어떻게 받아들여야 할지 모릅니다. 유태인의 비참한 뉴스는 이제까지는 우리 귀에 들어오지 않았습니다. 그러나

결국은 되도록이면 유쾌한 심정으로 있는 편이 좋겠다고 생각했습니다. 미프가 가끔 친구들의 신상에 일어난 일을 이야기할 때마다 엄마와 팬 던 아주머니는 울음을 터뜨리기 때문에 미프는 이제 아무 얘기도 하지 않는 게 낫다고 생각하고 있습니다. 그러나 뒤셀 씨는 곧 모두로부터 질문 공세를 받았습니다. 그의 이야기는 매우 비참했고 끔찍했으며 한 번 들으면 잊으려 해도 잊혀지지가 않습니다.

그래도 조금 잊을 만하면 또 서로 농담을 하기도 하고 놀려대기도 합 니다. 우울하게 있어봐야 아무런 소용도 없으며, 바깥 사람들을 도울 수도 없지 않아요. 우리의 은신처를 '우울한 은신처'로 해봐야 무슨 소용이 있겠어요. 우리는 무엇을 하든 늘 바깥 사람들을 생각해야 할까요? 나는 뭔가 웃으려다가도 곧 반성하고, 유쾌해지는 것을 부끄러워해야만 할까 요? 그리고 온종일 울고 있어야만 할까요? 아니, 나는 그렇게는 할 수 없습니다. 그리고 이 우울한 마음도 곧 사라지겠지요.

이 밖에도 내게는 또 한 가지 우울한 일이 있습니다. 그러나 그것은 내 개인적인 일로 내가 지금 이야기한 것에 비하면 하찮은 것에 지나지 않 습니다. 그래도 나는 요즈음 고독한 기분에 사로잡히기 시작한 것을 당 신에게 이야기하지 않을 수 없습니다. 나는 너무도 큰 공허감에 휩싸여 있습니다. 이제까지 나의 마음은 재미있는 일, 즐거운 일, 여자친구의 일 등으로 가득해서 요즈음 같은 심정이 된 적은 없었습니다. 요즈음 나는 불행한 일이라든가 나 자신의 일밖에 생각하지 않습니다. 그리고 나는 아빠를 몹시 좋아하지만 그 아빠조차 지난날의, 나만의 작은 세계를 대신할 수는 없다는 사실을 비로소 깨달았습니다.

나는 어째서 이처럼 쓸데없는 이야기를 할까요? 나는 감사하는 마음이 매우 모자랍니다. 그것은 나도 알고 있습니다. 그러나 모든 사람에게 너무 꾸중만 듣고, 게다가 이처럼 여러 가지로 불행한 일들을 생각하게 되니 머리가 어지러워집니다.

안네로부터

키티님　　　　　　　　　　　　　　1942년 11월 28일 토요일

　전기를 할당된 이상으로 너무 많이 썼기 때문에 여간 절약하지 않으면 송전(送電)이 끊어질 염려가 있습니다. 2주일 동안의 전등 없는 생활을 생각하니 좀 유쾌해지기는 하지만 결국 그렇게는 되지 않겠지요. 오후 4시나 4시 반이 되면 어두워서 책을 읽을 수 없으므로 우리는 영어나 프랑스어로 이야기하기도 하고, 수수께끼를 하거나 어둠 속에서 체조도 하고, 책에 대한 비평을 하기도 하며, 그 밖에 여러 가지로 바보 같은 짓들을 하면서 시간을 보냅니다. 그러나 그것도 마침내는 시들해집니다. 그런데 어제 나는 새로운 방법을 발견했습니다. 잘 보이는 쌍안경으로 전등이 켜진 뒷집을 엿보는 것입니다. 낮에는 커튼에 조그만 틈도 만들 수 없지만, 어두워진 뒤에는 상관없습니다. 나는 이제까지 이웃사람들이 이처럼 재미있는 관찰 대상이 되는 줄은 몰랐습니다. 아무튼 우리 이웃사람들은 재미있습니다. 한 집에서는 부부가 식사를 하고 있었습니다. 어느 집에서는 가정 영화를 촬영하고 있었습니다. 또 건너편 치과의사는 노부인을 치료하고 있었는데, 그 노부인이 몹시 겁을 먹고 있었습니다.

　뒤셀 씨는 아이들을 좋아하기 때문에 아이들과 잘 어울린다고 늘 말해 왔었는데, 요즈음 그 본성을 드러내기 시작했습니다. 그는 예절에 대해 지루하게 설교하는 지겨운 구식 훈련주의자입니다.

　나는 영광스럽게도(!) 그와 침실을 함께 쓰고——아아, 그것도 좁은 침실을 말입니다——더구나 나는 세 아이 가운데 가장 버릇이 좋지 않다고 여겨지고 있으므로 그로부터 같은 잔소리를 몇 번이나 들어야 하기 때문에 정말 견딜 수 없습니다. 나는 이따금 못 들은 척합니다. 잔소리를 나에게만 하는 것이라면 또 몰라도, 그는 대단히 비겁한 사람이어서 일일이 엄마에게 일러바치기 때문에 엄마가 다시 똑같은 잔소리를 되풀이합니다. 마치 앞뒤로 태풍을 맞는 것과 같습니다. 운수 나쁘게 팬 던 아주머니에게 자기 이야기를 하게 오라고 해서 이야기하러 가면 이번에야말로 진짜 태풍을 만나게 됩니다.

　솔직히 말해서 은신처 생활을 하고 있는 말 많은 가정에서 ‘버릇이 좋지

않은' 중심인물이 되기란 그리 쉽지가 않습니다. 나는 밤에 침대에 누워서 나의 나쁜 점이나 결점이라는 것들을 곰곰이 생각해보면 머리가 어지러워서 그때의 기분에 따라 웃거나 울어버리고 맙니다.

그러다가 난 지금의 나와 다른 인간이 되고 싶다든가, 나 자신이 되고 싶어하는 인간과는 다른 인간이 되고 싶다거나, 자신이 취하고 싶다고 생각하는 행동과는 다른 행동을 취해야겠다는 등 하찮은 일들을 생각하며 잠들어버립니다.

어머나, 나는 당신까지 혼란케 하고 말았군요. 미안해요. 하지만 써버린 것을 지우고 싶지는 않고, 요즈음처럼 종이가 귀한 때에 종이를 버리는 것은 용납되지 않으므로 다만 당신에게 맨 끝부분은 다시 읽지 말아달라고 부탁할 뿐이에요. 읽어도 틀림없이 모를 테니까요.

안네로부터

키티님   1942년 12월 7일 월요일

올해는 하누카(유태의 제례)와 성 니콜라스 데이가 동시에 왔습니다. 단 하루 차이로. 우리는 하누카에 대해서는 별로 떠들지 않았습니다. 서로 약간의 선물을 주고받고 촛불을 켰을 뿐입니다. 초가 모자랐기 때문에 10분쯤 켰을 따름이지만 노래만 부르면 그것으로 충분했습니다. 팬 던 아저씨는 나무 촛대를 만들었습니다. 이것으로 모든 준비가 끝난 것입니다. 토요일, 성 니콜라스 데이의 전날 밤은 더욱 즐거웠습니다. 미프와 엘리가 아빠의 귀에 대고 뭐라고 줄곧 속삭이고 있었기 때문에 우리는 무슨 일이 있을 것이 틀림없다고 생각했습니다. 정말 그랬습니다. 8시에 우리는 한 줄로 늘어서서 캄캄한 어둠 속에서 복도를 돌아 나무 계단을 내려가 작고 어두운 방으로 들어갔습니다.(나는 무서워서 3층에 남아 있는 편이 좋았겠다고 생각했습니다.) 그 방에는 창문이 없었기 때문에 전등을 켰습니다. 전등이 켜지자 아빠는 큰 책장을 열었습니다.

"아아, 어쩌면!" 하고 모두 일제히 탄성을 올렸습니다. 성 니콜라스

종이로 꾸며진 큰 바구니가 책장의 한구석에 놓이고, 그 위엔 블랙 피터의 가면이 얹혀 있었습니다.

우리는 서둘러 그 바구니를 3층으로 가지고 갔습니다. 바구니 안에는 그럴 듯한 시가 적힌 예쁘고 자그마한 선물들이 들어 있었습니다. 나는 인형을 받았습니다. 인형의 스커트는 자질구레한 것을 넣는 자루로 만들어져 있습니다. 아빠는 책꽂이를 받게 되었습니다. 아무튼 좋은 착상이었습니다. 우리는 이제까지 아무도 성 니콜라스 데이를 축하한 적이 없었지만, 이것은 좋은 출발이었습니다.

안네로부터

키티님   1942년 12월 10일 목요일

팬 던 아저씨는 전에 고기며 소시지며 조미료 등을 파는 장사를 했었습니다. 아빠의 상업에 끼게 된 것은 이 방면의 지식이 있었기 때문입니다. 그래서 아저씨는 여기에 온 뒤로 소시지 만드는 솜씨를 발휘해서 우리를 기쁘게 해주고 있습니다.

우리는 앞으로의 식량난에 대비해서 고기를 많이 사두었습니다.(물론 암거래로.) 먼저 고기 다지는 기계에 넣어 고기가 잘게 다져지면 그것을 다른 재료와 뒤섞어서 창자에 쑤셔넣는——이렇게 해서 소시지를 만드는 과정을 보는 것은 참으로 재미있습니다. 우리는 그날 저녁 식사에 기름으로 소시지를 볶아서 사워크라우트(발효시킨 시큼한 양배추 절임)와 함께 먹었습니다. 그러나 겔더랜드 소시지는 우선 잘 말려야 하므로 실로 천장에 매단 막대에 걸었습니다. 방에 들어가 소시지가 줄을 지어 널려 있는 것을 보면 누구나 웃습니다. 몹시 우스꽝스러운 꼴을 하고 있으니까요.

소시지를 만드는 방은 굉장히 소란스럽습니다. 팬 던 아저씨는 아주머니의 앞치마를 큰 몸에 두르고(아저씨는 예전보다 뚱뚱해졌습니다!) 고기를 처리하느라 정신이 없습니다. 손은 피투성이고 앞치마는 더러워졌으며 게다가 얼굴이 붉기 때문에 마치 진짜 고깃간 아저씨 같았습니다.

아주머니는 책으로 네덜란드 말을 배우기도 하고, 수프를 휘젓기도 하고, 고기가 조리되는 것을 보기도 하고, 한숨을 쉬며 갈비뼈 다친 것을 한탄하기도 하고(늙은 부인이 엉덩이의 살을 빼려고 엉터리 체조를 하면 이렇게 되는 것입니다!) 한꺼번에 뭐든지 다 하려고 했습니다.

뒤셀 씨는 한쪽 눈이 염증을 일으켰기 때문에 불 곁에 앉아서 눈을 씻고 있었습니다. 창문으로 흘러드는 햇살을 쬐면서 의자에 앉아 있던 아빠는 방해물 취급을 당해서 저쪽으로 밀렸다가 이쪽으로 끌렸다가 했습니다. 아빠는 류머티즘 때문에 고생을 하고 있는 듯했습니다. 우울한 얼굴을 하고 아저씨가 하는 일을 바라보며 의자에 웅크리고 앉아 있는 모습으로 그것을 알 수 있었습니다. 아빠는 마치 양로원에서 온 핼쑥한 할아버지 같았습니다. 피터는 방 안에서 고양이에게 재주를 부리게 하며 놀고 있었습니다. 엄마와 마르고트와 나는 감자껍질을 벗기고 있었는데, 아저씨가 하는 일에 정신을 팔고 있었기 때문에 실수만 하였습니다.

뒤셀 씨는 치과의사 일을 시작했습니다. 재미있으니까 첫 환자의 이야기를 하지요. 엄마는 다림질을 하고 있었기 때문에 아주머니가 우선 환자가 되어 방 한가운데의 의자에 앉았습니다. 뒤셀 씨는 매우 의젓한 태도로 도구 상자를 열기 시작했습니다. 소독제로 오드콜로뉴와 왁스 대신 바셀린을 달라고 말했습니다.

뒤셀 씨가 아주머니의 입 속을 들여다보면서 두 개의 이를 건드리자 아주머니는 금방 앓는 시늉을 하고 비명을 지르며 몸을 움츠렸습니다. 잠시 검사를 하고 나서——아주머니의 경우에는 2분 이상 걸리지 않았습니다——뒤셀 씨는 벌레 먹은 구멍 하나를 닥닥 긁었습니다. 그러자 아주머니는 손발을 버둥거리며 몸부림쳤기 때문에 뒤셀 씨가 스크레이퍼(훑치를 파내는 도구)를 놓았더니 그것이 아주머니의 이에 꽂힌 채로 있었습니다.

그 다음부터 큰 소동입니다. 아주머니는 울부짖으며——그런 것을 입에 넣고도 지를 수 있는 가장 큰소리로——스크레이퍼를 입에서 빼려 했지만 더욱 깊이 박힐 뿐이었습니다. 뒤셀 씨는 손을 허리에 대고 이 작은 희극을 냉정히 바라보고 있었습니다. 이런 광경을 보고 있던 다른 사람들은 웃음을 참지 못해 와아 웃음을 터뜨리고 말았습니다. 나 같으면 틀림없이 더 큰

소리로 울었을 텐데 웃다니, 정말 나쁘다고 생각합니다. 아주머니는 줄곧 버둥대며 비명을 지르다가 마침내 스크레이퍼가 빠졌으므로 뒤셀 씨는 아무 일도 없었다는 듯이 다시 치료를 시작했습니다.

　뒤셀 씨는 재빨리 일을 시작했기 때문에 이번에는 아주머니가 버둥댈 틈이 없었습니다. 아무튼 뒤셀 씨는 이제까지 이렇게 도움을 받아본 적이 없을 것입니다. 두 사람의 조수는 매우 도움이 되었습니다. 아저씨와 내가 조수 일을 훌륭하게 해냈습니다. 그 광경은 마치 〈작업 중인 돌팔이 의사〉라는 제목을 단 중세기의 그림 같았습니다. 한편 환자는 자신의 수프와 식사가 걱정이 되어 언제까지나 참고 있지를 못했습니다. 아무튼 오늘의 모습으로 보아 한 가지 확실한 점은 아주머니는 두 번째의 치료는 여간해서 받지 않으리라는 것입니다.

안네로부터

창문으로 거리를 보다

키티님   1942년 12월 13일 일요일

나는 큰 사무실에 편안히 앉아 커튼 사이로 밖을 내다보고 있습니다. 저녁때지만 당신에게 편지를 쓸 정도로 밝습니다. 사람들이 걸어가는 모습은 참으로 기묘한 광경입니다. 모두들 몹시 바쁘게 서두르는 것 같습니다. 자전거를 타고 가는 사람은 굉장한 속력으로 달려갑니다. 어떤 사람이 타고 있는지도 모를 정도입니다.

이 근처 사람들은 그다지 깨끗하지 않습니다. 특히 아이들은 아주 더러워 곁에 가까이 오는 것조차 싫습니다. 코를 흘리는 진짜 빈민굴의 아이들이지요. 나는 그들이 무엇을 이야기하는지 거의 알 수가 없습니다.

어제 오후 마르고트가 목욕하고 있을 때, 내가 "만일 우리가 낚싯대로 저 지나가는 아이들을 하나하나 낚아올려 목욕을 시키고 옷을 깨끗이 손질해주어서 돌려보내고 그리고……."라고 말하자, 마르고트는 입을 삐죽 내밀며 "내일이면 다시 더러워질걸." 하고 말했습니다. 나는 다만 농담을 하고 있을 뿐입니다. 여기서는 또 달리 볼 게 있습니다——자동차, 보트, 기차 등. 나는 특히 전차 지나가는 소리가 좋습니다.

우리가 생각하는 것은 뻔합니다. 유태인에 대한 것에서 먹을 것에 대한 것. 먹을 것에 대한 것에서 정치에 대한 것——이것이 회전목마처럼 머릿속을 빙글빙글 돌고 있을 뿐입니다. 나는 어제 커튼 사이로 두 유태인을 봤습니다. 나는 내 눈을 의심했습니다. 난 그들을 배신하고 그들의 불행을 바라보고만 있는 듯한 무서운 마음이 되었습니다.

우리 집 바로 건너편에 보트의 집이 있고, 뱃사공의 가족들이 살고 있습니다. 거기에는 무턱대고 짖어대는 강아지가 있습니다. 우리는 이 강아지를 짖는 소리와 갑판을 뛰어다닐 때 보이는 꼬리만으로 알고 있었습니다.

어머, 어머나, 비가 내리기 시작했습니다. 사람들은 우산 속으로 숨어 버렸습니다. 지금은 레인코트와 가끔 누군가의 모자 뒤만이 보일 뿐입니다. 이제 더 보고 있어봐야 별수없습니다. 나는 거리를 지나가는 여자들을 차츰 한 눈에 알게 되었습니다——대부분은 옷이 터질 만큼 감자를 가득 담아들고 빨간색이나 초록빛 코트에 뒤축이 닳은 신을 신고 손가방을 들었습니다. 그녀들의 얼굴은 우울할 때도 있고 명랑할 때도 있지만, 그것은 아마도 남편의 기분에 달린 듯합니다.

안네로부터

키티님   1942년 12월 22일 화요일

'은신처'에 살고 있는 사람에게 크리스마스 날 한 사람 앞에 버터 4분의 1파운드씩 특별 배급한다는 기쁜 뉴스를 들었습니다. 신문은 반 파운드라고 말하고 있지만 이것은 정부에서 배급표를 탈 수 있는 행운의 사람들이고, 은신처에 있는 우리 유태인은 여덟 명분으로 넉 장의 암표밖에 살 수가 없으므로 한 사람 앞에 4분의 1파운드가 되는 것입니다.

우리는 저마다 버터로 무엇이든지 구워 먹으려고 생각하고 있습니다. 나는 아침에 비스킷과 케이크를 두 개 만들었습니다. 위에서는 모두들 바쁜 모양입니다. 엄마는 나에게 우리 일이 끝날 때까지 위에서 돕거나 공부를 하라고 했습니다. 아주머니는 갈비뼈를 다쳐서 하루 종일 끙끙거리며 누워

있습니다. 자주 붕대를 갈아매지만 무엇을 해주어도 마음에 들어하지 않습니다. 나는 아주머니가 빨리 일어나서 자기 일을 할 수 있게 되기를 빌고 있습니다. 이것은 나의 진심입니다. 아주머니는 몸과 마음이 모두 건강할 때는 부지런하고 깨끗한 것을 좋아하며 또 쾌활합니다.

뒤셀 씨는 낮에 내가 조금만 소리를 내도 언제나 쉿 하지만, 요즈음에는 낮만으로는 모자라서 밤에도 마구 쉬쉬거립니다. 나는 돌아누울 수도 없습니다. 다음부터는 내가 쉿쉿을 해주어야겠습니다.

일요일 아침 일찍 그가 체조를 하기 위해 전등을 켜면 나는 화가 나서 견딜 수가 없습니다. 체조는 몇 시간이나 걸리는 것처럼 느껴집니다. 그 동안 침대를 길게 하려고 머리맡에 놓아둔 의자가 끊임없이 나의 졸린 머리맡에서 이리 빠지고 저리 빠집니다. 그는 마지막으로 근육을 부드럽게 하기 위하여 팔을 두세 번 세게 흔들고 나서 옷을 입는데 걸어둔 바지를 내리려고 쿵쾅거리며 돌아다닙니다. 그것이 끝났는가 하면 테이블 위에 있는 넥타이를 잊어버려서 그것을 가지러 오기 위해 또 의자를 밀치거나 부딪칩니다.

하지만 노인들의 이야기는 이것으로 그만두기로 하겠어요. 이야기해봐야 아무 소용 없으니까요. 나는 전등을 끈다거나 문을 닫는다거나 또는 그의 옷을 감추는 등 여러 가지 복수 계획을 생각했지만 평화를 깨뜨릴 뿐이므로 그만두었습니다. 아, 나는 아주 영리해졌군요. 여기서는 복종하고 수다를 삼가고 심부름 잘하고 얌전하고 고집부리지 않고 모든 것을 이성에 호소하지 않으면 안 됩니다. 또 뭐가 있었던가요? 나는 머리가 나쁜데다 갑자기 머리를 너무 지나치게 써서 전쟁이 끝나면 머리가 텅 비지나 않을까 걱정스럽습니다.

안네로부터

키티님   1943년 1월 13일 수요일

오늘 아침, 또 너무나도 마음이 뒤집혀서 어느 것 하나도 만족스럽게

하지를 못했습니다.

바깥의 상태는 말로 나타낼 수가 없습니다. 밤낮으로 가엾은 유태인들이 룩작 하나에 돈 몇 푼을 지닌 채 끌려갑니다. 도중에서 그들은 이러한 소지품마저 빼앗깁니다. 남자와 여자와 아이들은 따로따로 떨어지고, 가족은 나뭇가지를 쪼개듯이 뿔뿔이 흩어집니다. 아이들이 학교에서 돌아오면 부모의 모습이 보이지 않습니다. 주부가 시장에서 돌아와 보면 집에는 못질이 되어 있고, 가족들은 온데간데 없습니다.

네덜란드 인조차 걱정하고 있습니다. 그들의 아이들은 모두 독일로 보내집니다. 모두들 공포에 사로잡혀 있습니다.

그리고 매일 밤 몇백 대의 비행기가 네덜란드의 하늘을 지나 독일로 폭격을 하러 가고 독일의 도시는 폭탄에 쑥대밭이 되어 있습니다. 또 소련과 아프리카에서는 시간마다 몇백 몇천 명의 사람들이 죽어가고 있습니다. 아무도 여기서 벗어날 수는 없습니다. 온 세계가 전쟁을 하고 있는 것입니다. 전세는 연합군측이 유리하다 할지라도 언제 끝날지는 아직 짐작할 수 없습니다.

우리는 행운입니다. 그렇습니다. 몇백만 명의 사람들보다는 행운입니다. 여기는 조용하고 안전합니다. 우리는 말하자면 재산을 놓고 파먹는 것과 같습니다. 우리는 다른 사람들을 구하기 위해 한 푼이라도 아껴 쓰고 전쟁의 파괴를 용케 벗어난 것들을 절약하지 않으면 안 되는데, 새 옷이나 신발을 생각하고 얼굴을 빛내며 전쟁이 끝난 뒤를 이야기할 만큼 이기적입니다. 이웃 아이들은 얇은 셔츠를 입고 나막신을 신었을 뿐, 윗옷이며 모자도 없이 놀고 있습니다. 그들을 도와주는 사람은 하나도 없습니다. 그들은 늘 배를 곯고 있습니다. 그들은 빈 배를 채우기 위해 오래된 당근을 씹고 있습니다. 그리고 추운 집에서 추운 거리를 지나 학교에 가면 학교는 더 춥습니다. 네덜란드에서는 생활상태가 더없이 빈곤해지고 셀 수 없을 만큼 많은 아이들이 지나가는 사람에게 매달려 한 조각의 빵을 구걸합니다. 나는 전쟁이 가져다 준 고난에 대해 몇 시간이나 이야기를 계속할 수가 있지만 그것은 다만 자신을 더욱 비참한 마음으로 이끌어갈 뿐입니다. 우리는 불행이 끝날 때까지 가만히 기다리고 있을 수밖에 없습니다. 유태인도 그리스도 교도도 기다리고 있습니다. 그러나 바로 지금 죽음을 기다리고 있는 사람이 많습니다.

안네로부터

키티님   1943년 1월 16일 토요일

　나는 화가 나서 속이 뒤끓는 듯합니다. 하지만 그것을 얼굴에 나타내서는 안 됩니다. 엄마가 날마다 마치 화살로 과녁을 맞히듯 나에게 심한 말을 퍼붓고 무시하는 듯한 표정을 짓기 때문에 나는 발을 동동 구르고 소리를 지르며 엄마에게 달려들고 싶어집니다.

　나는 마르고트와 팬 던과 뒤셀 씨에게——아니, 아빠에게까지도—— "나를 가만히 내버려두세요. 하룻밤쯤은 베개를 눈물로 적시지 않고, 울어서 눈이 붓지 않고, 골치가 지끈거리지 않고 나를 잠들도록 해주세요. 그런 것은 모두 잊게 해주세요!" 하고 소리치고 싶은 심정입니다. 하지만 나는 그렇게 할 수가 없습니다. 다른 사람들에게 나의 절망적인 심정을 알려서는 안 됩니다. 나는 그들이 나에게 준 상처를 보이고 싶지 않습니다. 나는 그들의 동정이나 선의의 농담을 견딜 수가 없습니다. 동정을 받거나 농담을 들으면 나는 더욱더 소리치고 싶어질 뿐입니다.

　내가 입을 열면 모두를 잘난 체한다고 합니다. 잠자코 있으면 우스꽝스럽다고들 합니다. 말대답을 하면 건방지다고 합니다. 뭔가 좋은 생각이 떠오르면 교활하다고 합니다. 지쳐 있으면 게으름쟁이라고 합니다. 한 입만 더 먹으면 이기적이라고 합니다. 이 밖에도 바보며 비겁하고 교활하다는 등등 끝이 없습니다. 온종일 내가 듣는 것은 도저히 견딜 수 없는 말, 어리다는 이야기뿐입니다. 나는 웃어 넘기며 마음을 쓰지 않는 체하지만 아무래도 마음에 걸립니다.

　나에게 남을 화나지 않게 하는 또 다른 성질을 주십사고 하느님께 기도하지만 그것은 불가능한 일입니다.

　나는 타고난 성질이 있고, 그것은 나쁠 리가 없다고 믿고 있습니다. 나는

그들이 상상하는 이상으로 모두를 기쁘게 해주려고 온 힘을 다하고 있습니다. 내가 모든 것을 웃음으로 받아 넘기는 까닭은 그들에게 나의 고통을 알리고 싶지 않기 때문입니다. 이유도 없이 몹시 꾸중을 들었을 때는 여러 번 어머니에게 "무슨 말을 해도 좋아요. 제발 좀 가만 뒤주세요. 어차피 나는 손을 쓸 수 없는 아이니까요." 하고 덤벼든 적이 있습니다. 물론 그런 때는 건방지다고 야단을 맞고 이틀쯤은 거의 말도 못 붙이지만, 곧 잊어버리고 전처럼 다른 사람과 같이 대해줍니다. 그러나 나는 오늘은 아주 착한 아이이고, 다음날에는 감당할 수 없는 나쁜 아이가 될 리가 없습니다. 나는 중용(中庸)——그다지 중용은 아닙니다——의 덕을 지켜야겠어요. 그리고 내 마음은 가슴속에 간직해두어야겠어요. 그러나 단 한 번——만일 가능하다면——그들이 나에 대해 건방지듯이 나도 그들에게 건방지게 굴어 봐야겠어요!

안네로부터

키티님 　　　　　　　　　　　　　　　1943년 2월 5일 금요일

나는 한동안 우리의 말다툼에 대한 이야기를 쓰지 않았으나 지금도 역시 마찬가지입니다. 뒤셀 씨는 처음에 우리에게는 당연한 것으로 되어 있는 불화(不和)에 놀랐지만, 이제는 익숙해져 그런 건 생각하지 않기로 한 듯합니다.

마르고트와 피터는 이제 이른바 '어린아이'가 아닙니다. 둘 다 얌전하고 착실합니다. 나는 언제나 두 사람과 비교되어, "너는 마르고트와 피터가 하는 행동을 모르는 모양이로구나. 어째서 두 사람을 본받지 않느냐?" 라는 말을 듣습니다. 두 사람을 본받다니, 오오, 맙소사. 나는 조금도 마르고트처럼 되고 싶지는 않습니다. 그녀는 너무 소극적이고 얌전하며, 무슨 말을 들어도 잠자코 있을 뿐 아니라 남이 하자는 대로 합니다! 나는 좀더 강한 성격이 되고 싶습니다! 그러나 나는 그러한 생각은 내 마음속에만 살짝 담아둘 뿐입니다. 내가 이런 말을 하면 자기의 태도를 변명하는 것

이라며 모두들 나를 비웃을 테니까요.

식사 때의 분위기는 언제나 거북합니다. 물론 다행히도 '수프를 먹는 사람'이 자리를 같이 했을 때는 표면화된 싸움으로까지는 번지지 않습니다. '수프를 먹는 사람'이란 바깥 사무실에서 와서 수프를 먹는 사람들을 가리키는 말입니다.

오늘 오후, 팬 던 아저씨가 요즘 다시 마르고트가 별로 먹지 않는 데 대해서 이야기하고 있었습니다. 아저씨는 마르고트를 놀려줄 셈으로, "마르고트는 날씬해지고 싶어서 안 먹는 거지?"라고 말했습니다. 그러자 언제나 마르고트의 편을 드는 엄마는 크게 "그런 쓸데없는 말은 하지 마세요." 하고 소리쳤습니다. 아저씨는 얼굴이 새빨개져 앞쪽을 멍하니 바라볼 뿐 아무 말도 하지 않았습니다.

우리는 곧잘 여러 가지 일 때문에 웃습니다. 요 얼마 전에는 팬 던 아주머니가 참으로 어이없는 이야기를 했습니다. 그녀는 옛날 추억을 이야기했는데, 그녀가 아버지와 얼마나 사이가 좋았는지 또 그녀가 얼마나 바람둥이 처녀였는지를 말하고, 더욱 신이 나서 "그래서 남자들이 너무 적극적으로 나올 때면 나의 아버지는 언제나 나에게, '그때는 애야, 남자를 보고 내가 숙녀라는 것을 잊지 마세요라고 말해야 한다. 그렇게 하면 그 남자는 네 말뜻을 알게 될 거다.' 라고 가르쳐주셨답니다."라고 말했습니다. 우리는 참지 못하고 웃음을 터뜨리고 말았습니다.

피터도 여느때는 얌전하지만 가끔 웃깁니다. 그는 외국어를 좋아해서 아무 뜻도 모르는 채 쓰는 경우가 있습니다. 어느 날 오후, 사무실에 손님이 와 있었기 때문에 화장실을 쓸 수가 없었습니다. 그는 참다 못 해 화장실에 들어갔는데 물로 씻지 않은 채 두고 화장실 문에다 'SVP 가스'라고 써 붙였습니다. 물론 피터는 '가스에 요주의'라고 쓴 줄로 생각했으며, SVP가 더 점잖다고 여겼기 때문입니다. SVP란 프랑스 어인 시르 브 프레의 약자로 '프리이즈'라는 뜻임을 전혀 몰랐던 것입니다.

안네로부터

키티님   1943년 2월 27일 토요일

아빠는 상륙작전이 곧 시작될 것으로 생각하고 있습니다. 처칠은 폐렴을 앓았지만 차츰 좋아졌습니다. 자유를 사랑하는 인도의 간디는 몇십 번째인가의 단식을 계속하고 있습니다.

팬 던 아주머니는 운명론자라지만 대포 소리가 날 때마다 가장 겁을 먹는 사람은 누구일까요?

헹크는 우리더러 읽으라고 승정(僧正)이 신자에게 보낸 편지 사본을 가져왔습니다. 편지는 모든 사람들의 정신을 격려하는 매우 훌륭한 것으로서, "네덜란드 국민이여, 멈추어서는 안 됩니다. 국가와 국민과 그 종교를 해방시키기 위하여 모두 무기를 들고 싸우고 있습니다."라고 씌어 있었습니다. "도움을 주라. 아낌없이 주라. 그리고 낙담해서는 안 된다."는 것은 그들이 언제나 설교단에서 부르짖는 말들입니다. 그것이 도움이 되는 것일까요. 아뇨, 우리 종교인들에게는 도움이 되지 않습니다. 우리에게 이번에 어떤 일이 일어났는지 당신은 상상할 수 없겠지요. 이 건물의 주인이 우리의 은신처를, 크라이렐 씨와 코프하이스 씨에게 알리지도 않고 팔아버린 것입니다. 어느 날 아침, 새 주인이 건축가를 데리고 집을 보러 왔습니다. 다행히 코프하이스 씨가 있어서 은신처만 빼고 구석구석을 안내해주었습니다. 그는 통로의 문 열쇠를 잊고 왔다고 말했지만, 집주인은 더 이상 아무것도 묻지 않았습니다. 집주인이 다시 와서 '은신처'를 보자고 하면 모르지만 그렇지 않는 한 걱정은 없겠지요. 아빠는 나와 마르고트를 위해 상업용 색인 카드 상자를 비우고, 새 카드를 넣어주었습니다. 이것은 책의 카드 시스템에 쓰는 것으로, 우리가 누구의 어떤 책을 읽었는지를 카드에 적어넣는 것입니다. 나는 이 밖에 외국어 단어를 써넣는 작은 노트를 받았습니다.

요즈음 나와 엄마는 전보다 사이가 좋아졌지만, 아직도 서로의 본마음을 털어놓지는 않습니다. 마르고트는 이제까지보다 더 음험해졌습니다. 아빠는 뭔가 혼자 생각하는 일이 있는 듯하지만, 옛날 그대로의 좋은 아빠입니다.

새 버터와 마가린이 식탁에 배급되었습니다. 저마다의 쟁반에 배급품이 조금씩 담겼습니다. 팬 던네 사람들의 분배방법은 매우 불공평하다고 생각합니다. 엄마도 아빠도 싸움이 될까봐 아무 말도 하지 않았지만, 나는 화가 나서 견딜 수가 없습니다. 이런 사람들에게는 말을 해주지 않고 그냥 내버려두면 버릇이 됩니다.

안네로부터

키티님   1943년 3월 10일 수요일

어젯밤 전등이 금방 나가더니 밤새도록 고사포가 터졌습니다. 나는 아직도 대포와 비행기에 관련된 모든 것에 대한 공포에서 벗어나지 못하고, 거의 매일 밤 겁이 나서 아빠의 침대로 파고듭니다. 너무 어린아이 같은 짓인 줄은 자신도 잘 알고 있지만, 아빠와 자는 것이 어떤 기분인지 당신은 모를 거예요. 고사포 소리가 너무 요란해서 내 말이 들리지 않을 정도입니다. 운명론자인 아주머니는 금방이라도 울음을 터뜨릴 것처럼 떨리는 목소리로, "아아, 싫어. 이거 정말 대포를 너무 쏘는군." 하고 불평했습니다.

아주머니의 말은 정말, "나는 굉장히 무서워."라는 뜻입니다.

어둠 속에 있기보다는 촛불이라도 켜져 있으면 오히려 낫겠습니다. 나는 열이라도 있는 것처럼 자꾸만 떨려서 아빠에게 한 번 더 촛불을 켜달라고 부탁했습니다. 아빠는 절대로 들어주지 않았고, 등불은 꺼진 채로였습니다. 갑자기 기관총 소리가 들리기 시작했습니다. 기관총 소리는 대포 소리보다 10배나 더 기분이 나쁩니다. 엄마는 침대에서 뛰어 일어나 아빠가 말리는데도 불구하고 촛불을 켰습니다. 아빠가 투덜거리자 엄마는 화를 벌컥 내며, "어쨌든 안네는 전쟁에 익숙한 군인이 아니잖아요."라고 말했습니다.

이 말에는 아빠도 입을 다물고 말았습니다.

당신에게 팬 던 아주머니가 무서워하는 또 하나의 이야기를 해주었던가요? 아니, 아마 하지 않았을 거예요. 당신에게 은신처에서 일어난 사건을 모두 이야기하는 이상 이것도 알려야만 되겠지요. 어느 날 밤 아주

머니는 지붕밑 다락방에 도둑이 들어오는 소리를 들었다고 생각했습니다. 그녀는 큰 발자국 소리를 듣고 무서워서 아저씨를 깨웠습니다. 마침 그때 도둑은 없어지고, 아저씨에게 들린 것은 공포에 질린 운명론자의 헐떡이는 숨소리뿐이었습니다. "프티(아저씨의 애칭), 도둑들은 아마도 소시지와 콩을 모조리 훔쳐가지고 달아난 게 틀림없어요. 아, 게다가 피터는 어떻게 되었을까? 그 애는 별일 없을까?" 하고 아주머니가 떨면서 말하자, 아저씨는 "설마 피터를 훔쳐 가지는 않겠지. 걱정 말아요. 이제 잠 좀 자게 해주오." 하고 침대 속으로 기어들어갔습니다. 결국 그날 밤에는 아무 일도 없었지만, 아주머니는 조금도 잠을 이룰 수가 없었습니다. 며칠이 지난 어느 날 밤, 팬 던네는 이상한 소리에 잠을 깼습니다. 피터는 램프를 들고 지붕밑 방으로 달려올라갔습니다. 당신은 무엇이 달아났다고 생각하세요? 한떼의 큰 쥐였어요! 도둑의 정체를 알고 나서 우리 못시(고양이)를 지붕밑 다락방에서 자게 했더니 다시는 불청객들이 나타나지 않았습니다. 적어도 그날 밤은.

그러나 며칠 전의 밤, 피터가 헌 신문을 가지러 지붕밑으로 올라갔다가 사다리를 내려올 때 한눈을 팔면서 창문에 손을 댄 순간, 앗 하고 외마디 소리를 지르며 사다리에서 굴러떨어졌습니다. 그는 저도 모르게 큰 쥐를 건드려 손을 크게 물렸습니다. 파랗게 질린 얼굴로 벌벌 떨면서 우리에게로 왔을 때, 그의 잠옷은 피로 물들어 있었습니다. 큰 쥐를 건드리기만 해도 소름이 끼치는 일인데, 거기다 물렸으니 생각만 해도 끔찍합니다.

안네로부터

키티님   1943년 3월 12일 금요일
당신에게 소개할 사람이 있습니다. 젊은이의 옹호자 엄마입니다! 아이들에게 특별히 버터를 주었습니다. 엄마는 늘 아이들을 변호해주고, 토론을 하면 언제나 이깁니다.

큰 병에 담아둔 마른 카레이가 상했기 때문에 못시와 보쉬는 푸짐한

대우를 받았습니다. 당신은 아직 보쉬를 만난 적이 없지요? 그녀는 우리가 오기 전부터 이 집에 있었던 고양이입니다. 그녀는 창고와 사무실의 고양이로, 곳간의 쥐를 잡아줍니다. 보쉬(독일병)라는 이상한 이름이 붙여진 데는 까닭이 있습니다. 이 사무실에는 얼마 동안 두 마리의 고양이가 있었습니다. 한 마리는 창고, 또 한 마리는 지붕 밑을 지켰었지요. 그런데 두 고양이는 가끔 만나면 크게 싸움을 했습니다. 그러나 싸움을 거는 것은 언제나 창고의 고양이였지만 이기는 것은 언제나 지붕 밑 고양이였습니다 ──마치 나라와 나라 사이의 싸움처럼. 그래서 창고의 고양이는 독일병 ──보쉬, 지붕 밑의 고양이는 영국병──토미라고 이름이 붙여졌던 것입니다. 그 뒤 토미는 쫓겨났지만 보쉬만은 남아서 우리가 아래로 내려가면 좋아하며 재롱을 부립니다. 요즈음은 강낭콩만 먹기 때문에 보기조차 싫어졌습니다. 생각만 해도 넌더리가 납니다. 저녁 식사에는 이제 빵이 나오지 않습니다. 아빠는 기분이 언짢다고 말하고 있습니다. 슬픈 듯한 눈입니다. 가엾은 아빠.

나는 지금 이나 보르딜 커버의 《문을 두드리는 소리》라는 책을 읽고 있습니다. 가정의 이야기가 참으로 잘 씌어져 있습니다. 그 밖에 전쟁이며 작가, 여성 해방 등에 대해 씌어 있습니다. 솔직히 말해 나는 별로 재미가 없지만 왠지 끌려서 읽고 있습니다. 독일에 굉장한 폭격이 있었습니다. 팬던 아저씨는 기분이 안 좋습니다. 그 까닭은 담배가 모자라기 때문입니다. 야채 통조림을 먹을 것인가 아닌가에 대해 모두 토론을 했지만 우리가 이겨서 먹기로 결정이 났습니다.

내 신은 스키화 말고는 이제 한 켤레도 신을 수가 없습니다. 스키화도 집 안에서 신기에는 알맞지 않습니다. 6플로링 반을 주고 산 샌들은 1주일 신으니 다 떨어졌습니다. 미프가 암거래로 또 사다 주겠지요. 나는 아빠의 머리를 깎아드려야 합니다. 내 솜씨가 매우 좋기 때문에 아빠는 전쟁이 끝나도 이발소에는 가지 않겠다고 합니다──지금처럼 가끔 귀를 베지만 않는다면!

안네로부터

키티님   1943년 3월 18일 목요일
터키가 전쟁에 참가했습니다. 모두들 흥분하고 있습니다. 조바심을 하
면서 뉴스를 기다리고 있습니다.

안네로부터

키티님   1943년 3월 19일 금요일
기쁨은 한 시간 뒤에 실망으로 바뀌었습니다. 터키는 아직 전쟁에 참
가하지 않았습니다. 어느 장관이 터키는 곧 중립을 포기할 것이라고 말했을
뿐이었습니다. 궁전 앞의 댐 광장에서 신문팔이가 "터키는 영국 편에 섰
다!"라고 외쳤더니, 사람들이 몰려들어 신문팔이의 손에서 신문을 빼앗
다시피했다고 합니다. 그래서 이 기쁜 뉴스가 우리의 귀에 들어왔던 것
입니다. 또 한 가지 실망을 말하자면 앞으로는 5백 플로링과 천 플로링
지폐가 쓰여지지 않는다는 발표가 있었습니다. 이 조치의 한 가지 이유는
암상인을 잡기 위한 계략이지만, 다른 종류의 돈을 '몰래' 갖고 있는 있는
사람들이나 우리처럼 숨어 있는 사람들을 잡으려는 함정이기도 합니다.
천 플로링 지폐를 쓸 경우에는 어떻게 그것을 입수했는가를 신고하고 증
명해야 합니다. 천 플로링 지폐는 세금을 내는 데에는 쓸 수 있지만 그것도
다음 주일까지입니다. 뒤셀 씨는 구식인, 발로 밟는 치료 기계를 구했습
니다. 다음 주일에 내 이를 진찰해줄 예정입니다. '온 독일의 지도자'가
부상병에게 말하는 것을 라디오로 들었습니다. 듣기에 매우 가엾었습니다.
일문일답은 다음과 같습니다.
"내 이름은 하인리히 쉐펠입니다."
"어디서 부상했는가?"
"스탈린그라드에서입니다."
"어디를 어떻게 다쳤는가?"
"두 다리는 동상으로 잘려지고, 왼팔은 관절이 부서졌습니다."

　이것은 소름끼치는 라디오 인형극의 한 토막입니다. 부상병은 자기의 부상에 긍지를 느끼고 있는 듯하기도 했습니다. 부상병의 한 사람은 히틀러와 악수하는 영광에 감격한 나머지(만일 아직 손이 있다면) 거의 말도 못 할 정도였습니다.

안네로부터

도둑 소동

키티님   1943년 3월 25일 목요일

어제 아빠와 엄마와 마르고트와 내가 즐겁게 이야기를 하고 있는데, 갑자기 피터가 달려와서 뭐라고 아빠에게 귓속말로 속삭였습니다. 창고의 술통이 뒤집혔다느니 누군가가 문께에서 바스락거린다고 피터가 말하는 것을 나는 들었습니다. 마르고트도 같은 말을 들었습니다.

아빠와 피터는 곧 나갔습니다. 내가 파랗게 질려 떨고 있었으므로 마르고트는 나를 진정시키려고 애썼습니다.

우리 세 사람이 불안한 마음으로 기다리고 있노라니 2, 3분 뒤에 팬던 아주머니가 3층으로 올라왔습니다. 아주머니는 2층의 전용 사무실에서 라디오를 듣고 있었는데, 아빠가 라디오를 끄고 조용히 3층으로 가라고 말해서 왔다는 것입니다. 특별히 조심스럽게 조용히 하려고 해도 낡은 계단이 디딜 때마다 삐걱 소리를 낼 때의 마음이 어떠한 것인지 당신도 알겠지요?

그리고 5분쯤 지나자 아빠와 피터가 파리한 얼굴로 돌아와서 우리에게 모두 이야기를 털어놓았습니다.

두 사람은 계단 아래에 숨어서 가만히 있었는데, 처음에는 아무 일도 없었습니다. 그러나 갑자기 집 안의 두 문이 잇따라서 쾅쾅 닫히는 듯한 큰소리가 들렸습니다. 아빠는 재빨리 3층으로 뛰어올라왔습니다. 피터는 우선 뒤셀 씨에게 알렸습니다. 뒤셀 씨는 시끄러운 소리를 내면서 간신히 위로 갔습니다. 그리고 우리는 신을 벗고, 양말만 신은 채 살짝 위의 팬 던네로 갔습니다. 아저씨는 감기에 걸려 며칠 전부터 자리에 누워 있었기 때문에, 우리는 그의 침대가에 모여 그때까지 생긴 일들을 그에게 조그만 목소리로 속삭였습니다. 그런데 난처한 것은 아래층의 라디오가 영국 방송을 듣게끔 다이얼이 맞추어져 있고, 라디오 둘레에 의자가 가지런히 놓여 있다는 점입니다.

아저씨는 자꾸만 기침을 했으므로 아주머니와 나는 완전히 겁을 먹고 금방이라도 기절할 것처럼 되었습니다. 그러나 누군가가 문득 생각해내어 아저씨에게 기침을 멈추게 하는 약을 먹였더니 금방 멎었습니다. 우리는 계속 가만히 있었지만 이미 소리는 들리지 않았으므로, 도둑은 집 안의 발소리를 듣고 달아난 것이라고 생각했습니다.

만일 문이 열리고, 경방단원(警防團員)이 이것을 알고 경찰에 연락한다면 어떻게 되겠어요? 아저씨는 일어나서 옷을 입고 모자를 쓴 다음 이삐와 조심스럽게 아래로 내려갔습니다. 피터는 만일을 위해 망치를 들고 맨 뒤에 서서 따라갔습니다. 여자들은 불안한 마음으로 기다리고 있었는데, 5분쯤 지나자 남자들이 돌아와 집 안은 어디나 조용하다고 말했습니다.

우리는 수도도 틀지 않고 화장실의 물도 쓰지 않기로 약속하긴 했지만, 너무 흥분했기 때문에 오줌이 마려워져서 화장실을 들락날락 했습니다. 당신도 그 악취를 상상할 수 있겠지요?

뭔가 이런 일이 생기면 여러 가지 일들이 잇따라 일어나는 듯합니다. 첫째는 우리에겐 언제나 용기를 주는 웨스터토렌의 시계가 울리지 않는 것입니다. 둘째는 포센 씨가 어제 저녁 때 전에 없이 일찍 사무실을 나갔기 때문에 엘리가 열쇠를 받았는지 어떤지——어쩌면 문단속을 잊지나 않았 을까 하는 점입니다. 도둑이 들어온 듯한 소리에 놀란 8시부터 10시 반까지 아무 소리도 들리지 않아 얼마쯤 마음이 놓였지만, 아직 초저녁이어서 우리는 불안했습니다.

　그러나 잘 생각해보면, 거리에 아직 사람들이 지나다니는 초저녁에 도둑이 문을 열 것이라고는 여겨지지 않았습니다. 또 우리들 가운데 한 사람은 옆 창고지기가 아직도 일을 하고 있었으며 벽이 얇으므로 이쪽이 괜히 흥분하였던 까닭에 도둑으로 착각했었는지도 모른다고 생각했습니다. 아무튼 이러한 경우는 공상이 큰 역할을 하는 것만은 확실합니다. 그래서 모두 잠자리에 들었지만 아무도 잠이 오지 않았습니다. 아빠도 엄마도 뒤셀 씨도 눈을 뜬 채였습니다. 우리는 솔직히 말해서 한숨도 자지 못했습니다. 오늘 아침 남자들이 그 문이 잠겨 있는지 어떤지 확인하러 간 결과 아무 일도 없었음을 알았습니다. 우리는 오는 사람에게마다 이 신경이 닳아 빠지는 듯한 사건을 자세하게 이야기해주었습니다. 모두들 웃었지만, 지금이니까 웃지 그때는 전혀 살아 있다고 여겨지지 않았었습니다. 엘리만은 진지한 표정으로 듣고 있었습니다.

안네로부터

키티님　　　　　　　　　　　　　　　1943년 3월 27일 토요일

　우리는 속기의 학과를 끝내고, 이제부터는 속도 연습입니다. 우리는 차츰 영리해졌지요. 당신에게 우리의 시간 소비에 대해서 이야기하겠어요. '시간 소비'라는 말을 쓰는 까닭은 은신처의 생활이 지루하지 않도록, 되도록 재미있게 시간을 소비하는 것 말고는 할 일이 없기 때문입니다. 나는 신화, 특히 그리스와 로마 신화에 열중하고 있습니다. 다른 사람들이 이것이 일시적인 열중으로, 나 같은 어린아이가 신화에 흥미를 갖고 있다는 이야기는 들어본 적이 없다고 말하고 있습니다. 그렇다면 나는 최초의 예외입니다. 팬 던 아저씨는 감기에 걸려 목이 아파서 양치질도 하고, 목에 빨간 약을 바르기도 하고, 가슴이며 코, 이, 혀 등에 유칼리를 문지르는 등 굉장한 소란입니다. 게다가 기분이 유쾌하지 않으므로 견딜 수가 없습니다.

독일의 거물 가운데 한 사람인 라우터가 연설을 했습니다. "유태인은 7월 1일 전에 독일 점령 지역에서 나가야 한다. 4월 1일부터 5월 1일 사이에 우트레히트 주(州)를 청소해야만 한다.(유태인을 마치 바퀴벌레로 생각하고 있습니다.) 그리고 5월 1일부터 7월 1일까지 남북 네덜란드 주를 청소한다."고 말했습니다. 가엾은 유태인은 버림받은 병든 가축 떼처럼 더러운 도살장으로 끌려갑니다. 이제 이런 이야기는 그만두기로 해요. 밤 동안 악몽에 시달릴 뿐입니다.

조금 좋은 뉴스는 독일의 노동 알선소에 불을 질렀다는 것입니다. 그 뒤 며칠이 지나 이번에는 등기소에 불을 질렀습니다. 독일 경찰 제복을 입은 사람들이 수비병의 눈을 속이고 들어가서 중요 서류를 태워버렸습니다.

안네로부터

키티님 1943년 4월 1일 목요일

나는 4월의 바보(만우절) 노릇을 하고 있는 것은 아닙니다.(날찌를 보세요.) 그 반대입니다. 나는 오늘 "불행은 혼자서 오지 않는다."라는 속담을 진지하게 맛보았습니다. 우선 언제나 우리를 격려해주는 코프하이스 씨가 위궤양으로 적어도 3주일 동안은 누워 있어야 하게 되었습니다. 둘째는 엘리가 인플루엔자에 걸렸습니다. 셋째로는 포센 씨는 다음 주일 입원하게 되었습니다. 이쪽은 십이장궤양인 듯합니다. 그리고 넷째는 중요한 상거래상의 타합이 있게 되어 아빠는 중요한 점은 이미 코프하이스 씨와 협의했지만, 크라이렐 씨에게 자세한 이야기를 할 시간이 없습니다. 모이기로 한 사람들은 예정 시간에 왔습니다. 아빠는 그 사람들이 오기 전부터 이야기가 어떻게 진행될지 몹시 걱정스러운 듯했습니다.

"내가 거기 있을 수만 있다면, 만일 아래층으로 갈 수만 있다면……." 하고 아빠는 안타까운 듯이 말했으므로 내가 "마루에 귀를 대고 있으면 모두 들릴 거예요."라고 말했더니 아빠는 갑자기 밝은 표정이 되었습니다.

그리고 어제 오전 10시 반, 아빠와 마르고트는(하나보다는 두 개의 귀가 낫다!) 마루에 귀를 대고 아래층 이야기를 엿들었습니다. 이야기는 오전 안으로 끝나지 않았지만, 아빠는 오후에는 듣기가 싫어졌습니다. 오랜 시간을 이상한 자세로 있었기 때문에 몸의 반쪽이 말을 듣지 않게 되었습니다.

오후 2시 반, 복도에 사람 소리가 들리자 나는 곧 아빠 대신 마르고트와 둘이서 마루에 귀를 댔습니다. 가끔 얘기가 잘 진행되지 않아 지루했으므로 나는 어느 틈에 리놀륨의 마루 위에서 잠들어버렸습니다. 마르고트는 아래층 사람들에게 들리면 곤란할 것 같아서 나를 그냥 자게 내버려두었습니다. 나는 반 시간은 넉넉히 자고 나서 중요한 이야기를 깨끗이 잊어버렸음을 깨닫고 아차 했습니다. 그러나 다행스럽게도 마르고트는 잘 듣고 있었습니다.

안네로부터

키티님   1943년 4월 2일 금요일

나는 또 실수를 저질렀습니다. 어젯밤, 아빠가 나와 함께 기도드리고 잘 자라는 말을 하러 오기를 기다리며 침대에 누워 있을 때, 엄마가 들어와서 내 침대에 걸터앉아 아주 상냥하게 "안네, 아빠는 아직 오실 수 없으니 오늘 밤은 엄마가 너와 기도를 드릴까?" 하고 물었는데, 나는 "아니, 괜찮아요, 엄마."라고 말해버렸습니다. 엄마는 벌떡 일어나 잠시 내 침대 곁에 서 있었습니다. 그리고 조용히 문 쪽으로 걸어가더니, 갑자기 돌아보며 일그러진 얼굴로 "나는 불쾌해지고 싶지는 않다. 사랑을 억지로 줄 수는 없구나."라고 말했습니다. 방을 나갈 때 엄마의 눈에는 눈물이 빛나고 있었습니다.

나는 곧 엄마를 그토록 매정하게 돌려보낸 것을 뉘우치면서 침대에 가만히 누워 있었지만, 역시 그렇게 말할 수밖에 없었다고 생각했습니다. 어쩔 수가 없었던 것입니다. 엄마에게 몹시 미안한 생각이 들었습니다.

엄마가 나의 냉담한 태도에 마음을 쓴다는 사실을 안 것은 태어나서 처음이었기 때문입니다. 나는 "사랑을 억지로 줄 수는 없구나."라고 말했을 때의 엄마의 슬픈 표정을 보았습니다. 말하기는 거북하지만 사실 나에게 거리감을 갖게 한 것은 엄마 자신입니다. 엄마의 사려 깊지 못한 말이나, 나에게는 조금도 우습지 않은 엄마의 노골적인 농담이 나를 엄마의 애정에 대해 무감각하게 만들어버린 것입니다. 내가 엄마의 엄격한 말에 위축되듯이 엄마의 사랑에도 꽁무니를 빼게 되었으므로, 엄마와 나 사이에는 이미 애정이 없어졌다고 깨달았던 것입니다. 엄마는 밤새도록 울고 거의 잠들지 못했습니다. 아빠는 되도록 내 얼굴을 보지 않으려 하고 있지만, 어쩌다 흘긋 볼 때 그 눈은 "너는 어쩌면 그렇게도 냉정하냐. 어째서 엄마를 그토록 슬프게 하느냐?"라고 말하는 것 같았습니다.

엄마도 아빠도 내가 사과하기를 바라고 있습니다. 그러나 나는 사실대로 말했을 뿐이므로 사과하지 않을 것입니다. 엄마도 하루빨리 그것을 알아차려야 되겠지요. 나는 엄마의 눈물에도 아빠의 표정에도 관심이 없어요. 왜냐하면 아빠와 엄마는 내가 여느때 늘 느껴오던 것을 지금에야 비로소 알았으니까요. 다만 나는 내가 엄마 자신의 태도를 흉내낸 것을 이제야 깨달은 엄마를 가엾다고 생각할 뿐입니다. 나는 잠자코 태연한 태도를 취하고 있습니다. 나는 이제 진실을 말하는 데 망설이지 않습니다. 미루어 두면 둘수록 그것을 들었을 때의 아빠나 엄마의 놀라움과 슬픔이 크겠지요.

안네로부터

키티님　　　　　　　　　　　　　　　1943년 4월 27일 화요일

엄마와 나, 팬 던 부부와 아빠, 엄마와 팬 던 아주머니——이런 식으로 온 집안의 싸움으로 굉장한 소란입니다. 모두가 상대에 대해 화를 내고 있습니다. 참으로 멋진 환경이지요? 늘 나를 깎아내리기에 정신이 없습니다.

포센 씨는 이미 비넨게스튜이스 병원에 입원하였습니다. 코프하이스

씨는 위의 출혈이 여느때보다 빨리 멈추어서 사무실에 나오게 되었습니다. 그는 등기소에 불이 났을 때 소방대는 불만 끈 것이 아니라 건물을 온통 물투성이로 만들었다고 우리에게 이야기해주었습니다. 나는 몹시 기뻤습니다.

칼튼 호텔이 산산이 부서졌습니다. 소이탄(燒夷彈)을 가득 실은 영국 비행기 두 대가 이 독일군의 장교 클럽에 떨어진 것입니다. 바이첼스트라트 거리와 싱겔 거리가 합치는 곳은 모두 타버렸습니다. 독일의 도시에 대한 공습은 날마다 심해지고 있습니다. 하룻밤도 조용한 날이 없습니다. 나는 잠이 모자라 눈 가장자리에 꺼멓게 기미가 끼었습니다. 우리가 먹는 것은 비참합니다. 아침에는 뻣뻣하게 말라빠진 빵과 커피뿐입니다. 저녁에는 2주일 동안이나 계속해서 시금치나 레터스를 먹었습니다. 길이 20센티미터나 되는 감자는 썩은 듯한 맛입니다. 여위고 싶은 사람은 부디 이 '은신처'로 오세요. 팬 던네 사람들은 불평덩어리지만, 우리는 그다지 슬프다고는 생각지 않습니다. 1940년 전선에 출동한 사람이나 동원되었던 사람은 포로로서 일하기 위해 소집되었습니다. 독일은 연합군의 상륙작전에 대비하는 것으로 생각됩니다.

안네로부터

키티님   1943년 5월 1일 토요일

나는 이곳의 생활을 생각할 때마다 숨지 못한 다른 유태인에 비하면 마치 낙원에 있는 것과 다름없다고 생각합니다. 하지만 앞으로 평화로워져서 지금의 생활을 돌이켜보면, 집에서 정상적인 생활을 하던 우리가 그처럼 지독한 생활을 잘도 견뎌냈구나 하고 놀랄 것이 틀림없습니다. '지독하다'는 것은 예절을 상관않게 되었다는 뜻입니다. 이를테면 여기에 온 뒤로는 식탁용 오일 클로드는 한 장밖에 없고, 오래 썼기 때문에 그다지 깨끗하지 못합니다. 나는 가끔 그것을 더러운 구멍투성이의 걸레로 닦습니다. 식탁도 아무리 닦아야 별로 훌륭하지 못합니다. 팬 던네는 겨울 내내

한 장의 플란넬 담요로 잤습니다. 배급 비누가 부족하고, 게다가 질이 나쁘기 때문에 빨래를 할 수가 없었습니다. 아빠는 낡은 바지를 입고, 넥타이도 떨어졌습니다. 엄마의 코르셋은 찢어져버렸지만 이젠 너무 낡아 꿰맬 수도 없습니다. 마르고트는 사이즈가 둘이나 작은 브래지어를 하고 있습니다. 엄마와 마르고트는 겨우내 세 벌의 속옷으로 그럭저럭 났습니다. 내 속옷은 작아져서 배까지도 자라지 않습니다. 이런 것은 견딜 수가 있지만, 그래도 가끔 나의 팬티에서 아빠의 면도솔에 이르기까지 벌써부터 이런 상태이니, 과연 전쟁 전의 생활로 돌아갈 때가 올까 하고 생각하면 소름이 끼칩니다.

어젯밤, 대포 소리가 너무도 심했기 때문에 나는 네 번이나 내 소지품을 정리했습니다. 오늘 나는 피난할 때의 준비로 가장 필요한 물품을 슈트케이스에 넣었습니다. 엄마는 그것을 보고 "대체 어디로 달아날 생각이니?"하고 말했지만, 정말 그렇습니다. 네덜란드 전체가 각지에서 일어난 파업 때문에 벌을 받고 있습니다. 그 때문에 계엄령이 선포되고, 국민은 모두 버터 배급표가 한 장씩 줄어들었습니다. 얼마나 지독한 독일인입니까!

안네로부터

키티님　　　　　　　　　　　　　　　　　1943년 5월 18일 화요일

독일과 영국 비행기가 무섭게 공중전을 벌이는 것을 보았습니다. 불행하게도 연합군의 비행사 두 사람이 불타는 비행기에서 낙하산으로 뛰어내렸습니다. 헬프백에 살고 있는 단골 우웃집 아저씨가 캐나다 병사가 네 명 길가에 앉아 있는 것을 보았다고 합니다. 그 가운데 한 사람은 네덜란드어를 잘했습니다. 그는 우웃집 아저씨에게 담뱃불을 빌려달라고 하며 승무원은 6명이었는데 조종사는 타 죽고, 또 한 사람은 어딘가에 숨었다고 말하더랍니다. 거기에 독일 경찰이 와서 부상당하지 않은 이 네 남자들을 데리고 갔습니다. 낙하산으로 뛰어내렸는데도 어쩌면 그토록 머리가 똑

똑한지 나는 이상해서 견딜 수가 없습니다.

아직 꽤 따뜻하지만 야채껍질이나 쓰레기를 태우기 위해 하루 걸러 불을 때야만 합니다. 창고지기 소년을 생각해야 하므로 쓰레기 통에 아무것도 버릴 수가 없습니다. 하찮은 부주의로 꼬리가 잡힐지도 모르니까요.

이번 해에 학위를 받고 싶은 사람이나 공부를 계속하고 싶은 사람은 독일에 공명(共鳴)하여 새 질서를 승인한다고 쓴 문서에 서명하기를 강요당하고 있습니다. 80퍼센트의 학생은 그들의 양심과 신념을 저버릴 것을 거부했지만, 결과는 어느 쪽이든 마찬가지였습니다. 서명하지 않은 학생은 모조리 독일의 노동 캠프에 보내집니다. 그들이 모두 독일에서 중노동을 하게 된다면 과연 이 나라에 젊은 사람이 몇이나 남겠어요?

어젯밤 대포 소리가 심했기 때문에 엄마는 창문을 닫았습니다. 나는 아빠의 침대로 기어들었습니다. 팬 던 아주머니가 보쉬에게라도 물린 것처럼 갑자기 우리들의 머리 위에서 침대에서 벌떡 일어나는 소리가 들렸습니다. 그리고 곧 이어 쾅 소리가 들렸습니다. 마치 소이탄이 우리의 침대 곁에 떨어진 듯한 소리였습니다. 나는 꽥 하고 소리쳤습니다. "전등! 전등!" 하고 소리치며 아빠는 스위치를 틀었습니다. 나는 몇 분 안으로 방이 타지나 않을까 생각했습니다. 그러나 아무 일도 없었습니다. 우리는 도대체 무슨 일이 일어난 것일까 하고 위로 달려올라갔습니다. 이야기를 듣고 보니, 팬 던 아저씨와 아주머니는 열린 창문의 저편이 번쩍 하고 붉게 빛나는 것을 보았던 것입니다. 아저씨는 이웃에 불이 난 줄로 알았고, 아주머니는 영락없이 이 집에 불이 붙었다고 생각했습니다. 쾅 소리가 났을 때는 아주머니는 이미 일어나 떨고 있었습니다. 그러나 결국 아무 일도 아니었기 때문에 모두 침대로 돌아갔습니다.

그리고 채 15분도 지나기 전에 다시 대포 소리가 들리기 시작했습니다. 아주머니는 곧 막대기처럼 벌떡 일어났으며, 그리고 자기 남편과 함께 있어서는 얻을 수 없는 안식을 구하기라도 하려는 듯이 3층의 뒤셀 씨 방으로 내려왔습니다. 뒤셀 씨는 아주머니를 맞아, "자아, 내 딸아, 내 침대로 들어와요."라고 말했기 때문에 모두 와아 하고 웃음을 터뜨렸습니다. 이제 대포 소리도 겁나지 않게 되었습니다. 공포심이 웃음으로 날

아가버린 것입니다.

안네로부터

키티님   1943년 6월 13일 일요일
   아빠가 나의 생일을 기념하여 써주신 시가 너무 좋아서 당신에게 소
개합니다. 아빠는 언제나 독일어로 시를 쓰므로, 마르고트가 번역해주었
습니다. 마르고트가 번역을 잘했는지 어떤지는 당신의 판단에 맡깁니다.
시는 언제나처럼 지난 1년 동안에 일어난 일들을 대충 돌이켜보고 나서,
다음과 같이 씌어 있습니다.

   너는 여기서 가장 나이가 어리지만 이미 어린애는 아니다. 그러나 인생은
매우 어렵다. 그러므로 우리는 모두 네 선생이 되어주려고 한다. 우리의
말을 잘 들어두어라.
   "우리는 경험을 갖고 있으니까. 우리에게서 배워요."
   "우리는 오랜 옛날부터 해왔으므로 알고 있어요."
   "나이 많은 사람은 늘 옳다는 것을 너는 알고 있어야 한다."
   이것은 적어도 세계가 시작된 뒤부터의 법칙이다.
   자기의 결점은 조그맣게 보이는 법이다. 그러므로 남의 결점을 비판하
기가 쉽다. 남의 결점은 두 배로 보이는 법이다. 너의 부모의 일들을 참고
견디어라. 우리는 공평한 동정을 가지고 너를 판단하려고 하는 것이다.
자신의 결점을 고치는 일은 쓴 약을 마시는 것과 같지만 자기의 의사를
억누르고 이 약을 마셔야 한다.
   가정의 평화를 지키려면 너는 그렇게 해야만 한다.
   머지않아 이 괴로움은 끝나겠지.
   너는 거의 하루 종일 책을 읽거나 공부를 한다.
   누가 이처럼 달라진 생활을 한 적이 있을까? 너는 결코 지루해 하지
않고, 우리에게 신선감을 가져다 준다. 너의 유일한 불평은 이렇다.

"나는 입을 것이 없어. 니커즈도 없어. 내 옷은 모두 작아져버렸어. 내 속옷은 몽당옷이야. 신을 신으려면 발가락을 잘라내야 해. 아아, 내게는 고생이 끝이 없어!"

먹는 것에 대해서도 조금 씌어 있었지만, 마르고트는 운문으로 번역하지 못했기 때문에 생략합니다. 좋은 시라고 생각하지 않으세요? 나는 많은 선물을 받았습니다. 그 가운데 내가 좋아하는 두꺼운 그리스와 로마 신화가 있었어요. 과자에 대해서도 불평을 말할 수 없습니다——모두가 마지막 아끼던 것들입니다. 나는 은신처의 막내라고 해서 신분 이상의 축하를 받았습니다.

안네로부터

키티님   1943년 6월 15일 화요일

여러 가지 일들이 일어났지만, 나는 가끔 당신은 나의 재미도 없는 수다에 넌더리가 나서 편지받기를 그다지 반가워하지 않을지도 모른다고 생각할 때가 있습니다. 그러므로 간단히 뉴스만을 전하겠습니다.

포센 씨는 십이지장궤양의 수술을 받지 않았습니다. 의사는 그를 수술대에 올려놓고 절개해보았으나 궤양이 아니라 암(癌)이고, 더구나 병은 이미 꽤 악화되어 있어서 수술을 해봐야 소용없다는 것을 알았습니다. 그래서 의사는 그곳을 다시 꿰맨 뒤, 3주일 동안 침대에 눕혀두고 맛있는 요리를 먹인 다음 집으로 돌려보냈습니다. 나는 포센 씨가 너무도 가엾었습니다. 날마다 위문을 가서 격려해주고 싶지만 여기서 나갈 수가 없으니 딱한 일입니다. 저 선량한 포센 씨가 세상 일이며 창고에서 들은 이야기들을 우리에게 알리지 못하게 되는 것은 우리들로서는 큰 타격입니다. 그는 우리에게 있어 가장 훌륭한 원조자였으며, 몸의 안전을 지키기 위한 조언자였습니다. 우리는 그를 만날 수 없음을 더없이 쓸쓸하게 생각합니다.

코프하이스 씨는 집에 은밀히 작은 라디오를 갖고 있기 때문에 우리의

대형 필립스 수신기와 바꿔주기로 하였습니다. 좋은 세트를 내보내는 것은 아쉽지만 은신처에서는 당국의 주의를 끌 만한 일은 절대로 경계해야만 됩니다. 우리는 숨어 사는 유태인인데 몰래 돈을 가지고, 몰래 물건을 사들이고, 게다가 비밀 라디오를 갖고 있는 셈입니다. 밖으로부터 나쁜 뉴스가 들려옴에 따라 라디오는 그 이상한 소리로 우리의 사기를 격려하며, "힘을 내라. 버티어라. 좋은 때가 오고 있다!"고 말해줍니다.

안네로부터

키티님   1943년 7월 11일 일요일

또 '버릇' 문제로 돌아가지만, 나는 자신에 대한 비난이 적어지도록 남을 돕고 친절하고 선량하며, 내가 할 수 있는 일은 뭐든지 하려고 진지하게 애쓰고 있습니다. 솔직히 말해서 내가 참을 수 없는 사람들에 대해 이처럼 모범적인 행동을 하기란 매우 어려운 일이지만, 자신의 생각을 그대로 노골적으로 말했던 이제까지의 버릇을 그만두고 얼마쯤 멍청하게 남과 사이좋게 지내도록 조심할 작정입니다.(물론 아무도 나의 의견을 물은 적도 없고, 내 의견 같은 것은 문제시하지 않습니다.)

그러나 나는 이 각오를 가끔 잊고 뭔가 부당한 취급을 받으면 분통을 터뜨리는 경우가 있습니다. 그렇게 되면 세상에서 이처럼 건방지고 뻔뻔스러운 아이는 없다는 듯한 욕설이 4주일 동안이나 끝없이 계속됩니다. 나에게도 얼마쯤 불평거리가 있을 수 있다고 당신은 생각하지 않으세요? 나는 언제까지나 투덜투덜 불평하는 성격이 아니므로 도움이 됩니다. 그렇지 않으면 나는 심술궂은 아이가 되어버리겠지요.

속기 연습은 잠시 그만두기로 했습니다. 그것은 첫째로 다른 공부에 보다 많은 시간을 돌리기 위한 것과 둘째로는 눈에 나쁘기 때문입니다. 나는 심한 근시가 되어서 진작 안경을 썼어야 했지만(안경을 쓰면 부엉이 같겠지요!) 여기서는 물론 안경을 살 수가 없습니다. 그래서 나는 몹시 슬픕니다. 엄마가 코프하이스 부인에게 나를 안경점에 데려가면 어떨까

라고 말했기 때문에, 어제는 모두 내 눈에 대해서만 이야기했습니다. 나는
엄마의 이야기를 들었을 때 다리가 후들후들 떨렸습니다. 왜냐하면 엄청난
일이니까요. 생각해보세요——거리로 외출을 한다! 아아, 생각만 해도
머리가 멍해집니다. 처음에 나는 깜짝 놀라 몸이 굳어졌지만, 이윽고 기
뻐졌습니다. 그러나 마지막 결정을 내리는 사람들의 의견이 좀처럼 일치
하지 않아서 일은 그다지 쉽게 진행되지 않았습니다. 미프는 언제든지 나와
외출을 하기로 되어 있었지만, 모든 곤란과 위험을 조심스럽게 저울에
달아보아야만 했습니다.

모두가 의논하는 동안 나는 벽장에서 회색 코트를 꺼내 입어보았더니
작아서 마치 동생 것을 빌려 입은 것 같았습니다.

나의 외출 문제가 어떻게 마무리지어질는지 호기심은 갖고 있지만, 영
국군이 시칠리아 섬에 상륙했다고 하고, 아빠 역시 조기종전(早期終戰)에
대한 희망을 갖기 시작했으므로 그것은 결국 실현되지 않으리라고 생각
합니다.

엘리는 마르고트와 나에게 사무실 일을 많이 시키므로 우리는 뭔가
우쭐한 기분입니다. 엘리도 크게 도움이 되는 듯합니다. 상업상의 서신을
정리하거나 판매장부에 적어넣는 일은 누구나 할 수 있지만 우리는 특별히
정성들여 합니다.

미프는 마치 짐을 나르는 당나귀 같아서 여러 가지를 가져다 줍니다.
거의 매일처럼 야채를 찾아내기도 하고 뭐든지 구해내어 그것을 시장 바
구니에 담아서 자전거에 싣고 옵니다. 우리는 선물을 받는 어린아이처럼
미프가 책을 가져다 주는 토요일을 언제나 고대합니다.

일반 사람들은 여기에 틀어박혀 있는 우리에게 책이 얼마나 큰 즐거
움인가를 도저히 이해하지 못할 것입니다. 독서와 공부와 라디오가 우리
들의 오락입니다.

안네로부터

치과의사 뒤셀 씨

키티님

어제 아빠의 허락을 받고, 뒤셀 씨에게 우리 방의 작은 테이블을 한 주일에 두 번, 오후 4시부터 5시 반까지 쓰게 해주실 수 없느냐고 공손히 부탁했습니다. 나는 날마다 오후 2시 반부터 4시까지 뒤셀 씨가 낮잠을 자는 동안 그 테이블을 사용할 뿐, 그 밖의 시간에는 테이블도 방도 쓰지 못합니다. 그와 내가 함께 쓰는 방에서는 언제나 뒤셀 씨가 일을 하고 있으므로 나는 공부를 할 수가 없습니다. 게다가 아빠도 가끔은 그 테이블에서 일을 하고 싶어합니다.

그러므로 이 부탁은 정말 조리에 맞는 것으로, 더구나 나는 아주 공손히 부탁했습니다. 그러나 학식 높은 뒤셀 씨는 "안 돼." 오직 "안 돼."라고 한 마디 했을 뿐입니다. 당신은 이것을 어떻게 생각하세요! 나는 화가 나서 이런 식으로 거절당하고도 가만 있어야 하나 싶어, "어째서 안 되는지 그 까닭을 말해주세요." 하고 따져 물었습니다. 그러자 뒤셀 씨는 처음에 싫은 소리를 해서 나를 쫓아버리려다가 큰소리로 이렇게 말했습니다.

"나는 여기서 일을 해야 돼. 만일 오후에 일을 하지 않으면 일할 시간이 없어. 나는 일을 완성해야 돼. 그러지 않으면 시작한 의미가 없어져. 아무튼 네가 진지하게 하는 일이란 아무것도 없잖니. 뜨개질이나 책을 읽는 것은 일이 아니야. 나는 테이블을 쓰고 있고, 앞으로도 계속 쓰겠다." 그래서 나는 "뒤셀 씨, 나는 진지하게 공부하고 있습니다. 게다가 나는 오후에 공부할 장소가 없습니다. 부디 부탁이니 한 번 더 생각해봐주세요." 하고 얌전히 말합니다.

이렇게 말하고 나는 휙 돌아서서 그를 완전히 무시하는 듯한 태도를 취했습니다. 내 가슴은 분노로 불타고 있었습니다. 나는 내가 그처럼 공손히 말했는데도 뒤셀 씨가 그렇게 나오는 것은 아주 실례라고 생각했습니다. 저녁때 아빠를 만났을 때 나는 이 이야기를 하고, 어떻게 하는 게 좋겠느냐고 의논했습니다. 나는 이대로 주저앉을 생각은 없었고, 스스로 문제를 해결하고 싶었습니다. 아빠는 이 문제를 어떻게 처리하는 것이 좋은가에 대해 가르쳐주셨지만, 내가 흥분하고 있는 듯하니 다음날까지 미루는 것이 좋겠다고 충고했습니다.

그러나 나는 이 충고를 무시하고 식사 뒤의 설거지를 끝낸 다음 뒤셀 씨가 오기를 기다리고 있었습니다. 아빠가 옆방에 있다는 사실이 내 마음을 차분하게 해주었습니다. "뒤셀 씨, 당신은 나와 그 문제를 토론해도 이제 소용없다고 생각하겠지만, 부디 한 번 더 이야기를 나누도록 해요." 하고 말을 꺼냈습니다. 그러자 뒤셀 씨는 싱글벙글 웃으며, "나는 언제든지 그 문제를 이야기할 생각이다. 하지만 이미 끝난 일 아니냐?"라고 말했습니다.

나는 도중에 몇 번이나 뒤셀 씨가 가로막는데도 계속해서 이렇게 말했습니다.

"당신이 처음으로 여기에 오셨을 때, 우리는 둘이서 이 방을 쓰기로 결정했어요. 그러니까 만일 공평하게 나눈다면 당신이 오전 중에 쓰고, 내가 오후에 쓰면 되겠지요. 그러나 나는 그렇게 하겠다는 건 아니에요. 일주일에 이틀만 오후에 내가 쓰도록 해달라는 것은 결코 무리한 부탁이 아니라고 생각해요." 내가 여기까지 말하자 그는 갑자기 바늘에라도 찔린 듯 의자에서 벌떡 일어나더니, "너는 여기서 너의 권리를 주장할 수는 없어.

그렇다면 나는 어디로 가야 하지? 나는 팬 던 씨에게 지붕 밑에다 작은 칸막이를 만들어주겠느냐고 물어보겠다. 만일 만들어준다면 나는 거기에 가서 앉아 있을 수 있겠지. 하지만 나는 다른 데서는 일을 할 수 없어. 너는 누구하고나 문제를 일으키는구나. 너의 언니 마르고트라면 그렇게 요구할 만도 하고, 만일 마르고트가 같은 말을 해왔다면 나는 거절할 생각이 없어. 하지만 너는……." 하며 또 신화와 뜨개질 이야기를 꺼내어 나를 마구 모욕했습니다. 그러나 나는 성난 표정도 짓지 않고 그가 끝까지 말을 다하도록 내버려두었습니다. 그는 다시 이렇게 말했습니다. "너와는 아무도 이야기를 할 수 없어. 너는 철저한 이기주의자야. 자기만 좋으면 남을 어디에 몰아붙이든 상관 안 해. 나는 너 같은 아이를 본 적이 없어. 하지만 결국 나는 네 말대로 하지 않으면 안 되겠지. 그렇지 않으면 나중에 뒤셀 씨가 테이블을 양보하지 않았기 때문에 안네가 시험에 떨어졌다는 말을 들을 테니까."

그의 독설은 끝없이 계속되었고 나중에는 분류(奔流)처럼 쏟아져내렸기 때문에 나는 그가 한 말을 일일이 기억할 수도 없을 정도였습니다. 나는 도중에 따귀를 갈겨주려고 생각했지만 생각을 고쳐 '진정해. 이런 남자는 화를 낼 가치도 없으니까.' 하고 자신을 달랬습니다.

뒤셀 씨는 마구 악담을 퍼부은 끝에 화가 난 듯한 의기양양한 복잡한 표정으로 방으로 나갔습니다. 나는 아빠에게로 달려가서 아빠가 듣지 못한 부분을 모두 이야기했습니다. 아빠는 그날 밤 뒤셀 씨와 이야기를 나누었습니다. 두 사람의 이야기는 30분 이상이나 계속되었는데, 줄거리는 대강 이러했습니다——우선 첫째는 나에게 테이블을 쓰게 할 것인가 아닌가 하는 점이었습니다. 아빠는 전에도 뒤셀 씨와 이 문제로 이야기를 했었지만 그 때는 아이들 앞에서의 그의 체면을 생각하여 그의 말에 따랐던 것이라고 말했습니다. 뒤셀 씨는 내가 그의 것을 뭐든지 독차지하려 하고 또 그가 침입자인 것처럼 말하는 건 좋지 않다고 이유를 붙였지만, 아빠는 내가 그런 말을 한 마디도 하지 않았음을 직접 들어서 알고 있었으므로 나를 강력히 변호해주었습니다.

아빠는 내가 이기적이 아니며 나의 공부가 하찮은 것이 아니라고 설명하고, 한편 뒤셀 씨는 끊임없이 투덜투덜 불평하는 식으로 두 사람의 이야기는 오락가락했습니다.

그러자 결국 뒤셀 씨가 양보하여 나는 매주 이틀만 오후 5시까지 방해없이 테이블에서 공부하게 되었습니다. 뒤셀 씨는 몹시 불쾌해서 이틀쯤은 나와 말도 하지 않았습니다. 마치 어린아이처럼!

54살이 되어서 저토록 아는 체하는 속좁은 사람은 타고난 성질이니까 결코 고쳐지지 않을 거예요.

안네로부터

키티님   1943년 7월 16일 금요일

또 도둑 소동입니다. 이번에는 진짜입니다. 아침 7시에 피터가 여느때처럼 창고로 갔을 때, 창고문과 큰길 쪽으로 난 문이 둘 다 열려 있는 것을 보았습니다. 그는 곧 우리 아빠에게 알렸습니다. 아빠는 전용 사무실의 라디오를 독일 방송으로 맞추고는 문을 잠그고 피터와 함께 3층으로 올라갔습니다.

이런 경우 언제나 지켜야 할 규칙은 수도를 틀어서는 안 되며 따라서 절대로 손을 씻어서도 안 됩니다. 그리고 말을 하지 말고 오후 8시까지 모든 일을 끝내야 하며 화장실을 써서도 안 됩니다. 우리는 지난밤 깊이 잠이 들어 아무 소리도 듣지 못한 것을 기뻐했습니다. 도둑이 쇠막대기로 바깥 문을 열고 창고로 들어갔다는 것을 코프하이스 씨에게 들은 것은 11시 반쯤이었습니다. 그러나 창고 속에는 그다지 훔칠 만한 것이 없었으므로 도둑은 계단을 올라가 40플로링의 돈과 우편환(換)과 수표 대장(臺帳), 그리고 가장 난처한 일은 1백 50킬로그램분의 설탕 배급표가 든 손금고를 둘이나 훔쳐간 것입니다.

코프하이스 씨는 6주일 전에 들어왔던 도둑의 한 무리일 것이라고 말했습니다. 그때는 아무것도 도둑맞지 않았었습니다.

이 도둑 사건으로 집 안은 얼마쯤 술렁댔지만 가끔 이런 소동마저 없

으면 은신처 생활은 따분해서 견딜 수 없을는지도 모릅니다. 우리는 매일 밤, 3층의 우리 옷장에 넣어두는 타이프라이터와 돈이 무사했음을 아주 기쁘게 생각했습니다.

안네로부터

키티님   1943년 7월 19일 월요일

일요일에 북 암스테르담이 큰 폭격을 당했습니다. 손해가 매우 컸나 봅니다. 거리는 폐허가 되고, 죽은 사람과 산 채로 파묻힌 사람들을 발굴하려면 꽤 시간이 걸릴 것이라고 합니다. 이제까지 밝혀진 바로는 사망자가 2백 명이고, 부상자도 헤아릴 수가 없을 정도랍니다. 두 병원이 부상자로 가득 찼습니다. 아직 불타고 있는 집터에서 부모를 찾던 아이가 없어졌다는 이야기도 들었습니다. 나는 그때 멀리서 들렸던 비행기의 둔한 폭음을 생각하고 소름이 끼쳤습니다.

안네로부터

키티님   1943년 7월 23일 금요일

우리가 다시 밖으로 나가게 되면 맨 먼저 무엇을 하고 싶어하는지 재미있으니까 저마다의 희망을 소개하겠습니다. 마르고트와 팬 던 아저씨는 무엇보다도 먼저 욕조에 철철 넘치도록 더운 물을 채우고 반 시간쯤 들어앉아 있겠다고 말했습니다. 팬 던 아주머니는 크림 케이크를 먹고 싶답니다. 뒤셀 씨는 그의 아내 로체를 만나는 것밖에 생각하지 않습니다. 엄마는 뜨거운 커피를 마시고 싶어하고, 아빠는 포센 씨를 만나고 싶어합니다. 피터는 거리로 나가 극장에 가겠다고 말했습니다. 나는 너무 기뻐서 무엇부터 시작해야 좋을지 모르지만, 첫째로 자유롭게 돌아다닐 수 있는 내 집을 갖고 싶습니다. 그 다음에는 공부를 할 수 있는 곳——말

하자면 학교에 가는 것입니다. 엘리가 과일을 조금 사다 주겠다고 말했습니다. 거저처럼 쌉니다. 포도가 1킬로그램에 5플로링, 복숭아가 1개 반 플로링, 멜론이 1킬로그램에 1플로링 반입니다. 그런데도 신문에는 날마다 커다란 글씨로 '물가를 내려라!'고 쓰고 있습니다.

안네로부터

키티님　　　　　　　　　　　　　　1943년 7월 26일 월요일

　어제는 굉장한 소동이 있었습니다. 우리는 아직 흥분이 가라앉지 않았습니다. 당신은 소동이 없는 날이 하루도 없구나, 하고 말할지도 모릅니다. 정말 그래요.

　어제는 점심 식사 때 첫 공습 경보가 울렸지만, 비행기가 해안을 통과했을 뿐이라기에 우리는 태연했습니다.

　나는 머리가 몹시 아팠기 때문에 점심 식사 뒤 한 시간쯤 누웠다가 아래로 내려갔습니다. 오후 2시쯤이었습니다. 마르고트는 2시 반에 사무실 일을 마쳤지만 아직 자기 것을 가방에 챙기기도 전에 두 번째 공습 경보가 울렸습니다. 우리는 재빨리 3층으로 올라갔습니다. 그러자 5분도 채 못 되어서 고사포가 마구 터지기 시작했습니다. 너무나 요란해서 우리는 복도에 서 있었는데, 건물이 덜컹덜컹 울렸습니다. 그리고 곧 폭탄이 떨어지기 시작했습니다.

　나는 피난용 가방을 가슴에 꼭 안았습니다. 그것은 달아나겠다는 생각보다 무엇인가에 매달리고 싶다는 심정에서였습니다. 도망치고 싶어도 갈 데가 없으니까요. 만일 여기서 달아나야 할 최악의 사태가 일어난다 할지라도, 거리가 위험하다는 점에 있어서는 공습이나 다를 바가 없습니다. 30분쯤 뒤 공습이 잠잠해지자 피터는 지붕 밑의 파수대에서 내려왔습니다. 역시 지붕 밑에서 망을 보던 팬 던 아저씨로부터 항구 쪽에 연기가 피어오르고 있다는 말을 듣고 나는 그것을 보러 지붕 밑으로 갔습니다. 정말로 뭔가 타는 냄새가 나고 밖은 짙은 안개가 꽉 낀 것 같았습니다. 큰불을

구경하는 것은 그다지 유쾌하지 않았지만 다행히도 우리들에 한해서는 모든 것이 끝났으므로 저마다 자기 일을 시작했습니다. 저녁 식사 때 또 공습경보가 울렸습니다. 오늘 따라 저녁 식탁에는 맛있는 요리가 나왔지만, 우리는 경보를 듣는 것으로도 입맛이 없어졌습니다. 그러나 아무 일도 없이 45분 뒤 경보가 해제되었습니다. 하루 종일 설거지를 하지 않았기 때문에 씻지 않은 접시가 산더미처럼 쌓여 있었습니다. 공습 경보, 고사포 소리, 비행기 떼의 습격——"어휴, 하루 두 번은 좀 지나친데."라고 모두들 말했지만 어쩔 수 없는 일입니다.

그 뒤에도 또 공습이 있었습니다. 영국측의 발표에 따르면 이번에는 반대쪽인 스키폴 비행장례입니다. 비행기는 차례차례로 급강하하고는 다시 올라갔습니다. 엔진 소리가 요란하게 들렸는데 몹시 불쾌한 느낌이었습니다. '또 한 대가 급강하를 시작했구나. 이쪽으로 오고 있어.'라고 나는 속으로 생각하고 있었습니다.

9시에 침대에 들어갔지만 다리는 여전히 떨렸습니다. 나는 12시쯤 비행기 소리에 눈을 떴습니다. 뒤셀 씨가 옷을 벗는 참이었지만 그런 것에 신경을 쓸 여유가 없었습니다. 맨 처음의 고사포 소리에 나는 침대에서 뛰어 일어났습니다. 아빠의 침대에 파고들어가 두 시간쯤 있었지만 비행기는 계속 날아왔습니다. 이윽고 고사포 소리가 그쳤으므로 나는 내 침대로 들어가 2시 반쯤에 잠들었습니다.

아침 7시쯤 나는 깜짝 놀라 침대에서 벌떡 일어났습니다. 팬 던 아저씨와 아빠가 같이 들어왔으므로 나는 처음에 또 도둑이 아닌가 생각했습니다. 아저씨가 '무엇이든' 하는 말을 듣고, 나는 무엇이든 다 훔쳐 갔나 보다고 여겼습니다.

그러나 그렇지는 않았습니다. 이번에는 몇 달 만에, 아니 적어도 전쟁이 시작된 뒤로 들어보지 못했던 멋진 뉴스였습니다. '무솔리니가 사직하고 이탈리아의 국왕이 정부를 인수했다.'는 것이었습니다. 나는 펄쩍 뛰면서 좋아했습니다. 어제 그처럼 무서움에 떨었는데 뒤따라 기쁜 소식이 온 것입니다. 희망이, 평화의 희망이!

크라이렐 씨가 와서 독일의 포커 기(機)가 참패를 당했다고 말했습니다.

오늘도 공습경보가 울리고 머리 위로 비행기가 날고 그 뒤에 경계경보가
다시 한 번 울렸습니다.

나는 완전히 경보에 지쳐서 조금도 공부할 마음이 나지 않았습니다.
그러나 이탈리아가 우습게 되었으므로 머지않아 전쟁이——아마도 이 해
안으로 끝날 희망이 있나 봅니다.

안네로부터

키티님   1943년 7월 29일 목요일
팬 던 아주머니와 뒤셀 씨와 나는 식사 뒷설거지를 하고 있었습니다.
이상하게도 내가 아주 얌전히 굴자 두 사람 다 그것을 눈치챈 듯했습니다.
나는 "어째서 오늘은 그처럼 얌전하니!"라는 말을 듣고 싶지 않아 곧
별 지장이 없을 화제를 생각했는데, 《헨리 프롬 디 아더 사이드》라는 책
이야기가 좋겠다고 생각했습니다. 그러나 그것은 잘못 생각한 것입니다.
팬 던 아주머니가 가만히 있을 때는 뒤셀 씨가 덤벼듭니다. 이번에는 사
정이 이러합니다. 뒤셀 씨는 전에 이것을 아주 좋은 책이라고 우리들에게
권한 적이 있는데, 마르고트와 나는 그다지 좋다고 생각하지 않았습니다.
소년의 성격은 잘 묘사되어 있지만, 그 밖에는——비평하지 않는 편이
좋겠지요. 그가 접시를 씻고 있을 때 내가 뭔가 그런 의미의 말을 했더니,
자아, 야단입니다.

"네가 인간의 심리를 이해할 수 있니? 그 책은 너한테는 너무 어려워요.
스무 살 된 젊은이들도 거기에 쓰인 것을 이해할 수는 없을 거다." 하고
그는 말했습니다. 그렇다면 어째서 우리에게 권했을까요? 그리고 이번
에는 아주머니까지 끼어들어 둘이서 이런 말을 했습니다. "네가 어린아
이답지 않다는 것은 잘 알고 있어. 부모의 교육이 잘못되어 있는 거야.
이제 자라면 너는 아무것도 즐길 수가 없게 될걸. '그건 이십 년 전에
책으로 읽었다.'고 말할 거야. 결혼이나 연애를 하고 싶으면 빨리 하는
편이 좋아요. 그렇지 않으면 무슨 일에든 실망할 테니까. 너는 이론을

따지는 데는 어른이 다 되었어. 모자라는 것은 경험뿐이야!"

이 사람들은 언제나 나와 부모 사이를 떼어놓으려고 하는데, 그것이 이 사람들이 생각하는 좋은 교육인가 봅니다. 곧잘 그런 짓들을 하니까요. 그리고 나와 같은 아이들에게 어른들의 화제만 이야기하는 것이 좋은 교육인가 봅니다. 이런 교육법은 어떤 결과를 가져오는지 나는 잘 알 수 있습니다. 나는 화가 나 두 사람의 따귀를 갈겨주고 싶었습니다. 아아, 나는 이런 사람들과 하루빨리 헤어지고 싶어요.

아주머니는 좋은 사람입니다! 좋은 본보기를 보여줍니다! 그녀는 매우 주제넘고 이기적이며, 교활하고 타산적이고 결코 만족하지 않는 것으로서 유명합니다. 게다가 허영심이 강하고 바람둥이라고 덧붙여두겠어요. 아무튼 말하기조차 싫은 사람이라는 것만은 틀림없습니다. 나는 아주머니에 대해 책을 한 권 쓸 수도 있을 거예요. 언젠간 쓸 때가 올지도 모릅니다. 누구라도 겉치레만은 꾸밀 수 있습니다. 아주머니는 모르는 사람, 특히 남자들에게는 친절하므로 짧은 교제로서는 좋은 사람으로 착각하기가 쉽습니다. 우리 엄마는 아주머니를, 너무나 어리석어 말할 가치조차 없다고 생각하고 있습니다. 아빠는 글자 그대로 지극히 불쾌한 여자라고 생각하고 있습니다. 나는 오랫동안 관찰한 결과——나는 누구에게도 처음부터 편견이라는 것을 절대로 갖지 않습니다——그녀는 세 가지를 합한 것, 아니, 그 이상으로 결론에 이르렀습니다. 그녀는 너무도 나쁜 점 투성이입니다. 그것을 예로 들어봐야 아무 소용 없겠지요.

안네로부터

덧붙임——이것을 쓰고 있을 때는 아직 아주머니에 대한 노여움이 사그라지지 않았음을 생각해주세요.

키티님   1943년 8월 3일 화요일
정치 뉴스는 멋집니다. 이탈리아에서는 파시스트 당이 금지되고, 인민은

각지에서 파시스트와 싸우고 있습니다. 육군까지도 전투에 참가하고 있습니다. 이런 나라가 영국과 전쟁을 할 수 있을까요?

세 번째 공습이 끝난 참입니다. 나는 이를 악물고 용기를 내려고 했습니다. 팬 던 아주머니는 우리들 가운데서 가장 겁쟁이여서, 언제나 "어떤 참혹한 종말도 종말이 없는 것보다 낫다."라고 말합니다. 아주머니는 오늘 아침에 부들부들 떨면서 끝내는 울음을 터뜨리고 말았습니다. 1주일쯤 아주머니와 싸우다가 겨우 화해를 한 아저씨는 아주머니를 위로하고 있었습니다. 나는 아주머니의 얼굴을 보기만 해도 우울해집니다.

고양이를 기르면 좋은 일도 있지만 나쁜 점도 있습니다. 보쉬가 있기 때문에 집 안에 벼룩이 번져서 점점 심해지고 있습니다. 코프하이스 씨는 구석구석에 노란 가루를 뿌려주었지만 전혀 효과가 없는 것 같습니다. 모두 신경이 날카로워져서 팔이며 다리며 온몸이 가려운 느낌입니다. 그래서 우리는 일어서면서 어깨와 다리가 보이는 체조를 시작했지만, 한동안 체조를 하지 않았기 때문에 몸이 굳어져 목도 제대로 돌릴 수가 없습니다.

안네로부터

은신처의 생활

키티님   1943년 8월 4일 수요일

은신처 생활을 시작한 지 이미 1년 이상이나 되니까 당신도 우리들의 생활을 어느 만큼은 알겠지만 설명하기 어려운 점도 있습니다. 할 말도 많고 게다가 모두 여느때의 보통 사람들과는 너무도 다릅니다. 그러나 당신에게 우리의 생활을 좀더 잘 이해시키기 위하여 가끔은 평범한 일상생활을 이야기할 작정입니다. 오늘은 저녁때와 밤의 일에서부터 시작하겠습니다.

오후 9시──은신처의 취침 준비가 시작되지만 이것이 참으로 문제입니다. 의자를 치우고 침대를 끌어내리고 담요를 펴고 낮에 있던 것은 하나도 그대로 있지 못하게 됩니다. 나는 긴의자 위에서 자는데, 그것은 길이가 1미터 반도 못 되기 때문에 의자를 더 갖다 붙여야만 한답니다. 나의 얇은 깃털이불, 무릎 덮개, 요, 홑이불, 담요, 베개 같은 건 낮에는 모두 뒤셀 씨의 침대 위에 쌓아두므로 잘 때 그것을 가져옵니다. 옆방에서 삐걱삐걱 소리가 납니다. 마르고트가 접는 식 침대를 끌어내고 있는 겁니다. 이것이 끝나면 담요와 베개를 꺼내는 소리가 납니다. 우리의 머리

위에서는 마치 먼 천둥 같은 소리가 납니다. 팬 던 아주머니의 침대를 창가로 끌어당기고 있는 것입니다. 이것은 핑크 빛 잠옷을 입은 '여왕 폐하'의 참으로 우아한 코를 신선한 공기로 시원하게 하려는 겁니다.

피터가 끝나고 나면 우리는 욕실로 가서 몸을 깨끗이 닦고 살짝 화장을 합니다.(더울 때는 흔히 작은 벼룩이 물에 떠 있는 수도 있습니다.) 그리고 이를 닦고 머리를 컬하며 매니큐어를 바르고, 얼굴의 검은 솜털을 안 보이게 하기 위해 옥시풀을 바릅니다. 이것을 30분 안으로 합니다.

9시 반――급히 드레싱 가운을 입고 비누와 더운 물을 담는 그릇, 머리핀, 클립 같은 걸 갖고 욕실을 나오지만 대개는 다시 불려갑니다. 왜냐하면 다음 사람이 물그릇에 내 머리카락이 묻어 있는 것을 보고 더러우니까 씻어내라는 것입니다.

10시――소등. 안녕히 주무세요. 불을 끄고 적어도 15분 동안은 침대가 삐걱거리거나 끊어진 용수철의 '한숨 소리'가 들리지만 곧 조용해집니다. 위의 사람들도 자리에 누운 뒤에는 싸움을 하지 않는 듯합니다.

11시――욕실문이 삐걱 하고 열리고, 가느다란 빛이 방으로 스며듭니다. 신발 소리, 조금 헐렁한 윗옷을 입은 사람의 그림자――크라이렐 씨의 사무실에서 일을 하던 뒤셀 씨가 돌아왔습니다. 10분쯤 방 안을 왔다갔다합니다. 버석거리는 종이 소리――먹을 것을 치우는 것입니다. 그리고 침대가 만들어집니다. 그 뒤로는 가끔 화장실에서 이상한 소리가 들려올 뿐입니다.

3시――나는 일어나 침대 밑에 놓아둔 변기를 꺼내어 소변을 봅니다. 변기가 새면 안 되므로 밑에 고무 깔개를 깔아놓았습니다. 오줌이 양철통에 떨어질 때에는 마치 산에서 떨어지는 폭포 같은 소리가 나기 때문에 나는 언제나 숨을 죽입니다. 소변이 끝나면 변기를 제자리로 되돌려놓고, 하얀 나이트가운을 입은 뒤 다시 침대로 파고듭니다. 마르고트는 나의 하얀 나이트가운을 무척 싫어해서 매일 밤 이걸 볼 때마다 "아이, 나이트가운 보기 싫어." 하고 말합니다. 그리고 15분간 귀를 기울인 채 가만히 눈을 뜨고 있습니다――먼저 아래층에 도둑이 들어오지 않았나, 다음에는 모두 잘 자고 있는가를 알기 위해서지요. 옆방과 윗방과 내 방에 차례로 귀기울여 보면 모두 잘 자고 있는지 아니면 잠들지 못한 사람이 있는지 곧 알 수 있습니다.

남이 잠들지 못하고 있는 것을 보면 불쾌한데, 뒤셀 씨의 경우는 특히 그렇습니다. 그는 먼저 물고기가 가쁘게 헉헉거리는 듯한 소리를 냅니다. 이것을 한 10번쯤 되풀이하고 나서 이번에는 뒤척이기도 하고 몸을 뒤틀기도 하며, 베개를 고쳐 베고 혀를 차는가 하면 입술을 핥고——참으로 굉장한 소동입니다. 5분쯤 조용해져서 잠이 들었는가 하면 같은 짓을 적어도 세 번은 되풀이합니다. 밤 1시에서 4시 사이에 고사포가 울리는 수가 있습니다. 이럴 때는 나는 습관적으로 나도 모르게 침대 곁에 우뚝 섭니다. 때로는 프랑스 어의 불규칙 동사를 생각하기도 하고, 4층 사람들이 싸움하는 꿈을 꾸기도 하여 고사포 소리가 울려도 잠시 깨닫지 못하고 가만히 있는 경우도 있지만, 대개는 나도 모르는 사이에 침대 곁에 서게 됩니다. 그러고는 급히 드레싱 가운을 입고 슬리퍼를 신고는 베개와 손수건을 가지고 아빠한테로 달려갑니다. 마르고트는 이것을 나의 생일의 시 속에 다음과 같이 쓰고 있습니다.

한밤중의 최초의 고사포가 울리면 끼익 저것 봐요. 삐걱 히는 소리와 함께 문이 크게 열리고, 한 소녀가 베개를 꼭 껴안고 들어옵니다.

아빠의 큰 침대에 들어가면 포격이 심해지지 않는 한 마음이 가라앉습니다.

6시 45분——자명종 시계가 울립니다.(울리지 말았으면 할 때 울리는 수도 있습니다.) 팬 던 아주머니가 그걸 재빨리 멈추게 합니다. 아저씨는 일어나 주전자를 가스불에 얹고 급히 욕실로 갑니다.

7시 15분——문이 또 삐걱 하고 열립니다. 뒤셀 씨가 욕실로 갑니다. 나는 혼자가 되어 등화관제의 차광막(遮光幕)을 벗깁니다——이리하여 은신처의 새로운 하루가 다시 시작되는 것입니다.

안네로부터

114

키티님   1943년 8월 5일 목요일
오늘은 점심 시간의 이야기를 하겠습니다.

12시 반——온 집안이 다시 안도의 한숨을 쉽니다. 창고 사람들이 이미 돌아갔습니다. 팬 던 아주머니가 그녀의 오직 하나뿐인 아름다운 융단을 전기 청소기로 털고 있는 소리가 들립니다. 마르고트는 몇 권의 책을 안고, 뒤셀 씨의 말을 빌리면 '머리 둔한 학생을 위한' 네덜란드 어를 배우러 갑니다. 아버지는 언제나 손에서 뗀 적이 없는 디킨즈의 책을 가지고 조용한 곳으로 물러갑니다. 엄마는 '부지런한 주부'를 도우러 급히 3층으로 갑니다. 나는 욕실로 가서 그 주위를 정리하고 또 나의 몸차림을 고칩니다.

12시 45분——은신처는 와자지껄해집니다. 먼저 팬 산텐 씨가, 다음에는 코프하이스 씨와 크라이렐 씨와 엘리가 옵니다. 더러는 미프도 낍니다.

1시——모두가 작은 라디오를 둘러싸고 앉아 영국의 BBC 방송을 듣습니다. 이때 은신처 사람들이 진지하게 방송에 귀를 기울이고, 아무도 입을 여는 사람이 없습니다. 팬 던 아저씨조차 입을 열지 않습니다. 라디오 방송 중이기 때문입니다.

1시 15분——크게 한 상 벌어지는 시간입니다. 아래층 사람들에게도 수프 한 그릇씩——푸딩이 있을 때는 그것도 드립니다. 팬 산텐 씨는 기분이 좋아져서 긴의자에 앉거나 책상에 기대기도 합니다. 그의 곁에는 신문과 수프 그릇이 놓여 있고 그리고 대개는 고양이가 있습니다. 그는 그 가운데 어느 하나도 빠져도 불만입니다. 코프하이스 씨는 최근의 거리 소식을 우리에게 전해줍니다. 그는 훌륭한 정보원입니다. 크라이렐 씨는 급히 3층으로 뛰어올라가 문을 짧고 힘차게 두드리고 손을 비비면서 들어오는데, 그때의 기분에 따라 즐겁게 이야기하며 들어오는 수도 있고 시무룩이 말이 없을 때도 있습니다.

1시 45분——모두 테이블에서 일어난 저마다 자기 일을 시작합니다. 마르고트와 엄마는 설거지를 하고 팬 던 부부는 자기네의 긴의자로, 피터는 지붕밑 방으로, 아빠는 아래층 소파로, 뒤셀 씨는 침대로 갑니다. 모두 잠을 자기 때문에 아무도 방해를 받지 않습니다. 뒤셀 씨는 맛있는 요리를 먹는

꿈을 가끔 꾸나 봅니다. 그것은 그의 잠든 얼굴을 보고 압니다. 그러나 시간이 아깝기 때문에 나는 그것을 마냥 보고 있을 수는 없습니다. 5시가 되면 뒤셀 씨는 시계를 들고 내 곁에 서 있습니다. 내가 그를 위해 테이블을 비우는 것이 1분 늦어졌기 때문입니다.

안네로부터

키티님   1943년 8월 9일 월요일

오늘은 은신처의 일상생활 가운데 저녁 식사 때의 이야기를 하겠습니다.

팬 던 아저씨가 맨 먼저 배급을 받는데, 그는 자기가 좋아하는 것이면 뭐든지 많이 가져갑니다. 그는 대개 음식을 쟁반에 덜면서 이야기를 시작합니다——무엇이든 자기 의견만이 들을 가치가 있다는 듯 이야기를 시작합니다. 그가 한번 입 밖에 낸 말은 최종적인, 취소할 수 없는 것입니다. 만일 누군가가 그의 의견에 의문이라도 던진다면 당장 험악한 기세로 덤벼듭니다. 그때의 모습은 화난 고양이가 털을 곤두세운 것과 같습니다. 그러므로 나는 그와 토론하지 않습니다. 당신도 그와 한 번만 토론을 하면 다시는 할 마음이 나지 않을 것입니다. 그는 자기가 가장 좋은 의견을 가지고 있고, 무엇이나 가장 잘 안다고 생각하고 있습니다. 그건 그런 대로 좋다고 해요. 그는 머리가 좋으니까요. 그러나 이 신사의 자만이란 참으로 대단한 바가 있습니다. 아주머니에 대해서는 잠자코 있는 것이 좋습니다. 특히 기분이 언짢을 때는 얼굴을 봐서는 안 됩니다. 어떤 토론이든 가만히 생각해보면 언제나 아주머니가 나쁩니다. 아무도 말다툼하고 싶지 않지만 아주머니가 자꾸 싸움을 걸어오는 것입니다. 예를 들면 엄마와 나를 싸우게 하듯이 그녀는 싸움을 붙이는 일에 흥미를 갖고 있습니다. 하지만 마르고트와 아빠를 싸우게 하는 것은 그리 쉽지 않습니다.

그런데 식탁에서 아주머니는 자기 딴에는 체면을 차린다고 생각하는 모양이지만, 그렇지 않습니다. 그녀는 가장 작은 감자, 뭐든지 가장 좋은 것을 집습니다. 맛있어 보이는 것을 찾아내는 것이 그녀의 방법입니다.

자기가 가장 좋은 것을 차지하면 다른 사람들에게도 언젠가는 그 차례가 돌아가겠지 하는 것입니다. 그것이 끝나면 이번에는 수다를 떱니다. 남이 자기의 이야기에 흥미를 가지든 말든, 이야기를 듣건 말건 상관하지 않습니다. 모두 자기 이야기에 흥미를 가지고 있다고 생각하겠지요. 요염한 미소, 뭐든지 다 이해하고 있다는 듯한 태도, 모두들에게 조언을 하고 격려하고——이것은 확실히 좋은 인상을 줍니다. 그러나 잠시 보고 있으면 좋은 인상은 다 사라집니다.

첫째 부지런하다. 둘째 명랑하다. 셋째 바람기가 있다——때로는 아름다워 보인다. 이것이 페트로네일러 팬 던이라는 사람입니다.

식탁의 세 번째 친구——피터는 그다지 말이 없습니다. 무척 얌전해서 남의 주목을 끌지 않습니다. 그러나 식욕은 아주 왕성해서 실컷 먹고 나서야 조용히 "아아, 2인분을 먹었다."라고 말합니다.

네 번째——마르고트는 생쥐처럼 살금살금 먹고, 절대로 잡담을 하지 않습니다. 먹는 것은 야채와 과일뿐입니다. 응석을 받아준다는 것이 팬 던 부부의 판정이고, 신선한 공기와 운동이 부족하다는 것이 우리의 의견입니다.

마르고트의 옆——엄마는 식욕도 왕성하고 말도 잘합니다. 엄마는 팬 던 부인 같은 인상을 주지 않습니다. 가정주부형입니다. 엄마와 아주머니의 일의 분담 말인가요? 그것은 아주머니가 요리를 만들고, 엄마가 뒷설거지를 합니다.

여섯 번째와 일곱 번째——나와 아빠에 대한 이야기는 그다지 하지 않겠어요. 아빠는 가장 겸손해서 우리 모두에게 음식이 제대로 나누어졌는가를 봅니다. 자기는 별로 먹지 않고 좋은 것은 아이들을 먹이려 합니다. 그는 완전한 본보기입니다. 아빠 곁에는 은신처에서 가장 신경질적인 남자가 앉아 있습니다.

뒤셀 씨는 절대로 얼굴을 들지 않고 잡담도 하지 않으며 부지런히 먹기만 합니다. 이야기를 꺼낼 때는 언제나 요리에 대한 것인데, 요리 때문에 싸우는 건 그만두어라, 이 정도의 요리를 먹을 수 있으니 다행이라는 것이겠지요. 그리고 대식가여서 맛있는 요리일 때는 결코 "아니, 그만 먹겠습니다."라고 말하지 않습니다. 맛이 없을 때도 절대로 "그만두겠습니다."라고는 말하지 않습니다. 가슴까지 올라오는 긴 바지와 빨간 윗옷과 검은 슬리퍼와 뿔테 안경――이것이 일할 때만 식탁에서 볼 수 있는 그의 모습입니다. 그는 낮잠 잘 때와 그가 좋아하는 장소――화장실에 갈 때 말고는 늘 일을 하고 있습니다. 화장실이라면 하루에 3, 4번 때론 5번이나 반드시 누군가 화장실 밖에서 발을 동동 구르며 기다리곤 합니다. 그래도 그는 전혀 태평입니다. 아침 7시 15분부터 반까지, 오후 12시 반부터 1시까지, 2시부터 2시 15분까지, 4시 반부터 4시 45분까지, 6시부터 6시 15분까지, 11시 반부터 12시까지――이것이 정해놓고 그가 화장실에 있는 시간입니다. 그는 밖에서 누군가가 더 참을 수 없으니 제발 좀 나오라고 애걸해도 그야말로 태평이어서 절대로 중간에 나오지 않습니다.

아홉 번째――엘리는 은신처의 한 사람은 아니지만 식탁의 한 사람입니다. 그녀는 식성이 좋습니다. 전혀 음식을 가리지 않고 뭐든지 깨끗이 먹어치웁니다. 쾌활하고 온순하며 호인답고――이것이 그녀의 특징입니다.

안네로부터

키티님   1943년 8월 10일 화요일

식사 때는 절대로 입을 열지 않고, 마음속으로 자신과 이야기하기로 했습니다. 이것은 두 가지 이유로 아주 좋습니다. 첫째로 내가 수다를 떨지 않으면 모두 기뻐합니다. 둘째로 다른 사람들의 의견에 속상할 필요가 없습니다. 나는 내 의견이 모두 바보스럽다고는 생각하지 않지만 다른 사람들은 그렇게 생각합니다. 그러므로 잠자코 있는 편이 낫습니다. 나는 싫은 요리를 먹어야만 할 때도 같은 수단을 씁니다. 접시를 내 앞에 놓고, 참으로 맛있는 듯한 태도를 하고, 그러면서도 되도록이면 그것을 보지 않으려 하고 있으면 어느새 없어지고 맙니다.

아침에 일어날 때도 몹시 불쾌한 과정을 거쳐야만 합니다. 나는 졸린 눈을 비비면서 용기를 내어 침대에서 뛰어 일어나 마음속으로는 다시 침

대로 되돌아가고 싶다고 생각하면서도 억지로 창가에 가서 차광막을 벗기고, 창틈으로 조금 신선한 공기를 마시면 간신히 눈이 떠집니다. 다시 침대로 들어가고 싶은 마음이 들면 안 되므로 되도록 빨리 침대를 치웁니다. 엄마가 이것을 가리켜 뭐라고 말하는지 아세요? '생활의 예술'이래요. 우스운 이야기지요? 지난 1주일 동안 우리는 시간을 몰라 쩔쩔매었습니다. 우리가 사랑하는 웨스터토렌의 시계추를 전쟁용으로 떼어갔는지 밤이나 낮이나 정확한 시간을 알 수가 없습니다. 그러나 나는 이웃 사람들에게 시계를 상기시키기 위하여 주석, 구리, 또는 뭔가 대용품을 생각할 수 있을 것이라고 얼마쯤 희망을 갖고 있습니다.

요즈음 나는 멋진 신을 신고 있으므로 온 집안 어디를 가나 멋있다는 소리를 듣습니다. 이것은 미프가 27플로링 반을 주고 사온 중고품입니다. 포도빛의 스웨이드 제(製)로 뒤축이 꽤 높은 신입니다. 이것을 신고 있으면 마치 죽마(竹馬)를 탄 듯 키가 훨씬 커 보입니다.

뒤셀 씨는 간접이나마 하마터면 우리의 목숨을 위태롭게 할 뻔했습니다. 그는 무솔리니와 히틀러의 욕을 쓴 판매금지된 책을 미프에게 가져오게 했던 겁니다. 그녀는 도중에 SS(독일친위대)의 자동차와 부딪칠 뻔해서 홧김에 "이 바보 새끼야!" 하고 소리치고 말았습니다. 만일 SS의 본부에 끌려갔더라면 어떻게 되었을지 생각만 해도 소름이 끼칩니다.

안네로부터

키티님   1943년 8월 18일 수요일

오늘의 제목은 '공동 작업, 감자 벗기기'로 하겠습니다.

한 사람이 신문지, 또 한 사람이 나이프(물론 가장 좋은 것을 갖습니다), 세 사람째가 감자, 네 사람째가 물이 담긴 냄비를 가져옵니다. 뒤셀 씨가 감자를 벗기기 시작합니다. 능숙하지는 못하지만 오른쪽 왼쪽을 기웃거리며 꾸준히 벗깁니다. 모두 자기처럼 하고 있나 보려는 것처럼.

"그렇지 않아요, 안네. 자, 보아라. 오른손에 나이프를 들고 위에서 아

래로 벗기는 거야. 그렇게가 아니고 이렇게!"

"하지만 이렇게 하는 것이 더 잘 벗겨져요, 뒤셀 씨." 하고 나는 조용히 대답했습니다.

"아냐, 역시 이렇게 하는 것이 좋아. 하지만 난 아무래도 괜찮아. 너는 잘 알고 있을 테니까."

그대로 껍질을 벗기면서 내가 흘끔 뒤셀 씨 쪽을 보니까, 그는 참으로 어쩔 수 없다는 듯이 머리를 흔듭니다.(아마 나를 고집스러운 아이라고 어이없어하는 것이겠지요.) 그러나 아무 말도 하지 않습니다.

나는 계속 벗깁니다. 이번에는 반대쪽에 있는 아빠를 봅니다. 아빠로서는 감자 벗기기가 하찮은 일이 아니라 정밀 작업입니다. 또 책을 읽을 때는 목에 깊은 주름이 잡히지만 감자나 강낭콩이나 그 밖의 야채 다듬는 일을 도울 때는 아무 생각도 하지 않는 것 같습니다. 그렇게 되면 '감자 얼굴'이 되고 맙니다. 그는 그것에 열중하여 완전하게 벗기지 않은 감자는 건네주지 않습니다. 나는 쉬지 않고 일을 계속하다가 잠깐 고개를 듭니다 ──나는 벌써 알고 있었습니다. 팬 던 아주머니가 열심히 뒤셀 씨의 주의를 끌려고 하고 있습니다. 아주머니는 먼저 뒤셀 씨를 보지만 그는 깨닫지 못하는 모양입니다. 그러자 이번에는 윙크를 합니다. 그는 계속 일을 합니다. 그러자 아주머니는 이번에는 소리내어 웃습니다. 그래도 그는 머리를 들지 않습니다. 이번에는 엄마까지도 웃습니다. 그래도 그는 태연합니다. 아주머니는 성공하지 못했기 때문에 뭔가 다른 방법을 생각해내야 합니다. 한참 사이를 두고 나서 아주머니는 말했습니다.

"프티, 앞치마를 두르세요. 난 내일 당신 옷의 얼룩을 모두 빼내야 하잖아요?"

"얼룩이 지도록은 하지 않습니다."

다시 조금 침묵이 흐른 다음 아주머니는 말했습니다.

"프티, 당신은 어째서 앉지 않아요!"

"난 서 있는 게 좋습니다. 이 편이 훨씬 좋은걸요."

또다시 조금 있다가 아주머니는 말했습니다.

"프티, 당신은 엉터리로 벗기는군요."

"잘 벗기고 있습니다."

아주머니는 이번에는 다른 화제를 찾습니다.

"이봐요, 프티, 요즈음은 어째서 영국 공군의 폭격이 없을까요?"

"날씨가 나빠서 그렇겠지요."

"어제는 날씨가 무척 좋았잖아요. 그런데도 역시 오지 않았어요."

"그런 이야기는 그만둡시다."

"이야기를 하거나 의견을 말하는 건 괜찮지 않아요?"

"아니, 안 됩니다."

"왜 안 돼요?"

"조용히 하십시오."

"프랑크 씨는 부인이 묻는 말에는 언제든지 대답할 거예요. 그렇지요?"

팬 던 아저씨는 화를 꾹 참고 있습니다. 이것이 아저씨가 가장 싫어하는 말이니까 그 말만 나오면 꼼짝 못 합니다. 아주머니는 또 말합니다.

"상륙작전은 없나 보군요!"

아저씨는 얼굴이 파래집니다. 아주머니는 그것을 보고 얼굴이 새빨개지지만 그래도 말을 계속합니다.

"영국은 아무것도 하지 않는 모양이에요!"

드디어 폭탄이 터지고 맙니다.

"그만둬!"

드디어 아저씨가 소리를 지릅니다. 엄마는 웃음을 참지 못해 터뜨릴 것만 같습니다. 나는 앞만 똑바로 쳐다보고 있습니다.

큰 싸움을 한 다음엔 서로 말을 하지 않으니까 문제가 안 되지만, 그렇지 않는 한 이런 일은 거의 날마다 있습니다.

나는 다락방으로 가서 감자를 가져와야 합니다. 피터는 거기서 고양이와 장난을 치고 있습니다. 그는 내가 가니까 문득 얼굴을 듭니다. 그 순간 고양이는 열린 창문으로 지붕 위로 달아납니다. 피터는 분한 듯이 혀를 찹니다. 나는 웃으며 아래로 내려옵니다.

안네로부터

키티님   1943년 8월 20일 금요일

　창고의 사람들은 정각 오후 5시 반이 되면 집으로 돌아가기 때문에, 그 때부터 우리는 자유로워집니다.

　5시 반──엘리가 저녁일을 도우러 옵니다. 우리는 곧 일을 시작할 준비를 합니다. 나는 먼저 엘리와 위로 올라갑니다. 엘리는 거기서 대개 뭔가 남은 요리를 먹습니다.

　엘리가 앉기도 전에 팬 던 아주머니는 뭔가 갖고 싶은 것을 생각합니다. 곧 생각해내고는 "저어, 엘리, 부탁이 있는데……." 하고 말합니다.

　엘리는 나에게 윙크합니다. 아주머니는 누가 올라오든지 무엇인가 부탁할 기회를 절대로 놓치지 않습니다. 이것이 아무도 위로 올라가고 싶어하지 않는 이유 가운데 하나입니다.

　5시 45분──엘리가 나갑니다. 나는 2층까지 내려가 봅니다. 먼저 주방에, 다음에는 전용 사무실에, 그리고 보쉬에게 창문을 열어주기 위하여 석탄 창고로 갑니다. 여기저기를 둘러보고는 맨 마지막으로 크라이렐 씨의 방으로 들어갑니다. 팬 던 아저씨는 그날의 우편물을 찾기 위해 서랍이며 서류철을 모조리 뒤져보고 있습니다. 피터는 창고 열쇠를 갖고 고양이를 안고 옵니다. 아빠는 3층에서 타이프라이터를 청소하고 있습니다. 마르고트는 사무실 일을 할 조용한 장소를 찾고 있습니다. 팬 던 아주머니는 주전자를 가스불에 얹고 있습니다. 엄마는 감자 담은 냄비를 가지고 아래로 내려옵니다. 저마다 자기가 할 일을 알고 있습니다.

　피터는 곧 창고에서 돌아옵니다. 그가 처음으로 묻는 말은 "빵은?" 하는 것입니다. 빵은 엄마들이 언제나 주방 천장에 두는데 거기에 없습니다. 잊은 걸까? 피터는 큰 사무실을 찾아보자고 말합니다. 그는 밖에서 보이지 않도록 엉금엉금 가며, 되도록 몸을 움츠려 거기에 놓아둔 강철제 로커로 다가가 빵을 갖고 돌아옵니다. 그러면 보쉬가 그의 위를 뛰어넘어 저쪽 테이블 아래 냉큼 앉습니다.

　피터는 놀라서 주위를 둘러보고, 보쉬를 발견하자 기어서 사무실로 다시 들어가 보쉬의 꼬리를 잡아당깁니다. 보쉬는 화를 냅니다. 피터는 한숨을

쉽니다. 그래서 어떻게 되었을까요? 보쉬는 피터의 손에서 벗어난 것을 기뻐하며, 벌써 창가에 앉아 앞발로 열심히 얼굴을 닦고 있습니다. 피터는 이번에는 빵조각을 보이면서 꾀어내지만 보쉬는 그 수단에 넘어가지 않습니다. 피터는 체념하고 문을 닫습니다. 이러는 동안 나는 문틈으로 줄곧 이것을 엿보고 있었습니다. 우리는 일을 계속합니다. 조금 뒤 딱딱딱 하고 세 번 가벼운 소리가 납니다. 이것은 식사를 알리는 신호입니다.

안네로부터

키티님   1943년 8월 23일 월요일

은신처의 일과 이야기를 계속하겠습니다. 아침에 시계가 8시 반을 알리면 마르고트와 엄마는 초조해집니다. "쉿, 아빠, 조용히……." "여덟시 반이에요. 이쪽으로 오세요. 이제 물을 쓰면 안 돼요. 조용히 걸어요!" 욕실에 있는 아빠에게 이렇게 속삭이는 소리가 들립니다. 시계가 8시 반을 칠 때면, 아빠는 방으로 돌아와 있어야 합니다. 한 방울의 물도 흘려 보내서는 안 됩니다. 화장실도 써서는 안 됩니다. 걸어다녀서도 안 됩니다. 사무실에 아무도 없을 때에는 창고에 있는 사람들에게 뭐든지 다 들리고 맙니다. 9시 20분에 4층 문이 열리고, 곧 마루를 가볍게 세 번 두드리는 소리가 납니다. 내 죽이 다 된 것입니다. 위로 올라가서 죽을 우묵한 그릇에 받아 가지고 다시 3층의 내 방으로 돌아옵니다. 그것을 다 먹으면 머리를 손질하고 요란한 소리를 내는 나의 양철 변기를 치운 다음 침대를 정리합니다. 모든 것을 아주 빠른 속도로 합니다. 시계가 울립니다. 위에서는 아주머니가 신을 벗고 슬리퍼로 걷고 있습니다. 아저씨도 그렇게 합니다. 집 안은 쥐죽은 듯이 조용합니다. 이것으로 조금은 진짜 가정생활다운 분위기가 됩니다. 나는 책을 읽거나 뭔가 일을 하고 싶어집니다. 아빠도 엄마도 마르고트도 마찬가지입니다. 아빠는 디킨즈의 책과 또 물론 사전을 가지고, 납작하고 삐걱거리는 침대에 걸터앉았습니다. 침대에는 성한 매트리스가 없습니다. 베개를 두 개 포개면 걸터앉기는 안성맞춤이지만 이건

없어도 되겠다면서 그만둡니다.

아빠는 책을 읽기 시작하면 얼굴도 들지 않고 고개도 돌리지 않습니다. 가끔 웃으면서 엄마에게 이야기를 들려주려고 하지만, 엄마는 "지금 바빠요." 하고 상대를 해주지 않습니다. 아빠는 조금 실망한 듯한 표정을 짓지만 다시 계속 책을 읽습니다. 조금 읽다가 특별히 재미있는 대목에 이르면 아빠는 또 "여보, 이건 읽어야 해." 하고 권합니다. 엄마는 무심히 접는 식 침대에 걸터앉아 그때그때의 기분에 따라 뭔가를 읽기도 하고 바느질도 하며 뜨개질도 합니다. 그러다가 엄마는 갑자기 뭔가를 생각해내고, "안네, 너……를 아느냐? 마르고트, 너 급히……를 메모해다오." 라고 빠른 말투로 말합니다. 잠시 뒤 다시 본디대로 조용해집니다.

마르고트가 소리내어 책을 덮습니다. 아빠는 눈썹을 치켜올리고 이마에 주름을 잡지만 다시 열심히 책을 읽습니다. 엄마는 마르고트와 잡담을 시작합니다. 나는 호기심에서 귀를 기울입니다. 아빠도 이야기에 끼어듭니다……. 9시 아침 식사 시간입니다.

안네로부터

이탈리아의 항복

키티님   1943년 9월 10일 금요일

당신에게 편지를 쓸 때마다 뭔가 특별한 일들이 생기는 것 같지만, 유쾌한 일보다는 불쾌한 일이 많은 듯합니다. 그러나 오늘은 멋진 뉴스입니다. 9월 8일 수요일 저녁 7시 뉴스를 들으려고 라디오 앞에 모였을 때, 처음으로 들려나온 것은 "지금부터 전쟁을 통해서 가장 반가운 뉴스를 전해드리겠습니다. 이탈리아가 항복을 했습니다! "라는 발표였습니다. 이탈리아가 무조건 항복했다! 영국의 네덜란드 방송은 8시 15분부터 시작되었습니다.

"청취자 여러분, 한 시간 전에 제가 하루의 기록을 다 썼을 때 이탈리아 항복이라는 큰 뉴스가 들어왔습니다. 이제까지 나는 자신이 쓴 기록을 이처럼 큰 기쁨을 안고 휴지통에 버린 적이 한 번도 없었음을 여러분에게 전해드립니다! 가드 세이브 더 킹." 이어서 미국의 국가와 〈인터내셔널〉이 연주되었습니다. 네덜란드 어 방송은 여느때처럼 우리에게 용기를 주었지만, 그다지 낙관적인 것은 아니었습니다.

우리에게는 아직 걱정이 있습니다. 그것은 코프하이스 씨의 일입니다. 당신도 알다시피 우리는 모두 그를 아주 좋아합니다. 코프하이스 씨는 건강이 좋지 않고, 위가 아파서 제대로 식사를 못 해 걸을 수도 없지만 언제나 명랑하고 놀랄 만큼 용감합니다. "코프하이스 씨가 들어오면 태양이 빛나는 것 같다."라고 지난번에 엄마가 말했는데 정말 그렇습니다. 그는 이번에 복부 수술을 받기 위해 적어도 4주일 동안은 병원에 입원해야만 합니다. 그는 입원할 때 잠깐 쇼핑이라도 가는 것처럼 여느때와 다름없는 말투로 우리에게 "안녕." 하고 말했지만 당신에게 그때의 그를 보여주고 싶었을 정도입니다.

안네로부터

키티님   1943년 9월 16일 목요일

여기에 있는 사람들은 날이 갈수록 사이가 나빠집니다. 식사 때에도 요리를 입에 넣을 때 말고는 아무도 입을 열지 않습니다. 무슨 말을 하면 오해를 받거나 누군가를 괴롭히기 때문입니다. 나는 우울해지지 않도록 날마다 진정제를 먹지만, 다음날에는 더욱 비참한 심정이 될 뿐입니다. 진정제 10알을 먹으니 진심으로 웃는 편이 낫겠지만 우리는 거의 웃음을 잃어버렸습니다. 이렇게 우울하다가는 마침내 얼굴이 길어져서 입가가 축 처지지나 않을까 걱정입니다. 다른 사람들도 마찬가지입니다. 모두 공포와 의혹을 안고 무서운 겨울이 닥쳐오는 것을 지켜보고 있습니다. 또 한 가지 우리의 마음에 걸리는 것은 창고지기가 은신처가 있다는 사실을 의심하기 시작한 것입니다. 그저 그뿐이라면 그다지 걱정이 안 되겠지만, 이 창고지기는 무척 파고들기를 좋아하고 속이기 힘들며 신용할 수 없는 남자입니다. 어느 날, 크라이렐 씨는 1시 10분 전에 코트를 입고 길모퉁이를 돌아가는 곳에 있는 약방에 갔다가 채 5분도 못 되어 돌아와 도둑처럼 발소리를 죽여 살금살금 계단을 올라와서 우리 방으로 들어왔습니다. 1시 15분 크라이렐 씨가 돌아가려고 하자 엘리가 와서 창고지기가 사무실에 있다고 주의를 주었습니다. 크라이렐 씨는 곧 돌아서서 1시 반까지 우리 방에 있다가 신발을 벗고 양말만 신은 채 지붕 밑의 앞쪽 문으로 계단이

삐걱거리지 않도록 조심하며 15분이나 걸려 한 계단씩 천천히 내려가 밖으로 돌아서 무사히 사무실로 들어갔습니다. 그 전에 엘리는 창고지기를 쫓아보내고 크라이렐 씨를 데리러 우리 방으로 왔지만, 크라이렐 씨는 아직 계단을 내려가는 도중이었던 겁니다. 만일 길 가던 사람들이 회사 지배인이 밖에서 신을 신고 있는 것을 봤다면 뭐라고 생각하겠어요.

안네로부터

키티님   1943년 9월 29일 수요일

오늘은 팬 던 아주머니의 생일입니다. 우리 집에서는 병에 담은 잼과 치즈와 고기, 빵 배급표 등을 선물로 주었습니다. 아저씨와 뒤셀 씨와 우리의 보호자는 먹을 것과 꽃을 선물했습니다. 생일에 이런 선물을 하다니 어떻게 된 세상일까요?

이번 주일에 엘리는 너무 심부름을 많이 했기 때문에 마침내 지치고 말았습니다. 심부름을 갔다 돌아오면 또 심부름, 그것이 끝나면 또 심부름이므로 견딜 수가 없었던 것입니다. 그녀는 마치 자기가 뭔가 잘못이라도 했나 보다고 생각했지요. 게다가 아래층 사무실의 일도 남아 있습니다. 코프하이스 씨는 앓고 미프는 감기로 누워 있고 자기는 자기대로 발목을 삐고 사랑의 고민도 있고 집에는 까다로운 아버지가 있고——이러니 지치는 것도 무리가 아닙니다. 우리는 그녀를 위로하고, 한두 번 심부름을 해주고는 이제 시간이 없다고 말하면 자연히 심부름이 줄어들 것이라고 말해주었습니다.

팬 던 아저씨는 또 기분이 이상한가 봅니다. 그에게 무슨 일이 일어날 듯하다는 것을 예감으로 알 수 있습니다. 아빠는 무엇 때문인지 몹시 화를 내고 있습니다. 이번에는 어떤 폭발이 일어날까요? 나는 이런 싸움에는 말려들고 싶지 않습니다. 나는 어디로든 가고 싶습니다. 두 사람은 머지 않아 우리를 미치게 만들 거예요.

안네로부터

키티님   1943년 10월 17일 일요일

코프하이스 씨가 돌아왔습니다. 아이, 좋아라! 그는 얼굴이 파리하지만, 그래도 팬 던 아저씨의 부탁을 받고 힘차게 옷을 팔러 나갔습니다. 아저씨네가 돈이 떨어진 것은 곤란한 일입니다. 아주머니는 옷이며 코트며 신 등을 많이 갖고 있으면서도 자기것은 하나도 팔려고 하지 않습니다. 아저씨는 비싸게 팔려고 하기 때문에, 그의 옷은 여간해서 팔리지 않습니다. 자아, 어떻게 될까요? 아주머니는 결국 털 코트를 팔아야만 하겠지요. 두 사람은 이것 때문에 크게 싸움을 했지만 이미 화해를 하고 "저어, 여보." "나의 소중한 프티"가 시작되었습니다.

나는 지난 한 달 동안 이 집에서 일어난 싸움에 머리가 멍해지고 말았습니다. 아빠는 입을 꽉 다물고 한 마디도 하지 않습니다. 누군가가 말을 시키면 또 뭔가 귀찮은 싸움을 말려야 하는가 하고 놀란 듯이 얼굴을 듭니다. 엄마는 흥분으로 얼굴이 벌개져 있습니다. 마르고트는 골치가 아프다고 합니다. 뒤셀 씨는 잠을 이룰 수 없다고 불평입니다. 아주머니는 하루 종일 투덜거리고 있습니다. 나는 정말 미칠 것 같습니다! 솔직히 말해서 나는 가끔 누가 누구와 싸우고 누구와 화해를 했는지 잊을 때가 있습니다.

모든 것을 잊는 유일한 수단은 공부하는 것뿐입니다.

나는 꽤 열심히 공부를 하고 있습니다.

                                              안네로부터

키티님   1943년 10월 29일 금요일

아저씨와 아주머니가 또 크게 싸움을 했습니다. 싸움을 하게 된 경위는 이러합니다──이미 이야기했듯이 아저씨네는 돈이 떨어지기 시작했습니다. 벌써 며칠 전의 일인데, 아저씨는 코프하이스 씨로부터 단골 모피점의 이야기를 듣고 아주머니의 털가죽 코트를 팔아야겠다고 생각했습니다. 이

코트는 토끼 가죽으로 만들어졌고 아주머니가 17년이나 입던 것입니다. 아저씨는 이것을 3백 35플로링에 팔았습니다――굉장한 값입니다. 그러나 아주머니는 전쟁이 끝나고 나서 새 옷을 사기 위해 이 돈을 넣어두고 싶어했습니다. 그래서 생활을 하기 위해 당장 돈이 필요하다는 아저씨와 크게 싸움이 벌어진 겁니다.

두 사람은 고함을 치고 비명을 지르며 발을 구르고 서로 욕지거리를 하고――아아, 당신은 도저히 상상도 못 할 것입니다. 굉장했습니다. 우리 가족들은 싸움이 너무 심해지면 두 사람을 떼어놓으려고 숨을 죽이고 계단 아래에 서 있었습니다. 두 사람의 외침 소리와 울음소리와 자신의 신경 긴장 등으로 말미암아 나는 녹초가 되어 저녁때 침대에 쓰러져 30분 동안이나 울었습니다.

코프하이스 씨는 또 오지 못하게 되었습니다. 역시 위장이 좋지 않기 때문입니다. 위의 출혈이 멎었는지 어떤지 자신도 모르는 겁니다. 아무래도 상태가 좋지 않아 집으로 돌아가야겠다고 우리에게 말했을 때에는 언제나 쾌활한 그가 처음으로 풀이 죽어 있었습니다.

나는 식욕이 없는 것 말고는 대체로 이상이 없습니다. "너는 기운이 조금도 없어 보이는구나." 라는 말을 듣지만 그것은 모두의 탓이라고 말해 주고 싶습니다. 나의 기운을 돋우어주기 위해 포도당이며 간유(肝油)며 효모종(酵母錠)이며 칼슘 등이 갖추어졌습니다. 나는 가끔 자신으로서도 어쩔 수 없는 우울한 기분에 빠집니다. 특히 일요일에는 더합니다. 주위의 분위기는 숨이 막힐 것만 같고 졸음이 오는 듯하며 납덩어리처럼 무겁고 답답합니다. 밖에는 새 우는 소리 하나도 들리지 않고, 죽음 같은 정적이 덮여 깊고 깊은 땅 속으로 빨려드는 듯한 느낌이 듭니다.

이런 때에 엄마도 아빠도 마르고트도 모두 나를 모르는 채 내버려둡니다. 나는 날개를 잘리고, 어둠 속에서 파드득거리며 새장에 부딪치는 작은 새와도 같은 심정으로 이 방 저 방을 헤매기도 하고, 계단을 올라갔다 내려왔다 합니다. "밖에 나가서 웃기도 하고 신선한 공기를 마시자." 하고 내 마음속에서 소리칩니다. 그러나 나에게는 아무런 반응도 일어나지 않습니다. 쓸쓸함과 견딜 수 없는 공포를 잊고, 시간이 빨리 지나가기를 바라며 나는 긴의자에 누워 잠듭니다. 이 밖에는 시간을 보낼 방법이 없기 때문입니다.

안네로부터

키티님   1943년 11월 3일 수요일

아빠는 교육상으로도 필요할 뿐 아니라 뭔가 우리에게 할 일을 만들어주기 위해 라이덴 사범학교에서 규칙서를 구해왔습니다. 마르고트는 두꺼운 규칙서를 세 번이나 읽어보았지만 마음에 드는 과목이 눈에 띄지 않고, 또 마음에 드는 학과는 돈이 많이 들 것 같아서 체념하려고 했지만 아빠가 찾아내어 누구에게인지 편지를 써달래서 '초급 라틴 어'의 통신교육을 신청하기로 했습니다.

아빠는 나에게도 뭔가 새로 시작할 공부를 만들어주기 위해 코프하이스 씨에게 학생용 성서를 사다 달라고 부탁했습니다. 나에게 신약성서를 공부하게 할 생각인 것입니다. 마르고트는 좀 이상하게 생각하고, "안네에게 하누카를 위해 성서를 주나요?" 하고 물었습니다. 그러자 아빠는 "음…… 그래. 성 니콜라스 데이 때가 좋겠구나. 그리스도는 하누카와는 맞지 않으니까."라고 대답했습니다.

안네로부터

키티님   1943년 11월 8일 월요일

당신은 이제까지 내가 쓴 편지를 하나하나 다시 읽는다면, 아마 틀림없이 편지를 쓸 때의 내 기분이 그때그때에 따라 너무도 다른 사실에 놀랄 것입니다. 여기의 분위기에 지나치게 좌우되는 데에는 나도 매우 난처하게 생각하고 있지만, 그것은 나만이 그런 게 아닙니다. 모두가 마찬가지입니다. 나는 책을 읽고 감격했을 때는 다른 사람들과 어울리기 전에 나 자신을

지그시 억눌러야만 합니다. 그렇지 않으면 모두가 나를 이상하게 생각하겠지요. 당신도 짐작은 하겠지만 지금 나는 우울한 심정에 젖어 있습니다. 어째서 그런지 설명할 수가 없습니다. 겁쟁이이기 때문이라고 생각합니다. 난 언제나 이런 일로 고민하고 있습니다.

오늘 저녁 엘리가 아직 여기에 있을 때 입구의 벨이 길고 요란하게 가슴을 찌르듯이 계속 울렸습니다. 나는 금방 얼굴이 새파랗게 질려서 두려움 때문에 배가 아팠고, 가슴이 심하게 두근거렸습니다. 밤에 잘 때 나는 아빠도 엄마도 없이 나 혼자 감옥에 갇힌 듯한 착각에 빠집니다. 또 더러는 길을 헤매기도 하고 은신처에 불이 나기도 하며 밤에 게슈타포들이 우리들을 끌고 가는 장면을 상상합니다. 모든 것이 현실처럼 생생하게 눈에 떠오르고 머지않아 그런 일이 생길 것만 같이 느껴집니다. 미프는 여기가 조용해서 부럽다고 합니다. 그건 그럴는지도 모르지만 미프는 우리가 맛보고 있는 공포를 생각지 못하는 겁니다. 나는 우리에게 있어서 세상이 다시 여느때로 돌아가리라고는 도저히 상상할 수 없습니다. 나는 '전후(戰後)'에 대해 이야기합니다. 그러나 그것은 결코 실현될 수 없는 공중누각에 지나지 않습니다. 옛날의 우리 집이나 여자친구들이나 학교에서의 재미있었던 일들을 생각하면 마치 남의 일이었던 것같이 여겨집니다.

나는 은신처에 있는 우리 8명의 검은 먹구름에 둘러싸인 한 조각의 푸른 하늘처럼 느껴지기만 합니다. 우리가 있는 동그랗고 확실히 구분된 장소는 아직 안전합니다. 하지만 먹구름이 차츰 우리 주위로 다가와서 절박한 위험에서 우리를 떼어놓아 우리의 원은 자꾸만 좁혀지고 있습니다. 그리고 지금 우리는 위험과 암흑에 둘러싸여 있기 때문에 온 힘을 다해 탈출구를 찾으며 서로 부딪치고 있습니다. 아래를 보면 인간끼리 서로 싸우고 있습니다. 위를 보면 그곳은 조용하고 아름다운 세계입니다. 그러다가 우리는 크고 검은 구름덩이에 가려지고 맙니다. 이 구름은 뚫을 수 없는 벽처럼 가로막혀 우리는 위로 갈 수가 없습니다. 먹구름은 우리를 찍어 누르려고 하지만 아직은 그렇게 되지 않습니다. 나는 그저 울면서 "아아, 저 먹구름이 걷히고 우리에게 길이 열리기를." 하고 기도드릴 뿐입니다.

안네로부터

만년필의 추억

키티님

오늘의 편지는 '나의 만년필의 추억에 바치는 시'라고 제목을 붙이겠습니다. 좋은 제목이지요?

나의 만년필은 나의 가장 귀중한 소지품 가운데 하나였습니다. 나는 그것을 더없이 소중하게 여겼습니다. 특히 그 굵은 펜촉이 좋았습니다. 나는 굵은 펜촉이 아니면 글씨를 잘 쓸 수 없기 때문입니다. 나의 만년필은 매우 길고, 재미있는 경력을 갖고 있었습니다. 그것을 간단히 이야기하지요.

나의 만년필은 내가 9살 때 멀리 아헨에서 할머니가 '견본'으로서, 소포로 보내온 겁니다. 2월의 바람이 집 주위를 거칠게 불고 있을 때였는데 나는 감기에 걸려 누워 있었지요. 이 훌륭한 만년필은 가죽 케이스에 들어 있었습니다. 나는 이것이 자랑스러워서 모든 친구들에게 자랑해 보였습니다. 만년필을 갖고 있는 것이 기뻐서 견딜 수가 없었던 것입니다. 10살이 되면서부터 나는 이것을 학교에 가져가도 좋다는 허락을 받았고, 선생님은 그것으로 글씨를 써도 좋다고까지 말했습니다.

그러나 다음해 6학년이 되자 담임 선생님은 학생용의 펜과 잉크병밖에 쓰지 못하게 했기 때문에 나는 그 보물을 다시 넣어두지 않을 수 없었습니다.

12살이 되어 유태인 중학교에 입학했을 때, 그 축하로 내 만년필은 새 케이스에 넣어졌습니다. 이 케이스는 연필도 들어가고 더구나 지퍼로 여닫게 되었기 때문에 더욱 훌륭해 보였습니다.

내가 13살이 되자 만년필은 나와 함께 은신처로 와서 그곳에서 나를 위해 수많은 일기와 작문을 써주었습니다.

지금 난 14살로 만년필과 함께 마지막 1년을 보냈습니다.

금요일 오후, 5시가 지나서였습니다. 내가 내 방에서 나와 테이블 앞에 앉아 무엇을 쓰려고 했을 때 라틴 어를 공부하러 온 아빠와 마르고트가 매정하게도 나를 한쪽으로 밀어냈으므로 자리를 양보하지 않을 수 없었습니다. 나는 한숨을 쉬고 만년필을 잠시 놓은 채 테이블 구석에 웅크리고 앉아 누에콩을 문지르기 시작했습니다. '누에콩 문지르기'는 곰팡내나는 콩을 깨끗이 하는 것입니다. 나는 5시 45분에 마루를 쓸어 썩은 콩과 함께 먼지를 헌 신문지에 싸서 난로에 던져 넣었습니다. 그러자 불꽃이 맹렬한 기세로 타올랐기 때문에 나는 거의 꺼질 것 같던 불이 이렇게 타오르는 것이 참 멋지다고 생각했습니다. 잠시 후 불은 다시 본디대로 잠잠해졌습니다. '라틴 어 학자들'도 공부를 끝냈으므로 나는 쓰던 것을 마치려고 테이블 앞에 앉았습니다. 그러나 아무리 찾아도 만년필이 보이지 않았습니다. 나는 다시 한 번 더 찾아보았습니다. 마르고트도 같이 찾아주었지만 그림자도 보이지 않았습니다.

"아마 콩과 함께 난로에 넣었나 봐." 하고 마르고트는 말했습니다. "아니, 그럴 리가 없어." 하고 나는 대답했지만 그날 밤 끝내 발견되지 않았기 때문에 쓰레기를 난로에 털어넣었을 때 불꽃이 갑자기 타오른 것으로 보아서 타기 쉬운 만년필은 쓰레기와 함께 불타버린 것이 틀림없다고 우리는 생각했습니다.

우리가 걱정했던 대로였음을 마침내 알게 되었습니다. 다음날 아침 아빠가 난로를 청소했을 때, 만년필의 클립이 잿속에서 발견되었습니다. 금촉은 형체도 없었습니다. "아마 녹아서 돌이나 무엇에 붙어버렸겠지." 하고 아빠가 말했습니다.

나는 분하고 안타까우면서도 조금은 위로를 받은 것 같았습니다. 그것은 내 만년필이 화장된 사실 때문입니다——내가 죽었을 때도 이렇게 해주었으면 합니다.

안네로부터

키티님   1943년 11월 17일 수요일

엄청난 일이 일어났습니다. 엘리네 식구들이 모두 디프테리아에 걸려 엘리는 6주일 동안이나 우리에게 올 수 없게 되었습니다. 이 때문에 쓸쓸한 것은 물론이고, 시장보는 일 때문에 무척 불편합니다. 코프하이스 씨는 아직도 병으로 누워 있으므로 3주일 동안이나 죽과 우유밖에 먹지 못했습니다. 그래서 크라이렐 씨는 바빠서 정신이 없습니다.

마르고트가 보낸 라틴 어의 고쳐진 답안이 보내져 왔습니다. 마르고트와 엘리의 이름으로 적혀 있습니다. 선생님은 참으로 좋은 머리가 잘 돌아가는 사람입니다. 선생님은 마르고트와 같은 차실한 학생을 가져서 틀림없이 기뻐할 겁니다.

뒤셀 씨는 매우 화가 나 있었습니다. 우리는 그 까닭을 알 수가 없습니다. 그는 팬 던 부부에게 한 마디도 하지 않습니다. 모두가 어색해졌습니다. 이렇게 2, 3일 계속되었을 때, 엄마는 팬 던 아주머니의 이야기를 하면서 언제까지나 그렇게 지내면 아주 불쾌한 일이 일어날 거라고 그에게 주의를 주었습니다. 그러자 뒤셀 씨는 처음에 말을 하지 않은 것은 팬 던 아저씨 쪽이니까 이쪽에서 먼저 말을 하기는 싫다고 했습니다.

그런데 어제는 11월 16일로, 뒤셀 씨가 이 집에 온 지 만 1년째 되는 날이었습니다. 엄마는 그에게서 이날의 기념으로 화분을 하나 선사받았지만 뒤셀 씨는 우리에게 한 턱내는 것이 마땅하다고 몇 주일 전부터 들으라는 듯이 말해온 아주머니는 아무것도 받지 못했습니다.

그는 자기를 은신처의 한 사람으로 해준 우리의 친절에 대한 감사의

말은 고사하고, 한 마디도 입을 열지 않았습니다. 내가 16일 아침에 그에게 축하를 해야 할지 원망을 해야 할지를 물었더니, 그는 그런 것은 아무래도 좋다고 말했습니다. 중재를 하려던 엄마도 말을 꺼낼 수가 없어서 어색한 상태는 그대로 계속되었습니다.

이 사람의 정신은 위대하다.

그러나 그의 행위는 얼마나 하찮은 것인가!

안네로부터

키티님   1943년 11월 27일 토요일

어젯밤 잠들려 할 때 갑자기 눈앞에 사람의 그림자가 나타났습니다. 그것은 다름 아닌 리스였습니다!

그녀는 누더기를 몸에 걸치고 여윈, 초췌한 모습으로 내 앞에 서 있었습니다. 그녀는 무척 큰 눈으로 슬픈 듯이 또 비난하는 것처럼 나를 가만히 바라보고 있었습니다. 그 눈은 "오오, 안네, 너는 어째서 나를 버렸니? 날 도와줘! 이 지옥에서 구해줘!"라고 말하는 것 같았습니다.

그러나 나에게는 그녀를 도울 힘이 없습니다. 다른 사람들이 괴로워하면서 죽어가는 것을 가만히 바라보고 있을 수밖에 없습니다. 그리고 신에게 그녀를 내게로 돌려보내주도록 기도할 뿐입니다.

내가 본 것은 리스뿐입니다. 이제야 나는 겨우 알았습니다. 나는 그녀를 오해하고 있었습니다. 나는 너무 어려서 그녀의 괴로움을 이해할 수가 없었던 것입니다. 그녀는 새 여자 친구가 좋아졌을 때, 내가 그 아이를 그녀로부터 떼어놓으려 했다고 생각한 것입니다. 가엾게도 그녀는 어떤 심정이었을까요. 나는 그녀의 마음을 잘 이해할 수 있습니다.

나는 가끔 문득 그녀를 생각하지만 곧 다시 멋대로 나의 즐거움이나 나의 일에 마음을 쏟고 맙니다. 그녀에게 그런 태도를 취한 나는 가혹한 인간이었습니다. 그녀는 파리한 얼굴로 가엾은, 호소하는 듯한 눈으로 나를 보았습니다. 아아, 그녀를 도울 수만 있다면!

오오, 하느님, 나는 희망했던 대로의 생활을 할 수가 있고, 그녀는 이토록 무서운 운명에 빠질 줄이야! 나는 그녀보다 바른 인간은 아니었습니다. 그녀는 정직하려고 애쓰고 있었습니다. 그런데도 어째서 이렇게 틀릴까요?

솔직히 말해서 나는 몇 달 동안이나——아니, 1년 가까이나 그녀를 생각하지 않았습니다. 전혀 잊고 있었던 것은 아니지만, 비참한 그녀의 모습을 눈앞에 보기까지 그녀를 이렇게 생각해본 적이 한 번도 없었습니다.

오오, 리스, 만일 네가 전쟁이 끝날 때까지 살아남아 우리에게로 돌아온다면 나는 너를 받아들여 나의 죄값을 치를 수 있을 텐데…….

그러나 내가 다시 그녀를 도울 수가 있을 때에는, 그녀는 지금처럼 나의 도움을 필요로 하지 않겠지요. 그녀는 나를 생각할 때가 있을까. 만일 있다면 나를 어떻게 생각할까? 하느님, 그녀를 지켜주세요. 적어도 그녀가 혼자 있게 되지 않기를. 하느님, 내가 얼마나 리스를 사랑스럽게 생각하는가를 당신이 그녀에게 전해주신다면 리스는 틀림없이 용기가 솟을 겁니다. 이제 이 이상 생각하는 것은 그만두겠어요. 생각해봐야 어쩔 도리가 없으니까요. 그러나 나는 그녀의 커다란 눈을 잊을래야 잊을 수가 없습니다. 그녀는 자기에게 강요된 운명에 지지 않고 자기 자신을 진정으로 믿고 있을까요? 난 알 수 없습니다. 나는 그녀에게 물어본 적도 없습니다.

리스, 너를 데려와 나의 즐거움을 나누어줄 수만 있다면! 그러나 이미 때는 늦었습니다. 나는 리스를 도울 수도, 나의 죄값을 치를 수도 없어요. 그러나 나는 결코 리스를 잊지 않겠어요. 그리고 언제나 리스를 위해 기도하겠어요.

안네로부터

키티님   1943년 12월 6일 월요일

성 니콜라스 데이가 다가옴에 따라 우리는 모두 지난해 이날의 곱게 꾸민 바구니를 생각하지 않을 수가 없습니다. 특히 나는 아무것도 하지

않는 올해는 참으로 따분할 거라고 생각했습니다. 나는 오랫동안 이것을 생각한 끝에 마침내 재미있는 일을 생각해냈습니다.

나는 아빠와 의논하여 1주일 전부터 모두를 위해 짧은 시를 짓기 시작했습니다.

일요일 저녁 7시 45분, 모두 4층 방으로 가서 조그만 인형과 빨간빛과 파란빛의 카본 종이로 만든 나비 리본으로 꾸며진 큰 세탁물 광주리를 가운데 놓고 둘러앉았습니다. 광주리는 큰 갈색 종이로 덮여 있고, 그 종이에 편지가 한 통 핀으로 꽂혀 있습니다. 광주리가 큰 데 모두 놀랐습니다. 나는 종이에서 편지를 떼어내어 읽었습니다.

산타클로스가 다시 왔습니다.

이제까지 오던 방법과 다르지만.

우리는 지난해처럼 호화롭고 유쾌한 방법으로 그의 날을 축하할 수는 없습니다.

그때는 우리의 희망이 크고 밝았습니다. 모든 낙관론은 정당한 것처럼 생각되었습니다. 올해에 여기서 산타클로스를 맞으리라고는 아무도 상상하지 못했습니다.

그러나 우리는 그의 정신을 살립시다. 우리는 선물할 만한 것을 갖고 있지 않으므로 다른 것을 생각했답니다.

자아, 여러분, 당신들의 신 속을 보아주세요.

광주리에서 저마다 자기 신을 꺼내 보고 모두를 크게 웃었습니다. 신 속에는 주인의 주소를 쓴 작은 종이 봉투가 들어 있었습니다.

안네로부터

키티님   1943년 12월 22일 수요일

악성 감기에 걸렸기 때문에 오늘까지 당신에게 편지를 쓸 수가 없었

습니다. 여기서 병을 앓는다는 것은 참으로 비참합니다. 기침이 나올 것 같으면 나는 담요를 뒤집어쓰고 소리를 죽이려고 애를 썼습니다. 그러나 그렇게 하면 목구멍의 간지러움이 조금도 시원해지지 않아 우유나 꿀이나 사탕 등의 신세를 겨야만 했습니다. 땀을 내고 목과 가슴에 찜질을 하고 더운 물을 마시고 이를 닦고 목에 약포(藥布)를 붙이고 안정을 하고 두꺼운 이불을 덮고 뜨거운 물통을 발치에 묻고 레몬스쿼시를 마시고 두 시간마다 체온을 재는 등등 가족들이 이것저것 시험한 요법을 생각하면 나는 현기증이 날 것 같습니다.

이렇게 하면 정말 좋아질까요? 가장 싫었던 것은 뒤셀 씨가 의사 대신이 될 수 있으리라 생각하고 심장의 고동을 듣기 위해 나의 가슴에 기름으로 끈끈한 머리를 직접 대보았을 때입니다. 그의 머리카락이 가슴에 닿아 간지러워서 견딜 수가 없었습니다. 그는 30년 전에 의학을 배워 의사 자격을 갖고 있지만 나는 이상한 기분이 들었습니다. 도대체 이 남자는 어째서 나의 가슴에 머리를 댄단 말인가? 그는 나의 연인이 아닙니다! 가슴에 머리를 대어봐야 나의 심장이 건전한지 아닌지를 알 턱이 없습니다. 그는 요즈음 귀가 많이 어두워졌기 때문에, 첫째 자기의 귀를 청소할 필요가 있습니다. 병에 대한 이야기는 그만하겠습니다. 나는 아주 좋아졌습니다. 키가 1센티미터 자라고 몸무게가 2파운드 늘었습니다. 그러나 얼굴빛은 좋지 않습니다. 요즈음은 공부가 하고 싶어져 견딜 수가 없습니다.

그다지 전할 뉴스가 없습니다! 이곳 사람들은 기분전환을 위해 사이가 좋아졌습니다.! 싸우지는 않습니다——적어도 지난 반 년 동안 이처럼 평화로운 때는 없었습니다. 엘리는 아직 여기에 오지 못합니다.

크리스마스 용으로 기름과 과자 시럽이 특별히 배급되었습니다. 가장 멋진 선물은 브로치였습니다. 싸구려지만 빛나고 아름답습니다. 뒤셀 씨는 미프가 만들어준 예쁜 케이크를 엄마와 아주머니에게 주었습니다. 미프는 그렇게 바쁜데도 이런 일까지 해야만 하는 것입니다. 나는 미프와 엘리에게 부탁하고 싶은 일이 있습니다. 내가 지난 두 달 동안 죽에 넣는 설탕을 절약하여 모은 것과 코프하이스 씨로부터 조금 얻은 것으로 푼돈(입에 넣으면 금새 녹아버리는 사탕과자)를 만들어달라고 말해야겠습니다.

138

밖에는 가랑비가 내리고 있습니다. 난로에서는 고약한 냄새가 나고, 먹은 것이 뱃속에서 소화되지 않아 여기저기서 크게 꾸르륵 소리를 내고 있습니다. 전쟁은 가다가 막힌 상태여서 사기가 오르지 않습니다.

안네로부터

키티님   1943년 12월 24일 금요일

내가 전날 우리가 이곳 분위기에 얼마나 영향을 받고 있는가를 썼지만 나의 경우는 그것이 점점 심해졌습니다.

"이 세상이 천국인가, 절망의 심연인가."라는 괴테의 말이 가장 잘 들어맞습니다. 다른 유태인의 아이들과 비교하여 여기에 있는 우리는 얼마나 행복한가 하고 생각하면 나는 '이 세상의 천국'에 있는 듯한 기분이 들고, 이를테면 오늘과 같이 코프하이스 부인이 찾아와서 딸 코리의 하키 클럽에 대한 이야기며 카누를 타는 여행, 연극, 친구들에 대한 이야기를 하면 나는 '절망의 심연'에 떨어지고 맙니다. 코리를 질투하는 것은 아니지만 한 번쯤 신나게 재미있어 하고, 배가 아프도록 웃어보고 싶은 마음을 참을 수가 없습니다. 특히 크리스마스와 새해 휴가가 왔는데도 집 없는 사람처럼 여기서 움직일 수도 없는 우리의 처지를 생각하면 뭐라고 말할 수 없을 만큼 쓸쓸해집니다. 이런 말을 쓰는 것은 감사의 마음이 모자라는 듯도 하고, 나는 확실히 과장하고 있었으니까 써서는 안 되겠지요. 그러나 당신이 나를 어떻게 생각하든 나는 내 생각을 내 마음속에만 담아둘 수가 없답니다. 그래서 당신에게 "종이는 참을성이 있다."고 내가 처음에 한 말을 상기해주시기를 부탁합니다.

누군가가 옷에 가득히 바람을 안고 추운 듯한 얼굴로 밖에서 들어오면, '나는 언제 신선한 공기를 마셔볼까.' 하고 문득 생각하게 됩니다. 이런 때는 담요라도 뒤집어쓰면 잊어버리지만 담요에 머리를 처박거나 해서는 안 되겠지요. 그 반대로 머리를 번쩍 쳐들고 용기를 내야만 합니다. 그래도 언제나 그런 생각이 떠오르곤 합니다. 당신도 1년 반이나 외출을 못 하면

못 견디겠지요. 아무리 감사하는 마음을 잊지 않는다 해도 자기의 감정을 죽일 수는 없습니다. 자전거를 타고 춤을 추고 휘파람을 불고 세상을 보면서 청춘을 즐기고 자유롭다는 것을 확인하는 것——이것을 나는 그리워하는 것입니다. 하지만 이러한 마음을 얼굴에 나타내서는 안 됩니다.

우리 8명이 자신들을 가엾이 여기고 불평스러운 얼굴을 해봐야 도대체 뭐가 어떻게 되겠습니까? 나는 가끔 '누군가——유태인이든 아니든 간에——내가 명랑한 즐거움을 필요로 하는 한 소녀에 지나지 않는다는 것을 이해할 수 있을까?' 하고 스스로 물어보는 수가 있습니다. 나는 알 수 없습니다. 나는 아무에게도 이런 말을 할 수 없습니다. 만일 말한다면 틀림없이 울음을 터뜨릴 것을 스스로 잘 알고 있습니다. 하지만 운다는 것은 큰 구원이 되기도 합니다.

나는 어떤 이유를 달더라도 또 어떻게 참더라도 나를 이해해줄 수 있는 어머니다운 어머니가 없다는 것을 날마다 서글프게 느낍니다. 내가 무엇을 하든 무엇을 쓰든 앞으로 나의 아이들을 위해 진정한 어머니가 되어보고 싶다고 생각하는 것은 이 때문입니다. 진정한 어머니란 그저 보통 하는 말을 무엇이든 진지하게 받아들일 게 아니라, 아이가 진지하게 말한 것을 진지하게 생각해주는 겁니다.

오늘은 이것으로 마치겠습니다.

당신에게 편지를 썼기 때문에 '절망의 심연'을 조금 잊었습니다.

안네로부터

키티님   1943년 12월 25일 토요일

크리스마스가 왔기 때문에 나는 요 며칠 동안 아빠에 대한 일들, 아빠가 젊었을 때 한 연애 이야기를 들려주셨던 것을 늘 생각하고 있습니다. 지난해에는 나는 지금처럼 아빠의 말뜻을 이해할 수가 없었습니다. 그러나 다시 한 번 들려주면 이해할 수 있다는 것을 아빠에게 알릴 수는 있겠지요.

아빠가 그것에 대해 이야기한 것은, '많은 사람들의 마음의 비밀을 알고

있는' 아빠는 한 번쯤 자기 자신의 마음을 털어놓고 싶었던 것이라고 생각합니다. 그렇지 않으면 자기에 대해 한 마디도 말할 기회가 없기 때문입니다. 나는 마르고트가 아빠의 괴로웠던 경험을 알고 있다고는 생각지 않습니다. 가엾은 아빠, 나는 아빠가 아직은 모든 것을 다 잊어버렸다고는 생각지 않습니다. 결코 잊지 않겠어요. 아빠는 매우 인내심이 강해졌습니다. 나는 아빠와 같은 괴로움을 겪지 않고 아빠 같은 사람이 되고 싶습니다.

안네로부터

키티님   1943년 12월 27일 월요일

금요일 저녁, 나는 나서 처음으로 크리스마스 선물을 받았습니다. 코프하이스 씨와 크라이렐 씨의 딸들이 몰래 우리를 기쁘게 해주기 위한 잔치를 준비한 것입니다. 그래서 미프가 '평화의 1944년'이라고 쓴 예쁜 크리스마스 케이크를 만들고, 엘리는 전쟁 전처럼 맛있고 훌륭한 비스킷을 1파운드나 갖고 왔습니다. 게다가 나와 피터와 마르고트에게는 요구르트를 한 병씩, 어른들에게는 맥주를 한 병씩 주었습니다. 선물들은 모두 예쁘게 포장되고, 그 꾸러미마다 핀으로 그림이 꽂혀 있었습니다. 이런 선물이 없었더라면 크리스마스는 우리들이 모르는 사이에 지나가버렸을 거예요.

안네로부터

키티님   1943년 12월 29일 수요일

나는 어젯밤 또 무척 비참한 마음이 되었습니다. 할머니와 리스가 생각났던 것입니다. 아아, 그리운 할머니의 괴로움도, 할머니가 얼마가 상냥한 분이었던가도 거의 이해하지 못했습니다. 뿐만 아니라 할머니는 자신의 무서운 비밀——병에 대해서 알고 있었고, 그것을 우리에게 늘 숨기고 있었던 것입니다. 할머니는 언제나 성실하고 좋은 분이었습니다. 할머니는

우리의 어느 누구도 결코 실망시키는 일이 없었습니다. 우리가 무슨 짓을 해도, 어떤 장난을 하더라도 할머니는 언제나 우리를 감싸주셨던 것입니다.

할머니, 당신은 나를 사랑하셨던 것일까요, 아니면 내 마음을 이해하지 못했던 것일까요? 나도 모르겠습니다. 할머니에게 자신의 이야기를 한 사람은 아무도 없습니다. 우리가 있어도 할머니는 얼마나 쓸쓸했겠어요? 인간은 아무리 많은 사람들에게 사랑을 받아도 쓸쓸한 경우가 있습니다. 그것은 그 사람이 누구에게 있어서나 '유일한 사람'이 아니기 때문입니다.

리스는 아직 살아 있을까요? 그녀는 무엇을 하고 있을까요? 오오, 하느님, 그녀를 보호하여 우리에게 데려다 주세요. 리스, 나는 언제나 리스의 입장에 서보고, 내 운명이 어떠했을 것인가를 상상해봅니다. 그런데 어째서 나는 이곳의 생활을 이처럼 불행하게 생각하는 것일까요? 나는 그녀나 고통을 받는 그녀의 친구를 생각할 때 말고는 언제나 기뻐하고 만족하며 행복해야 하지 않을까요? 나는 이기적이며 겁쟁이입니다. 어째서 나는 언제나 무서운 꿈을 꾸거나 무서운 생각을 할까요——나는 무서워져서 가끔 큰소리로 비명을 지르고 싶어질 때가 있습니다. 그것은 아무래도 신에 대한 신앙이 모자라기 때문인 듯합니다. 신은 내가 도저히 받을 자격이 없는 많은 것을 나에게 주었습니다. 그런데도 나는 날마다 너무도 많은 잘못을 저지르고 있습니다. 다른 사람들을 생각하면 다만 울고 싶어질 뿐입니다. 틀림없이 하루 종일 울 수 있을 것 같습니다. 해야만 하는 오직 한 가지 일은 하느님이 기적을 일으켜 불행한 사람들을 구해 주십사고 기도하는 일뿐입니다. 나는 그것만은 충분히 하고 있다고 생각합니다.

안네로부터

반　성

키티님　　　　　　　　　　　1944년 1월 2일 일요일

　오늘 아침 나는 아무것도 할 일이 없었기 때문에 일기장을 들추며 이제까지 쓴 것들을 다시 읽어보았습니다. 그런데 너무 흥분한 나머지 엄마를 욕한 대목이 몇 군데 있는 것을 보고 깜짝 놀랐습니다. 그리고 나는 "안네, 엄마에 대해 증오감을 털어놓은 것은 너냐? 너는 어쩌면 그렇게 할 수가 있었니!" 하고 나 자신에게 소리쳤습니다. 나는 일기장을 펼치고 가만히 앉아 어째서 당신에게 호소하지 않고는 못 견딜 만큼 그토록 노여움에 불타고 증오하는 마음이 솟구쳤던가 하고 생각해보았습니다. 돌이켜 생각해 보아도 어째서 그렇게 했는지 설명을 할 수도 없고, 엄마에 대한 험담을 일기에 남겨두는 것은 내 양심이 허락하지 않기 때문에 나는 1년 전의 자신을 이해하고 용서하려고 노력하고 있습니다.

　나는 지금 사물을 주관적으로 바라보고, 나의 흥분하기 쉬운 성질 때문에 화를 내어 불행하게 된 상대방의 말을 냉정히 생각하며 이에 대답할 수 없는 비참한 심정에 괴로워하고 있습니다——그때도 그랬습니다.

　나는 자기 껍질 속에 틀어박혀서 자기만을 생각하고 나의 모든 기쁨과 슬픔과 남에 대한 경멸을 일기에 적었습니다. 이 일기는 나에게 있어서는 큰 가치를 갖고 있습니다. 많은 점에서 하나의 비망록이 되어 있기 때문입니다. 그러나 많은 곳에 '이것은 과거의 일로 이미 끝났다'고 썼어야만 했습니다.

나는 곧잘 엄마에게 화를 내곤 했습니다. 지금도 가끔 그럽니다. 엄마가 나를 이해하지 못하는 것은 사실이지만, 나도 또 엄마를 이해하지 못하고 있습니다. 엄마는 나를 무척 사랑하는 상냥한 분입니다. 엄마가 나 때문에 너무나도 자주 불쾌해야 하고, 또 다른 걱정이나 괴로움 때문에 신경질적이 되어 초조해짐에 따라 나에게 화풀이를 한 심정은 이해할 수 있습니다. 나는 그것을 너무 진지하게 받아들여서 화를 내고, 엄마에게 짜증을 부렸기 때문에 그것이 또 엄마를 불행하게 한 것입니다. 말하자면 불쾌한 마음과 비참한 마음이 언제나 부딪치고 있는 것과 다름없었습니다. 이것은 어느 쪽에도 유쾌한 일이 아니었습니다. 그러나 그러한 상태는 지나가려 하고 있습니다.

나는 엄마의 험담을 쓴 대목을 모두 읽을 마음이 나지 않았습니다. 나는 자신이 가엾어졌습니다. 생각해보면 내가 취한 행동도 이해할 수 없는 것은 아닙니다. 일기에 심한 말을 쓴 것도 결국 이것이 보통생활이라면 내 방문을 잠그고 두세 번 발을 동동 구르거나 엄마가 듣지 않는 데서 험담을 털어놓으면 곧 잊어버릴 그런 성질의 노여움에 돌파구를 준 데 지나지 않는 것입니다.

월경이 끝났습니다. 내가 처음 그것이 있다고 말했을 때 엄마는 눈물을 흘렸습니다. 나도 차츰 영리해졌고, 엄마도 그다지 초조해 하지 않게 되었습니다. 나는 감정이 상했을 때는 입을 다물고 맙니다. 엄마도 그렇습니다. 그러니까 두 사람 사이는 전보다 훨씬 좋아진 것 같습니다. 나는 응석받이 같은 심정으로 엄마를 사랑할 수는 없습니다——나에게는 그러한 마음이 없습니다.

그러나 험담을 해도 엄마에게 직접 말해서 기분을 상하게 한 것이 아니라 일기로 썼을 뿐이므로 다행이었다고 겨우 내 양심을 위로하고 있습니다.

안네로부터

키티님   1944년 1월 5일 수요일

오늘 당신에게 고백해야 할 일이 두 가지 있습니다. 시간이 걸리겠지만, 어차피 누구에게인가 말해야 하는 거라면 어떤 일이 있어도 절대로 비밀을 지키는 당신이 가장 좋은 상대이겠지요.

첫째는 엄마에 대한 일입니다. 당신도 알다시피 나는 엄마에 대한 불평을 많이 해왔습니다. 그러나 그러면서도 엄마에게 잘 해드리려고 애쓰기도 했습니다.

그러나 지금에 와서 엄마에게 결여되어 있는 것이 무엇인지 갑자기 똑똑히 알게 되었습니다.

즉 엄마가 나와 마르고트를 딸로서보다 친구로서 보고 있다고 말한 것입니다. 그것은 멋진 생각이지만, 친구는 역시 엄마일 수가 없습니다. 나는 나 자신의 본보기로서 엄마를 필요로 하고 있습니다. 엄마를 존경할 수 있게 되기를 바랍니다. 마르고트는 이런 일에 있어서는 나와 생각이 다르므로 내가 지금 말한 것을 이해하지 못할 것이라고 생각합니다. 아빠는 엄마 일로 토론하는 것을 일체 피하고 있습니다.

나는 어머니란 첫째로, 아들이나 딸이 나만한 나이가 되면 잘 다루어서 아이가 울어도——아파서가 아니라 엄마처럼 무언가 다른 일 때문에——웃지 않는 여자로서 상상합니다.

분별없는 이야기 같지만 엄마를 절대로 용서할 수 없는 한 가지 일이 있습니다. 그것은 이곳으로 오기 전 내가 치과에 갔었던 날의 일입니다. 엄마와 마르고트도 함께 가게 되어 내가 자전거를 타고 가는 데 동의했습니다. 치과에서 볼일이 끝나고, 그들은 무얼 구경한다던가 시장을 보러 간다고 했기 때문에——무엇이었는지 기억이 확실치 않습니다. 화가 난 내 눈에서 눈물이 흘러내리는 것을 보고 두 사람이 웃어댔으므로, 나는 발끈하여 길 한복판에서 두 사람에게 혀를 쑥 내밀었습니다. 마침 그때 나이 많은 부인이 지나가다가 이것을 보고 깜짝 놀라고 있었습니다. 나는 자전거를 타고 집으로 돌아와 오래도록 울었습니다.

우스운 것 같지만 그날 오후 내가 얼마나 화났던가를 생각하면 엄마가

그때 나에게 준 마음의 상처가 지금도 아픕니다.

둘째는 매우 이야기하기 거북한 일입니다. 왜냐하면 나 자신의 이야기이기 때문입니다.

어제 나는 시스 헤이스텔이 쓴 '얼굴을 붉히는 일'에 대한 글을 읽었습니다. 그것은 마치 나를 위해 쓴 것 같은 논문이었습니다. 나는 그렇게 바로 얼굴을 붉히는 편은 아니지만, 거기에 씌어진 다른 일들은 모두 내게 들어맞았습니다. 그녀는 대체로 이렇게 쓰고 있습니다. "소녀들은 나이가 들면 얌전해지고 자기 몸에 일어나고 있는 이상한 일에 대해 생각하기 시작한다."라고.

나도 지금 그것을 경험하고 있습니다. 요즘 아빠와 엄마와 마르고트의 일 등으로 말미암아 무언가 어색한 생각을 갖게 되는 것은 그 때문입니다. 이상하게도 마르고트는 나보다 훨씬 부끄러움을 잘 타는 주제에 조금도 그런 기색을 보이지 않습니다.

나에게 일어나고 있는 변화——몸뿐만 아니라 마음속에 일어나고 있는 변화——는 멋지다고 생각합니다. 하지만 나는 누구하고도 자기 일이나 이러한 일들을 이야기하지 않습니다. 그러므로 나 자신에게 이야기하지 않을 수 없습니다.

나는 월경이 있을 때마다——아직은 세 번뿐이었습니다——고통스럽고 불쾌하고 귀찮지만 감미로운 비밀을 갖고 있는 듯한 마음이 듭니다. 어떤 의미로는 귀찮은 것이지만, 마음속으로 이 비밀을 맛볼 때가 오기를 언제나 기다리게 되는 것은 이 때문입니다.

시스 헤이스텔은 이 나이 또래의 소녀는 자기라는 존재를 확실히 자각하지 않지만, 자신도 사상과 감정과 버릇을 가진 한 인간이라는 점을 차츰 깨닫게 된다고 쓰고 있습니다. 나는 여기에 와서 갓 14살이 되었을 때 대개의 소녀들보다 일찍 자신에 대해서 생각하기 시작하고, 자신도 한 인간임을 알게 되었습니다. 나는 밤에 잘 때 내 가슴에 손을 얹고 심장의 율동적인 고통을 느끼고, 가만히 귀를 기울이고 싶은 충동을 느끼는 일이 있습니다.

나는 여기에 오기 전부터 이미 막연하게나마 그런 생각을 갖고 있었습니다. 어느 여자 친구와 함께 잘 때 그녀와 키스하고 싶은 강한 충동을 느껴 실제로 키스한 일을 기억하고 있습니다. 또 나는 그녀가 언제나 자기의 몸을 보이지 않으려고 했기 때문에 그녀의 몸에 대해 호기심을 억누를 수가 없었습니다. 내가 우정의 증거로서 서로의 가슴을 만져보자고 말했더니 그녀는 싫다고 거절했습니다. 나는 예를 들면 비너스와 같은 여자의 알몸을 볼 때마다 황홀해져서 눈물이 뺨을 타고 내리는 것을 어쩔 수가 없었습니다.

아아, 나는 여자 친구를 갖고 싶습니다.

안네로부터

키티님　　　　　　　　　　　　　　　1944년 1월 6일 목요일

나는 못 견디게 누구와 대화를 나누고 싶어졌기 때문에 그 상대로서 피터를 생각해보았습니다.

나는 이따금 낮에 4층의 피터 방으로 갑니다. 아주 쾌적한 곳이긴 하지만 피터는 조심성이 있어서 귀찮다며 남을 몰아내는 일이 없기 때문에, 나는 방해자로 여기게 하고 싶지 않아 결코 오래 있지는 않습니다.

너무 두드러지지 않게 그의 방에 있으면서 그와 이야기를 나눌 구실을 생각하고 있었는데, 어제 그 기회가 왔습니다. 피터는 지금 크로스워드 퍼즐에 열중해서 다른 것은 거의 하지 않습니다. 나는 그것을 푸는 일을 돕고, 그는 의자에 나는 소파에 앉아 우리는 어느새 테이블을 사이에 두고 마주 앉아 있었습니다.

나는 그의 맑고 푸른 눈을 들여다볼 때마다 묘한 기분이 되었습니다. 그는 입가에 알 수 없는 미소를 띠고 나와 마주 앉아 있었는데 나는 그의 마음을 알 수 있었습니다. 여자에게 어떤 태도를 취해야 좋을지 모르는 자신없음과 자기는 남자라는 의식의 그림자를 그의 태도에서 엿볼 수가 있었습니다. 나는 그의 수줍은 듯한 태도를 보고 무척 안온한 기분에 잠겼습니다.

나는 몇 번이나 그와 시선을 마주치지 않을 수 없었습니다. 그리고 마음속으로 '너는 지금 마음속으로 무슨 생각을 하고 있는지 말해봐. 너는 이 쓸모 없는 잡담 말고는 아무것도 생각할 수가 없니?'하고 호소하고 싶은 심정이 되었습니다.

그러나 그날 밤은 아무 일도 없이 그대로 지나갔습니다. 다만 나는 그에게 얼굴을 붉히는 일에 대해 이야기했습니다──물론 전에 일기에 쓴 것과 같은 이야기가 아니라 그가 좀더 자라면 지금보다 자신을 갖게 하기 위한 것이었습니다.

나는 잠자리에 들어서 여러 가지로 생각해봤지만 결국 나의 용기를 북돋울 만한 건 아무것도 없었습니다. 피터에게 말해서 사랑해주기를 바란다는 것은 생각만 해도 싫습니다. 누구든 여러 가지 방법으로 자신의 그리움을 만족시킬 수가 있습니다. 나는 특히 그러한 마음이 강합니다. 그러므로 이제부터라도 가끔 피터에게로 가서 어떻게든 그에게 이야기를 시키도록 하겠습니다.

내가 피터를 그리워한다고 생각하지 말아주세요. 절대로 그런 일은 없습니다! 만일 팬 던네에 남자아이가 아니고 여자아이가 있었다면 나는 그 아이와도 친해지려고 했을 것입니다.

오늘 아침 7시 5분 전에 눈을 떴는데, 자면서 꾼 꿈을 확실히 기억하고 있었습니다. 의자에 앉아 있는데 그 앞에 피터──여기의 피터가 아니라 피터 벳셀이 앉아 있었습니다. 우리 둘은 함께 마리 보스가 그린 그림책을 보고 있었습니다. 너무도 생생한 꿈이었기 때문에 지금도 그 그림의 일부분을 기억하고 있습니다.

꿈은 이것만이 아닙니다. 갑자기 피터의 눈길이 나의 눈과 마주쳤습니다. 나는 언제까지나 그의 아름다운 갈색 눈을 들여다보고 있었습니다. 그러자 피터는 상냥하게 말했습니다. "내가 알았더라면 진작 너한테로 왔을 텐데……."라고 말했습니다. 나는 가슴이 꽉 막히고 눈물이 나올 것만 같아서 급히 돌아섰습니다. 그러자 곧 내 뺨에 부드럽고 차가운 뺨이 다정하게 닿는 것을 느꼈습니다. 나는 황홀해졌습니다…….

여기서 눈을 떴습니다. 그러나 눈을 떠도 그의 뺨이 내 뺨에 닿아 있고 그의 갈색 눈이 나의 마음을 뚫어지게 지켜보는 것을 느꼈습니다. 그는 나의 마음에서 내가 얼마나 그를 사랑하고 있었는지, 그리고 지금도 사랑하고 있는지를 알았을 것입니다. 새롭게 눈물이 솟아났습니다. 나는 또다시 그를 잃은 것을 슬퍼했지만, 그와 함께 피터 벳셀이 지금도 내게 있어서 선택된 유일한 사람임을 알고 기뻐했습니다.

　이곳에 온 뒤로 가끔 꿈속에서 남의 얼굴을 확실히 볼 수 있는 것은 이상한 일입니다. 어느 날 밤, 할머니의 꿈을 꾸었는데 주름잡힌 비로드 같은 할머니의 피부까지도 뚜렷이 볼 수 있었습니다. 그때 할머니는 수호의 천사로서 나타난 것입니다. 그 다음에 꿈에서 본 것은 리스입니다. 그녀는 나의 여자친구와 함께 수난받는 유태인의 상징처럼 생각됩니다.

　나는 그녀를 위해 기도할 때는 모든 유태인과 고난 속에 있는 모든 사람을 위해 기도합니다. 그리고 이번에는 피터——사랑하는 피터의 꿈입니다. 나는 마음속으로 이만큼 똑똑히 그의 모습을 본 적이 없습니다. 그의 사진은 필요없습니다. 나는 눈앞에 그의 모습을 똑똑히 볼 수가 있습니다.

안네로부터

첫 사 랑

키티님   1944년 1월 7일 금요일

나는 어쩌면 이렇게 바보일까요? 나와 남자친구와의 관계를 당신에게 이야기하지 않았던 것을 까맣게 잊고 있었습니다.

내가 유치원에 다닐 때는 카렐 삼손을 무척 좋아했습니다. 그는 아빠를 여의고 엄마와 함께 외할머니 집에서 살고 있었습니다. 카렐의 외사촌 로비는 머리가 검고 여윈 아름다운 소년으로 조그맣고 엉뚱한 카렐보다 귀여움을 받았지만 내게는 얼굴이 문제가 아니었습니다. 나는 언제나 카렐이 좋았습니다. 우리 둘은 늘 오랜 시간을 함께 놀았지만 그저 그뿐으로 나의 사랑은 보답받지 못했습니다.

그 다음에 내 앞에 나타난 것이 피터로, 나는 어린 마음에 그에게 열 중했습니다. 그도 나를 무척 좋아했고, 두 사람은 한여름 동안 떨어질 수 없을 만큼 친했습니다. 나는 지금도 그가 흰 목면옷을 입고, 나는 짧은 여름 드레스를 입고 손을 잡고 함께 거리를 걸었던 일을 기억하고 있습니다. 여름 방학이 끝나자 그는 중학교 1학년이 되었고 나는 국민학교 6학년이 되었습니다. 두 사람은 곧잘 학교에서 만나 함께 집으로 돌아오곤 했습니다.

피터는 진실되고 침착하며 아주 영리해 보이는 키가 크고 여윈 편의 미소년이었습니다. 머리는 검고 눈은 고운 갈색이었으며 뺨은 붉고 코는 오똑했습니다. 웃으면 무척 장난꾸러기로 보였는데 나는 그게 못 견디게 좋았습니다.

내가 방학 때 시골에 갔다 돌아와보니 피터는 이사를 가고, 그의 집에는 그보다 훨씬 나이 많은 소년이 살고 있었습니다. 이 소년이 피터에게 나를 젖비린내 나는 말괄량이라고 말했기 때문에 그는 나를 버렸음이 틀림없습니다. 나는 피터를 몹시 사랑했기 때문에 단념하지 못하고 그를 다시 나에게로 돌아오게 하려고 했습니다. 그러나 그의 뒤를 쫓아다니거나 하면 곧 남자 미치광이라는 별명이 붙으리라는 것을 문득 깨달았습니다. 그로부터 몇 년이 지났습니다. 피터는 자기와 같은 또래의 여자아이와 놀고, 어쩌다 길에서 만나도 나에게는 "안녕?" 하고 인사도 하지 않았습니다. 그래도 나는 그를 잊을 수가 없었습니다.

유태인 중학교에 입학하고 나서 내게 열중한 남학생이 클래스에 많이 있었습니다. 나는 재미있기도 하고 자랑스럽게도 생각되었지만 그저 그뿐으로 별로 마음이 움직이지 않았습니다. 그 뒤 하리가 나에게 열을 올렸지만, 이미 이야기했듯이 나는 두 번 다시 사랑을 하지 않았습니다. "시간은 모든 상처를 아물게 한다."는 속담이 있지만 나의 경우도 그러했습니다. 나는 피터를 잊게 되었으며, 그를 조금도 좋아하지 않은 것이라고 스스로 생각하고 있었습니다. 그러나 그에 대한 추억은 내 마음속에 강하게 살아 있었습니다. 다른 여자아이들을 질투하거나 그를 미워했던 것은 역시 그를 잊을 수 없었기 때문이었다는 점을 인정하지 않을 수 없었습니다. 오늘 아침, 나는 자신의 마음이 조금도 달라지지 않았음을 알았습니다. 뿐만 아니라 나는 자라면 자랄수록 더욱 그를 사랑하게 되었습니다. 이제 와서는 그가 나를 어리게 생각했던 마음을 이해할 수 있습니다. 그러나 그가 나를 깨끗이 잊었다고 생각하면 슬퍼집니다. 나는 꿈속에서 그의 얼굴을 너무나 똑똑히 보았기 때문에 피터만큼 내 추억 속에 남은 사람이 없다는 것을 이제 확실히 깨달았습니다.

나는 이 꿈을 꾸고 마음이 완전히 혼란되어서 아침에 아빠로부터 키스를 받을 때――"아아, 아빠가 피터라면." 하고 외치고 싶었습니다. 나는 온종일 그를 생각하고 "오오, 피터, 사랑하는 피터." 하고 마음속으로 계속 부르짖고 있었습니다.

지금 누가 나를 위로하겠어요? 나는 오래 살아남아 여기서 나가 피터를 만나고, 그가 나의 눈에서 그에 대한 애정을 깨달았을 때, "오오, 안네, 내가 알았더라면 진작 너한테로 왔을 텐데⋯⋯."라고 말할 수 있도록 하느님께 기도드려야겠습니다.

얼굴을 거울에 비춰보았더니 이제까지보다 아주 달라 보였습니다. 눈은 맑고 밝았으며, 뺨은 몇 주일 만에 빨갛게 홍조를 띠고 입술에는 윤기가 있습니다. 나는 행복스러워 보입니다. 하지만 나의 표정에는 어딘가 쓸쓸한 그림자가 있고, 입가에는 미소가 떠올랐다고 생각하자 곧 사라져버렸습니다. 나는 행복하지는 않은 것입니다. 피터가 나와 똑같은 심정이 아님을 알고 있기 때문입니다. 그래도 나는 나에게 쏠린 피터의 아름다운 눈과 나의 뺨에 닿은 피터의 차갑고 부드러운 뺨의 감촉을 지금도 잊지 않습니다.

아아, 피터, 내가 어떻게 당신의 모습을 잊을 수 있겠어요. 당신을 대신할 사람이 또 있을까요? 나는 당신을 사랑합니다. 당신에 대한 사랑은 너무 커서 이미 가슴속에만 담아둘 수는 없게 되었습니다. 틀림없이 가슴에서 뛰어나가 갑자기 악귀처럼 날뛰겠지요!

한 주일 전, 아니 바로 어제까지도 누군가가 내게 "네 친구 가운데 누가 결혼 상대자로서 가장 알맞다고 생각하니?" 하고 묻는다면 나는 "모르겠어요."라고 대답했겠지만, 지금 같으면 "피터예요. 나는 그를 진심으로 사랑하고 있어요. 나의 모든 것을 그에게 바칩니다." 하고 외치겠어요. 그러면 그는 이 말을 듣고 나의 뺨에 손을 댈지는 모르지만 그저 그뿐이겠지요.

전에 아빠와 성(性)에 대해 이야기했을 때, 아빠는 사람을 그리워하는 마음을 너는 아직 모른다고 말했습니다. 그러나 나는 안다고 생각했어요. 그리고 지금은 완전히 알겠습니다. 지금 내게 있어서 피터보다 더 사랑스러운 사람은 없습니다. 오오, 나의 피터.

안네로부터

키티님   1944년 1월 12일 수요일

엘리는 2주일 전부터 다시 오게 되었습니다. 미프와 헹크는 둘 다 배탈이
나서 이틀쯤은 일을 쉬었습니다.

나는 지금 댄스와 발레에 열중하여 밤마다 열심히 댄스의 스텝을 연
습하고 있습니다. 엄마의 하늘색 페티코트에다 레이스의 단을 달아 아주
현대적인 댄스 복을 만들었습니다. 목 둘레를 리본으로 매어 한가운데에서
이것을 나비 모양으로 묶고, 거기에 다시 끈으로 된 핑크 빛 리본이 달려
있습니다. 체조용 신을 발레 신으로 고치려 했지만 잘 되지 않습니다. 나의
딱딱한 다리는 다시 본디대로 부드러워지기 시작했습니다. 연습 중에 힘든
것은 바닥에 앉아 발 끝을 두 손으로 잡고 두 발을 허공으로 들어올리는
연습입니다. 엉덩이가 아프기 때문에 이불을 깔고 합니다.

지금 모두들《구름없는 아침》이라는 책을 읽고 있습니다. 엄마는 젊은
이들의 문제가 여러 가지로 씌어 있어서 참으로 좋은 책이라고 했지만,
나는 마음속으로 '먼저 당신 자신의 아이를 좀더 깊이 생각해보는 게
어때요.'라고 꼬집어주었습니다.

엄마는 우리 가정만큼 모녀의 관계가 원만한 데가 없고, 자신만큼 아
이들을 걱정하는 어머니는 없다고 생각하는 모양입니다. 분명히 엄마는
마르고트만을 생각하고 있겠지만, 마르고트는 나와 같은 마음의 고뇌도
사상도 없다고 생각합니다. 하지만 "당신의 딸들은 당신이 상상하고 있는
것과 같지는 않습니다."라고 말할 생각은 꿈에도 없습니다. 그런 이야기를
하면 엄마는 놀랄 뿐 어떻게 태도를 고쳐야 할지 모르게 되겠지요. 나는
엄마를 불행하게 할 만한 짓은 하고 싶지 않습니다. 그렇게 해봐야 마찬
가지라는 것을 알고 있으니까요.

엄마는 확실히, 마르고트는 나보다 훨씬 자기를 사랑한다고 생각하지만
언제나 사랑하는 것은 아니고, 사랑하지 않을 때도 있다고 생각합니다.
마르고트는 상냥해졌습니다. 전과는 아주 달라진 것 같습니다. 옛날처럼
심술궂지도 않아 진정한 친구처럼 되었습니다. 그녀는 이미 나를 상대가
되지 않는 아이라고는 생각하지 않게 되었습니다.

나는 이상하게도 남의 눈을 통해 나 자신을 바라보게 되는 경우가 더러 있습니다. 그럴 때 나는 태평스럽게 어느 한 사람의 '안네'를 생각하고, 마치 남의 일처럼 이제까지의 내 생애를 더듬어봅니다. 나는 여기로 오기 전에 지금처럼 여러 가지 일들을 생각한 적이 없었고, 가끔 나 자신이 엄마의 것도 아빠의 것도 마르고트의 것도 아닌 전혀 남 같은 느낌이 들곤 했습니다. 그리고 고아처럼 행동한 적이 있었지만 마침내 이처럼 행복한데 스스로를 가엾게 여기는 것은 모두 내가 나쁜 탓이라고 자신을 꾸짖었습니다. 그러고는 억지로 상냥한 태도를 하려는 시기가 왔습니다. 매일 아침 누군가가 아래로 내려오면 그것이 어머니이며 내게 "잘 잤니?" 하고 말해주기를 기대했습니다. 엄마가 상냥한 표정을 지어주기를 바라며 내가 엄마에게 키스하고 따뜻한 아침 인사를 하면 엄마는 뭔가 불쾌한 말을 합니다. 나는 다시 실망하고 학교에 갑니다. 학교에서 돌아오는 도중, 아마도 여러 가지 걱정거리가 있어서 그런가 보다고 엄마를 위해 변명을 생각해내고 쾌활한 기분으로 집에 돌아와 즐겁게 재잘대지만, 또 같은 경우가 되풀이되어 나는 가방을 안고 우울한 마음으로 방을 나오는 것이었습니다. 가끔 언제까지나 토라져 있어야겠다고 결심하지만 학교에서 돌아오면 이야기할 것이 산더미처럼 많기 때문에 결심은 순식간에 날아가버리고 엄마는 무슨 일을 하든 나의 수다를 듣고 맙니다. 그러다 보면 계단의 발소리에는 귀를 기울이지 않게 되고 밤에 나의 베개는 눈물로 젖습니다.

그 뒤 세상이 차츰 험해져서 마침내 당신이 아는 바와 같이 되었습니다. 그러나 하느님은 이번에는 나에게 피터라는 사람을 보내주셨습니다. 나는 목걸이를 꼭 쥐고 그것에 키스하며, "다른 사람들이야 알게 뭐람. 피터는 내 것이야. 그러나 그걸 아는 사람은 없어." 하고 자신에게 말했습니다. 이리하여 나는 남들의 냉대를 참고 견딥니다. 소녀가 마음속으로 이처럼 많은 일들을 생각하리라고 누가 상상하겠습니까?

안네로부터

154

키티님   1944년 1월 15일 토요일
　우리의 싸움이나 말다툼은 일일이 당신에게 보고해도 별수없으므로,
여기서는 다만 우리가 버터나 고기나 그 밖의 여러 가지 것들을 서로
나누고 감자 프라이는 각자가 만들기로 되었다는 것만을 알려두겠습니
다.
　오후 4시쯤 되면 저녁 식사를 기다리지 못해 뱃속이 쪼르륵거리므로,
요즈음 우리들은 당분간 점심과 저녁 사이에 간식으로 흑빵을 먹고 있습
니다.
　엄마의 생일이 가까워졌습니다. 엄마는 크라이렐 씨로부터 설탕을 조금
얻었지만, 아주머니의 생일 때는 이런 일이 없었으므로 팬 던 부부는 질
투하고 있습니다. 그러나 험담을 하거나 울거나 고함을 치거나 서로 틀
어져야 무슨 소용이 있겠습니까? 우리가 싸움이나 말다툼에 어지간히
넌더리가 났다는 것은 당신도 알겠지요. 엄마는——이곳 생활에서는 도
저히 바랄 수 없는 일이지만——팬 던 부부를 2주일만 보지 않고 살았으면
좋겠다고 말했습니다.
　어떤 사람과 한집에서 오랫동안 살다 보면 싸울 일이 있게 마련일까,
아니면 우리는 특별히 나쁜 제비를 뽑았을까——하고 우리는 늘 생각합
니다. 사람이란 이처럼 이기적이고 쩨쩨한 것일까요? 인간에 대해 조금
공부를 하는 데는 얼마쯤 도움이 되겠지만 이젠 진저리가 날 만큼 많이
배웠다고 생각합니다. 우리가 싸움을 하든, 자유와 신선한 공기를 그리워
하든, 그런 것과는 아랑곳없이 전쟁은 계속되고 있습니다. 그러므로 우리는
이곳의 생활이 되도록 유쾌해지도록 노력해야 할 것입니다. 이번에는 설
교가 되었지만, 여기서 오랫동안 있으면 나는 메마른 콩줄기 같은 인간이
되어 버릴 거예요. 아아, 나는 인간다운 젊은 여자가 되고 싶습니다.
                                              안네로부터

마음의 자람

키티님   1944년 1월 22일 토요일

인간은 어째서 자기들의 진정한 감정을 언제나 열심히 감추려고 하는지 이상해서 견딜 수가 없습니다. 다른 사람들이 있는 곳에서는 나는 어째서 마음에도 없는 태도를 취하게 될까요? 인간은 어째서 서로 믿지 않을까요? 거기에는 틀림없이 까닭이 있으리라는 건 알고 있지만, 그렇다 하더라도 육친에 대해서까지 마음을 털어놓을 수 없는 것은 무서운 일이라고 가끔 생각합니다. 나는 어젯밤 꿈을 꾼 뒤로 훨씬 어른이 된 느낌입니다. 나는 전보다 훨씬 더 '자주적인 인간'이 되었습니다. 팬 던 부부에 대한 나의 태도까지도 달라졌다고 말하면 당신은 깜짝 놀라겠지요? 나는 갑자기 모든 토론이나 싸움에 이제까지와는 다른 견해를 갖게 되고, 전처럼 편견을 갖지 않게 되었습니다.

어째서 나는 이토록 달라질 수가 있었을까요? 그것은 만일 엄마가 좀더 이해성있는 사람이었다면 팬 던네와의 관계도 꽤 달라지게 되었으리라는 점을 문득 깨달았기 때문입니다. 팬 던 아주머니가 결코 좋은 사람이 아닌 것만은 사실입니다. 그러나 이야기가 묘하게 되어나가지만 엄마도 반드시 조금은 까다롭습니다. 그렇지만 않다면 싸움의 절반은 피할 수 있었을 것이라고 나는 깊이 생각합니다.

아주머니에게는 좋은 점도 있습니다. 그것은 이야기를 하면 알아듣는다는 점입니다. 이기적이고 쩨쩨하고 음험하긴 하지만, 약을 올리거나 화나게 하지 않는 한 곧 이쪽의 말대로 됩니다. 언제나 그런 것은 아니지만 참을성있게 몇 번이나 되풀이하면 반드시 성공합니다.

우리의 '버릇'에 대한 것, 우리가 응석꾸러기라는 것, 식료품 관계 등의 모든 문제는 우리가 솔직하게 호의적인 태도를 보이고, 언제나 반대 의사만 표시하지 않았더라면 그렇게는 되지 않았을 것입니다.

"그러나 안네, 그게 너의 입에서 나온 말이니? 4층 사람들로부터 그처럼 심한 말을 듣고 그처럼 심한 대우를 받은 너의 입에서?" 하고 당신은 되묻겠지요? 하지만 역시 나의 입에서 나온 말입니다.

나는 처음부터 다시 문제를 철저히 연구하여 "젊은 사람은 늘 나쁜 본을 받는다."는 속담처럼 되고 싶지는 않습니다. 나는 모든 것을 스스로 신중히 생각하고, 어디가 진실이고 어디가 과장되어 있는가를 알고 싶습니다. 만일 그래도 내가 그들에게 실망하게 된다면 아빠나 엄마와 같은 태도를 취하겠지만, 실망하지 않는다면 먼저 그들의 사고방식을 바꾸도록 노력하고 만일 성공하지 못한다면 나 자신의 의견과 판단을 지키렵니다. '아는 체' 한다고 욕을 먹어도 상관없으므로 어떤 기회를 잡아 모든 문제점을 아주머니와 다 털어놓고 이야기하고 싶습니다. 나는 자신을 중립자라고 선언할 것을 두려워하지 않습니다. 이것은 우리 가정에 반기를 들려는 생각은 아니며, 나는 오늘부터는 경솔하고 매정한 험담은 쓰지 않을 생각입니다.

오늘까지 나는 고집스러웠습니다. 나는 언제나 팬 던네 사람들이 나쁘다고 생각하고 있었지만 우리에게도 얼마쯤 책임이 있습니다. 우리는 말다툼의 원인을 볼 때는 확실히 정당했습니다. 그러나 지성있는 인간이 (우리들은 지성인이라고 자부하고 있습니다) 지성없는 인간을 대할 경우 좀더 견식을 가져야겠지요. 나는 견식을 지녔다고 생각하므로 필요한 경우에는 이것을 훌륭히 쓸 생각입니다.

안네로부터

키티님   1944년 1월 24일 월요일

　나에게 조그만 일이 있었습니다. 그러나 하찮은 일이어서 사건이라고 말할 것까지는 못 됩니다.

　전에는 가정이나 학교에서 누군가가 성 문제에 대해 이야기하는 것을 들으면 왠지 이상한 생각이 들기도 하고 언짢은 마음이 되기도 했었습니다. 성에 대한 이야기는 언제나 낮은 목소리로 속삭여지고, 그것을 모르는 사람이 있으면 모두가 웃었습니다. 나는 무척 이상한 생각이 들어서 '사람들이 그 이야기를 할 때 어째서 그처럼 비밀로, 끔찍한 것이라도 말하는 듯한 태도를 취할까?' 하고 생각했습니다. 하지만 알 수 있는 방법이 없으므로 나는 되도록 잠자코 있으면서 그저 이따금 여자친구들에게 물어볼 뿐이었습니다. 내가 성에 대해서 꽤 알고 부모와 성 이야기를 나누게 되었을 때 엄마는 "안네야, 주의해두지만 이런 이야기는 남자들하고 해서는 안 된다. 남자아이들이 이야기를 꺼내더라도 절대로 맞장구를 쳐서는 안 돼요." 하고 말했습니다. 이에 대해 나는 "물론이에요, 그건!" 하고 대답한 것을 확실히 기억하고 있습니다. 이야기는 그것으로 끝났습니다.

　이곳으로 온 뒤로 아빠는 내가 엄마에게서 듣고 싶은 이야기를 곧잘 들려주곤 했습니다. 책이나 다른 사람과의 대화를 통해서도 여러 가지를 배웠습니다. 피터 팬 던은 학교의 남학생들처럼 이 문제에 대해 이야기하길 싫어하지 않습니다. 그러나 난 이야기할 기회를 주지 않았습니다.

　아주머니는 피터에게 성 문제를 이야기한 적이 없고, 그녀가 알고 있는 한 아저씨도 이야기한 적이 없다고 했습니다. 아주머니는 피터가 얼마만큼 성에 대해 알고 있는지 모르는 모양입니다.

　어제 마르고트와 피터가 내가 감자껍질을 벗기고 있을 때 무심코 보쉬 이야기가 나왔습니다. 내가 "보쉬는 숫놈인지 암놈인지 아직 모르겠어." 하고 말하자 피터는 "숫놈일 게 틀림없어." 하고 말했습니다. 나는 웃으면서 "배가 부른 큰 수고양이란 우스워!" 하고 말했습니다.

　피터도 마르고트도 이 바보스러운 착각에 크게 웃었습니다. 두 달 전에 피터는, 보쉬가 배가 부른 것을 보니 곧 새끼를 낳을 것 같다고 말한 적이

있습니다. 그러나 보쉬가 배가 불렀던 것은 뼈다귀를 많이 훔쳐먹었기 때문인지 그 뒤 배는 더 커지지 않았고 물론 새끼도 태어나지 않았습니다.

피터는 변명을 하려고 "나와 같이 가서 보쉬를 보자. 지난번에 내가 보쉬와 놀 때 수컷임을 확실히 알았어."라고 말했습니다.

나는 호기심을 누를 수가 없어서 그를 따라 창고로 갔습니다. 그러나 보쉬는 아무 데도 보이지 않았습니다. 나는 잠시 기다렸지만 추워졌기 때문에 위로 돌아왔습니다. 오후가 되어서 피터가 다시 아래로 내려가는 발소리를 들었기 때문에 용기를 내어 혼자 창고에 가봤더니, 피터는 보쉬를 저울에 달아본 다음 짐 꾸리는 테이블에 올려놓고 고양이와 놀고 있었습니다.

"아아, 너, 보쉬를 보러 왔구나?"라고 말하며 그는 고양이를 잡아 벌렁 위로 젖혀놓고, 머리와 다리를 재치있게 누른 다음 강의를 시작했습니다. "이것 봐, 이것이 수컷의 생식기야, 털이 듬성하게 나 있지? 그리고 이것이 항문이야." 고양이는 한 번 뒤집혀서 흰 다리로 섰습니다.

다른 남자아이가 내게 '수컷의 생식기' 같은 걸 보여주었다면 나는 다시는 그 아이의 얼굴을 보지 않을 것입니다. 그러나 피터는 여느때에는 말하기 어려운 것을 아주 자연스럽게 당연한 것처럼 말했으므로 나도 자연스럽게 들을 수가 있었습니다. 우리는 보쉬와 놀며 잡담을 하다가 큰 창고 안을 빈들빈들 걸어 문 쪽으로 갔습니다.

"나는 뭔가 알고 싶을 때는 책 같은 데서 찾아. 너는?" 하고 내가 묻자 피터는 "책에서? 나는 아빠에게 물어. 아빠는 그런 일에 대해서는 나보다 더 잘 알고 있고, 경험도 있으니까." 하고 대답했습니다. 우리는 계단까지 왔기 때문에 나는 입을 다물어버렸습니다.

정말은 나는 여자친구와도 그런 이야기를 태연히 해서는 안 되었겠지요. 엄마가 성 문제를 남자와 이야기해서는 안 된다고 말한 것은 여자아이와 이야기해도 안 된다는 의미가 아니었다는 것은 잘 알고 있습니다. 나는 그날 자신도 모르게 여느때의 나와는 달랐던 모양입니다. 피터와의 대화를 생각하니 역시 묘한 기분이 들었습니다. 그러나 나는 세상에서 성 문제를 농담이 아니고도 아주 자연스럽게 이야기할 수 있는 젊은 사람——이성

(異性)인 젊은 사람——도 있다는 것을 배웠습니다.

피터는 사실 부모에게도 여러 가지 이야기를 듣는 것일까요? 그는 부모에 대해서도 어제 나에게 그랬던 것처럼 자연스러운 태도를 취하는 것일까요?

아아, 나는 그것이 알고 싶습니다.

안네로부터

키티님   1944년 1월 27일 목요일

요즈음 나는 우리 집안 혈통과 각 나라 왕실의 혈통에 대해서 흥미를 가지기 시작했는데, 누구든 이것을 한 번 시작하면 옛날로 옛날로 탐색의 걸음을 옮겨놓게 되어 자꾸만 무언가 새롭고 재미있는 발견을 하게 된다는 결론을 얻었습니다. 나는 학과 공부에는 무척 열심이어서 라디오의 영어 강좌를 잘 알아듣게 되었습니다. 하지만 일요일에는 많이 모은 영화배우의 사진을 보거나 분류하거나 하면서 시간을 보냅니다.

나는 크라이렐 씨가 월요일에 〈영화와 연극〉이라는 잡지를 가져다줄 때마다 무척 기쁩니다. 우리 집 사람들은 나를 위해 이런 잡지를 사오는 것은 돈이 아깝다고들 하지만, 그래도 내가 1년 전의 어느 영화에는 어느 배우가 출연했다고 알아맞추면 깜짝 놀랍니다. 휴일에 남자친구와 자주 영화를 보러 가는 엘리는 나에게 주일마다 새로운 영화 제목을 가르쳐 주는데, 나는 거기에 출연하는 배우의 이름이나 영화평을 단숨에 말해 버립니다. 얼마 전에 엄마는 내가 영화 줄거리도 스타의 이름도 영화평도 모두 외우고 있으니 영화를 볼 필요는 없을 거라고 말한 적이 있습니다.

머리 모양을 이야기하자면——내가 색다른 스타일로 빗으면 모두 이상한 얼굴로 나를 바라보고, 누군가가 반드시 어느 글래머 스타의 흉내를 낸 것이냐고 묻습니다. 내가 생각해낸 거라고 대답해도 모두 믿으려 하지 않습니다. 모두가 너무 여러 가지로 말하므로 싫어져서 반 시간도 가지 못합니다.

나는 급히 욕실로 가서 본디의 평범한 머리 모양으로 고치고 맙니다.

안네로부터

키티님   1944년 1월 28일 금요일

　오늘 아침 나는 당신이 자꾸만 되풀이하여 낡은 소리만 듣다보니 따분해져서 하품을 하며 "안네, 가끔은 새로운 소식을 들려주지 않겠니?" 하고 은근히 바라고 있지나 않을까 하는 느낌이 들었습니다.

　당신이 따분하다는 것은 나도 알고 있어요. 그러나 내 입장이 되어 낡은 이야기를 자꾸만 되풀이하는 늙은이들에게 내가 얼마나 지루함을 느끼고 있는지 상상해주세요. 식사 때 이야기나 정치나 맛있는 요리에 대한 것이 아니면 엄마나 팬 던 아주머니가 이제까지 몇 번이나 되풀이한 젊었을 때의 이야기를 들려줍니다. 그렇지 않으면 뒤셀 씨가 부인의 큰 옷장 이야기, 훌륭한 경주말 이야기, 물이 새는 보트 이야기, 4살에 헤엄을 친 아이의 이야기, 근육통, 신경질 섞인 환자의 이야기 등을 늘어놓습니다. 이것을 요약해서 말한다면, 우리 8명 중 누가 입을 열든 다른 7명은 모두 그 이야기를 끝까지 알고 있습니다. 어떤 농담도 처음부터 다 알고 이야기를 하는 사람만이 자기의 기지에 우쭐해져서 웃습니다. 두 주부가 알고 있는 단골 우윳집, 식료품집, 고깃간은 최상급의 찬사를 받기도 하고 그런가 하면 최하급의 욕을 먹기도 하며, 귀에 딱지가 앉을 만큼 자주 화제에 올랐습니다. 실제로 여기서 신선한 화제를 찾는 것은 불가능한 일입니다.

　그래도 어른들이 코프하이스 씨나 헹크나 미프에게서 들은 이야기를 몇 번이나 되풀이하고, 더구나 저마다 멋대로 덧붙여서 이야기하는 것이 아니라면 참을 수가 있습니다. 이런 이야기를 듣고 있으면 잘못된 점을 지적하고 싶어지므로 테이블 밑에서 자신의 팔을 꼬집어 그 충동을 억눌러야 할 때가 가끔 있습니다. 안네 같은 어린아이는 어른이 아무리 잘못하거나 아무리 상상력이 풍부하다 할지라도 어른보다 더 알아서는 안 되는 것입니다.

코프하이스 씨나 헹크가 곧잘 이야기하는 것은, 숨어 있는 사람들이며 지하운동을 하는 사람들의 이야기입니다. 두 사람은 은신생활을 하는 사람들의 이야기라면 어떤 것에나 깊은 관심을 갖고, 끌려간 사람들에 대해 얼마나 동정하며, 용케 도망친 사람이 있으면 그것을 얼마나 기뻐하는지를 잘 알고 있습니다. 우리는 숨는다든가 '지하운동'이라는 말에는 아주 익숙해졌습니다.

'자유 네덜란드'와 같은 단체는 많이 있습니다. 이러한 단체는 신분증명서를 위조하거나 지하운동을 하는 사람들에게 자금을 제공해주며, 사람들을 위해 은신처를 찾아주기도 하고, 숨어 사는 젊은 사람들을 위해 일거리를 맡겨주기도 합니다. 남을 구하기 위해 이 사람들이 생명의 위험을 무릅쓰고 헌신적으로 숭고한 일에 종사하고 있는 모습은 정말 놀라울 뿐입니다. 우리의 원조자는 그 훌륭한 본보기입니다. 그들은 오늘날까지도 우리를 이끌어 와주었지만, 무사히 안전지대까지 데려가주기를 기도드립니다. 그렇지 않으면 그들도 지금 수배되고 있는 많은 사람들과 같은 운명이 되겠지요. 우리들이 굉장히 폐를 끼치고 있음에도 불구하고 그들로부터 불평 한 마디 들어본 적이 없습니다.

그들은 날마다 3층에 올라와서는 남자들에게는 상업이나 정치에 대한 이야기를, 여자들에게는 식량이나 전쟁통에 겪는 여러 가지의 불편에 대한 이야기를, 아이들에게는 신문이나 책에 대한 이야기를 해줍니다. 그들은 되도록이면 밝은 표정으로 우리의 생일이나 은행 휴일에는 꽃이며 선물을 들고 와주고, 언제나 우리를 위해 할 수 있는 데까지 있는 힘을 다하려 하고 있습니다. 이 은혜를 절대로 잊어서는 안 됩니다. 다른 사람들은 전쟁이나 독일군에 대한 반항운동으로 용감히 싸우고 있지만 우리를 돕는 사람은 그들의 쾌활함과 애정으로 히로이즘을 발휘하고 있습니다.

도저히 믿을 수 없는 이야기가 전해지고 있지만 대부분 사실입니다. 예를 들어 코프하이스 씨의 이야기에 의하면 이번 주일에 겔데르란드에서 축구 시합이 있었는데, 한쪽 팀은 모두 지하운동을 하는 사람들로 이루어지고, 상대는 경관 팀이었다고 합니다. 또 이런 이야기도 있습니다. 힐베르즘에서 새로운 배급 통장이 교부되었는데 숨어 사는 사람들에게도 배급품이 전달될 수 있도록, 담당관리는 그 지방의 그러한 사람들이 다른 조그만 테이블에서 통장을 가져갈 수 있도록 어느 일정한 시간에 오라고 지시했습니다. 이 대담무쌍한 속임수가 독일군의 귀에 들어가지 않도록 하려면 물론 세심한 주의가 필요합니다.

안네로부터

키티님 1944년 2월 3일 목요일

국내의 상륙작전에 대한 열은 날로 높아집니다. 우리는 독일군이 대항 준비를 서두르고 있음을 몸으로 절실히 느끼지만, 당신은 있을 것 같지도 않은 일로 우리가 떠드는 것을 보고 웃겠지요——그러나 일어나지 않는다고 누가 단언할 수 있겠어요.

어느 신문이나 모두 상륙작전에 대한 기사로 가득 차고 "영국군이 네덜란드에 상륙하면 독일군은 네덜란드를 방어하기 위해 온갖 수단을 다할 것이다. 필요한 경우에는 홍수 작전을 쓸지도 모른다."라고 보도하고 있으므로 국민들은 미치광이처럼 되어 있습니다. 신문에는 기사와 함께 홍수 작전으로 물에 잠기게 될 지역을 표시한 지도도 나와 있었습니다. 이에 의하면 암스테르담의 대부분이 물에 잠기게 되므로, 우리에게 있어서 첫째 문제는 침수가 1미터 이상이 될 경우에는 어떻게 하면 좋으냐는 것입니다. 이에 대한 은신처 사람들의 의견은 가지각색이었습니다.

"도저히 자전거를 탈 수는 없을 테니까 더러운 물 속을 걸어서 건너가는 도리밖에 없어."

"아니, 그건 안 돼. 헤엄치는 수밖에 없을 거야. 수영복을 입고, 수영모자를 쓰고 되도록이면 물 바깥으로 나오지 않도록 물 속에서 헤엄쳐야 해. 그렇게 하면 아무도 유태인인 줄 모르겠지."

"바보 같은 소리 마시오. 쥐가 발이라도 깨물면 부인들은 헤엄치지 못할걸."

(이렇게 말한 것은 물론 남자입니다. 이때 가장 크게 비명을 지른 사람이

누군지 아시겠지요?)

"어쨌든 이 집에서 나갈 수는 없겠지. 홍수가 나면 창고는 반드시 무너질 거요. 지금도 흔들흔들하니까."

"농담은 그만하고 내 말을 들어보오. 보트를 구하는 게 어떻겠소?"

"그런 귀찮은 일은 필요없소. 내게 좋은 생각이 있으니까. 다락에서 제각기 나무 상자를 가져다 타고 수프 국자로 젓는 거요."

"난 죽마를 타겠어요. 어렸을 때는 죽마의 명수였으니까."

"헹크는 그럴 필요가 없소. 그는 색시를 업고, 색시가 죽마를 타겠지."

이런 농담을 듣기에는 재미있지만 현실은 그처럼 태평스러운 것이 아닙니다.

둘째 문제는 독일군이 암스테르담에서 철수하면 우리는 어떻게 할 것인가 하는 점입니다.

"되도록이면 잘 변장을 하고서 우리도 암스테르담을 빠져나가는 거야."

"나가면 안 돼. 무슨 일이 있어도 여기에 머물러 있어야 하오. 여기에 남는 도리밖에 없어. 독일군은 온 네덜란드 국민을 독일로 데려갈 수도 있소. 거기서 모조리 죽여버리겠지."

"물론 여기에 남아야지. 여기가 가장 안전한 장소니까. 코프하이스의 가족을 데리고 와서 여기서 함께 살도록 하지. 톱밥을 담은 자루를 찾아내면 그것을 깔고 잘 수 있을 거야. 아무튼 코프하이스와 미프에게 슬슬 이리로 담요를 옮기게 하는 것이 어떨까?"

"옥수수는 60파운드 있지만, 좀더 주문해두기로 해요. 강낭콩은 60파운드, 누에콩은 아직 10파운드쯤 있지만, 이것도 헹크에게 부탁해서 사도록 해요. 야채 깡통이 50개 있다는 것을 잊지 말아요."

"여보, 다른 식량은 어느 정도 남았는지 봐주오."

"생선 통조림이 10개, 우유가 10통, 가루 우유가 10킬로그램, 샐러드 기름이 3병, 항아리에 담은 버터가 셋, 마찬가지로 고기가 셋, 딸기 잼이 2병, 라즈베리잼이 2병, 토마토가 20병, 납작보리쌀이 10파운드, 쌀이 8파운드, 그뿐이에요."

"식량은 꽤 있는 것 같지만 손님도 올 터이고 게다가 날마다 먹어 없애니까 충분한 듯해도 마음을 놓을 수가 없어. 석탄과 장작은 충분하겠지. 초도. 돈을 가져가기 위해 옷 속에 감출 수 있는 지갑을 만드는 게 좋겠군."

"만일의 경우를 위해서 가장 귀중한 것의 리스트를 만들어 지금부터 룩작에 담아두기로 하지. 만일 정세가 험악해지면 다락방 앞과 뒤에 한 사람씩 보초를 세웁시다. 그건 그렇고, 물도 가스도 전기도 없어진다면 식량을 쌓아두어도 소용이 없잖아."

"그때는 난로에다 요리를 해야지. 물은 가라앉혀서 끓이면 되겠고. 큰 병을 비우고 거기에 물을 저장해둡시다."

나는 온종일 상륙작전 이야기와 굶주림의 고통, 죽음, 폭탄, 소화기, 슬리핑백, 유태인 증명서, 독가스 등등의 토론을 들었습니다. 어느 것 하나도 불쾌하지 않은 이야기가 없었지만 은신처의 신사들은 참으로 진지하게 생각하는 모양입니다. 헹크와의 다음과 같은 대화가 그 한 예입니다. 편의상 헹크를 H, 은신처의 신사들을 S로 합니다.

S 독일군은 철수할 때 네덜란드 국민을 모두 데리고 가지 않을까 생각하오.

H 그렇게는 할 수 없지요. 기차가 모자라거든요.

S 기차라고? 당신은 독일군이 민간인을 기차에 태울 것 같소? 천만에 걸어서 가는 거요.

H 나는 그렇게 생각하지는 않습니다. 여러분들은 어두운 면만을 보고 있습니다. 민간인을 모두 한꺼번에 데리고 가서 어떻게 하겠다는 겁니까.

S 죠벨스가 "우리는 철수할 때 점령국의 문을 모두 닫고 간다."고 말한 것을 당신은 모르오?

H 여러 가지로 말했으니까요.

S 당신은 아무리 독일군이라도 그처럼 가혹한 짓은 못하리라고 생각하는 모양이로군. 그들의 생각은 이렇소——만일 우리가 당한다면 우리가 포로로 잡고 있는 이들도 함께 당하는 것이다——라고.

H 나는 그런 것을 믿을 수 없습니다.

S 언제든지 그렇지만 위험이 실제로 닥치기까지는 그 절박함을 깨닫지

못하는 거요.

H 그러나 여러분은 확실한 것은 아무것도 모르고 다만 상상만 하는
거지요 ?

S 우리는 모든 것을 경험하고 있소. 처음에는 독일에서, 다음에는 여
기서. 소련에서는 어떤 일들이 일어나고 있는지 당신도 알고 있소.

H 소련에서 어떤 일이 일어나고 있는지를 실제로 알고 있는 사람은
없다고 생각합니다. 영국도, 소련도, 독일과 마찬가지로 선전을 위해
사실을 과장하고 있을 겁니다.

S 그럴 리가 없고. 영국에서는 라디오로 언제나 진실을 전해주고 있소.
비록 과장했다 하더라도 사실만으로도 굉장한 일이오. 평화를 사랑
하는 몇백만 사람들이 폴란드나 소련에서 마구 학살되거나 독가스로
살해된 사실을 당신도 부정할 수 없겠지.

당신에게 더 이상 이 이야기의 계속을 전하는 것은 그만두겠어요. 나는
침묵을 지키고 이 소동과 흥분에는 무관심한 태도를 취하고 있었습니다.
이제는 죽어도, 살아도 좋다는 심정입니다. 내가 없어도 지구는 계속 돌
아가겠지요. 일어날 일은 일어나고 말 거예요. 어쨌든 저항해도 소용이
없습니다.

나는 하늘에 운을 맡기고, 마침내는 좋아질 것이라고 희망을 품으며 다만
공부할 뿐입니다.

                                                            안네로부터

싹트는 봄

키티님   1944년 2월 12일 토요일

태양이 빛나고 하늘은 새파랗습니다. 밖에는 상쾌한 산들바람이 불고 있습니다. 나는 얘기를 하고 싶습니다. 자유가 그립습니다. 친구가 그립습니다. 혼자 있고 싶습니다——아아, 나는 모든 것을 그리워하고 있습니다. 나는 마음껏 울고 싶습니다. 금방이라도 울음이 터져나올 것만 같습니다. 울면 기분이 풀리겠지요. 그러나 울 수가 없습니다. 나는 어쩐지 마음이 가라앉지 않습니다. 이 방 저 방으로 왔다갔다하며 닫힌 창틈에 코를 대고 숨을 쉬어보기도 합니다. 살짝 가슴에 손을 대보았습니다. 가슴의 고동은 나에게 "당신은 도저히 나의 그리움을 만족시켜줄 수 없어요?"라고 말하는 듯합니다. 봄이 내 몸 속에 있다고 생각합니다. 나는 그 봄이 눈뜨고 있음을 느낍니다. 그것을 온몸과 마음으로 느낍니다. 여느때 같은 태도를 취하기가 어렵습니다. 머리가 어지러워서 무엇을 읽고 무엇을 쓰고 무엇을 하고 있는지조차 모르겠습니다. 나는 모든 것을 그리워하고 있다는 사실만을 알 뿐입니다.

안네로부터

키티님   1944년 2월 13일 일요일
 토요일 이후로 나의 운명에 변화가 일어났습니다. 그것은 이렇게 해서
일어난 것입니다. 나는 모든 것을 그리워했습니다——지금도 그리워하고
있습니다. 그러나……지금 막 어떤 일이 일어나서 그것으로 나의 그리움은
조금, 아주 조금이지만 줄어들었습니다. 오늘 아침 나는 피터가 나를 자꾸
쳐다본다는 것을 깨닫고 가슴이 뛸 듯이 기뻐졌습니다——나는 정직하게
말합니다. 그것은 예사로 보는 것이 아니었습니다. 뭐라고 해야 좋을지.
나로서는 설명할 수가 없습니다.
 피터는 마르고트를 사랑하고 있는 줄만 알고 있었는데 어제 갑자기
그렇지 않을지도 모른다는 생각이 들었습니다. 나는 되도록이면 그를 보지
않으려고 애썼습니다. 내가 보면 그도 나를 그윽이 지켜보기 때문입니다.
그가 나를 바라볼 때면 내 마음이 뭐라고 말할 수 없이 포근해지는 느
낌이었지만, 너무 그런 기분에 젖어서는 안 된다고 생각했습니다.
 나는 혼자 있고 싶어서 견딜 수가 없었습니다. 아빠는 내가 여느때의
나와는 다른 것을 깨달았지만, 아빠에게 모든 것을 털어놓을 수는 없습니다.
 "나를 가만히 내버려둬주세요. 나에게 상관하지 말아주세요."——나는
하루 종일 이렇게 말하며 울고 싶습니다. 내가 바라는 이상으로 혼자 남을
날이 오는지도 모르는데.

                                              안네로부터

키티님   1944년 2월 14일 월요일
 일요일 저녁 아빠와 나를 빼고, 모두 〈독일 거장(巨匠)의 불멸의 음악〉을
듣기 위해서 라디오 앞에 모여 있었습니다. 뒤셀 씨가 문 손잡이를 자꾸
만지작거리므로, 피터뿐만 아니라 다른 사람들도 귀찮아하고 있었습니다.
피터는 30분쯤 참고 있었습니다만, 마침내 참다 못 해 얼마쯤 짜증스러운
말투로 그러지 말아달라고 말했습니다. 그러자 뒤셀 씨는 오만한 태도로,

"내게는 라디오 소리가 잘 들려."라고 말했으므로 피터는 화가 나서 거친 말을 했습니다. 그러나 팬 던 아저씨가 피터의 편을 들었기 때문에 뒤셀 씨도 후회하지 않을 수 없었습니다. 사건 그 자체는 아무것도 아니었지만 피터는 이 일에 굉장히 신경을 쓰는 듯했습니다. 내가 지붕 밑 방에서 책상자를 뒤적이고 있노라니 그가 와서 모든 것을 털어놓았습니다. 나는 그 일에 대해서 아직 아무것도 몰랐지만 그의 말에 귀를 기울여주었으므로 그는 신이 나서 떠들어댔습니다.

그는 말했습니다. "나는 무언가 말을 하려면 더듬거리게 되고 얼굴이 화끈 달아올라서 하고 싶은 말을 다 할 수가 없게 되어, 마침내는 입을 다물어버리곤 하기 때문에 여간 해서는 말을 꺼내지 않아. 어제도 그랬어. 나는 전혀 다른 말을 하려고 생각했었는데, 말을 시작하고 보니 엉뚱하게 혼란되어버렸어. 정말 속상한 일이야. 나는 전에 좋지 않은 버릇이 있었어. 지금도 그 버릇이 있으면 좋겠다고 생각하는데, 속이 상하면 말다툼을 하기 전에 손이 나갔어. 하지만 그것이 좋지 않은 버릇이라는 건 나도 잘 알아. 그래서 난 너를 훌륭하다고 생각해. 너는 절대로 말이 막히는 법 없이 상대방에게 하고 싶은 말을 다 하고, 그러고도 조금도 부끄러워하지 않으니까."

"넌 크게 잘못 생각하고 있어." 하고 나는 대답했습니다. "나는 언제나 하고 싶은 말과는 전혀 다른 말을 해버려. 더욱이 지나치게 말해버리는걸. 그것도 좋지 않은 일이야."

나는 내가 한 마지막 말이 우스워져서 웃음을 터뜨렸습니다. 나는 그에게 이야기를 계속하게 하고 싶어서 웃음을 참고 말없이 바닥의 방석 위에 앉은 채 구부린 두 다리를 팔로 껴안고 가만히 그를 바라보았습니다.

나는 이 집에 나와 마찬가지로 화를 낼 줄 아는 사람이 있다는 사실이 기뻤습니다. 피터는 내가 일러 바칠 염려가 없으므로, 뒤셀 씨를 마음껏 헐뜯고는 가슴이 후련해진 것을 나는 알 수 있었습니다. 나도 굉장히 기쁘게 생각했습니다. 여자친구들에 대해서만 기억하고 있는 듯한 진정한 우정을 느꼈기 때문입니다.

안네로부터

키티님   1944년 2월 16일 수요일

오늘은 마르고트의 생일입니다. 피터는 선물을 구경하러 2시 반에 와서 잡담을 하며 필요 이상 오래 있었습니다. 이런 일은 이제까지 없었습니다. 오후에 나는 이날만은 마르고트를 편하게 해주려고 커피를 가지러 갔었고, 그 뒤에는 감자를 가지러 갔습니다. 내가 피터의 방을 지날 때 그가 계단에 흩뜨려놓았던 종이를 급히 주웠기 때문에, 지붕밑 방으로 가는 들창문을 닫을까 하고 물으니 그는 "음, 내려올 때는 노크해, 내가 열어줄 테니까." 라고 말했습니다. 나는 그에게 고맙다는 말을 하고 다락방으로 올라가서 10분이 넘도록 큰 통 안에서 작은 감자를 찾아내고 있는 동안 등이 아프고 추워지기 시작했습니다.

내가 노크를 하지 않고 직접 들창문을 열었더니, 그는 친절하게도 마중나와 나의 손에서 냄비를 받았습니다.

"나는 꽤 오래 찾았지만 이게 가장 조그만 감자야." 하고 나는 말했습니다.

"큰 통 안을 찾아봤니?"

"응, 모두 찾아봤어."

이렇게 말했을 때, 나는 이미 계단 아래에 서 있었습니다. 그는 아직도 손에 들고 있던 냄비 속을 들여다보고 있다가, "야아, 이건 좋은 건데."라고 말하며 내가 그에게서 냄비를 받았을 때 "다행이었어." 하고 덧붙였습니다. 그렇게 말하면서 상냥하게 나를 본 그의 눈은 나의 몸 안에 얼마쯤 화끈함을 느끼게 했습니다.

그는 나를 기쁘게 해주고 싶지만 긴 말을 할 줄 모르므로, 눈으로 그것을 말하려 한다는 것을 나는 잘 알 수 있었습니다. 나는 그의 마음을 알 수 있었습니다. 그리고 무척 고맙게 여겨졌습니다. 그의 말과 나를 바라보던 그의 눈을 생각하면 지금도 기뻐집니다.

아래로 내려오자 엄마가 이번에는 저녁 식사용으로 감자를 좀더 가져오라고 했으므로 나는 기꺼이 승낙했습니다.

피터의 방에 들어갔을 때 몇 번이나 방해를 해서 미안하다고 사과했

습니다. 내가 계단을 오르려 했을 때 그는 일어나 내 쪽으로 와서 문과 벽 사이를 가로막고, 나의 팔을 눌러 가지 못하게 하려고 했습니다.

"내가 가겠어." 하고 그는 말했습니다. 내가 이번에는 특별히 작은 것을 찾지 않아도 되니까 그럴 필요가 없다고 말하자, 그는 고개를 끄덕이며 나의 팔을 놓았습니다. 내려올 때 그가 와서 들창문을 열어주고 또 냄비를 받아주었습니다. 문까지 왔을 때 "무슨 공부를 하니?" 하고 물었더니, "프랑스 어."라고 그는 대답했습니다. 나는 연습한 것을 보여달라고 부탁하고, 손을 씻고 돌아와 그의 맞은편 긴의자에 앉았습니다.

내가 프랑스 어에 대해 조금 설명한 뒤 우리는 곧 잡담을 시작했습니다. 그는 앞으로 프랑스 령 동인도(^{지금의 인}_{도네시아})에 가서, 그곳 농장에서 살고 싶다고 말했습니다. 그는 다시 가정생활 이야기며 암시장 이야기 등을 하고 나서 자기는 아무 쓸모도 없는 인간인 것 같다고 말했으므로, 나는 너무 열등감이 강한 것 같다고 말해주었습니다. 그는 유태인에 대해서도 말했습니다. 자기가 크리스천이었다면, 또 전쟁 뒤에 크리스천이 되었으면 하고 생각하는 듯했습니다. 세례를 받고 싶으냐고 물었더니 세례는 문제가 아니라는 것입니다. 전쟁이 끝나면 내가 유태인인지 아닌지 누가 알 게 뭐냐고 말했습니다.

이 말에 나는 슬퍼졌습니다. 그의 어딘가에 언제나 조그만 정직하지 못한 그늘이 있음을 안타깝게 생각합니다. 그 이야기를 그것으로 끝내고, 그 뒤부터는 유쾌한 잡담으로 시간을 보냈습니다. 우리 아빠에 대한 이야기, 인간 성격의 판단에 대한 이야기, 그 밖에도 많은 이야기를 했지만 어떤 이야기를 했는지 기억할 수는 없었습니다.

피터의 방을 나온 것은 5시 반이었습니다.

그날 저녁, 그는 굉장히 좋은 의견을 말했습니다. 나는 피터와 전에 그에게 주었던 영화배우의 사진에 대해서 이야기했습니다. 그는 그 사진이 매우 마음에 들어서 그것을 자기 방에 벌써 1년 반 동안이나 걸어놓았다고 하므로 다른 것을 두세 장 줄까 하고 내가 물었더니 그는 "아니, 필요없어. 그걸 그대로 두고 싶어. 날마다 보다 보니 친구처럼 되어버렸어." 하고 대답했습니다.

그가 어째서 보쉬를 언제나 껴안곤 하는지 나는 비로소 알았습니다. 그도 뭔가 애정을 필요로 하고 있는 것입니다.

그는 다른 이야기도 뭔가 했지만 잊었습니다. 그러나 이런 이야기를 한 것을 기억하고 있습니다.

"나는 나의 결심을 생각했을 때 말고는 공포가 어떤 것인지 모르겠어. 하지만 그 증세도 이젠 덜해졌어."

피터는 심한 열등감을 갖고 있습니다. 이를테면 자기는 바보고 다른 사람들은 모두 영리하다고 생각하고 있는 것입니다.

내가 프랑스 어를 가르쳐주면 그는 몇십 번이나 고맙다고 합니다. 나는 "그만둬. 너는 영어와 지리를 나보다 훨씬 잘하잖아."라고 언제든 말해 주어야겠습니다.

안네로부터

키티님   1944년 2월 18일 금요일

요즈음은 위로 갈 때마다 '그'를 만났으면 하고 생각합니다. 나는 인생에 목적을 가지게 되었고 즐거움을 갖게 되었으므로 모든 것이 전보다 유쾌해졌습니다.

나의 감정의 대상은 언제나 그곳에 있고, 마르고트 말고는 경쟁자를 두려워할 필요가 없습니다. 내가 사랑을 한다고 생각하지는 말아주세요. 사랑하고 있는 것은 아닙니다. 다만 나는 두 사람 사이에 무언가 아름다운 것——믿음과 우정을 가져다주는 무엇인가가 싹트고 있다고 생각됩니다. 요즈음 나는 조그마한 기회가 있어도 그에게로 갑니다. 그는 이제 뭘 어떻게 이야기해야 좋을지 몰라 하던 옛날의 그가 아닙니다. 그와 정반대입니다. 내가 방에서 절반쯤 나올 때까지 그는 계속 말을 합니다.

엄마는 내가 피터에게 가는 것을 그다지 좋아하지 않습니다. 귀찮아 할 테니까 남을 방해하지 말라고 늘 말합니다. 내가 어떤 직관(直觀)을 갖고 있음을 엄마는 모르는 것일까요. 내가 피터의 작은 방에 갈 때마다 엄마는

이상한 얼굴로 나를 바라봅니다. 내가 위에서 내려오면, "어디 갔다 오니?" 하고 물어봅니다. 그것은 견딜 수 없습니다. 너무 심하다고 생각해요.

안네로부터

키티님   1944년 2월 19일 토요일

다시 토요일이 왔습니다. 언제나 똑같습니다. 오전 동안은 조용했습니다. 나는 4층에서 조금 일을 돕고 있었지만, '그'와는 두세 마디밖에 주고받지 않았습니다. 오후 2시 반쯤 모두 낮잠을 자거나 책을 읽으려고 저마다 자기 방으로 돌아갔을 때, 나는 책상에서 공부를 하기 위해 담요를 가지고 2층 전용 사무실로 갔습니다. 공부를 시작했지만 잠시 뒤 아무래도 참을 수가 없어서 얼굴을 팔에 묻고 실컷 울었습니다. 눈물이 끝없이 뺨을 타고 흘러내리고, 나는 몸부림칠 만큼 슬퍼졌습니다. 아아, '그'가 와서 위로해준다면……위로 올라간 것은 4시쯤이었습니다. 다시 만나게 될지도 모른다는 희망을 안고 감자를 가지러 위로 갔지만, 욕실에서 머리를 빗는 동안 그는 보쉬를 찾으러 창고로 내려가버렸습니다.

갑자기 또 눈물이 날 것 같아서 급히 손거울을 들고 화장실로 들어갔습니다. 화장실에 옷을 입은 채로 앉아 있었는데, 나의 붉은 앞치마에는 눈물로 검은 얼룩이 생겼습니다. 참으로 비참한 심정이었습니다.

나는 화장실 안에서 이렇게 생각했습니다——이래서는 피터의 마음을 사로잡을 수가 없다. 피터는 나 같은 것은 조금도 좋아하지 않을 거야. 그는 자기의 마음을 털어놓을 사람 같은 것은 필요하지 않은가 봐. 그는 아마 심심풀이로 가끔 나를 생각할 뿐일 거야.

나는 우정도 피터도 없이 다시 혼자가 되겠지. 곧 희망도 위안도 즐거움도 모조리 사라지겠지. 그의 어깨에 얼굴을 묻고, 이토록 슬프고 외롭고 버림받은 듯한 심정에서 구원받을 수 있었으면! 아니, 그는 나에게 조금도 흥미가 없고, 다른 사람을 보는 것과 같은 마음으로 나를 보겠지. 나를 보는 그의 눈길이 다르다고 생각하는 것은 나의 공상에 지나지 않을 것

이다. 오오, 피터, 네가 나의 얼굴을 보고 내 말을 들어준다면! 만일 내가 생각하고 있는 그대로라면 나는 도저히 견딜 수가 없어.

　눈물은 계속 뺨을 타고 내렸지만 잠시 뒤에는 새로운 희망과 기대가 되살아오는 것 같았습니다.

안네로부터

　　키티님　　　　　　　　　　　　　　　1944년 2월 23일 수요일
　밖은 날씨가 좋습니다. 어제 오후, 기분이 아주 좋아졌습니다. 거의 날마다 아침이면 지붕밑 방으로 가서 피터와 이야기합니다. 그와 이야기를 하고 있으면 답답하던 가슴이 후련해집니다.

　나는 내가 좋아하는 지붕밑 방에서 푸른 하늘을 쳐다보기도 하고, 잎이 진 밤나무를 바라보기도 합니다. 밤나무 가지에는 조그만 빗방울이 은구슬처럼 빛나고 하늘에는 갈매기며 여러 가지 새들이 바람을 타고 하늘을 날고 있습니다.

　그는 큰 기둥에 머리를 기대어 서고, 나는 앉아 있습니다. 그는 신선한 공기를 마시면서 가만히 밖을 바라보고 있습니다.

　두 사람 다 이 한때를 말로 깨뜨리려고 하지 않습니다. 우리는 오랫동안 이렇게 하고 있었습니다. 그러다가 그는 천장 아래로 장작을 자르러 가야만 했습니다. 그는 좋은 사람이라고 생각합니다. 그가 사다리를 오르는 뒤를 따라 나도 올라갔습니다. 그가 15분쯤 장작을 패고 있는 동안, 둘 다 말이 없었습니다. 나는 선 채로 그가 일하는 것을 보고 있었습니다. 그는 자기의 힘을 자랑하고 싶어서 열심인 듯했지만, 나는 가끔 창 밖을 내다보았습니다. 거기서는 암스테르담의 넓은 구역이 보입니다. 지붕이 어디까지나 끝없이 계속되고, 끝은 푸른 하늘과 합쳐져서 어디가 경계인지 모르겠습니다. 이 햇살과 이 구름 없는 푸른 하늘이 있고 살아서 이것을 바라보고 있는 동안은 나는 불행하지 않다고 마음속으로 생각했습니다.

　공포를 느끼거나 쓸쓸해 하거나 불행하다고 느끼는 사람들을 위한 가장

174

좋은 치료법은, 어디든 하늘과 자연과 신만이 있는 곳으로 가는 것입니다. 그때 비로소 자연은 있는 그대로이고, 신은 자연의 간소한 아름다움 속에서 인간이 행복하기를 바라고 있다는 것을 알 수가 있기 때문입니다. 이것이 존재하는 한——언제나 존재할 것은 확실합니다——어떤 환경에 있더라도 모든 슬픔에 대해 언제나 위안이 있습니다. 자연은 모든 슬픔에 위안을 가져다준다고 나는 굳게 믿고 있습니다.

나와 같은 생각을 가지는 누군가와 함께 이 크나큰 행복감을 맛보는 것도 그다지 먼 일은 아닐는지도 모릅니다.

안네로부터

하나의 사색——우리는 여기서 여러 가지로 부자유를 느끼고 있습니다. 너무도 많이, 또 너무나도 오랫동안 자유를 잃고 있습니다. 당신과 같이 나도 그렇습니다. 나는 물질적인 이야기를 하고 있는 게 아닙니다. 그 점에서는 행복합니다. 나는 정신적인 것을 말하고 있습니다. 당신과 마찬가지로 나는 자유와 신선한 공기를 그리워하고 있습니다. 그러나 이제는, 우리는 부자유에 대해 충분한 보상을 받고 있다고 생각합니다. 오늘 아침 창문 앞에 서 있을 때 정말 갑자기 그것을 깨달았습니다. 보상이란 정신적인 보상을 뜻합니다. 밖을 바라보고 자연과 신의 품 안을 들여다보았을 때 나는 행복했습니다. 참으로 행복했습니다.

그리고 피터가 있습니다. 여기서 이 행복을 가지고 있는 한, 자연에 대한 기쁨과 건강에 대한 기쁨을 가지고 있는 한, 언제든지 행복을 잡을 수가 있습니다.

부(富)는 잃을 수도 있습니다. 그러나 마음의 행복은, 비록 베일에 싸두어도 살아 있는 한 언젠가는 다시 되살아옵니다——두려움없이 하늘을 바라볼 수 있고, 마음이 순결하다고 스스로 자각하고, 행복을 구할 수가 있다고 믿는 한은.

피터에 대한 그리움

키티님

아침 일찍부터 밤늦게까지 나는 피터를 생각하는 일 말고는 거의 아무것두 손에 잡히지 않는답니다. 나는 그이 영상을 마음에 그리며 잠들고, 그와 꿈속에서 만납니다. 눈을 떠도 아직 그가 나를 바라보고 있는 듯 느껴집니다.

나는 피터와 내가 겉으로 보기에는 조금도 다르지 않다는 것을 강하게 느끼고 있습니다. 어째서 그런지 그 까닭을 말하겠습니다. 두 사람 다 어머니다운 어머니를 갖고 있지 못합니다. 그의 어머니는 너무도 경박하고 바람둥이며, 그의 생각 같은 것에는 별 관심이 없습니다. 우리 엄마는 내 걱정은 해주지만 둔감한데다 진정한 어머니 같은 데가 없습니다.

피터도 나도 마음속으로 자기 자신과 고투하고 아직 자기라는 것을 확실히 파악하지 못했으며, 거친 취급을 받기에는 너무도 감수성이 예민합니다. 만일 거친 취급을 받으면 나는 모든 것에서 달아나고 싶어집니다. 그러나 여기서는 그것이 되지 않으므로 나는 자신의 감정을 감추고 마구 좌충우돌할 뿐입니다. 그래서 모두 나를 귀찮은 존재로 여깁니다. 피터는 그와 반대로 입을 다물고 한 마디도 하지 않고, 조용히 공상에 잠김으로써 감정을 감춥니다.

그러나 언제, 어떻게 해서 우리 두 사람의 마음이 맞을까요? 나는 이성 (理性)의 힘으로 언제까지 이 그리움을 억누를 수 있을는지 모르겠습니다.

안네로부터

키티님   1944년 2월 28일 월요일

밤이고 낮이고 악몽에 시달리는 듯한 기분입니다. 그의 생각이 잠시도 머리에서 떠나지 않습니다. 그러면서도 그를 사로잡을 수가 없습니다. 그러나 나는 것을 표정에 나타내어서는 안 됩니다. 사실은 자포자기가 되어 있을 때도 밝은 표정을 짓지 않으면 안 됩니다.

피터 벳셀과 피터 팬 던 두 사람은 내가 사랑하는, 아주 그리워하는 사람이 되었습니다.

엄마는 따분합니다. 아빠는 좋은 분이므로 더욱 따분합니다. 마르고트는 내가 언제나 유쾌한 얼굴을 하기를 기대하고 있으므로 가장 어려운 상대입니다. 나는 나에게 상관하지 말아주었으면 하고 바라고 있습니다.

피터는 지붕밑 방에 없었습니다. 그는 천장 밑으로 목수 일을 하러 갔습니다. 그가 일하는 소리를 들을 때마다 나의 용기는 사라지고 슬퍼집니다. 멀리서 종소리가 들렸습니다. 그것은 '몸도 마음도 순결하게' 라고 말하는 듯했습니다. 나는 감상적입니다. 나는 그것을 알고 있습니다. 나는 바보여서 자포자기가 되어 있습니다. 그것도 나는 잘 알고 있습니다. 아아, 나를 도와 주세요.

안네로부터

키티님   1944년 3월 1일 수요일

　도둑이 들었기 때문에 나의 일은 제쳐놓게 되었습니다. 나는 이제 도둑은 지긋지긋합니다. 그러나 어쩔 수 없습니다. 도둑은 코론 상회가 좋은가 봅니다. 이번의 도둑 사건은 지난해 7월의 것보다 훨씬 복잡합니다.

　팬 던 아저씨가 언제나처럼 7시 반에 크라이렐 씨의 사무실에 가보았더니 통로의 유리 문과 사무실 문이 열려 있었습니다. 깜짝 놀라서 자세히 살펴보니 작고 어두운 방도 열려져 있었고 큰 사무실 안도 엉망으로 흩어져 있었습니다. ‘도둑이 들었구나.’ 하고 그는 깨닫고 확인해보기 위해 바깥 문을 보러 갔습니다. 그러나 자물쇠는 제대로 잠겨 있었습니다. ‘그렇다면 피터와 엘리가 어젯밤에 정리를 깨끗이 하지 않은 것이로구나.’ 하고 그는 생각했습니다. 그는 잠시 크라이렐 씨의 사무실에 있다가 전등을 끄고 위로 올라왔는데 문이 열려 있었던 것과 사무실이 흩어져 있었던 것이 아무래도 마음에 걸렸습니다.

　오늘 아침 피터가 우리들의 방으로 와서 바깥 문이 열려 있었다는 그다지 유쾌하지 못한 뉴스를 전했습니다. 그는 또 영사기와 크라이렐 씨의 새로운 서류 가방이 벽장에서 없어졌다고 말했습니다. 거기에 팬 던 아저씨가 와서 전날 밤에 발견한 이야기를 하여 우리는 무서워졌습니다.

　도둑은 같은 열쇠를 갖고 있었는지 자물쇠는 망가져 있지 않았습니다. 초저녁에 들어와 문을 닫고, 팬 던 아저씨가 오자 어딘가에 숨었다가 아저씨가 가버리자 훔친 것을 가지고 문을 열어둔 채로 달아난 듯합니다. 도대체 누가 같은 열쇠를 갖고 있는 것일까요? 도둑은 어째서 창고에 들어가지 않았을까요? 도둑은 창고에서 일하는 사람들 가운데 하나가 아닐까요? 아저씨의 발소리를 들었을 것이 틀림없고, 아저씨를 보았을지도 모르는데 밀고를 하지나 않을까요?

　같은 도둑이 또 오지나 않을까 생각하니 몹시 기분이 나빠졌습니다. 도둑은 집 안에 사람의 발소리가 나는 것을 듣고 놀랐을 것이 틀림없습니다.

　　　　　　　　　　　　　　　　　　　　　　안네로부터

키티님   1944년 3월 2일 목요일

오늘 마르고트와 함께 다락방으로 갔습니다. 상상했던 만큼 즐겁지는 않았지만 그래도 그녀가 대체로 나와 같은 감상임을 알았습니다.

설거지를 하고 있을 때, 엘리는 엄마와 팬 던 아주머니에게 가끔 무척 우울해질 때가 있다고 말했습니다. 당신은 엄마와 아주머니가 엘리에게 어떤 충고를 했으리라고 생각하세요? 엄마는 엘리에게, 고통당하는 다른 사람들을 생각해야 한다고 말했습니다. 그러나 이미 자기 자신이 불행한 때에 남의 불행을 생각해서 무슨 소용이 있겠어요. 내가 이런 말을 했더니, "너는 이런 이야기에 끼어드는 게 아니야." 하고 나무랐습니다.

어른들이란 바보라고 생각하지 않아요? 피터나 마르고트나 엘리나 내가 사물에 대해 같은 생각을 가지고 있다는 사실도, 어머니나 또는 진실로 다정한 벗의 애정만이 우리를 위로해준다는 사실도 모르는 것입니다. 물론 아주머니는 우리 엄마보다는 얼마쯤 이해하고 있을지도 모릅니다. 나는 내 경험을 통해 도움이 된다고 생각되는 점을 가엾은 엘리에게 말해주려 했더니 아빠가 우리 사이에 끼어들어 나를 밀어냈습니다.

어른들은 모두 바보입니다. 우리는 자기 자신의 의견을 가질 것도 용납되지 않고 있습니다. 남을 침묵하게 할 수는 있어도 의견을 가지지 못하게 할 수는 없습니다. 아무리 나이가 어려도 생각하는 바를 말하는 것을 금지해서는 안 됩니다.

위대한 애정만이 엘리나 마르고트나 피터나 나를 도울 수가 있는 것입니다. 그러나 우리는 아무도 그것을 받지 못하고 있습니다. 그런데도 이 집의 바보스러운 '아는 체 하는' 어른들은 한 사람도 우리를 이해하지 못합니다. 우리는 이곳의 어른들이 도저히 상상도 못 할 만큼 훨씬 더 감수성이 강하고, 사상적으로도 발달해 있습니다.

엄마는 또 기분이 나빠졌습니다. 내가 엄마보다도 팬 던 아주머니와 더 많이 이야기를 했기 때문에 틀림없이 약이 오른 것입니다.

오늘 오후, 피터를 붙들고 45분쯤 이야기를 했습니다. 피터는 여간해서 자기 이야기를 하지 않기 때문에 그로부터 이야기를 끌어내는 데 힘이

들었습니다. 그는 부모가 정치 이야기며 담배 이야기며 그 밖의 여러 가지 일로 곧잘 다툰다면서 무척 부끄러워했습니다.

이번에는 내가 부모 이야기를 했습니다. 그러나 피터는 아빠를 변호해서 "아저씨는 참 좋은 분이야."라고 말했습니다. 그리고 우리는 서로의 가정 이야기를 했습니다. 피터는 우리가 그의 부모를 그다지 좋아하지 않는다는 것을 알고 놀라워했습니다.

"피터, 너는 내가 언제나 정직하다는 것을 알고 있겠지? 그러니까 나는 너희 부모님이 갖고 있는 결점을 너한테 분명히 말해주는 거야."

그리고 이런 이야기를 했습니다.

"난 널 위로해주고 싶어. 피터, 너는 나를 위로해줄 수 없을까? 너는 괴로운 입장에 놓여 있지? 너는 아무 말도 하지 않지만 아무것에도 관심이 없는 건 아니지?"

"나는 언제나 너의 도움을 환영해."

"우리 아빠를 만나보는 게 좋아. 나쁘게는 하지 않을 거야, 틀림없어. 아빠한테는 뭐든지 말하기가 쉬워."

"그래, 아저씨는 참으로 좋은 분이셔."

"너는 우리 아빠를 좋아하지?"

피터는 말없이 고개를 끄덕였습니다. 내가 "아빠도 너를 좋아하셔." 하고 말하자, 그는 갑자기 얼굴을 들고 빨갛게 붉혔습니다. 이 하찮은 말이 얼마나 그를 기쁘게해주었는지 참으로 보기만 해도 감동될 정도였습니다.

"너도 그렇게 생각하니?" 하고 그는 물었습니다.

"그럼, 가끔 하는 말을 들어보면 알아." 하고 나는 대답했습니다. 피터도 우리 아빠처럼 아주 좋은 사람입니다.

안네로부터

키티님   1944년 3월 3일 금요일

나는 오늘 밤, 촛불을 바라보고 있을 때 무척 마음이 차분하고 행복했

습니다. 신이 촛불 속에 있는 것처럼 느껴졌습니다. 나를 감싸고 보호하고 나를 언제나 행복한 마음으로 있게 해주는 것은 하느님입니다.

그러나……나의 기분을 지배하는 사람이 그 밖에 또 있습니다. 그것은 바로……피터입니다.

오늘 감자를 가지러 올라가 냄비를 가지고 계단에 서 있었을 때, "점심 식사 뒤에 뭘 했니?" 하고 피터가 물었습니다. 나는 계단에 앉아 그와 이야기를 시작했습니다. 감자를 바닥에 놓고 한 시간이나 이야기를 하다가 5시 15분에 나는 내려갔습니다.

피터는 부모에 대해서는 아무것도 이야기하지 않았습니다. 우리는 책 이야기, 과거의 이야기를 했을 뿐입니다. 피터의 눈에는 따뜻함이 담겨 있었습니다. 나는 그를 사모하기 시작하고 있다고 생각합니다. 그는 오늘 밤, 그것에 대해 이야기했습니다. 나는 감자껍질을 벗기고 나서 그의 방으로 갔을 때, 무척 덥다고 그에게 말했습니다.

"마르고트와 내 얼굴을 보고 있으면 기온을 금방 알 수 있어. 우리는 추울 때는 얼굴이 새파래지고, 더울 때는 빨개져." 하고 내가 말하자 그는 갑자기 "너 사랑하고 있니?" 하고 물었습니다.

"어째서 내가 사랑 같은 것을 하니?" 하고 나는 말했지만, 자신이 생각해도 바보 같은 대답이었습니다. 그러자 그는 "사랑을 한다고 나쁠 건 없잖아." 하고 말했습니다. 그런 다음 우리는 저녁 식사를 하러 아래로 내려갔습니다.

그가 그런 말을 한 것은 무언가 뜻이 있었던 것일까요? 나는 용기를 내어 나의 수다가 귀찮지 않느냐고 물어보았더니, 그는 "괜찮아. 나는 네가 재잘거리는 것을 듣는 게 즐거워."라고 말했을 뿐이었습니다. 그의 대답이 어느 정도까지 수줍은 것인지 나로서는 판단할 수가 없습니다.

나는 사랑스러운 사람의 이야기만 하는, 사랑을 하고 있는 여자 같습니다. 피터는 참으로 사랑스러운 사람입니다. 나는 언제 이것을 그에게 털어놓을 수 있을지, 물론 그도 나를 사랑스럽게 생각하고 있다는 것을 모르고는 그런 말을 할 수가 없습니다. 피터가 나를 얼마나 좋아하는지 그것은 나도 모르지만, 아무튼 우리는 서로의 마음을 조금씩 알 수 있게 되었습니다. 다만 둘 다 좀더 마음을 털어놓을 수 있게 되면 좋겠다고 생각합니다. 그 시기가 생각보다 빨리 오지 않을 것이라고는 아무도 단언할 수 없겠지요. 날마다 두 번씩, 그는 나의 얼굴을 뜻있게 바라봅니다. 나는 윙크로 답하고, 우리는 마냥 행복을 느낍니다.

그가 행복한지는 확실히 알 수 없는 일이지만 그도 나와 같은 마음일 것이라는 자신은 있습니다.

안네로부터

키티님   1944년 3월 4일 토요일

따분하고 우울하고 지루하지 않은 토요일은 오늘이 몇 달 만에 처음입니다. 그 원인은 피터입니다. 오늘 아침 다락방으로 앞치마를 널러 갔을 때, 마침 아빠가 거기 있다가 나더러 잠시 프랑스 어를 하지 않겠느냐고 했으므로 나는 승낙하고 처음에는 프랑스 어 회화를 했습니다.

나는 그것을 피터에게 설명해준 다음 영어 회화를 했습니다. 그리고 아빠는 큰소리로 디킨즈를 읽어주었습니다. 아빠와 나란히, 피터 옆에 앉았던 나는 제7 천국에 있는 듯한 행복감에 잠겼습니다.

나는 11시에 아래로 내려왔습니다. 11시 반에 다시 다락방으로 올라갔을 때, 그는 계단에서 나를 기다리고 있었습니다. 우리는 12시 45분까지 이야기했습니다. 내가 식사를 마치고 방을 나갈 때, 기회를 틈타 아무도 못 듣게 그는 언제나 "굿바이, 안네, 또 만나."라고 말합니다.

그런 말을 들으면 나의 가슴은 뜁니다. 그는 나와 함께 사랑에 빠지려는 것이 아닐까요? 아무튼 그는 정말 좋은 사람입니다. 내가 그와 얼마나 즐거운 대화를 나누는지 아무도 모릅니다. 팬 턴 아주머니는 내가 그에게 이야기하러 가는 것을 허락하지만, 오늘은 농담 비슷하게 "너희들을 믿고 둘만 다락방에 내버려둬도 괜찮겠니?" 하고 말했습니다. "물론이에요. 그런 말은 모욕적이에요." 하고 나는 항의했습니다.

나는 아침부터 밤까지 피터와 만나는 것을 즐거움으로 생각하고 있습

니다.

안네로부터

키티님　　　　　　　　　　　　　　　1944년 3월 6일 월요일

　　나는 피터의 표정으로 그가 나와 같은 생각이라는 것을 알 수 있습니다.
어젯밤 아주머니가 피터를 경멸하는 말투로 "흥, 시무룩쟁이!"라고 말
했을 때 나는 화가 났습니다. 피터는 얼굴이 빨개져서 어쩔 줄 몰라했습
니다. 나는 발끈해서 소리치고 싶어졌습니다.

　　이 사람들은 어째서 잠자코 있지를 못할까요?

　　그가 쓸쓸해 하고 있는 것을 그냥 내버려둘 뿐 아무런 도움도 줄 수
없는 것이 얼마나 안타까운지 당신은 상상도 못 할 것입니다.

　　그가 싸움이나 연애로 말미암아 이따금 얼마나 안타까운 생각을 하는지
나는 그의 입장이 되어 생각해볼 수 있습니다. 가엾은 피터. 그는 무척
애정에 굶주리고 있는 것입니다.

　　그가 친구 같은 것은 필요없다고 말했을 때 나는 아주 언짢은 느낌이
들었습니다. 그는 크게 잘못 생각하고 있습니다. 하지만 그가 진심으로
그렇게 생각하는 것이 아니라는 것을 믿습니다.

　　그는 자기의 고독에 매달려 의식적인 무관심과 어른스러운 태도를 취
하고 있지만, 그것은 진정한 감정을 나타내지 않으려는 일종의 허세에
지나지 않습니다. 가엾은 피터, 그는 언제까지 이런 연극을 계속할 수
있을까요? 이 초인적인 노력 끝에 언젠가는 무서운 폭발이 일어날 것이
틀림없습니다.

　　오오, 피터. 내가 너를 위로할 수 있다면, 너를 위로해줄 수 있다면 둘
이서 함께 서로의 외로움을 날려보낼 수 있을 텐데.

　　나는 여러 가지를 생각하고 있지만 그다지 말을 하지 않습니다. 나는
그를 만나고 그와 함께 있을 때 태양이 밝게 빛나기만 하면 행복합니다.

　　어제 나는 몹시 흥분했었습니다. 머리를 감고 있을 때 그가 옆방에 있

다는 것을 알았지만 어쩔 수도 없었습니다. 나는 마음이 가라앉고 진지하면
할수록 겉으로는 수선을 떤답니다.

이러한 내 마음의 비밀을 맨 먼저 발견하고 깨뜨리는 것은 누굴일까요?
나는 팬 던네에 여자아이가 아니라 남자아이가 있음을 기뻐합니다. 이성
(理性)이 아니었더라면 나의 정복(征服)은 이처럼 아름다운 것도 아니었을
것입니다.

안네로부터

덧붙임——당신은 내가 언제나 정직하다는 것을 알고 있지요? 그러
므로 나는 그를 만나는 것만을 즐거움으로 살아간다는 걸 당신에게 고백
해야겠습니다. 나는 그 역시 언제나 나를 기다린다는 사실을 알고 싶어
합니다. 그가 소극적으로 나에게 접근하려는 마음의 움직임을 조금이라도
발견할 때마다 마음이 설레는 것을 느낍니다. 그도 나와 마찬가지로 여러
가지 이야기를 하고 싶으리라고 생각합니다. 그러나 나의 마음을 끄는 것은
그의 어색함이라는 것을 그는 모릅니다.

썩은 야채

키티님   1944년 3월 2일 화요일

나는 재작년의 내 생활을 생각하면 마치 꿈 같은 생각이 듭니다. 그 무렵 천국 같은 생활을 즐겼던 나와 지금 이 은신처에서 영리하게 자란 나는 다른 사람 같습니다. 실제로 그때는 천국과 같은 생활이었습니다. 길모퉁이를 돌아설 때마다 남자친구들을 만났고, 나와 같은 또래의 친구며 아는 사람들이 20명이나 되었습니다. 학교에서는 모든 선생님으로부터 귀여움을 받았고, 집에서는 엄마와 아빠에게 더없이 응석을 부렸으며, 과자도 많이 있었고 용돈도 얼마든지 받을 수 있었으니 더 이상 무얼 바라겠어요?

당신은 내가 이 사람들과 어떤 식으로 사귀었는지 틀림없이 호기심을 가지겠지요. 피터는 나보고 '매력'이 있다고 말했지만, 그것은 완전한 진실은 아닙니다. 선생님들은 나의 천진스러운 대답과 우스갯소리와 미소, 따지고 드는 표정 같은 것을 재미있어했습니다. 아주 조숙하고 애교스럽고 명랑하고——이것이 나의 모든 것이었습니다. 그러나 나는 선생님으로부터 귀여움을 받을 만한 두세 가지의 좋은 점을 갖고 있었습니다. 그것은 열심히 공부하고 정직하며 솔직하다는 것입니다. 나는 컨닝 같은 건 꿈에도 생각해 본 적이 없습니다. 또 나는 친구들에게 아낌없이 과자를 나누어 주었고, 교만하지도 않았습니다. 나는 이처럼 모든 사람의 두둔을 받아도 건방지지 않았을까요? 다행스러웠던 것은 모든 사람으로부터 한창 칭찬을 받을 때 나는 갑자기 현실에 맞부딪쳐야만 했습니다. 나는 아무도 두둔해줄 수 없다는 현실에 익숙해지기까지 적어도 1년이 걸렸습니다.

나는 학교에서 어떠했었나요? 언제나 새로운 우스갯소리를 생각해내고 말괄량이였으며, 우울한 때가 없었고 절대로 울보가 아니었습니다. 그러므로 모두가 나에게 주목하고, 나와 함께 자전거로 통학하고 싶어했던 것도 당연한 일이었습니다.

지금 와서 생각해보니, 그 무렵의 나는 재미있는 아이기는 했지만 매우 경박하고 지금의 나와는 전혀 닮지도 않았습니다. "전에는 너를 볼 때마다 두셋의 남자친구와 많은 여자친구들에게 둘러싸여 있었어. 그리고 너는 언제나 웃고 있었고, 모든 사람의 중심이었지."라고 피터는 말하지만 사실 그랬습니다.

이러한 옛날의 나의 어떤 점이 지금 내게 남아 있을까요? 걱정할 필요는 없습니다. 나는 웃음도 잃지 않았고 곧 말대답하는 것도 잊지 않았으니까요. 아직도 전과 같이 남의 비평도 잘하고, 하려고 마음만 먹으면 지금도 남자아이들과 장난칠 수 있습니다. 그러나 문제는 그런 것이 아닙니다. 나는 하룻밤이나 며칠, 아니 기껏 1주일 정도라면 이렇게 아무런 어려움도 없는 명랑한 생활을 한 번 더 해보고 싶다고 생각합니다. 하지만 1주일이 끝날 무렵에는 그만 지쳐서 조금 더 재치있는 말을 할 줄 아는 사람과 대화를 나누고 싶겠지요. 나는 부하가 필요치 않습니다. 비위를 맞추는 웃음이 아니라 남의 행위이며 성격에 반하는 찬미자와 친구를 갖고 싶습니다.

나 자신의 주위가 너무도 좁다는 것을 알고 있습니다. 그러나 몇 명 안 되지만 성의있는 친구들을 갖고 있는 한 그런 것은 문제가 아닙니다.

재작년 무렵에는 모든 사람들이 나를 두둔해주었지만 그다지 행복하지는 않았습니다. 나는 곧잘 외로움을 느꼈습니다. 그래도 하루 종일 뛰어 돌아다니곤 했으므로, 그런 것은 깊이 생각하지 않고 될 수 있는 대로 생활을 즐겼습니다. 의식적인지 무의식적인지는 모르지만, 나는 공허감을 장난이나 우스갯소리로 떨어버리려고 했었습니다. 그러나 지금은 인생이 라든가, 내가 무엇을 해야 할 것인가에 대해 진지하게 생각해보게 되었 습니다. 나의 생애의 한 시기는 영원히 지나갔습니다. 마음 편한 학생시 절은 지나가고 이제는 돌아오지 않습니다.

나는 이제 그런 시대를 그리워하고 있지는 않습니다. 나는 좀더 어른이 되었습니다. 인생을 좀더 진지하게 생각하게 되었기 때문에 심각하지 않은 즐거운 생각만을 할 수가 없게 된 것입니다.

나는 이번 설날까지의 나의 생활을 커다란 확대경으로 바라보고 있습 니다. 처음에는 가정에서 따뜻한 생활을 즐겼고, 이어 1942년에 이곳으로 온 뒤의 생활은 놀랍게 바뀌어 날마다 말다툼이 끊이지 않습니다. 나는 생활의 변화를 이해할 수 없어 다만 놀라워할 뿐입니다. 어쨌든 내가 이 렇게 견딜 수 있었던 것은 뻔뻔스러웠기 때문입니다.

나는 1943년의 전반(前半)을 쓸쓸해 하며 늘 울고 지냈습니다. 그러나 그 뒤로 나는 차츰 나의 결점과 단점을 깨달았습니다. 지금도 단점과 결 점투성이지만, 그 무렵은 더 심했던 것 같습니다. 낮에는 일부러 마음에도 없는 이야기를 해서 아빠를 내게로 끌려 했지만 헛일이었습니다. 나는 꾸중을 듣지 않으려고 자신을 좋게 해야 하는 곤란한 작업을 혼자서 해야만 했습니다. 사실 나는 끊임없이 꾸중을 듣고 있었기 때문에 정말 풀이 죽어 버렸습니다.

그 해 후반은 조금 사정이 좋아졌습니다. 나는 젊은 여자로, 좀더 어 른으로서 대우받게 되었습니다. 나는 사물을 생각하기도 하고 글을 쓰기도 했으며, 다른 사람들은 이제 나를 공처럼 갖고 놀 권리가 없다는 것을 깨닫게 되었습니다. 나는 자신이 희망하는 바에 따라 자신을 바꾸려고 생각했습니다. 그러나 스스로 놀란 것은 아빠까지도 결코 모든 것을 털 어놓고 의논할 상대가 될 수 없으리라는 점을 깨달았을 때입니다. 이제 나 말고는 아무도 믿고 싶지 않습니다.

정월초, 두 번째의 큰 변화가 일어났습니다. 나의 꿈……그 꿈과 함께, 나는 자신의 그리움──여자친구가 아니라 남자친구에 대한 그리움을 깨달았습니다. 또 나는 마음의 행복을 발견하고, 스스로의 본심을 감추기 위해 경박함과 명랑함을 가장했습니다. 그러나 곧 얌전해지고, 미(美)와 선(善)에 대한 끝없는 그리움을 느끼게 되었습니다.

밤에 침대에 누울 때 나는 기도 맨 끝에 이렇게 말합니다. "하느님, 모든 선한 것, 사랑스러운 것과 아름다운 것에 대해 하느님께 감사드립니다." 이렇게 말할 때의 나는 기쁨에 넘쳐 있습니다. 그리고 은신처 생활을 한 다는 것, 자신이 건강하다는 것 등, '선'한 것——피터의 '사랑스러움'— —이제 갓 싹텄을 뿐인 감수성이 예민하고, 둘 다 건드리려고 하지 않지만 언젠가는 올 사랑, 장래, 행복——자연의 아름다움, 모든 정교하고 아름 다운 것, 이 세상에 존재하는 '미'에 대해 생각합니다.

그러한 때 불행한 것은 생각하지 않습니다. 아직 남아 있는 아름다움만을 생각합니다. 엄마와 내가 전혀 의견을 달리하는 것은 이 점입니다. 사람이 우울할 때, 엄마는 "온 세상의 모든 불행을 생각하고, 자기가 그처럼 불 행하지 않음을 감사해야 해."라고 충고합니다. 그러나 나는 이렇게 충고 합니다. "밖으로 나가 들로 가십시오. 그리고 자연과 햇빛을 즐기고, 당신 자신과 하느님 안에서 다시 행복을 잡으려고 하세요. 당신의 마음속과 당신 주위에 아직도 남아 있는 모든 아름다움을 생각해서 행복해지세요."

엄마의 생각이 옳다고는 도저히 생각할 수 없습니다. 엄마의 말대로 한다면 그 사람은 자기의 불행에 빠져 있는 듯한 태도를 취해야겠지요. 그렇게 되면 마지막입니다. 나는 그와 반대로 자연이며 햇빛이며 나 자신의 내부에 무엇인가 아름다운 것이 언제나 남아 있다는 것을 깨달았습니다. 이것이 자신을 위로해줍니다. 이런 것을 바라보세요. 당신은 틀림없이 당신 자신과 하느님을 발견합니다. 그렇게 하면 당신은 마음의 평화를 되찾을 수 있습니다.

행복한 사람은 누구나 다른 사람도 행복하게 만들겠지요. 용기와 신념 있는 사람은 결코 불행 속에서 죽지 않습니다.

안네로부터

키티님   1944년 3월 12일 일요일

나는 요즈음 가만히 있을 수가 없습니다——4층으로 뛰어올라갔다가
내려왔다가 또 올라갔다가……피터와 이야기를 하고 싶지만 귀찮아하지나
않을까 걱정스럽습니다. 그는 자기의 이야기며 지난날의 이야기, 부모에
대한 이야기 등을 조금 해주었습니다. 그러나 나는 아직 만족할 수 없습니
다. 나는 어째서 자꾸만 그의 이야기를 더 듣고 싶어할까 하고 스스로
에게 물어보았습니다. 전에 그는 나를 도저히 감당할 수 없는 상대라고
생각하고 있었습니다. 나도 그를 그렇게 생각하고 있었습니다. 그러나 지
금은 나는 생각을 바꾸었습니다. 그도 바꾸었을까요?

나는 그렇게 생각합니다. 그러나 반드시 우리가 둘도 없는 친구가 되
리라는 의미에서는 아닙니다. 그렇게 되면 나로서는 이곳의 생활이 훨씬
견딜 만한 것이 되겠지만 말이에요. 그러나 그렇게 되지 않아도 나는 슬
퍼하지 않습니다——나는 그를 언제든지 만날 수 있고, 또 이런 일로 말
미암아 당신까지 불행하게 할 필요는 없으니까요.

토요일 오후, 나는 비참한 뉴스를 많이 듣고 그만 현기증이 나서 한잠
자려고 긴의자에 누웠습니다. 생각하는 것을 잊기 위해 잠들고 싶었을
뿐입니다. 4시까지 자고 나서 거실로 갔습니다. 나는 엄마의 말에 하나하나
대답하는 것도, 아빠에게 너무 많이 잔 데 대한 변명을 생각하기도 귀찮
았습니다. 나는 다만 '골치가 아팠다'고만 말했습니다. 그것은 거짓말이
아니라 실제로 그랬습니다……다만 마음의 골치가 아팠던 것입니다. 보통
사람이나 소녀나 나와 같은 10대의 아이들은 이러한 자기 연민에 빠져
있는 나를 머리가 좀 이상한 게 아닌가 하고 생각하겠지요. 정말 그렇습니
다. 그러나 나는 자신의 마음속을 당신에게 털어놓은 뒤에는, 남의 질
문을 받거나 자신의 심경을 건드리는 것을 피하기 위해 되도록이면 뻔뻔
스럽고 밝게, 자신만만하게 행동합니다.

마르고트는 매우 상냥해서 내가 믿어주기를 바라지만 아직 나는 언니
에게 모든 것을 털어놓을 수가 없습니다. 언니는 좋은 사람입니다. 아름
답고 착합니다.

하지만 언니와는 거리낌없이 자연스러운 마음으로 심각한 이야기를 할 수가 없습니다. 내 말을 진지하게——너무 지나칠 만큼 진지하게 생각합니다. 그리고 묘한 동생을 언제까지나 생각하며 살피는 듯한 눈으로 바라보고, 내 말을 음미하며 '이건 농담일까, 아니면 안네는 진정으로 그렇게 생각하고 있는 것일까?' 하고 언제까지나 생각을 계속합니다.

이것은 우리가 하루 종일 같이 있기 때문일 것입니다. 그리고 나는 누군가를 완전히 믿으면 그 사람이 언제까지나 내게 관심을 기울이는 것을 싫어하는 탓인가 봅니다. 난 언제 자신의 생각을 털어놓을 수 있게 될까요? 언제 다시 마음의 평화와 안식을 발견할 수 있을까요?

안네로부터

키티님   1944년 3월 14일 화요일

오늘 우리가 무엇을 먹으려 하는지 이야기하겠어요. 나는 조금도 재미없지만 당신에게는 재미있을 거예요. 청소부가 2층에서 일하는 동안 나는 팬 던 씨네 테이블에 앉아 있었습니다. 나는 이곳으로 오기 전에 산 아주 향기가 좋은 향수를 뿌린 손수건을 코에 대고 있습니다. 이런 말만으로는 당신은 무슨 이야기인지 잘 모를 테니까 처음부터 시작하겠습니다.

식량표를 사던 사람이 붙잡혔기 때문에 우리는 배급통장이 다섯 개뿐이므로 여분의 쿠폰과 지방(脂肪)이 떨어졌습니다. 미프와 코프하이스 씨가 아프고, 우리는 시장에 갈 틈이 없기 때문에 집 안은 우울한 공기에 싸였으며 식량도 한심한 상태가 되었습니다. 내일부터는 한 조각의 식빵도 버터도 마가린도 없습니다. 아침 식사 때 감자 프라이(빵을 절약하기 위한)도 만들 수 없습니다. 죽뿐입니다. 팬 던 아주머니가 모두 굶어 죽는다고 말했기 때문에 암거래로 크림이 듬뿍 든 우유를 샀습니다. 오늘 저녁 식사는 통에 저장했던 양배추와 살코기 다진 것을 익힌 요리입니다. 그래서 내가 미리 조심하느라고 향수 뿌린 손수건을 코에 대고 있었던 것입니다. 양배추는 1년이 지나면 지독한 악취를 풍깁니다. 방 안은 썩은 달걀과

방부제와 상한 자두를 뒤섞은 듯한 냄새로 가득 차 있습니다. 이런 것을 먹는다는 생각만 해도 병이 날 것 같습니다.

더구나 감자가 특수한 병에 걸려서 두 양동이를 가져와도 한 양동이 정도는 난로에 버려야만 합니다. 우리는 병의 종류를 연구하는 데 흥미를 가지고, 감자의 병에도 암이나 천연두에서 홍역까지 있다는 결론에 이르렀습니다. 전쟁 4년 동안 숨어 산다는 것은 정말 장난일 수가 없습니다. 아아, 이 지긋지긋한 전쟁이 빨리 끝날 수만 있다면!

솔직히 말해서 이곳의 생활이 좀더 즐겁다면 나는 음식에 대해서는 그다지 신경쓰지 않을 것입니다. 곤란한 것은 생활이 지루하기 때문에 모두들 걸핏하면 화를 잘 낸다는 점입니다. 다음에는 지금의 상태에 대한 다섯 어른들의 의견을 소개하겠어요.

판 단 아주머니. "주방의 여왕이 하는 일은 이미 매력이 없어졌어. 그냥 앉아서 아무것도 하지 않으면 심심하니까 다시 요리를 만들기 시작할 뿐이야. 그러나 기름이 없어서는 요리가 되지 않아. 이 끔찍한 냄새를 맡으면 병이 날 것만 같아. 내가 이렇게 고생하는데도 그에 대한 보답은 불평과 험담뿐이지. 나는 언제나 죄를 뒤집어쓰는 희생자야. 게다가 내가 보는 바로 전쟁은 전혀 진전이 없어. 마침내는 독일이 이길지도 몰라. 우리는 굶어 죽지나 않을까 걱정스럽고, 나는 기분이 언짢으면 누구에게든지 호통을 치고 싶어져."

판 단 아저씨. "나는 아침부터 밤까지 담배를 피우고 싶어. 담배만 피울 수 있다면 음식도 정치 정세도 아내의 기분도 그다지 문제될 게 없어. 케르리는 귀여운 아내야." 그러나 아저씨는 담배가 떨어지면 완전히 달라지고 맙니다. 그런 때는 흔히 이렇게 말합니다. "나는 병이 날 것 같아. 우리는 오래 살지 못할 거야. 나는 고기를 먹어야 해. 케르리는 정말 바보 같은 여자야!" 이렇게 되면 반드시 심한 부부 싸움이 시작됩니다.

엄마. "요리는 그다지 문제가 아니지만, 나는 지금 호밀가루 빵을 한 조각 먹고 싶어. 몹시 배가 고프거든. 내가 판 단 부인이라면 벌써 남편이 끊임없이 피우는 담배를 끊게 했을 거야. 그러나 나도 지금 무척 담배를 피우고 싶어. 담배라도 피우지 않으면 견디기 어려울 것 같거든. 영국인은 실수도 많지만 그래도 전쟁은 진전되고 있어. 나는 모두와 잡담을 할 수 있으니 폴란드에 있지 않았음을 감사해야지."

아빠. "모든 일이 훌륭하다. 나는 아무 욕심도 없다. 그다지 당황할 것도 없어. 시간은 넉넉히 있다. 감자만 먹을 수 있다면 불평은 하지 않겠어. 내 배급품을 엘리에게 좀 주오. 정치 정세는 매우 희망적이야. 나는 아주 낙관하고 있어."

뒤셀 씨. "나는 오늘 일을 해야만 한다. 모든 것을 시간대로 마쳐야만 해. 정치 정세는 아주 좋다. 우리가 잡힐 염려는 절대로 없어."

안네로부터

키티님   1944년 3월 15일 수요일

아아──이렇게 일기를 쓰고 있는 순간 우울한 장면에서 해방되었어요! 오늘은 "만일 ……일이 일어나면 곤란하다."든가, "만일 ……가 병이라도 나면 어떻게 하나?" 하는 이야기만 들었습니다. 당신도 은신처의 일을 이제 꽤 많이 알고 있을 테니까 이야기를 대강 짐작할 수 있으리라고 생각합니다.

이 '만일……'이라는 말이 나온 까닭은 이러합니다──크라이렐 씨는 참호 파는 데 동원되었고, 엘리는 코감기에 걸려서 아마 내일도   수 없을 것이고, 미프는 아직 독감이 다 낫지 않았으며, 코프하이스 씨는 위에서 출혈이 심해 의식을 잃는 등 언짢은 일만 겹쳤기 때문입니다.

창고의 사람들은 내일 쉽니다. 엘리는 오지 않고, 문은 잠겨 있으므로 우리는 이웃 사람들에게 들리지 않도록 될 수 있는 대로 조용히 하고 있어야만 합니다.

헹크는 1시에 이리로 오게 되어 있습니다──마치 동물원의 사육계(飼育係) 같습니다. 오늘 오후 그는 오랜만에 세상 이야기를 해주었습니다. 우리들 8명이 그 주위에 둘러 앉은 모습을 상상해보세요. 그것은 할머니가 손자들에게 이야기를 들려주는 그림 같았습니다. 그는 잠시도 쉬지 않고

계속해서 열심히 귀를 기울이는 8명에게 식량 이야기를 비롯하여 미프의 의사 이야기며, 우리의 질문과 모든 것에 대해 빠른 말투로 말했습니다.

그는 의사에 대해 다음과 같은 재미있는 이야기를 했습니다.

"그 의사는 지독한 사람이지요. 오늘 아침 내가 의사에게 전화를 해서 대진(代診)에게 전화를 받게 하고, 인플루엔자의 처방전을 부탁했더니 오전 8시부터 9시 사이에 가지러 오라는 겁니다. 만일 악성 감기일 때는 의사가 전화에 대고 '아 하고 입을 크게 벌리고 혀를 내밀어보세요. 아, 잘 들리는군. 당신의 목은 염증을 일으켰군요. 처방전을 써줄 테니 약국에 가서 약을 사도록 하시오. 굿바이.' 이런 식입니다."

전화로 진찰을 하다니, 웃기는군요.

그러나 나는 의사를 비난하고 싶지 않습니다. 인간은 손이 두 개밖에 없습니다. 요즈음은 병자는 많은데, 의사가 모자라서 도무지 손이 돌아가지 않아요. 그건 어찌 되었든 헹크가 전화 이야기를 되풀이했을 때는 모두 크게 웃었습니다.

나는 요즈음의 병원 대기실이 어떤 상태인지 상상할 수 있습니다. 의사는 이제는 건강 보험의 환자를 무시하지는 않지만 대단한 병이 아닌 환자는 상대도 하지 않습니다. 그런 환자가 오면 "당신은 여기서 뭘 합니까? 맨 뒤로 가서 서시오. 중환자가 우선이니까." 하고 말한답니다.

안네로부터

키티님   1944년 3월 16일 목요일

뭐라고 말할 수 없는 좋은 날씨입니다. 곧 다락방으로 갈 생각입니다.

나는 어째서 피터만큼 차분하지 못한지 이제야 알았습니다. 그는 공부하고 꿈꾸고 생각하고 그리고 잠잘 수 있는 자기 방을 가지고 있습니다. 그러나 난 일 년 내내 저쪽 구석에서 이쪽 구석으로 쫓겨다니고 있을 뿐입니다. 나는 뒤셀 씨와 같이 쓰는 내 방에 있는 시간은 적지만, 그러나

역시 내 방을 쓰고 싶은 마음은 간절합니다. 내가 가끔 다락방으로 도망 가는 까닭 가운데 하나는 이것입니다. 다락방에 있을 때와 당신과 함께 있을 때만이 아주 짧은 시간이긴 하지만 진정한 나로 돌아갈 수가 있습니다.

그러나 나는 자신의 운명을 슬퍼하고 싶지는 않습니다. 뿐만 아니라 나는 용기를 갖고 싶습니다. 고맙게도 내가 마음속으로 생각하고 있는 것은 아무도 모릅니다. 다른 사람들이 알고 있는 것은 내가 엄마에 대해 차츰 냉정해졌다는 것과 아빠에 대해서도 그 전만큼 애정을 보이지 않는다는 것, 마르고트에게 아무 이야기도 하지 않는다는 것뿐입니다.

나는 완전히 껍질 속에 틀어박혀 있습니다. 마음속에서 끊임없이 싸움이 일고 있음을 아무에게도 알려서는 안 됩니다. 그 싸움이라는 것은 상식과 욕망의 싸움입니다. 지금은 상식이 이기고 있지만 언젠가는 욕망 쪽이 강해지지 않을까요? 나는 때로는 이것을 두려워하고, 때로는 이것을 희망합니다.

피터에게 아무 말도 하지 않는 것은 참으로 괴로운 일입니다. 그러나 나는 그가 먼저 입을 열어야 한다고 생각합니다.

내가 하고 싶은 말, 하고 싶은 행동은 많이 있습니다. 나는 그것을 모두 꿈에 보았습니다. 또 하루가 지났는데 아무 실현도 보지 못했다고 생각하면 슬퍼집니다. 그렇습니다. 안네는 미친 아이와 같습니다. 하지만 나는 미치광이 같은 시대에, 미치광이 같은 환경에서 살고 있는 것입니다.

이런 생활 속에서 가장 위안이 되는 점은 적어도 자신의 생각이나 감정을 글로 쓸 수 있다는 것입니다. 그렇지 않다면 나는 완전히 숨이 막혀버릴 거예요. 피터는 이러한 문제에 대해 어떻게 생각하고 있을까요? 언젠가는 이것에 대해 그와 이야기해보고 싶다고 언제나 생각합니다. 그는 나의 마음에 대해 뭔가 깨달은 점이 있을지도 모릅니다. 왜냐하면 그가 이제까지 알고 있는, 겉으로 나타난 나를 사랑할 수 없다는 것은 확실하니까요.

조용한 것을 좋아하는 그는 나의 소란스러움을 좋아할 리가 없습니다. 그는 나의 딱딱한 껍질 속을 들여다보는 첫 번째의, 그리고 유일한 사람이 될까요? 또 그가 거기에 이르기까지에는 오랜 시일이 걸릴까요?

"사랑은 이따금 동정에서 시작된다."느니 "사랑과 동정은 손을 맞잡고 간다."라는 낡은 속담도 있지 않습니까? 나의 경우도 그러한 것일까요? 왜냐하면 나는 나 스스로에 대해서와 마찬가지로 그에게 동정하고 있기 때문입니다.

나는 어떤 식으로 이야기를 꺼내야 좋을지 정말 모르겠습니다. 그러나 그는 나보다도 훨씬 이야기를 못 하는 성격인데 어떻게 그가 먼저 입을 열 수 있겠어요? 그에게 편지를 쓸 수 있다면 내가 하고 싶은 말을 그에게 전할 수 있겠지요. 생각하는 것을 말로 나타내기란 몹시 어려운 일입니다.

안네로부터

어른들에의 반발

키티님   1944년 3월 17일 금요일

은신처에 안도의 한숨이 터져나왔습니다. 크라이렐 씨는 재판소에서 참호 파기를 면제받았으며 엘리는 코감기가 다 나았습니다. 그러므로 마르고트와 내가 조금씩 부모에게 권태를 느끼기 시작했다는 것 말고는 모든 일이 다시 잘 되었습니다. 그러나 나를 오해하지 말아주세요. 당신도 알다시피 나는 엄마와 잘 조화를 이루지 못하고 있습니다. 그러나 아빠는 지금도 전과 다름없이 사랑하고 있습니다. 마르고트는 엄마도 아빠도 모두 사랑하고 있습니다. 그러나 나 또래의 나이가 되면 누구나 조금은 스스로 일을 결정하고, 때로는 독립하고 싶어하는 것입니다.

4층으로 가려고 하면 무엇하러 가느냐는 질문을 받습니다. 나는 내가 먹는 음식의 간을 맞추는 것도 허락되지 않습니다. 매일 밤 8시 15분이 되면 엄마는 나에게 어서 자라고 합니다. 내가 읽는 책은 모두 검사를 받습니다. 아빠와 엄마가 조금도 엄격하지 않은 것은 나도 인정해야만 합니다. 나는 거의 무엇이든 읽기를 허락받고 있습니다. 그러나 나도 마르고트도 하루 종일 잔소리를 듣거나 꾸중을 듣거나 따지고 드는 데에는 아주 진저리가 납니다.

아빠와 엄마는 특히 나에 대해 기분이 좋지 않은 일이 있습니다. 그것은 내가 이제까지처럼 키스를 하고 싶어하지 않게 되었으며, 가족끼리 서로 애칭으로 부르는 것이 아무래도 일부러 그러는 것처럼 느껴져서 싫다고 거부한 데서 생긴 일입니다. 나는 잠시 동안 부모 곁에서 떠나 있고 싶습니다. 마르고트는 어젯밤 이런 말을 했습니다.

"엄마나 아빠가 내게 머리가 아프냐, 기분이 좋지 않느냐고 자꾸 물을 뿐 아니라 또 내가 한숨을 쉬면 머리에 손을 얹어보곤 해서 귀찮아 못 견디겠어."

마르고트와 나는 이제까지와 같은 믿음과 조화의 기분이 가정에서 거의 사라졌음을 갑자기 깨닫고 깜짝 놀랐습니다. 왜냐하면 우리는 어린아이 취급을 받고 있지만 실제로는 같은 나이 또래의 소녀보다 정신적으로 훨씬 성숙해 있다는 뜻입니다. 나는 아직 14살이지만 내가 욕구하는 것과 누가 옳고 누가 그르다는 것도 알고 있습니다. 나는 자신의 의견과 사상과 주의를 갖고 있습니다. 나 같은 아이가 이런 말을 하면 우스울지도 모르지만 나는 자신을 아이라기보다는 하나의 인간, 누구에게도 구속받지 않는 독립된 하나의 인격이라고 생각하고 있습니다.

나는 엄마보다 더 훌륭하게 사물을 생각하고 주장할 수 있다고 생각합니다. 나는 엄마처럼 편견을 갖지도 않고 사물을 과장하지도 않습니다. 엄마보다 빈틈이 없고 영리합니다. 그러므로——당신은 웃을지도 모르지만——많은 점에서 엄마보다 뛰어나다고 생각합니다. 내가 누군가를 사랑한다면 그 사람에 대해 무엇보다도 존경과 찬미의 마음이 없으면 사랑할 수가 없습니다. 만일 피터가 나의 것이라면 모든 것이 잘 되겠지요. 난 많은 점에서 그를 찬미하고 있기 때문입니다. 그는 너무 착하고 멋진 소년이니까요 !

안네로부터

키티님

어제는 내게 있어서 멋진 날이었습니다. 피터와 여러 가지 문제를 터놓고 이야기하려고 저녁 식탁에 앉기 전에 낮은 소리로 피터에게 "오늘 밤 속기 연습 하니?" 하고 물었더니 "아니, 안 해." 하고 그는 대답했습니다. "그럼, 이따가 너하고 이야기하고 싶어." 하고 말하자 그는 승낙했습니다. 식사 뒷설거지가 끝나고 잠시 피터의 부모님 방 창가에 서서 밖을 내다보고 있다가 곧 피터에게로 갔습니다. 그는 열어놓은 창의 왼쪽에 서 있었기 때문에 나는 오른쪽에 서서 우리는 이야기를 시작했습니다. 밝은 곳보다 어둑한 창가가 훨씬 이야기하기 쉬운 듯했습니다. 피터도 마찬가지였을 게 틀림없습니다.

우리는 너무도 여러 가지를 이야기했기 때문에 무슨 이야기를 했는지 모두 기억할 수는 없지만, 은신처에 온 뒤로 가장 멋진 밤이었습니다. 우리 두 사람이 이야기한 것을 당신에게 간단히 전하겠어요. 우리는 맨 처음 싸움에 대해 이야기했는데, 내가 지금은 싸움을 전혀 다른 눈으로 보게 되었다는 것, 다음에는 서로 부모와의 관계가 좋지 않다는 것을 이야기 했습니다. 나는 엄마 이야기며 아빠 이야기, 미르고트 이야기며 내 이야 기를 했습니다. 이야기 도중에 피터가 이렇게 물었습니다.

"너희들은 밤마다 자기 전에 굿나잇 키스를 하니?"

"응, 해. 너는 안 하니?"

"안 해. 나는 거의 누구하고도 키스해본 적이 없어."

"너의 생일에도?"

"그때는 하지."

우리는 다같이 부모에게 모든 것을 터놓고 이야기하지 않는다는 것, 그의 부모는 그가 터놓고 이야기하기를 바라지만 그는 그렇게 하고 싶지 않다는 것, 나는 침실에서 실컷 운다는 것, 그가 천장 밑으로 가서 혼자 욕을 한다는 것, 나와 마르고트는 요즈음에 와서야 비로소 서로의 심정을 알게 되었지만, 그래도 늘 함께 있기 때문에 모든 것을 숨김없이 터놓지 않는 다는 것——등등 생각나는 대로 이야기했습니다. 피터는 내가 생각했던 대로의 사람이었습니다.

그리고 우리는 이곳으로 왔을 때의 일, 우리 둘 다 그때는 지금과 달랐다는 것, 처음에는 서로가 싫어했었다는 이야기 등을 했습니다. 그런데 그는 내가 너무 수다스럽다고 생각하는 것 같기에 나는 이야기를 멈추었습니다. 나와 이야기하는 동안 그가 어째서 황홀한 듯한 태도를 보이지 않았는지 이해할 수가 없습니다. 그러나 지금은 오히려 그것을 기쁘게 생각합니다.

그는 또 자기가 얼마나 우리에게서 동떨어져 있었는가를 이야기했습니다. 나는 그의 얌전함과 나의 수선스러움이 본질적으로는 그다지 차이가 없다는 것, 나도 조용한 것을 좋아한다는 것, 나는 일기장 외에 나만의 물건을 아무것도 가지고 있지 않다는 것을 이야기했습니다. 그는 우리 집에 아이들이 있어서 얼마나 기쁜가를 얘기했으며, 나는 그가 여기에 있게 된 것이 정말 기쁘다는 것, 그의 겸손함과 그의 부모와의 관계를 비로소 알게 되었다는 것, 내가 얼마나 그를 위로해주고 싶어하는가를 이야기했습니다. "너는 언제나 나를 위로해주고 있어." 하고 그가 말했으므로, 나는 놀라서 "어떤 식으로?" 하고 되물었더니, "너의 명랑함으로." 하고 그는 대답했습니다. 이것은 그가 한 말 가운데 가장 반가운 것이었습니다. 참으로 멋진 말이었습니다. 그는 나를 친구로서 사랑하게 되었음이 틀림없습니다. 당분간은 그것으로 충분합니다. 나는 매우 행복하며, 고마움으로 가득 차서 할 말을 찾지 못하겠습니다. 키티, 오늘은 나의 문장이 여느때보다 서투른 것을 사과해요.

다만 머리에 떠오르는 대로 적었을 뿐이에요. 나는 지금은 피터와 단둘이 비밀을 나누어 갖고 있는 듯한 느낌이 듭니다.

그가 미소 띤 눈으로 나를 보고 윙크하면 엷은 빛이 나의 마음에 비쳐드는 것 같아요. 이런 상태가 언제까지나 계속되고 두 사람이 좀더 즐거운 시간을 보낼 수 있도록 기도드리고 있습니다.

안네로부터

언니로부터의 편지

키티님

오늘 아침 피터가 나에게 언제든 밤에 또 오지 않겠느냐고 묻기에, 내가 절대로 그에게 방해가 되지 않고 한 사람의 자리가 있다면 둘이서도 있을 수 있다고 말했습니다. 내가 부모들이 귀찮게 간섭하므로 너무 자주 갈 수 없다고 대답하자 그는 그런 것에 신경 쓸 필요없다고 말했습니다. 그래서 나는 토요일 밤에 올라가고 싶은데, 달이 떠 있거든 미리 조심해달라고 부탁했습니다. "그런 땐 아래로 가자. 그리고 거기서 달을 바라보자." 라고 그는 대답했습니다.

그런데 나의 행복에 조그만 그림자가 생겼습니다——나는 마르고트도 피터를 무척 좋아한다고 오래 전부터 생각하고 있었습니다. 마르고트가 그를 어느만큼 사랑하고 있는지는 알 수 없지만, 그녀는 꽤 비참한 기분일 거라고 생각합니다. 내가 피터와 만날 때마다 마르고트에게 커다란 고통을 안겨주고 있음이 틀림없습니다. 그러나 이상한 것은 언니는 그것을 거의 겉으로 나타내지를 않습니다.

나 같으면 질투가 나서 못 견딜 텐데, 마르고트는 동정하지 않아도 좋다고 말할 뿐입니다.

"혼자 따돌림받아서 불쾌하리라고 생각해." 하고 내가 덧붙였더니, 그녀는 "나는 그런 데 익숙해 있으니까."라고 얼마쯤 슬픈 투로 말했습니다.

나는 아직은 이런 이야기를 피터에게 하고 싶은 생각이 없습니다. 아마 나중에는 말할지 모르지만, 그보다 먼저 해야 할 이야기들이 많이 있으니까요.

어젯밤 엄마에게 조금 꾸중을 들었습니다. 확실히 내가 잘못했습니다. 나는 엄마에게 너무 서먹서먹한 태도를 가져서는 안 될 텐데……나는 엄마에게 다시 친근한 태도를 보이고, 내 생각은 가슴속에 감추어두지 않으면 안 됩니다.

아빠조차도 요즈음은 좀 달라졌습니다. 아빠는 나를 아이 취급하지 않으려고 애쓰시기 때문에 몹시 차가운 느낌이 듭니다. 앞으로 이것이 어떻게 될까요.

오늘은 이만 하겠습니다. 피터의 일로 머릿속이 가득 차서, 그를 만나는 것 말고는 아무것도 하고 싶지 않습니다.

마침 오늘 마르고트로부터 다음과 같은 편지를 받았습니다. 이것은 그녀가 얼마나 착한가를 보여주는 증거입니다.

사랑하는 안네에게

안네, 어제 너를 질투하지 않는다고 말한 것은 반쯤밖에 사실이 아니야. 사실은 이렇단다——나는 너에 대해서도 질투하지는 않아. 다만 나는 나의 생각이나 감정에 대해 서로 이야기할 상대를 아직 발견하지 못했고 당분간은 발견할 수 없으리라는 것을 조금 슬프게 생각할 뿐이란다. 그러나 그렇다고 해서 너에게 불평할 성질의 일은 아니야. 다른 사람들에게 당연한 일도 여기서는 모두가 제한받고 자유롭지 못하니까 도리가 없어.

또 나는 아무튼 피터와의 관계는 그다지 진전되지 않았을 거라고 믿고 있단다. 왜냐하면 다른 사람과 여러 가지 이야기를 하려면 그 사람과는 모든 것을 서로 허용하는 사이가 되어야 한다고 생각하기 때문이지. 말하자면 나는 별로 이야기를 하지 않아도 상대방이 나의 심정을 잘 이해해주고 있다는, 그런 느낌을 갖고 싶은 거야. 이러한 이유에서 상대방이 나보다 지적으로 뛰어나다고 생각되는 사람이어야 하는데, 피터는 여기에 해당되지 않아. 그러나 너와 피터는 잘 맞을 것 같아.

너는 내 것을 빼앗고 있는 게 아니란다. 그러니까 나를 위해 절대로 너 자신을 책망하지 말아줘. 너와 피터는 우정에 의해 서로 얻어지는 것이 있을 거야. 틀림없이.

1944년 3월 20일 마르고트로부터

다음은 나의 답장입니다.

사랑하는 마르고트 언니에게

언니의 자상한 편지, 참으로 감격스럽게 읽었어요. 그러나 나는 아무래도 그다지 개운한 기분이 될 수 없고, 앞으로도 될 수 없을 거라고 생각해요.

지금 언니가 상상하듯이 피터와 나 사이에는 그 정도의 신뢰감이 없어요. 그러나 해질녘에 열어놓은 창가에서 마주보고 있으면 누구든지 밝은 대낮보다도 서로 자유롭게 이야기할 수가 있어요. 또 자신의 감정은 크게 소리치기보다도 조용히 속삭이는 편이 보다 잘 표현되는 법이더군요.

언니는 피터에 대해 누나와 같은 애정을 갖기 시작하고, 나와 마찬가지로 그를 위로하고 싶어하는 거라고 나는 믿어요. 그것은 우리가 생각하고 있는 신뢰감과는 다른 종류의 것이지만, 그래도 언니는 언젠가는 그렇게 할 수 있을 거예요. 나는 신뢰감은 양쪽에서 일어나야 하는 것이라고 생각해요. 내가 아빠와 그다지 친해질 수 없는 것도 이 점이 부족하기 때문이라고 믿어요. 편지가 생각하는 것을 훨씬 더 잘 표현할 수 있으니까요.

내가 언니를 얼마나 찬미하고 있는지 언니는 모를 거예요. 나는 언니와 아빠의 좋은 점을 조금이라도 지니려고 애쓰고 있어요. 이러한 점에서는 언니도 아빠와 크게 다른 점이 없다고 생각해요.

1944년 3월 20일 안네로부터

키티님   1944년 3월 22일 수요일
어젯밤 마르고트로부터 다음과 같은 편지를 받았습니다.

사랑하는 안네에게

어젯밤 너의 편지를 읽고, 너는 피터를 방문할 때마다 양심의 가책을 받는구나 하는 불쾌한 느낌이 들었단다. 그러나 절대로 그럴 이유는 없어. 나는 누군가와 서로 신뢰감을 나눌 권리를 갖고 있다고 생각하지만, 그 상대가 피터라면 만족할 수 없다고 진심으로 생각하고 있는 거야.

그러나 너의 말대로 나는 피터가 남동생 같은 느낌이 든단다——다만 동생 같은. 나와 피터는 지금까지의 서로의 마음이 접촉하면 남매 같은 애정이 자랄지도 몰라. 앞으로 이런 감정이 자랄지 어떨지는 모르지만, 어떻든 지금으로서는 그런 단계에 도달해 있지 않다는 것이 확실해.

그러므로 너는 나를 동정할 필요가 없어. 너는 우정을 발견한 것이니까 되도록 그것을 즐기도록 해.

마르고트로부터

이제 이곳 생활도 차츰 재미있게 되어갑니다. 키티, 이 은신처에서 일대 로맨스가 일어나리라고 생각합니다. 하지만 걱정 말아요. 나는 그와 결혼할 생각은 없으니까요. 나는 그가 어른이 되면 어떤 사람이 될지도 모르고, 또 결혼하게 될 만큼 서로 사랑할 수 있을지도 의문입니다. 피터가 나를 사랑한다는 것은 나도 알고 있습니다. 그러나 어떻게 사랑하는지는 아직 모르겠습니다.

그가 단순히 친구를 갖고 싶어하는지, 내가 한 소녀로서 또는 하나의 누이동생으로서 그의 마음을 끌고 있는지, 나는 아직 알지 못합니다.

내가 그의 부모님의 싸움에 대하여 언제나 그를 위로해주었다고 말했을 때 나는 몹시 기뻤습니다. 이 말로 나는 그의 우정을 믿게 되었지요. 어제 그에게, 만일 여기에 12명의 안네가 있어서 늘 너에게로 가면 어떻게 하겠느냐고 물었더니, 그는 "모두가 너 같다면 절대로 나쁠 게 없지."라고

대답했습니다. 나를 아주 기쁘게 맞아주는 점으로 보아도 그는 나와 만나는 것을 좋아한다고 믿습니다.

그는 요즈음 프랑스 어 공부에 열중하여 침대에 들어가서도 10시 15분까지 공부합니다. 나는 그 토요일 밤의 일을 생각하고, 한 마디 한 마디 내가 한 말을 생각해보고 비로소 나 자신에게 만족을 느낍니다. 나는 지내놓고 보면 언제나 자신이 한 말에 불만을 느껴 다시 바꾸고 싶어지지만, 그날 밤에 한 말들은 한 마디도 바꾸고 싶지 않습니다. 지금이라도 그와 똑같은 말을 할 거예요.

그는 웃을 때도, 말없이 앞을 바라볼 때도 정말 단정한 얼굴을 하고 있습니다. 그는 참으로 착하고 귀여운 사람입니다. 그는 내게 대해 가장 놀란 것은, 내가 겉보기처럼 경박한 속물이 아니고, 자기와 마찬가지로 많은 고민거리를 가지고 있는 꿈 많은 소녀임을 깨달았을 때라고 생각합니다.

안네로부터

또 나는 마르고트의 편지에 대해 다음과 같은 답장을 썼습니다.

사랑하는 마르고트 언니에게

지금 우리에게 가장 좋은 것은 잠시 사태를 관망하는 것이라고 생각해요. 피터와 내가 이 상태로 계속해나갈 것인지, 아니면 방향을 바꿀 것인지, 어느 쪽이든 머지않아 결정이 나겠지요. 그것이 어느 방향으로 될지는 나도 알 수 없고, 또 눈앞의 일 말고는 생각하고 싶지도 않아요. 그러나 만일 피터와 내가 친구가 되기로 결정을 내린다면 어느 한 가지는 반드시 하겠어요. 그것은 언니도 그를 매우 좋아하여 필요한 경우에는 언제든지 그를 도울 생각이라는 점을 그에게 전하는 일이에요. 언니는 그렇게 되기를 바라지 않을지도 모르지만, 내게는 지금 그런 것은 아무래도 좋은 일이랍니다. 나는 피터가 언니를 어떻게 생각하고 있는지 몰라요. 그러나 그때 가서 물어보겠어요.

나는 피터가 언니를 싫어한다고는 생각지 않아요——그와 반대예요.

아무튼 다락방에서든 어디서든 언니가 우리의 친구가 되는 것을 언제든지 환영해요. 우리는 어두운 밤에만 이야기를 나눈다는 묵계가 있으므로, 언니는 결코 우리의 방해가 되지 않을 거예요.

　나처럼 용기를 내세요. 그것은 반드시 쉬운 일만은 아니지만, 언니의 계기가 언니의 생각보다 빨리 올지도 모릅니다.

안네로부터

어리석은 어른들

모든 것이 겨우 여느때대로 되돌아왔습니다. 우리에게 암거래 쿠폰을 팔던 사람들이 고맙게도 감옥에서 나왔습니다.

미프는 어제부터 여기에 옵니다. 엘리는 아직 기침을 하지만 전보다 많이 좋아졌습니다. 코프하이스 씨는 아직도 오랜 기간을 집에서 안정해야 할 것 같습니다.

어제 이 근처에서 비행기가 추락했습니다. 승무원은 아슬아슬하게도 낙하산으로 탈출했습니다. 비행기는 학교 건물에 떨어졌습니다. 다행히도 그때는 학생들이 아무도 없었지만 불이 나서 두 사람이 죽었습니다. 독일군은 낙하산으로 내리는 승무원을 향해 맹렬히 총을 쏘아댔기 때문에 시민들은 이 비겁한 행위에 분개했습니다. 우리들——여자들입니다——은 떨고 있었습니다. 나는 저 기관총 소리만 들으면 소름이 끼칩니다.

요즈음 나는 저녁 식사 후에 신선한 밤 공기를 마시러 자주 위로 올라갑니다. 피터의 곁에 앉아 밖을 바라보는 것이 좋습니다.

팬 던 아저씨와 뒤셀 씨는 내가 그의 방으로 올라갈 때마다 낮은 소리로 투덜댑니다. 그들은 피터의 방을 '안네의 별장'이라고 부르기도 하고, "어린 신사가 어두운 곳에서 어린 여자아이를 맞이해도 좋을까?"라고 말하기도 합니다. 그러나 피터는 이런 비꼬는 듯한 농담을 놀랄 만한 재치로 받아 넘깁니다. 엄마도 무시당할 걱정이 없을 때는 조금 호기심을 가지고, 자연스럽게 우리가 무슨 이야기를 했는지 알고 싶어합니다. 피터는 어른들이 집요하게 대하기 때문에 우리가 어려서 이를 부끄러워할 뿐 아무것도 아니라고 말합니다. 그는 가끔 나를 마중하러 오지만, 금방 얼굴이 새빨개져서 말을 못 합니다. 고맙게도 나는 얼굴이 붉어지지 않습니다. 얼굴이 붉어진다는 것은 매우 불쾌한 일입니다. 아빠는 언제나 내가 새침데기이며 자만심이 강하다고 말하지만, 그렇지는 않습니다. 나는 오직 자만심이 강할 뿐입니다! 나는 학교에 다닐 때 어느 남학생으로부터 웃을 때 아주 매력적이라는 말을 들었지만, 그 밖에는 예쁘다는 말을 들은 적이 별로 없습니다. 그러나 어제 피터로부터 거짓없는 찬사를 들었습니다. 재미있으니까 우리의 대화를 대강 적어보겠어요.

피터는 곧잘 "웃어봐, 안네." 하고 말합니다. 나는 웃으면서, "왜 언제나 웃어보라고 하지?" 하고 묻습니다.

"너의 웃는 모습이 좋아서그래. 너는 웃을 때 보조개가 생기는데, 어떻게 하면 생기니?"

"타고난 거야. 난 턱에도 보조개가 생겨. 나의 예쁜 점은 보조개뿐이니?"

"그렇지는 않아. 그건 달라."

"그래. 내가 미인이 아니라는 건 나도 잘 알고 있어. 난 미인도 아니고, 앞으로도 미인이 될 수는 없을 거야."

"난 그렇게 생각지 않아. 나는 네가 예쁘다고 생각해."

"거짓말."

"내가 하는 말이니까 믿어도 좋을 거야."

나도 피터에게 내 말을 믿어도 좋을 것이라고 말해주었습니다.

나는 우리가 급속히 가까워진 데 대한 여러 가지 뒷공론을 듣습니다. 우리의 부모들은 낮은 소리로 소곤대기만 할 뿐이므로 우리는 아무렇지 않습니다. 우리의 부모들은 자기들의 젊은 시절을 잊어버린 것일까요? 아무래도 그런 것 같습니다. 그들은 우리가 농담을 하면 진담으로 받아들이고, 우리가 진지할 때는 우리를 보고 웃습니다.

안네로부터

키티님   1944년 3월 27일 월요일

우리의 은신처 생활의 역사 가운데 중요한 장(章)은 정치문제에 대한 것일 수밖에 없습니다. 그러나 나로서는 이 문제에 특별히 흥미가 없었으므로 이제까지는 생략해왔었지만, 오늘만은 이 일기 전부를 정치문제에 대해 쓰겠습니다. 이 문제에 대해서 여러 가지 의견이 있음은 말할 것도 없고, 지금과 같은 중대한 시기에는 이것이 토론하기에 좋은 제목이지만, 그렇다고 해서 이 문제로 그토록 다투는 것은 정말 어리석은 짓입니다.

자기의 의견을 말할 뿐 다투지 않는다면, 억측을 하건 불평을 하건 또 다른 무엇을 하건 상관없습니다. 다투면 그 결과는 불쾌해질 것이 뻔합니다.

바깥 사람들은 거짓 뉴스를 많이 갖고 오지만, 이제까지의 경험으로 보아 라디오는 한 번도 거짓말을 하지 않았습니다. 헹크, 미프, 코프하이스 씨, 엘리, 크라이렐 등의 정치 정세에 대한 판단은 비판적이었다가 낙관적이었다가, 언제나 갈팡질팡입니다. 그 가운데 그것이 가장 심하지 않은 사람은 헹크뿐입니다.

은신처 사람들의 정치적 판단은 언제나 같습니다. 상륙작전, 공습, 여러 나라 정치가들의 연설 등등에 대한 끝없는 논쟁 가운데 늘 들을 수 있는 것은 "그것은 불가능하다."든가, "멋진 결과가 될 거야. 신나는데!"와 같은 말들입니다. 낙관론자도 비관론자도 특히 자기들의 의견을 싫증도 내지 않고 열심히 떠드는 현실론자도 모두 자기만이 옳다고 생각하고 있습니다. 어느 부인은 그녀의 남편이 영국을 절대적으로 믿고 있는 데 대해 짜증을 내고, 또 어느 신사는 그의 아내가 자기가 사랑하는 나라를 비꼬

거나 비판하는 것에 분개합니다.

그들은 이러한 논쟁에도 결코 싫증을 느끼지 않는 듯합니다. 이 논쟁은 마치 누군가를 핀으로 찔러서 얼마만큼 펄쩍 뛰는가를 시험하는 것 같아서 그 효과는 틀림없이 적중합니다. 나는 이렇게 합니다——정치 이야기를 시작하고, 하나의 질문을 내고, 한두 마디 이야기를 합니다. 그러면 금방 모두 펄펄 뛰기 시작합니다.

독일군이 발표한 뉴스나 영국의 BBC 방송만으로는 불충분한지 그들은 '특별 공습 공표'까지 듣게 되었습니다. 한 마디로 말해 이 공표는 훌륭한 것이지만 가끔 실망을 줄 때도 있습니다. 독일군이 거짓말하는 것과 마찬가지로 영국군도 밤낮으로 공습에 열중하고 있다니까, 이른 아침부터 밤 9시나 10시나 때로는 11시까지 라디오를 듣는 수가 있습니다.

이것은 확실히 어른들의 끝없는 인내력을 갖고 있다는 증거지만, 동시에 그들의 두뇌의 흡수력이 상당히 한정되어 있다는 것을 뜻합니다. 물론 예외도 있겠지만——나는 누구의 감정도 해치고 싶지 않기 때문에 예외가 누군지를 말하지 않겠습니다. 하루에 한 번이나 두 번쯤 뉴스를 들으면 충분할 것입니다. 그런데 어리석은 어른들은——아, 나도 모르게 욕을 하고 말았군요.

그들은 식사 때와 잠자는 시간 말고는 라디오 주위에 둘러앉아 음식이며 수면, 정치 이야기들을 합니다. 인간이 나이를 먹고도 멍텅구리가 안 되는 것은 어려운 일입니다. 정치가 부모에게 이 이상의 해를 끼칠 수는 없을 거예요!

오직 한 사람, 훌륭한 예외가 있습니다. 우리가 좋아하는 윈스턴 처칠입니다. 그의 연설은 정말 완전합니다.

일요일 밤 9시, 테이블에 차가 준비되면 슬슬 모여듭니다. 뒤셀 씨는 라디오를 왼쪽에, 팬 던 아저씨는 라디오 앞에, 피터는 아저씨 곁에, 엄마도 아저씨 곁에, 아주머니는 아저씨 뒤에, 아빠는 테이블 앞에, 나와 마르고트는 아빠 곁에 자리를 잡습니다. 너무 복잡해서 잘 모르겠지요? 그것은 어떻든 신사들은 담배를 피워물고 피터는 눈을 크게 뜨고 열심히 라디오를 듣습니다. 엄마는 기다란 검은 실내복을 입고 있습니다. 아주머니는 비행기

소리가 들리자 떨고 있습니다. 비행기는 처칠의 연설에는 아랑곳없이 에센을 향해 날아갑니다. 아빠는 차를 마시고 있습니다. 마르고트와 나는 자매답게 서로 껴안고 앉아 있습니다. 보쉬는 우리 둘의 무릎을 독차지하고 느긋하게 누워 있습니다. 마르고트는 머리에 클립을 감고 있습니다. 나는 잠옷을 입고 있지만, 너무 작아서 깡충합니다.

모두 서로 친밀해 보이는 평화로운 광경입니다. 그러나 나는 겁을 먹고 다음에 올 것을 상상하고 있습니다. 그들은 언제나 연설이 끝나기를 기다리지 못하고, 발을 구르며 토론을 시작합니다. 그리고 서로의 감정을 자극하며 마침내 싸움을 시작하는 것입니다.

안네로부터

키티님   1944년 3월 28일 화요일

정치에 대해서는 좀더 쓸 것이 많지만, 오늘은 달리 이야기할 것이 산더미 같답니다. 먼저 첫째로 엄마가 나에게 팬 던 아주머니가 시샘을 하니까 너무 자주 위로 올라가지 말라고 했습니다. 둘째로 피터는 마르고트에게 우리의 친구가 되라고 권했습니다. 그것이 단순한 예의에서인지 아니면 진정으로 끌어들이고 싶은 것인지 나로서는 알 수가 없습니다. 셋째로 나는 아빠에게 아주머니의 시샘에 마음을 써야 할 필요가 있는지 물어보았습니다. 아빠는 그럴 필요는 없을 거라고 대답했습니다. 그리고 그 다음에는 뭐였더라? 아참, 엄마가 기분이 좋지 않습니다. 엄마도 틀림없이 시샘을 하는가 봐요. 아빠는 나와 피터가 친한 것은 좋은 일이라고 하시면서 요즈음에는 우리 둘이 같이 놀아도 싫어하시지 않습니다. 마르고트도 피터를 좋아하지만, 두 사람이라면 잘 될 수 있어도 세 사람이면 잘 되지 않을 거라고 생각하고 있습니다.

엄마는 피터가 나를 사랑하고 있다고 믿고 있습니다. 솔직히 말해서 나는 그것이 사실이면 좋겠습니다. 그렇게 되면 우리는 서로를 좀더 알 수 있게 되겠지요. 엄마는 또 그가 나만 바라본다고 이야기하십니다. 그건 사실이

라고 생각합니다. 그가 나의 보조개를 보면, 우리는 가끔 윙크를 주고받습니다.

나는 매우 괴로운 입장에 있습니다. 엄마는 나를 미워하고 나도 엄마를 미워하고 있습니다. 아빠는 묵묵히 눈을 감고서 두 사람 사이의 말없는 싸움을 보지 않으려고 합니다. 엄마는 나를 진정으로 사랑하기 때문에 슬퍼하지만, 나는 조금도 슬프지 않습니다. 엄마가 나의 마음을 이해하고 있다고는 생각하지 않기 때문입니다. 나는 피터를 단념하려고도 하지 않습니다. 나는 그를 찬미하고 있습니다. 두 사람 사이에 뭔가 아름다운 것이 싹텄는지도 모르는데, 어른들은 어째서 일일이 간섭해야만 하는 것일까요? 다행히 나는 자신의 감정을 감추는 데 익숙하여 그에게 얼마나 열중하고 있는가를 그들이 눈치채지 못하도록 잘해나가고 있습니다. 그는 언젠가 내게 무슨 말을 할까요? 꿈에서 피터 벳셀이 나에게 뺨을 비볐듯이 언젠가 그의 뺨이 닿을 때가 있을까요? 아아, 두 사람의 피터는 같은 사람인 듯한 느낌이 듭니다. 어른들은 우리의 심정을 모릅니다. 그들은 우리가 한 마디의 말도 없이 다만 함께 앉아 있기만 해도 행복하다는 것을 결코 이해할 수 없을 것입니다. 그들은 무엇이 우리를 이토록 가깝게 했는가를 이해하지 못합니다. 아아, 언제 이 고통이 사라질까요? 하지만 이 괴로움을 이겨 내는 것은 좋은 일입니다. 그때는 고통을 경험한 만큼 한층 더 기쁘겠지요.

팔에 머리를 얹고 눈을 감고 있을 때는, 그는 아직 어린아이 같습니다. 보쉬와 놀 때는 귀여워 보입니다. 감자나 무거운 짐을 나를 때는 무척 힘이 셉니다. 천장 밑으로 가서 고사포며 기관총 사격을 바라볼 때나 도둑을 찾을 때는 용감합니다. 내키지 않는 어색한 태도를 보일 때는 무어라 말할 수 없는 사랑스러움이 있습니다.

나는 그에게 가르쳐주기보다도 그로부터 뭔가 배우는 편이 훨씬 좋습니다. 나는 그가 무슨 일에 있어서도 나보다 뛰어나기를 열망하고 있습니다.

우리는 두 어머니에게 신경쓰지 않습니다. 하지만 그가 무슨 말이건 해주었으면 합니다.

안네로부터

나빠진 네덜란드 사람

키티님   1944년 3월 29일 수요일

하원의원인 볼케스타인 씨가 런던에서 네덜란드 어의 뉴스 시간에 연설을 했는데, 전쟁이 끝나면 전쟁 중에 씌어진 일기나 편지를 모아야 한다고 말했습니다. 모두들 벌써부터 내 일기장에 덤벼들 것이 틀림없습니다. 내가 '은신처'의 로맨스에 대한 책을 낸다면 얼마나 유쾌할까 상상해보세요. 제목만 읽으면 사람들은 탐정소설이라고 생각할 거예요. 그러나 농담은 그만두기로 하고, 전쟁이 끝난 지 10년 뒤에 우리 유태인이 이 은신처에서 어떤 생활을 했으며 어떤 것을 먹고 어떤 이야기를 했는지 발표한다면 재미있을 거예요. 나는 당신에게 꽤 여러 가지 이야기를 했지만, 그러나 아직도 당신은 우리 생활의 극히 일부분밖에 알지를 못합니다.

공습 중에 여자들이 얼마나 무서워하는지, 일요일에 영국 비행기 3백 50대가 이무이덴에 폭탄을 약 50만 킬로그램이나 떨어뜨렸을 때 집이 얼마나 흔들렸는지, 또 지금 악성 전염병이 얼마나 유행하고 있는지를 당신은 하나도 모르고 있습니다. 이런 것들을 자세히 이야기하려면 하루 종일 써야만 할 거예요. 사람들은 야채나 그 밖의 무엇을 살 때에도 줄을 서야만 합니다. 조금이라도 눈을 다른 곳으로 돌리면 자동차를 도둑맞기 때문에 의사는 환자에게 왕진을 갈 수가 없습니다. 도둑과 들치기는 여기저기서 활개를 치고……네덜란드 사람들이 어째서 이토록 나빠졌을까, 하고 의아스럽게 생각될 정도입니다. 8살이나 11살쯤 된 어린아이가 남의 집 창문을 부수고 닥치는 대로 훔쳐갑니다. 집을 비우면 물건이 없어지기 때문에 아무도 단 5분조차 집을 비울 수가 없습니다. 신문에는 날마다 잃어버린 타이프라이터며 페르시아 융단, 전기 시계, 옷가지 등등을 돌려주면 사례금을 주겠다는 광고가 실려 있습니다. 거리의 전기 시계는 자취를 감추고, 공중 전화는 한 가닥의 전선도 남지 않을 만큼 도둑을 맞고 있습니다. 그러니 국민의 도의심이 땅에 떨어지는 것도 당연합니다. 커피의 대용품을 빼놓으면 1주일의 식량 배급량이 이틀치밖에 되지 않습니다. 상륙작전은 오래 전부터 시작된다고 말하면서도 도무지 시작되는 기미가 보이지 않습니다. 그리고 남자들은 독일로 끌려갑니다. 아이들은 병에 걸리거나 영양실조에 걸려 있습니다. 모두 누더기를 걸치고 다 떨어진 신을 신고 있습니다. 신발창을 가는 데도 암거래로 7플로링 반이나 듭니다. 더구나 신발가게에서는 고쳐야 할 신발은 거의 받아주지도 않습니다. 받아들인다 해도 몇 달이나 걸리고, 그러다가 신을 잃어버리는 경우도 드물지 않습니다.

그러나 이러한 상황 속에서도 좋은 일이 한 가지 있습니다. 그것은 식량 사정이 나빠지고 국민에 대한 조처가 가혹해짐에 따라 당국에 대한 사보타지가 점점 심해져간다는 것입니다. 식량 관계 관청에 근무하는 사람들, 경찰관, 관리 가운데는 시민들과 협력하여 시민들을 돕는 무리와 밀고하여 시민을 감옥으로 보내는 무리의 두 종류가 있는데, 다행히 후자에 속하는 네덜란드 인은 아주 적습니다.

안네로부터

키티님   1944년 3월 31일 금요일

아직 꽤 추운데도 사람들은 거의 다 벌써 한 달 전부터 석탄없이 지내고 있습니다. 유쾌하지요! 소련 전선에 대한 일반 사람들의 견해는 다시 낙관적이 되었습니다. 격전이 벌어지고 있기 때문입니다. 나는 정치에 대해서는 별로 쓰지 않지만, 소련군의 상황만은 알려드리고 싶습니다. 소련군은 지금 폴란드의 국경까지 반격하여 루마니아의 푸르트 강 가까이에 이르렀습니다. 또 소련군은 오데사에 육박하고 있습니다. 매일 밤 우리는 스탈린으로부터 특별 성명이 발표되지나 않을까 기다리고 있습니다.

소련군은 승리를 축하하기 위해 몇 번이나 예포를 일제히 쏘았다고 하므로, 모스크바의 모든 시는 날마다 와락와락 흔들렸을 것이 틀림없습니다. 그러나 그들은 전쟁의 끝이 가까워진 것처럼 꾸미는 것이 재미있어서 이렇게 했는지, 아니면 기쁨을 표현하는 다른 방법을 몰랐던 것인지 나로서는 알 길이 없습니다.

헝가리는 독일군에게 점령되었습니다. 그 나라에는 아직 유태인이 백만 명이나 있다는데, 그들도 혼이 나고 있을 게 틀림없습니다.

피터와 나에 대한 소문은 좀 고개를 숙이기 시작했습니다. 우리는 매우 사이가 좋아서 언제나 만나서는 상상할 수 있는 모든 화제에 대해 이야기합니다. 나는 이야기가 아슬아슬한 고비에 접어들어도 다른 남자아이들과 이야기할 때처럼 자기를 억누를 필요가 없는 것이 무엇보다도 좋다고 생각합니다. 예를 들면 우리는 피에 대해 이야기를 하다가 거기서 월경 문제로 이야기가 옮아갔습니다. 그는 "여자는 괴로울 거야." 하고 말했습니다. 그러나 조금도 그렇지는 않습니다. 나의 이곳에서의 생활은 매우 좋아졌습니다. 하느님은 나를 혼자 있게 하지 않았습니다. 앞으로도 외톨이가 되지는 않을 것입니다.

안네로부터

키티님   1944년 4월 1일 토요일

　모든 것이 아직 답답해서 견딜 수가 없습니다. 당신은 내가 무슨 말을
하는지 상상되지 않으세요? 나는 이미 오래 전부터 기다리던 키스를
그리워하고 있는 거예요. 그는 나를 아직도 친구로만 보고 있는 것일까요?
나는 그 이상일 수가 없을까요?

　당신도 나도 내가 억센 성격을 지녔다는 것과 내가 자신의 고통을 혼자
견딜 수 있다는 것을 알고 있습니다. 나는 자신의 괴로움을 누구하고도
나눈 적이 없습니다. 나는 엄마에게 매달린 적도 없습니다. 그러나 지금은
단 한 번이라도 좋으니 '그'의 어깨에 머리를 기대고는 가만히 있고 싶
습니다.

　나는 꿈에서 본 피터 벳셀의 뺨의 촉감을 도저히 잊을 수가 없습니다.
아아, 얼마나 황홀했었는지. 그도 그것을 그리워하고 있지 않을까요? 그는
너무도 부끄럼쟁이여서 자신의 사랑을 고백할 수가 없는 것이 아닐까요?
어째서 그는 늘 나와 같이 있고 싶어하는 것일까요? 어째서 그는 이야
기를 잘 하지 않는 것일까요?

　이제 그만두겠어요. 나는 강하게 살아야 해요. 조금 참고 견디다보면
그도 접근해오겠지요. 그러나――이 점이 가장 좋지 않은데――내가 그를
쫓아다니는 것처럼 보입니다. 위로 가는 것이 언제나 나이고, 그가 내게로
오는 경우는 없습니다.

　하지만 이것은 단순한 방 때문이니까 그도 그것을 알고 있을 것이 틀
림없습니다.

　그렇습니다. 그가 이해하고 있는 것은 좀더 다른 점에 있을 것입니다.
　　　　　　　　　　　　　　　　　　　　　　　　　　　안네로부터

키티님   1944년 4월 4일 월요일

여느때의 습관과는 달리 오직 한 번만 식량에 대해 자세히 쓰겠어요.

왜냐하면 식량은 이 은신처에서 뿐만 아니라 온 네덜란드, 유럽, 아니 그 밖의 지방에서도 아주 곤란하고 중대한 문제이기 때문입니다.

우리는 여기서 지낸 24개월 동안, 많은 '식량의 주기(週期)'를 겪어 왔습니다——이것이 무슨 말인지 금방 알 수 있겠지요? '식량의 주기'라는 것은 야채 말고는 아무것도 먹을 것이 없는 시기를 말합니다. 우리는 오랫동안 양상치말고는 먹을 것이 없었습니다. 밤이고 낮이고 양상치뿐이었습니다——모래가 으적거리는 양상치, 그렇지 않은 양상치, 삶은 양상치, 스튜에 넣은 양상치, 그 다음은 시금치, 그 다음엔 순무, 오이, 토마토, 소금에 절인 양배추 등등입니다.

예를 들면 날마다 점심에도 저녁에도 소금에 절인 양배추를 많이 먹어야 하는 것은 참으로 견디기 어렵습니다. 배가 고프기 때문에 별수없이 먹어야 합니다. 그러나 지금은 무척 즐겁습니다. 생야채를 구할 수 있기 때문입니다. 1주일 동안의 저녁 식사는 누에콩, 강낭콩 수프, 경단과 감자, 샤레이, 게다가 신의 은총으로 가끔 순무잎사귀 또는 썩은 듯한 당근, 그리고 다시 누에콩이 되었습니다. 빵이 부족하기 때문에 감자는 아침부터 시작하여 식사 때마다 먹습니다. 수프도 누에콩이나 감자로 만듭니다. 또 빵은 물론 콩이 들어가지 않는 것이 없습니다.

저녁 식사에는 언제나 고깃국물의 대용품——이것이 아직 있는 것을 신에게 감사합니다——을 끼얹은 감자와 붉은 순무 샐러드를 먹습니다. 경단은 배급 밀가루에 물과 이스트를 섞어서 만들지만, 끈적거리고 딱딱해서 돌을 삼킨 것처럼 배가 딱딱해집니다.

매주의 특별 요리는 간(肝) 소시지 한 조각과 잼 곁들인 빵입니다. 하지만 우리는 아직 살아 있습니다. 그리고 빈약한 식사조차도 맛있게 먹는 경우가 가끔 있습니다.

안네로부터

평범한 여자는 되고 싶지 않다

키티님   1944년 4월 4일 화요일

전쟁이 끝나는 것은 먼 앞날의 일로, 마치 옛이야기처럼 너무도 현실과 동떨어진 것 같아서 나는 무엇 때문에 공부하는지 알 수 없게 되었습니다. 만일 전쟁이 9일까지 끝나지 않는다면 나는 이제 학교에 가지 않을 작정입니다. 2년이나 뒤떨어지는 것은 싫기 때문입니다.

내 머릿속은 밤이고 낮이고 피터의 일로 가득합니다. 꿈에까지 피터를 봅니다. 그리고 토요일이 되었을 때, 나는 몹시 슬펐습니다. 나는 피터와 같이 있는 동안 눈물을 꾹 참고 있었습니다. 그 뒤로 아저씨와 레몬 펀치의 일로 웃었지만, 혼자 있게 된 순간 실컷 울고 싶어졌기 때문에 잠옷으로 갈아입고 침대 곁에 무릎을 꿇고 앉아 오랫동안 경건한 마음으로 기도드리고 나서, 팔에 얼굴을 묻고 몸을 새우처럼 구부리고 울었습니다. 그러나 나의 큰 흐느낌 소리에 놀라 옆방 사람들이 귀를 기울여 듣는 것이 싫었으므로 울음을 그치고, 용기를 내어야 한다고 자신에게 타일렀습니다. 이상한 자세로 있었기 때문에 몸이 뻣뻣해져서 침대 곁에 쓰러지고 말았습니다. 간신히 일어나 침대로 기어들어가서 잠이 든 것은 10시 반 조금

전이었습니다.

자아, 그것으로 끝났습니다. 바보가 되지 않도록 위대해지도록 저널리스트가 될 수 있도록 공부해야만 합니다. 나는 저널리스트가 되고 싶습니다. 나는 글을 쓸 수 있다고 생각합니다. 내가 쓴 이야기 가운데 두 개쯤 좋은 것이 있습니다. 은신처의 생활을 쓴 나의 문장은 유머가 있습니다. 나의 일기에는 뛰어난 표현이 많이 있습니다. 그러나 나에게 진정한 재능이 있는지 없는지 아직 모릅니다.

《에바의 꿈》은 내가 쓴 동화 중에서 가장 걸작이지만, 그 줄거리가 어떻게 내 머리에 떠올랐는지 모르겠습니다. 《캐디의 생애》에도 좋은 점이 있습니다. 그러나 전체적으로는 대단한 것이 못 됩니다.

나는 자신의 작품에 대한, 가장 너그럽고 또한 가장 엄격한 비평가입니다. 나는 어디가 잘 씌어졌고 어디가 서투른지 압니다. 쓰지 않는 사람은 쓰는 것이 얼마나 멋진 일인가를 모릅니다. 전에는 그림을 그릴 줄 모르는 것이 안타까웠지만, 이제는 적어도 글을 쓸 수 있는 일에 한층 더 행복을 느끼게 되었습니다. 만일 책이나 신문기사를 쓸 만한 재능은 없다 할지라도 나 혼자서 쓰는 것은 언제든지 할 수 있습니다.

나는 위대해지고 싶습니다. 엄마와 팬 던 이주머니, 그 밖의 많은 여자들처럼 집안일을 돌보는 것만으로 끝내는 잊혀져버리는 그러한 생활을 해야 할 자신을 상상할 수는 없습니다. 나는 남편이나 아이 말고도 무언가 마음을 쏟을 일을 갖고 싶다고 생각합니다.

나는 죽은 뒤에도 살아 있을 만한 일을 하고 싶습니다. 그런 뜻에서 하느님이 나에게 글을 쓰게 하고, 자신의 마음을 표현하고, 자기를 발전시켜 가는 재능을 주신 것을 고맙게 생각합니다.

나는 글을 쓰고 있을 때면 모든 것을 잊습니다. 슬픔도 사라지고 용기가 솟아오릅니다. 그러나——그것이 큰 의문인데——나는 앞으로 무언가 훌륭한 것을 쓸 수 있게 될까요? 저널리스트나 작가가 될 수 있을까요? 아아, 나는 그렇게 되기를 열망하고 있습니다. 나는 글을 쓰고 있으면 자신의 이상과 사상과 공상을 생각해낼 수 있기 때문입니다.

《캐디의 생애》는 그 뒤 오랫동안 손을 대지 않고 내버려두었습니다.

마음속으로는 줄거리가 서 있지만 웬일인지 글로 되어 나오지를 않습니다. 아마 완성하지 못하고 휴지통에 버리거나 불에 태워버릴지도 모릅니다 ──이렇게 생각하면 언짢지만, '경험이 없는 14살짜리 소녀가 인생에 대해 쓸 수 있을 턱이 없잖아.' 하고 생각을 다시 고쳐 할 때도 있습니다.

그러므로 나는 새로운 용기를 내어 돌진합니다. 나는 쓰고 싶으니까 언제가는 성공할 거예요.

안네로부터

키티님   1944년 4월 6일 목요일

당신이 나의 취미와 기호에 대해 물으니 대답합니다. 놀라지 말도록 미리 주의해두겠어요. 꽤 많으니까요.

첫째는 글 쓰는 일입니다. 물론 이것은 취미에 속하지 않을지도 모릅니다.

둘째는 계보를 조사하는 일입니다. 나는 내가 구할 수 있는 모든 신문이며 책이며 팜플렛 등으로 프랑스, 독일, 스페인, 영국, 오스트리아, 러시아, 노르웨이, 네덜란드 등의 왕실 계보를 조사하고 있습니다. 벌써 오랫동안 내가 읽은 전기(傳記)나 역사책에서 메모를 하는데, 때로는 역사의 한 구절을 그대로 적어두고 있기 때문에 조사는 매우 진척되었습니다.

세 번째 취미는 역사책입니다. 아빠는 역사책을 많이 사주셨지만 공립 도서관에 있는 역사책을 조사할 수 있는 날이 안타깝게 기다려집니다.

넷째는 그리스와 로마 신화입니다. 나는 이 관계의 책을 많이 갖고 있습니다.

이 밖의 취미는 영화배우와 가족의 사진입니다. 책에 대해서는 마치 미친 사람 같습니다. 미술의 역사와 시인이며 화가 등의 전기도 아주 좋아합니다. 앞으로는 음악에 열중할지도 모릅니다. 대수와 기하와 산수는 정말 싫습니다.

그 밖의 학과는 다 좋아하지만 그 중에서도 역사가 가장 좋습니다.

안네로부터

숨막히는 공포의 순간

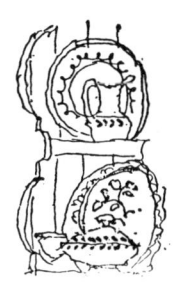

키티님   1944년 4월 11일 화요일

머리가 몹시 아파서 솔직히 말해 무엇부터 써야 좋을지 모르겠습니다. 금요일에는 모두들 모노폴리를 하고 놀았습니다. 토요일에도 했습니다. 이 이틀은 빠르게, 아무 일도 없이 지나갔습니다. 일요일 오후, 내가 불렀기 때문에 피터는 4시 반에 우리 집으로 왔습니다. 5시 15분, 우리는 다락방으로 가서 거기서 6시까지 있었습니다. 6시부터 7시 15분까지 라디오가 아름다운 모차르트의 콘서트를 들려주었습니다. 나는 매우 즐겁게 들었는데, 특히 〈아이네 클라이네 나하트 뮤직〉이 좋았습니다. 나는 아름다운 음악을 듣고 있으면 언제나 마음이 들뜨는 것 같아서 잠자코 듣고 있을 수가 없게 됩니다.

일요일 밤도 피터와 함께 다락방으로 갔는데, 편히 앉을 수 있도록 긴 의자에 방석을 가져다가 상자 위에 올려놓고 앉았습니다. 상자도 방석도 아주 폭이 좁았기 때문에 다른 상자에 기대면서 두 사람은 바싹 붙어 앉았지만, 보쉬도 함께였으니까 우리는 감시없이 단둘이 있었던 것은 아닙니다.

8시 45분에 갑자기 팬 던 씨가 휘파람을 불며 뒤셀 씨의 방석을 가져 가지 않았느냐고 물었습니다. 우리는 깜짝 놀라 방석을 가지고 아래로 갔습니다. 보쉬도 따라왔습니다.

뒤셀 씨는 언제나 베개로 쓰고 있는 방석을 우리가 가져갔다고 떠들어 댔으므로 귀찮게 되었습니다. 그는 베개에 벼룩이 묻지나 않았을까 하고 사랑하는 베개에게 투덜거렸기 때문에, 피터와 나는 벌로써 그의 침대를 두 번이나 정성껏 손질해야만 했습니다. 이 막간극(幕間劇)에 모두 웃음을 터뜨렸습니다.

그러나 우리의 웃음도 오래 계속되지는 않았습니다. 9시 반에야 피터가 살짝 문을 두드리고, 아빠에게 위에서 영어를 가르쳐주시지 않겠느냐고 물었습니다. "저건 거짓말이야. 누구든지 알 수 있어." 하고 나는 마르고 트에게 말했습니다. 과연 나의 추측대로였습니다.

도둑이 창문으로 해서 창고로 들어가려는 참이었습니다. 아빠와 아저 씨와 뒤셀 씨와 피터, 이렇게 네 사람은 곧 아래로 달려내려갔습니다. 마르고트와 엄마와 아주머니와 나는 위에 남아 있었습니다.

네 명의 겁먹은 여자들은 잠자코 있으면 더욱더 무서워지므로 쉴새없이 이야기를 했습니다. 그러는데 콰당 하는 소리가 나더니 조용해졌습니다. 시계가 9시 45분을 알렸습니다. 우리는 얼굴에서 핏기가 가셨습니다. 무 섭지만 꾹 참고 있는 수밖에 없었습니다. 남자들은 어디 갔을까요? 저 소리는 무슨 소리였을까요? 남자들은 도둑과 격투를 벌이고 있는 것일 까요? 시계가 10시를 쳤습니다. 계단에 발소리가 들렸습니다. 아빠가 파리하고 흥분된 얼굴로 방에 들어왔습니다. 그 뒤로 아저씨가 와서 "전 등을 끄고 조용히 위로 올라가거라. 이 집으로 경관이 올지도 모른다."라고 말했습니다.

이제는 무서워하고만 있을 때가 아닙니다. 전등이 꺼졌습니다. 나는 재빨리 윗옷을 들고 모두 같이 위로 올라갔습니다. "무슨 일이 일어났나 요? 빨리 이야기해주세요." 하고 여자들이 물었지만 아무도 대답하지 않았습니다. 남자들은 다시 아래로 내려갔습니다. 10시 10분에 그들은 돌아와서 한 사람은 피터의 방 열린 창으로 망을 보고, 층계참으로 나가는 문과 책장으로 숨겨진 비밀 입구를 꼭 닫았습니다. 야간용 전등을 셔츠로 싼 뒤, 그들은 이렇게 이야기했습니다.

피터가 층계참에서 탕 하는 커다란 소리를 두 번이나 들었기 때문에 재빨리 아래로 가보았더니, 문의 왼쪽 방에 커다란 판자가 나와 있더랍니다.

그는 위로 달려올라가 이것을 알리고 넷이서 아래로 내려가 창고로 들어갔을 때, 마침 도둑들이 땅을 파서 구멍을 넓히고 있는 참이었습니다. 아저씨는 그만 "경관!" 하고 소리치고 말았습니다.

도둑들은 놀라서 허둥지둥 달아났습니다. 경관에게 구멍이 발견되지 않도록 판자를 그리로 밀었지만, 조금 세게 차니까 판자는 땅에 떨어지고 말았습니다. 네 사람은 당황하였고, 마침내 아저씨와 피터는 살기를 띠었습니다. 팬 던 아저씨는 식칼로 땅을 두들겼습니다. 모든 것은 다시 조용해졌습니다. 그들이 다시 판자를 대려고 했을 때, 창고 밖을 지나가던 어떤 부부가 그 틈으로 회중전등을 비추어 창고 안이 갑자기 밝아졌습니다. 깜짝 놀란 네 사람 중 한 사람이 "제기랄!" 하고 중얼거렸습니다. 이번에는 그들이 경관 역할에서 도둑 역할로 재빨리 바뀌어져서 살그머니 2층으로 올라와 피터는 급히 부엌과 전용 사무실 문과 창문을 열고 전화를 마룻바닥에 내팽개쳐 마치 도둑이 흩뜨려놓은 것처럼 보이게 했습니다. 그리고 네 사람은 비밀 문을 지나 은신처로 돌아왔습니다. (제1막 끝)

회중전등을 든 부부는 아마 경찰에 알렸겠지요. 이날은 부활제인 일요일이어서 월요일도 휴일이었으므로, 아무도 사무실에 오지 않습니다. 따라서 우리는 화요일 아침까지는 꼼짝도 못 하게 됩니다. 하루 낮 이틀 밤을 이러한 공포 속에서 기다려야 하는 심정을 상상해보세요. 누구에게도 뾰족한 수는 떠오르지 않습니다. 팬 던 아주머니가 공포에 질린 나머지 마침내 전등을 꺼버렸으므로 우리는 캄캄한 어둠 속에서 그저 가만히 앉아 있을 수밖에 없었습니다. 모두가 속삭이듯 말하고, 조금이라도 소리를 내면 "쉿!" 하는 견제를 받습니다.

10시 반, 11시가 되어도 아무 소리가 들리지 않았습니다. 아빠와 아저씨가 번갈아 여자들이 있는 곳으로 왔습니다. 11시 15분, 아래에서 바스락거리는 소리가 들렸습니다. 모두 깜짝 놀라 몸을 움츠렸고, 들려오는 것은 숨소리뿐이었습니다. 발소리는 전용 사무실에서 부엌으로, 그리고……계단에서 들려왔습니다. 이젠 모두의 숨소리조차도 들리지 않았습니다. 계단을 올라오는 발소리——이어서 비밀 문이 덜컹덜컹 움직이는 소리가 들렸습니다. 그 순간의 심정을 도저히 설명할 수가 없었습니다. "이제 틀렸어." 하고 나는 말했습니다. 나는 모두가 게슈타포에게 끌려가는 광경을 상상했습니다. 두 번 문이 덜컹거리는 소리가 났지만 그뿐, 발소리는 멀어져갔습니다. 우리는 그래서 우선 살았습니다. 하지만 몸의 떨림이 8명 사이를 차례로 옮아가는 느낌이었습니다. 나는 누군가의 이가 딱딱 마주치는 소리를 들었습니다. 아무도 입을 열지 않았습니다.

그 뒤 소리는 나지 않았지만 비밀 문 앞의 층계참에 전등이 하나 켜져 있었습니다. 비밀 문이기 때문일까요? 누가 그것을 끄러 다시 올까요? 집 안에는 이제 아무도 없지만 밖에서 누군가가 지키고 있을지도 모릅니다.

다음에 우리는 세 가지 행동을 취했습니다. 우선 첫째로 도대체 무슨 일이 일어났는지를 모두 이야기했습니다. 그리고 두려움에 떨다보니 마침내 오줌이 마려워졌습니다. 양동이를 다락방에 놓아두었으므로 변기로 쓸 수 있는 것은 피터의 양철 휴지통뿐입니다. 아저씨가 먼저 소변을 보았습니다. 다음에 아빠. 엄마는 부끄러워서 싫다고 했습니다. 아빠가 휴지통을 방으로 들여놓아주었으므로 거기서 마르고트와 나와 아주머니가 끝내고, 마지막으로 엄마도 이것을 이용할 결심이 섰습니다. 모두가 휴지를 필요로 했는데 다행히도 내 호주머니에 조금 들어 있었습니다.

임시 변기는 지독한 냄새를 풍겼습니다. 모든 행동은 속삭임 속에서 진행되었습니다. 모두 지쳤습니다. 시간은 12시였습니다. 바닥에 누워 자자고 누군가가 말했습니다. 마르고트는 벽장 앞에 눕고, 나는 테이블 다리 사이에 누웠습니다. 바닥에 누우니 악취는 그다지 심하지 않았지만, 아주머니는 변기 속에 방취제(防臭劑)를 뿌리고 그 위에 걸레를 씌웠습니다.

잡담, 속삭임, 공포, 악취, 방구, 그리고 끊임없이 누군가가 변기를 사용하고 있었습니다. 잠들려고 해도 좀처럼 잠이 오지 않았습니다. 그러나 나는 2시 반쯤에는 몹시 피곤했기 때문에 3시 반까지 세상 모르고 잤습니다. 나는 어머니가 내 발에 머리를 올려놓았을 때 눈을 떴습니다. "아이, 추워, 뭔가 입을 것을 줘요."라고 말했더니 무엇인지 던져주었습니다. 무엇을 던져주었는지는 묻지 마세요. 울로 된 니커즈 바지와 붉은 점퍼와 검은 스커트와 흰 양말과 구멍 뚫린 스포츠용 긴 양말입니다! 그리고 아주머니는 의자에 앉고 아저씨가 내 발 위에 머리를 얹고 잤지만, 나는 생각에 잠긴 채 내내 떨고 있었으므로 아저씨는 잠들지 못했을 거예요. 나는 경관이 돌아왔을 경우의 마음의 준비를 하고 있었습니다. 그때는 숨어 산다는 것을 정직하게 말해야겠지요. 경찰이 사람 좋은 네덜란드 인이라면 우리는 무사할지도 모릅니다. 만일 HSB(^{네덜란드}_{나치 운동})의 무리라면 매수해야만 할 것입니다.

"그때는 라디오를 부숴버려요." 하고 아주머니가 말하자, "그래, 난로에 태워버립시다." 하고 아저씨가 대답했습니다. 우리가 발각될 바에야 라디오 같은 것쯤 발각되어도 그만 아니겠어요?

"안네의 일기장도 발각될걸." 하고 아빠가 말하자, 아주머니는 "그때는 태워버려요." 하고 말했습니다. 그런 말을 들었을 때와 경관이 문을 덜컹거렸을 때가 나에게는 가장 두려운 순간이었습니다. '일기장은 안 돼요, 일기장을 태운다면 나도 죽어요.' 하고 나는 마음속으로 소리쳤습니다. 그러나 다행스럽게도 아빠는 아주머니의 말에 대답하지 않았습니다.

그날 밤의 대화는 모두 기억하고 있지만 그것을 여기서 되풀이해봐야 아무 의미도 없습니다. 이제 꽤 많이 썼습니다. 나는 겁에 질려 있는 아주머니를 위로해주었습니다. 우리는 도망가는 이야기, 게슈타포에게 심문받는 이야기, 용기를 내야만 된다는 일 등에 대해 이야기했습니다.

"아주머니, 우리는 군대 같은 태도를 취하지 않으면 안 돼요. 만일 기어코 일이 잘못된다면, 영국에서 네덜란드에 대고 방송할 때 늘 말하듯이 여왕님과 국가를 위해, 자유와 진실과 정의를 위해 죽어요. 오직 한 가지 곤란한 것은 다른 사람에게까지 폐를 끼치는 일이에요." 하고 나는 말했습니다.

한 시간 뒤, 아저씨와 아주머니는 다시 자리를 바꾸고, 아빠가 내 곁에 앉았습니다. 남자들은 끊임없이 담배를 피우고, 가끔 한숨 소리가 들렸으며, 누군가가 소변을 보러 변기로 가고――이것이 하룻밤 내내 되풀이되었습니다.

4시, 5시가 지나고 이윽고 5시 반이 되었을 때, 나는 피터와 그의 방 창가에 나란히 앉아 말없이 귀를 기울이고 있었습니다. 우리는 꼭 붙어 앉아 있었기 때문에 서로 떨리는 것을 느낄 수가 있었습니다. 우리는 어쩌다 두세 마디씩 주고받고는 다시 가만히 귀를 기울였습니다. 옆방에서는 차광막을 벗기고 있었습니다. 어른들은 7시에, 코프하이스 씨에게 전화를 걸어 누군가를 보내달라고 할 생각이었습니다. 그들은 전화로 코프하이스 씨에게 말할 것을 모두 적었습니다. 문 근처를 지키거나 또는 창고에 있는 경관이 전화 소리를 들을지도 모른다는 위험이 꽤 있었지만 경관이 되돌아올 위험 쪽이 더 컸던 것입니다.

코프하이스 씨에게 알릴 요점을 들어보면 이렇습니다.

'도둑이 들어와서 경관이 집 안을 수색하고 비밀 입구까지 왔었으나 더 이상은 접근하지 않았다.

도둑은 당황해서 창고 문을 부수고 마당으로 도망쳤다.

정면 입구에는 빗장이 걸려 있었다. 크라이렐 씨는 돌아갈 때 문 옆으로 나간 것이 틀림없다. 전용 사무실의 검은 케이스에 넣어둔 타이프라이터와 계산기는 무사했다.

헹크에게 알려, 엘리로부터 열쇠를 받아 고양이에게 먹이를 주는 체하고 사무실을 둘러보게 했으면 좋겠다.'

모든 것은 계획대로 되었습니다. 코프하이스 씨에게 전화를 걸고, 3층에 두었던 타이프라이터는 케이스에 집어넣었습니다. 그리고 모두 테이블 둘레에 모여 앉아, 헹크――또는 경관――가 오기를 기다렸습니다.

피터는 잠이 들었고, 아저씨와 나는 바닥에 누워 있었습니다. 그러나 아래서 요란한 발소리가 났습니다. "저것은 헹크야." 나는 조용히 일어섰습니다.

"아니, 경관이다." 하고 누군가가 말했습니다.

누군지 문을 두드리고 휘파람을 부는 사람이 있었습니다. 아주머니는 새파랗게 질려서 의자에 푹 주저앉고 말았습니다. 만일 이 긴장이 1분 동안만 더 계속되었더라도 기절해버렸을 것이 틀림없습니다.

휘파람을 분 것은 미프였습니다.

미프와 헹크가 들어왔을 때 우리의 방은 굉장히 난잡했습니다. 사진을 찍을 만한 가치가 있는 것은 테이블뿐입니다! 잼과 설사약이 묻은 《영화나 연극》이 무희의 사진이 실린 페이지에서 펼쳐져 있고, 잼 통이 두 개, 먹다 남은 빵이 두 개, 거울, 빗, 성냥재, 퀼런, 파이프 담배, 재떨이, 책, 바지 한 벌, 회중전등, 휴지 같은 것이 어지럽게 흩어져 있었습니다.

헹크와 미프를 환성과 눈물로 맞아들였음은 말할 것도 없습니다. 헹크는 문구멍을 판자로 메우고 나서 곧 경관에게 도둑이 든 것을 알리러 갔습니다. 미프는 야경원인 슬라그터의 편지가 창고 밑에 있는 것을 발견했습니다. 그는 도둑이 판 구멍을 발견하고 경찰에 알리러 간 것입니다.

우리에게 집 안을 정리할 시간이 30분쯤 있었습니다. 나는 30분 동안에 이런 변화가 일어난 것을 본 적이 없었습니다. 나와 마르고트는 침대 시트를 아래로 가지고 가서 변소에서 세수하고 이를 닦고 머리를 빗었습니다. 그리고 방을 조금 정리한 뒤 위로 올라갔습니다. 테이블은 이미 깨끗이 치워져 있었기 때문에 우리는 커피와 차를 만들고 우유를 데워 점심 식사를 준비했습니다. 아빠와 피터는 변기를 비우고 더운 물과 방부제로 닦았습니다.

11시에, 그때는 이미 돌아와 있었던 헹크도 함께 모두 테이블에 앉았습니다. 모든 것은 다시 평화롭고 기분좋은 상태로 돌아가기 시작했습니다. 헹크의 이야기를 들으면 이러합니다.

헹크가 갔을 때 야경원 슬라그터 씨는 잠들어 있었는데, 그의 아내가 헹크에게 자기 남편이 운하 주변을 순찰하고 있을 때 문에 구멍이 뚫린 것을 발견하고 경관에게 알려 경관과 함께 집 안을 둘러보았다고 말했습니다. 슬라그터 씨는 화요일에 와서 크라이렐 씨를 만나 좀더 자세한 이야기를 하기로 되어 있었습니다. 경찰에서는 아직 이번 사건을 모르지만, 경관이 수첩에 써넣었으므로 화요일에 다시 올 것입니다. 헹크는 돌아오는 길에 길모퉁이의 단골 구멍가게 주인을 만나 도둑이 들었다는 말을 했더니, 가게 주인은 "알고 있소. 어젯밤 집사람과 함께 그 앞을 지날 때 문에 구멍이 뚫려 있는 것을 보았소. 집사람은 그냥 가자고 했지만 내가 전등을 비추었더니 도둑들이 당황해서 달아나버리더군요. 자칫하다가는 위험하겠기에 경찰에 전화를 하지는 않았습니다. 당신과 관계있는 일이므로 그렇게 해서는 안 될 것 같았소. 나는 아무것도 모르지만, 여러 가지로 생각하는 바도 있고 해서……." 하고 침착한 태도로 말하더랍니다.

헹크는 그에게 고맙다는 인사를 하고 헤어졌습니다. 이 구멍가게 주인은 점심 시간에 감자를 가져오기 때문에 우리가 여기 있다는 것을 눈치채고 있음이 틀림없습니다. 참으로 좋은 사람이라고 생각합니다.

헹크가 돌아간 것은 1시인데, 그때는 식사의 뒷설거지도 끝나 있었습니다. 우리는 모두 낮잠을 자기 위해 저마다 방으로 돌아갔습니다. 내가 2시 45분에 눈을 떴을 때, 뒤셀 씨의 모습은 보이지 않았습니다. 졸음이 오는 눈을 비비면서 욕실로 갔는데, 거기서 뜻밖에도 피터를 만났습니다. 우리는 아래에서 만나기로 약속했습니다.

나는 옷을 다시 챙겨 입고 아래로 내려갔습니다.

"너는 다시 다락방으로 갈 생각이니?" 하고 그는 물었습니다. 나는 말없이 고개를 끄덕인 다음 베개를 가지고 그와 다락방으로 갔습니다. 좋은 날씨였습니다. 곧 공습경보가 울렸지만 우리는 그대로 있었습니다. 그리고 서로 어깨에 팔을 올려놓고 4시에 마르고트가 차 준비가 되었다고 데리러 올 때까지 말도 그다지 하지 않고 가만히 있었습니다.

우리는 빵을 먹고 레몬 쥬스를 마셨으며, 농담도 주고받았습니다.(다시 농담을 주고받게 된 것입니다.) 그 밖에는 모든 것이 전과 같았습니다. 저녁때 우리는 가장 용감했던 피터에게 찬사를 보냈습니다.

우리는 그날 밤처럼 위험을 겪은 적이 없습니다. 하느님은 우리를 보호해 주신 겁니다. 생각해보세요──경관이 비밀 문께까지 와서, 문 앞의 전등을 켜고, 그러고도 우리를 발견하지 못했으니 말이에요.

만일 상륙작전이 개시되어 폭탄이 떨어지기 시작하면, 그때는 모든 것이 산산조각이 납니다. 그러나 그런 경우에는 착하고 죄없는 우리의 보호자들에게 피해가 미칠 염려가 있습니다. "우리는 구원을 받았습니다. 하느님, 앞으로도 우리를 구해주소서." 우리가 할 말은 이것뿐입니다.

이 사건은 우리의 생각에 여러 가지 변화를 가져왔습니다. 뒤셀 씨는 이제 저녁때에도 크라이렐 씨네 사무실로 내려가지 않았고, 그 대신 욕실로 갔습니다. 피터는 8시 반과 9시 반에 두 번 집 안을 돌아봅니다. 피터는 밤에 그의 방 창문을 열어놓지 못하게 되었습니다. 9시 이후에는 물을 쏟는 것도 금지되어 있습니다. 오늘 저녁때 창고 문을 튼튼히 하기 위해 목수가 오기로 되어 있습니다.

지금 은신처에서는 여러 가지 토론이 벌어지고 있습니다. 크라이렐 씨는 우리의 부주의를 나무랐습니다. 헹크까지도 그런 경우에는 아래로 내려가지 말았어야 한다고 말했습니다. 우리는 은신 생활을 하고 한자리에 묶여 있는 유태인으로서 셀 수 없을 만큼 많은 의무만 있고 권리는 하나도 없다는 것을 깨달아야 했습니다. 우리 유태인은 자기의 감정을 나타내서는 안 됩니다. 용감하고도 굳세어야만 됩니다. 모든 부자유를 참고 불평을 해서는 안 됩니다. 스스로 온 힘을 다하고, 그리고는 하느님을 믿어야만 합니다. 이 무서운 전쟁도 언젠가는 끝이 나겠지요. 우리가 단순한 유태인이 아니라 다시 일반 국민이 될 날이 틀림없이 올 것입니다.

누가 이러한 고통을 우리에게 주었을까? 누가 유태인을 다른 사람들과 구별했을까요? 누가 오늘날까지 우리를 이렇게 괴로워하는 채로 내버려 두었을까요? 우리를 지금과 같은 경우로 만든 것은 하느님이며, 우리를 다시 구원해주시는 것도 하느님이겠지요. 우리가 이 고난을 견뎌내고, 전쟁이 끝났을 때 아직도 우리 유태인이 살아남아 있다면, 그때야말로 유태인은 세상의 본보기로 칭찬을 받겠지요. 세상 사람들이 우리의 종교에서 좋은 점을 배우게 되지 않을 것이라고 누가 단언할 수 있을까요? 그것 때문에——단순히 그것 때문에——우리는 지금 괴로워하지 않으면 안 됩니다. 우리는 일반 네덜란드 인으로도, 영국 인으로도, 또 어떤 나라의 대표자로도 결코 될 수 없습니다. 우리는 언제나 유태인이겠지요. 그러나 우리도 그것을 바라고 있습니다. 용기를 가지세요. 우리는 그 임무를 잊지 말고 불평을 그만둡시다. 해결될 날이 올 것입니다. 하느님은 결코 우리 유태인을 버리시지 않습니다.

유태인은 옛날부터 있었습니다. 그리고 그들은 옛날부터 고통을 받아왔습니다. 그러나 이 고난이 그들을 강하게 만들기도 했습니다. 약한 자는 낙오하지만 강한 자는 살아남으며 결코 굴복하지 않을 겁니다.

그날 밤, 나는 진정으로 드디어 죽어야 하는구나 하고 생각했습니다. 나는 싸움터의 군인처럼 경관이 올 것을 각오했었고, 마음의 준비를 하고 있었습니다. 나는 이 나라를 위해 용감하게 목숨을 바칠 작정이었습니다. 그러나 간신히 또 살아났습니다. 전쟁이 끝나면 나는 첫째로 네덜란드 인이 되고 싶습니다. 네덜란드 인! 나는 네덜란드 인을 사랑합니다. 이 나라를 사랑합니다. 나는 네덜란드 어를 좋아합니다. 나는 이 나라에서 일하고 싶다고 생각합니다. 네덜란드의 국적을 얻기 위하여 여왕님께 직접 편지를 써야만 하게 되더라도, 나는 목적을 이룰 때까지 결코 단념하지 않을 것입니다.

나는 점점 더 부모로부터 독립된 하나의 인간으로 자라가고 있습니다. 아직은 어린아이지만 나는 엄마보다도 더 굳센 용기를 가지고 인생에 맞서고 있습니다. 나의 정의감은 흔들릴 수 없는 것이며, 엄마보다도 참된 것입니다. 나는 내가 무엇을 추구하는지 알고 있습니다. 나는 인생의 목표와 의견과 신앙과 연애를 가지고 있습니다. 나를 자유롭게 내버려둬주세요. 그렇게 하면 나는 만족합니다. 나는 내가 여자──강한, 용기있는 여자임을 알고 있습니다.

만일 하느님이 나를 오래 살게 해준다면 나는 엄마보다 나은 인간이 되겠습니다. 나는 하찮은 인간으로 일생을 마치지는 않겠습니다. 나는 세계와 인류를 위해 일하겠습니다.

그리고 나는 이렇게 하기 위해 우선 무엇보다도 용기와 쾌활한 정신이 필요하다는 것을 알고 있습니다.

안네로부터

키티님   1944년 4월 14일 금요일

이곳의 분위기는 여전히 더할 수 없이 긴장되어 있습니다. 아빠는 아주 기분이 좋지 않습니다. 아주머니는 감기에 걸려 누워 있는데, 공연히 짜증만 부립니다. 아저씨는 담배가 떨어졌기 때문에 파리한 얼굴을 하고 있었습니다. 뒤셀 씨는 여러 가지 즐거운 일들이 중지되었기 때문에 잔소리가 늘어났습니다.

지금 우리들의 운이 좋지 않은 것만은 사실입니다. 화장실은 새고, 수도꼭지의 좌금(座金)도 떨어져버렸습니다. 그러나 아는 사람이 많으니까 곧 고치겠지요. 나는 가끔 감상적이 됩니다. 그것은 나 자신도 알 수 있습니다. 그러나 이곳의 생활로서는 가끔 감상적이 되는 것도 하는 수 없습니다. 피터와 함께 잡동사니와 먼지가 가득 쌓인 속에 딱딱한 나무막대를 깔고 앉아서 피터가 내 머리를 어루만지거나 서로 어깨를 껴안고 딱 붙어 앉아 있을 때, 나뭇잎이 신록으로 눈부시고 우짖는 새소리가 들리며 하늘이 짙푸르고 태양이 "모두 밖으로 나와요." 하고 손짓할 때——아아, 나의 가슴은 갖가지의 희망으로 뻐근합니다.

여기서 보는 것은 찡그린 얼굴들뿐이고, 듣는 것이라고는 한숨 소리와 투덜거리는 불만의 소리뿐이어서 마치 갑자기 생활이 지독하게 나빠진 것 같습니다. 정말이지 당신도 짜증을 낼 만한 그런 상태입니다. 아무도 좋은 본을 보여주는 사람이 없었습니다. 저마다 자기 기분을 이겨내도록 애써야 하는데도 불구하고, 날마다 듣는 소리는 "전쟁만 끝나면……." 하는 것뿐입니다.

공부와 희망과 사랑과 용기——이것이 나의 마음을 북돋아 불평을 누르고 있어요.

키티, 나는 오늘 조금 머리가 이상합니다. 그러나 왜 그런지 모르겠어요. 여기서는 모든 것이 혼란되어 아무것도 서로에게 관련이 없습니다. 앞으로 나의 잡담에 흥미를 가져줄 사람이 있을지 가끔 큰 의문을 느낍니다.

이 잡담의 제목은 《미운 오리새끼의 고백》이라고 하지요. 나의 일기는 볼케스타인 씨나 겔브란디 씨(모두 전쟁 중에 런던으로 망명해 있었던 네덜란드 정부의 각료)에게는 그다지 쓸모가

없겠지요.

안네로부터

키티님　　　　　　　　　　　　　　　　1944년 4월 15일 토요일
　충격의 연속입니다. 도대체 이것이 없어질 날이 있을까요? 정말로 이런 의문을 가지게 됩니다. 피터가 바깥 문의 빗장 빼는 것을 잊었고(밤에 안에서 빗장을 걸게 되어 있습니다) 또 다른 하나의 문은 자물쇠가 움직이지 않게 되었습니다. 이 때문에 사무실 사람들이나 크라이렐 씨가 안으로 들어오지 못해 옆집으로 가서 부엌 창문을 억지로 열고 뒤로 들어왔습니다. 크라이렐 씨는 이런 부주의에 화를 냈습니다.
　피터는 몹시 당황했습니다. 식사 때 엄마가 그에게, 누구보다도 피터가 가엾다고 말했더니 그는 금방 울음을 터뜨릴 것 같았습니다. 날마다 남자들은 문의 빗장을 벗겼는지 어떤지 물었었는데 그날 따라 묻지 않았으니 피터뿐만 아니라 모두의 책임인 것입니다. 나중에 그를 위로해주어야겠어요. 나는 그를 위로하는 게 아주 좋습니다.

안네로부터

첫 키스

키티님   1944년 4월 16일 일요일

어제 날짜를 기억해주세요. 나의 생애에는 가장 중요한 날이기 때문입니다. 첫 키스를 받은 날은 어느 여자아이에게 있어서나 확실히 중요한 것임에 틀림이 없겠지요? 그러므로 나에게도 역시 중요한 날입니다. 프람이 내 오른쪽 뺨에 키스를 한 것도 워커 씨가 나의 오른손에 키스한 것도 이제는 문제가 되지 않습니다. 어떻게 갑자기 키스하게 되었느냐구요? 이제는 그것을 이야기하겠습니다.

어젯밤 8시, 피터는 내가 그의 긴의자에 앉자 곧 팔을 내 어깨에 둘렀습니다. "내 머리가 벽장에 닿으니까 조금 나와 앉아." 하고 내가 말하자, 그는 긴의자의 거의 끝까지 몸을 밀어냈습니다. 나는 팔을 그의 등으로 돌리고 그에게 안긴 듯한 상태가 되었습니다.

이제까지도 이런 식으로 앉은 적이 있었지만, 이처럼 몸을 바싹 붙인 적은 없습니다. 그가 나를 꼭 껴안으니까 나의 왼쪽 어깨는 그의 가슴에 꼭 눌렸습니다. 나의 심장은 마구 뛰었습니다. 그러나 이것으로 끝나지는 않았습니다. 그는 나의 머리가 그의 어깨에, 그의 머리가 나의 위에 자리를 잠을 때까지 몸을 가만히 있지 않았습니다. 이런 자세로 5분쯤 있다가 내가 똑바로 일어나 앉자 그는 곧 두 손으로 내 머리를 눌러 다시 자기 가슴에 댔습니다. 아아, 나는 기뻐서 말을 할 수가 없었습니다. 그리고 그는 얼마쯤 어색하게 나의 빰과 팔을 어루만지고, 나의 금발을 만지작거렸습니다. 우리의 머리는 서로 꼭 붙어 있습니다. 키티, 이러는 동안에 내 온몸에 흐른 감각을 당신에게 설명할 수는 없어요. 나는 너무도 행복해서 말을 할 수조차 없었습니다. 피터도 그랬으리라고 믿습니다.

우리는 8시 반에 의자에서 일어났습니다. 피터는 집 안을 돌아다녀도 소리가 나지 않도록 운동화를 신고 있습니다. 우리는 나란히 섰습니다. 갑자기 어떻게 해서 그렇게 되었는지 나로서는 알 수가 없습니다. 아래로 내려오기 전에, 그는 나의 머리카락 위에서부터 왼쪽 귀를 거쳐 키스했습니다. 나는 그를 뿌리치고 뒤도 돌아보지 않고 정신없이 계단을 뛰어 내려왔습니다. 아아, 나는 오늘이라는 날을 얼마나 기다리고 있었던 것일까요?

안네로부터

키티님   1944년 4월 17일 일요일

17살 반의 소년과 15살도 채 못 된 소녀가 긴의자에 앉아 키스하는 것을 부모가 허락하리라고 당신은 생각하세요? 나는 그렇게 생각하지 않습니다. 그러나 나 자신을 믿어야만 해요. 그의 팔에 안겨 꿈꾸듯 황홀함을 느끼는 것은 참으로 평온한 심정입니다. 그의 빰을 나의 빰에 느끼는 것은 무어라 말할 수 없이 가슴 설레는 일입니다. 나는 기다리는 사람이 있음을 의식하는 것은 아주 기쁜 일입니다. 그러나 여기에, 커다란 '그러나'가 있습니다. 그는 지금의 정도로서 만족하고 있는 것일까요? 나는 그의 약속을 잊지 않고 있습니다. 그러나……나는 아직 소녀입니다.

나는 자신이 조숙하다는 것을 알고 있습니다. 아직 만 15살도 되지 못 했는데 독립된 하나의 인간입니다. 이것을 다른 사람들은 이해하기 어려울

것입니다. 마르고트는 약혼이나 결혼 이야기가 오가기 전에는 절대로 남자아이와 키스하지 않을 것이 거의 확실합니다. 그러나 피터도 나도 결혼 같은 것은 생각하지 않고 있습니다. 엄마는 아빠와 결혼하기 전에 남자를 몰랐을 것이라고 확신합니다. 나의 여자친구들이 내가 피터의 팔에 안겨 가슴과 가슴을 맞대고 머리를 그의 어깨에 얹은 것을 안다면 뭐라고 말하겠어요? "안네, 어머나, 훌륭해라!"라고 말할 것이 틀림없습니다. 그러나 솔직히 말해서 나는 그렇게 생각하지 않습니다. 우리는 여기에 처박혀 공포와 불안 속에서 세상과는 차단된 생활을 하고 있습니다. 특히 요즈음은 더욱 그렇습니다. 그렇다면 사랑하는 사람끼리 어째서 떨어져 있어야만 될까요? 우리는 어째서 적당한 나이가 될 때까지 기다려야만 할까요?

나는 내 일은 내가 책임질 작정입니다. 그는 나에게 슬픔이나 고통을 주는 일은 절대로 바라지 않을 거예요. 두 사람이 행복한 이상 나는 어째서 자신의 마음을 이끌어갈 길을 선택해서는 안 되는 것일까요? 하지만 내가 난처한 입장에 있음을 당신은 눈치챘으리라고 믿습니다. 몰래 숨어서 하는 일에 반항하는 것은 내가 정직하기 때문이라고 생각합니다. 나의 행동을 아빠에게 알리는 것이 나의 의무라고 당신은 생각하나요? 우리는 두 사람만의 비밀을 제3자에게 알려야 한다고 당신은 생각하나요? 그렇게 하면 우리의 아름다운 로맨스는 아마 잃어버리고 말겠지요. 하지만 잠자코 있으면 나의 양심이 만족할까요? '그'와 의논하겠어요.

그렇습니다. 그에게 이야기해야 할 것이 이 밖에도 많습니다. 포옹만으로 뭐가 되겠어요? 서로에 대한 믿음을 보이는 의견을 주고받음에 따라 우리는 틀림없이 발전할 것입니다.

안네로부터

키티님   1944년 4월 18일 화요일

이곳의 생활은 모든 일이 잘 되어가고 있습니다. 아빠는 5월 20일 이전에 소련과 이탈리아와 서 유럽에서 동시에 대규모 작전이 있을 것이라고 말

했습니다. 하지만 우리가 여기서 풀려나가는 일을 상상하기란 갈수록 어려워져가고 있습니다.

어제 나와 피터는 이럭저럭 열홀이나 미루었던 이야기를 차분히 나누었습니다. 나는 그에게 여자아이에 대해 모든 것을 설명해주고, 가장 비밀스러운 이야기까지도 망설임없이 말해주었습니다. 우리는 서로의 입가에 키스하고 헤어졌습니다. 뭐라고 말할 수 없는 느낌이었습니다.

나는 언제든 일기장을 가지고 가서 그와 여러 가지 문제를 좀더 깊이 이야기해야겠습니다. 그도 같은 심정이면 좋겠다고 생각합니다. 긴 겨울이 지나고 아름다운 봄이 돌아왔습니다. 4월은 덥지도 춥지도 않고 가끔 가랑비가 내리며 참으로 멋집니다. 뜰의 밤나무는 벌써 짙은 초록 잎에 덮이고, 여기저기에 조그만 꽃들이 보입니다.

토요일에 엘리는 수선화 세 다발과 보랏빛 히아신스를 한 다발 갖다주었습니다. 히아신스는 내게 주는 것입니다.

이제는 대수를 조금 공부해야겠습니다. 그럼, 안녕.

안네로부터

키티님　　　　　　　　　　　　　　　　　1944년 4월 19일 수요일

활짝 열어놓은 창문 앞에 앉아 자연을 즐기고 지저귀는 새소리를 들으며, 뺨에 따사로운 햇빛을 느끼면서 사랑하는 소년의 품에 안겨 있는 것보다 더 아름다운 일이 이 세상에 또 있을까요? 그의 팔을 내 몸에 느끼고, 말이 없어도 그가 곁에 있음을 아는 것은 말로 나타낼 수 없이 조용하고 평화로운 심정이랍니다. 아무 말도 하지 않는 것이 또한 좋습니다. 오오, 이 고요함을 흩뜨리지 말아주길 바랍니다——고양이 못시조차도.

안네로부터

키티님   1944년 4월 21일 금요일

어제 오후 목이 부어 침대에 누워 있었는데, 누워 있기가 지루한데다
열도 없어졌으므로 일어나버렸습니다. 오늘은 영국 엘리자베스 공주의 18
번째 생일입니다. 국왕의 자녀는 보통 만 18살이면 성년식을 올리게 되
는데, BBC 방송은 엘리자베스 공주의 성년 선언을 아직 행하지 않는다고
방송했습니다. 우리는 이 아름다운 공주님은 어떤 왕자님과 결혼하실까
하고 언제나 이야기했었지만, 알맞은 상대가 생각나지 않습니다. 동생인
마가렛 공주는 아마도 언제든 벨기에의 황태자 보드앙 전하와 결혼하실
것입니다.

은신처에서는 불행한 일이 잇따라 일어나고 있습니다. 바깥 문이 튼튼
해졌나 했더니 예의 창고지기가 또 왔습니다.

녹말가루를 훔친 것도 아마 그임에 틀림없을 텐데도 엘리에게 죄를
덮어씌우려 하고 있습니다. 은신처 식구들도 물론 화를 내고 있지만 엘리는
성이 굉장히 났습니다.

나는 어떤 신문에 내가 쓴 이야기 가운데 하나는 채택해주겠는지 알
아보기 위하여 보내고 싶습니다. 물론 내 이름은 감추고요. 그럼, 다음까지
안녕.

                                                  안네로부터

키티님   1944년 4월 25일 화요일

뒤셀 씨는 한 열흘 가까이 팬 던 아저씨와 말을 하지 않습니다. 그 까닭은
도둑 사건이 일어난 뒤로 뒤셀 씨의 마음에 들지 않는 새로운 안전조치가
결정되었기 때문입니다. 그는 팬 던 아저씨가 언제나 그에게 호통만 치고
있다고 말합니다.

"모든 것이 엉망이야. 나는 너희 아버지에게 이야기하겠다."라고 그는
나에게 말했습니다. 그는 일요일은 물론 토요일 오후에도 2층 사무실에

236

가서는 안 되게 되어 있는데도 불구하고 역시 전과 마찬가지로 갑니다.
아저씨는 몹시 화가 나 있었기 때문에 아빠가 아래로 내려가서 뒤셀 씨와
이야기를 했습니다. 그는 물론 이러니저러니하고 구실을 내세웠습니다.
그러나 그것으로 아빠를 설득시킬 수는 없었습니다. 그러나 그때 그는
아빠를 모욕했기 때문에 지금은 아빠도 되도록이면 그와 말을 하지 않으려
하고 있습니다. 그가 무슨 말로써 아빠를 모욕했는지 아무도 모르지만 아주
좋지 않은 것임에 틀림없습니다.

나는 《탐험가 부루루》라는 제목의 소설을 썼습니다. 우리 가족 세 사
람에게 읽어주었더니 모두 재미있어 했습니다.

안네로부터

키티님   1944년 4월 27일 목요일
오늘 아침, 팬 던 아주머니는 몹시 기분이 나빠서 불평만 늘어놓고 있
습니다. 첫째로 그녀는 감기에 걸렸는데도 약을 살 수가 없으며, 콧물이
흘러 견딜 수가 없다는 것입니다. 다음에는 해가 비치지 않고, 상륙작전이
시작되지 않았으며, 창 밖을 내다볼 수 없는 일들 때문입니다. 우리는
아주머니가 너무도 불평만 늘어놓기 때문에 그만 웃어버렸더니 그녀도
따라서 웃고 말았습니다.

나는 지금 괴팅겐 대학의 교수가 쓴 《황제 찰스 5세》를 읽고 있습니다.
교수는 이 책을 쓰는 데 40년이 걸렸다고 합니다. 나는 5일 동안에 50
페이지를 읽었습니다만 그 이상은 불가능합니다. 모두 598페이지니까 내가
이것을 다 읽으려면 며칠이 걸릴는지 계산해보세요. 그 다음에는 또 제2
권이 있습니다. 그러나 퍽 재미있는 책입니다.

여학생이 하루에 얼마만큼 공부해야 하는지 나를 예로 들어보세요. 우선
넬슨의 마지막 전쟁을 쓴 짧은 네덜란드 어 문장을 영어로 번역하고, 그
리고 피터 대제(大帝)의 노르웨이 침략(1700~1722)과 스웨덴의 찰스 12세,
폴란드의 아우구스투스 2세 등에 대한 역사를 읽습니다.

그것이 끝나면 이번에는 브라질의 지리입니다. 바이어 담배에 대한 것, 커피가 많이 나는 것, 리우데자네이루, 페르남부코, 상파울로에 인구가 각각 1백 50만이 있다는 것, 흑인과 백인과 흑백 혼혈아에 관한 것, 인구의 50퍼센트가 글을 모르는 문맹이라는 것, 말라리아 등등에 대해 공부합니다. 물론 아마존 강을 잊지 않습니다. 그러고도 시간이 조금 남았으므로 어느 계보에 대해 조사했습니다.

12시, 다락방으로 가서 교회의 역사를 읽었습니다. 어머나, 벌써 1시입니다.

2시가 지나도 가엾은 안네는 또 공부입니다. 이번에는 생물로, 넓은코원숭이와 좁은코원숭이의 연구입니다. 아아, 키티, 하마는 발가락이 몇 개인지 빨리 가르쳐줘요! 다음은 성경입니다. 노아의 방주(方舟), 셈(노아의 큰아들), 함(노아의 둘째아들), 야벳(노아의 셋째아들), 그 다음은 피터와 《찰스 5세》를 읽고, 그것이 끝나면 다크레이의 《대령》입니다. 물론 영어입니다. 그 다음에 프랑스어의 동사를 공부하고, 미시시피 강과 미주리 강의 크기를 비교했습니다. 대강 이 정도입니다.

나는 아직 감기가 낫지 않아 우리 세 식구에게 옮기고 말았습니다. 피터에게만 옮지 않았으면! 그는 나를 '보물산'이라고 말하면서 키스하려고 했습니다. 물론 키스는 허락하지 않았습니다. 감기를 옮기면 큰일이니까요. 우스운 아이예요! 하지만 역시 그는 귀여운 사람입니다.

오늘은 여기까지만. 안녕.

안네로부터

키티님

나는 피터 벳셀의 꿈을 결코 잊을 수가 없습니다. 그 생각을 하면 지금도 그의 뺨을 내 뺨에 느낍니다.

가끔 이곳의 피터에 대해서도 같은 느낌을 갖지만 피터 벳셀만큼은 아니었습니다. 그러나 어제 여느때처럼 둘이서 어깨를 서로 껴안고 긴의자에 앉아 있을 때 갑자기 여느때의 안네는 사라지고 제2의 안네가 나타났습니다. 제2의 안네는 태연하지도 소탈하지도 않으며 아주 자상하고 온순한 안네입니다.

나는 그에게 바싹 붙어 있는 동안에 슬픔이 치솟고 눈물이 넘쳐, 왼쪽 눈의 눈물이 그의 바지에 떨어지고 오른쪽 눈의 눈물은 코를 타고 내려 이것도 역시 그의 바지에 떨어졌습니다. 그는 눈치챘을까요? 그는 꼼짝도 안 하고 앉아 눈치챈 듯한 태도를 보이지 않았습니다. 그도 나와 같은 심정이었을까요? 그는 한 마디도 하지 않았습니다. 그는 자기 앞에 두 사람의 안네가 있다는 것을 알았을까요?

8시 반에 나는 일어나 언제나 인사를 나누는 창가로 갔습니다. 나는 아직도 떨고 있었습니다. 나는 아직도 제2의 안네였던 것입니다. 그는 내게로 왔습니다. 나는 그의 목에 팔을 감고 그의 왼쪽 뺨에 키스한 뒤 그 다음 오른쪽 뺨에 키스하려고 했을 때 우리의 입술이 부딪쳐 우리는 힘껏 입술을 눌렀습니다. 그리고 우리는 정신없이, 이제는 절대로 떨어지지 않겠다고 몇 번이나 몇 번이나 힘차게 얼싸안았습니다. 피터는 매우 애정을 필요로 하고 있는 것입니다. 피터는 태어나서 처음으로 여자아이를 알았습니다. 그는 가장 짜증스러운 소녀도 다른 일면을 갖고 있고 또 애정을 갖고 있으며, 단둘일 때는 다른 사람처럼 된다는 것을 비로소 알았습니다. 그는 태어나서 처음으로 자기라는 것을 내동댕이쳤습니다. 그리고 이제까지 남자친구도 여자친구도 없었던 그는 진정한 자기를 보여주었습니다. 이래서 우리는 서로 알게 되었습니다. 피터는 이제까지 믿을 만한 친구가 한 사람도 없었지만, 나도 그를 몰랐습니다. 그랬는데 이렇게 된 것입니다······.

그러나 다시 내게 불안을 주는 하나의 의문이 있습니다. "이것으로 좋을까요?" 하는 것입니다. 나는 이렇게도 빨리 감정에 굴하고, 피터와 마찬가지로 그토록 열중해도 좋을까요? 여자인 내가 그 정도까지 가도 좋을까요? 이에 대해서는 오직 한 가지 대답밖에 없습니다——"나는 그것을 오랫동안 기다려왔습니다. 나는 쓸쓸합니다. 그리고 나는 이제야 비로소 위안을 발견한 것입니다."

우리는 오전 동안은 여느때와 마찬가지로 행동합니다. 오후에도 이따금 예외를 빼고는 거의 마찬가지입니다. 그러나 저녁때가 되면 온종일 억눌렸던 행복한 추억이 되살아나서 서로의 일밖에 생각하지 않게 됩니다. 매일 밤 나는 작별 키스를 하고는 그의 눈도 보지 않고 혼자 어둠 속으로 달아납니다.

계단 아래까지 왔을 때 나를 기다리는 것은 무엇이겠어요? 밝은 전등과 질문 공세와 홍소(哄笑)입니다. 나는 꾹 참고 자신의 감정을 나타내지 않습니다. 나의 가슴은 너무 민감하게 고동치고 있습니다. 나는 어젯밤 받은 것 같은 충격에서 쉽사리 회복되지는 못합니다. 온순한 쪽의 안네는 좀처럼 얼굴을 내밀지도 않지만 갑자기 들어가지도 않습니다.

피터는——꿈은 별도로 하고——이제까지 그 누가 건드린 것보다도 더 깊이 내 감정의 깊숙한 곳을 건드렸습니다. 그는 나를 잡고, 나라는 것을 완전히 뒤집어놓았습니다. 누구라도 이러한 변화에서 정신을 차리려면 휴식과 얼마쯤의 시간을 필요로 할 것은 말할 필요도 없는 것입니다.

아아, 피터, 너는 내게 무엇을 어떻게 한 거지? 너는 나에게서 무엇을 바라고 있는 거지? 이제야 비로소 엘리의 심정을 알겠습니다. 나는 지금 직접 그것을 체험하고 있습니다. 나는 간신히 엘리에 대한 의문이 사라졌습니다. 만일 내가 좀더 나이를 먹었고 그가 결혼을 신청한다면, 나는 뭐라고 대답할까요? 안네, 솔직히 말해요. 너는 그와 결혼할 수 없지? 그렇다고 해서 그와 헤어지는 것도 괴롭지? 피터는 아직 인간이 완성되어 있지 않습니다. 아직 충분한 의사력도 없으며, 용기와 힘이 결여되어 있습니다. 그는 정신적으로는 아직 어린아이입니다. 나보다 어른은 아닙니다. 그는 마음의 평화와 행복을 추구하고 있을 뿐입니다.

나는 14살의 아이에 불과한 것일까요? 나는 정말로 아직은 바보 같은 여학생에 지나지 않는 것일까요? 나는 모든 일에 그토록 경험이 부족할까요? 나는 같은 나이 또래의 어떤 아이보다도 여러 가지 고생을 겪어왔습니다. 나는 다른 많은 사람들보다 경험이 있습니다.

그러나 나는 자신을 두려워하고 있습니다. 나중에 다른 남자아이들과 어떻게 원만히 사귀어나갈 수 있을까요? 자신의 애정과 이성을 상대로

언제나 싸운다는 것은 괴로운 일입니다. 애정도 이성도 이것을 나타낼
때라는 것이 있습니다. 나는 정당한 시기를 선택했다는 확신이 있을까요?

안네로부터

전쟁의 죄는 누구에게 있나

키티님   1944년 5월 2일 화요일

　토요일 저녁때, 피터에게 우리의 사이를 우리 아빠한테 말해야 한다고 생각히느냐고 물어보았습니다. 둘이서 조금 얘기한 끝에 피디는 그렇게 해야 한다는 결론에 이르렀습니다. 나는 기뻐했습니다. 그것은 피터가 정직한 소년이라는 증거이기 때문입니다. 나는 아래로 가자 곧 아빠와 함께 물을 가지러 갔습니다. 계단 위에 왔을 때 나는 아빠에게 "아빠, 내가 피터와 함께 있을 때 떨어져서 앉아 있지 않는다는 것을 대강 짐작하실 거예요. 하지만 그걸 잘못이라고 생각하세요?"하고 물었습니다. 아빠는 얼른 대답하지는 않았지만, 이윽고 이렇게 말했습니다.

　"아니, 나는 잘못된 일이라고는 생각하지 않아. 그러나 주의하지 않으면 안 돼, 안네. 여기는 좁은 곳이니까."

　위로 올라갔을 때도 아빠는 뭔가 그와 비슷한 말을 했습니다. 그리고 일요일 아침에 아빠는 나를 불러 말했습니다.

　"안네야, 난 네가 한 말을 다시 잘 생각해보았다." 이 말을 듣고 나는 찔끔했습니다.

"그건 그다지 좋지 않아——이 집에서는, 나는 너희들이 단순한 친구라고 생각하고 있었는데, 피터는 너를 사랑하고 있더냐?"

"아뇨, 물론 그렇지 않아요." 하고 나는 대답했습니다.

"너도 알고 있겠지만, 나는 너희들 둘을 이해하고 있단다. 그러나 네쪽에서 자제하지 않으면 안 된다, 안네. 너무 자주 위로 가서는 안 돼. 그리고 되도록이면 피터를 자극하지 않도록 해. 이런 일에 있어 적극적이되는 것은 언제든지 남자지만, 여자는 남자를 누를 수가 있단다. 자유롭게 다른 남녀 친구들도 만날 수 있고 때로는 외출도 하고 게임도 하고 그밖의 여러 가지를 할 수 있는 여느 환경이라면 모르지만, 여기서는 언제나함께 하고 있고 떨어질래야 떨어질 수가 없으며 거의 온종일 얼굴을 마주하고 있는 생활이다. 그러니까 조심해야 해, 안네. 그런 일은 너무 진지하게 생각하지 않는 것이 좋아."

"네, 그러겠어요. 하지만 피터는 매우 진실한 소년이에요. 참으로 좋은소년이에요."

"그래, 좋은 소년이다. 그러나 피터는 성격이 약하니까 좋은 방향으로든 나쁜 방향으로든 금세 영향을 받기가 쉬워. 그는 타고난 본성이 착하니까, 그러한 좋은 면이 언제까지나 남아 있기를 나는 그를 위해 바라고 있지."

둘이서 이야기를 나누었는데, 아빠는 피터에게도 이야기해줄 것을 승낙했습니다.

일요일, 다락방에서 그는 나에게 "안네, 너희 아버지께 이야기했어?" 하고 물었습니다.

"이야기했어." 하고 나는 대답했습니다. "그 이야기를 할게. 아빠는 그것을 나쁘다고는 생각하지 않지만 언제나 모두 같이 생활하는 이곳의 생활로는 충돌이 쉽게 일어난다고 하셨어."

"그러나 우리는 절대로 싸우지 않기로 했잖아. 나는 반드시 약속을 지킬작정이야."

"나도 그래, 피터. 하지만 아빠 말은 그게 아니야. 아빠는 우리가 단순한친구라고 생각하고 있어. 너는 우리가 쭉 친구일 수 있다고 생각하니?"

"난 가능해. 너는 어때?"

"나도 그래. 난 아빠한테 너를 믿고 있다고 말했어. 너는 믿을 만한 사람이라고 생각해. 안 그래, 피터?"

"나도 그랬으면 좋겠다고 생각해." 피터는 너무 수줍어하여 얼굴이 빨개졌습니다.

"난 너를 믿어, 피터. 너는 좋은 소질을 갖고 있으니까 틀림없이 출세할 거야."

그리고 둘은 다른 이야기를 했는데, 내가 "우리가 여기서 나가면 너는 나 같은 것은 모른 체하겠지?"라고 말했더니, 피터는 흥분하여 "그럴 리가 있니, 안네. 절대로 그렇지 않아. 나를 그런 식으로 생각하지 말아줘."라고 대답했습니다. 이럭저럭하는 사이에 아래에서 나를 부르는 소리가 들렸기 때문에 그와 헤어져 내려갔습니다.

아빠가 그에게 이야기를 한 모양입니다. 그는 오늘, 그것에 대해 나에게 말해주었습니다. "너희 아버지는 우리들의 우정이 언젠가는 연애로 발전할지도 모른다고 생각하고 있나 봐." 하고 그는 말했지만, 나는 "우리 자신이 자제하도록 해."라고 대답했습니다.

아빠는 저녁때 나에게 너무 자주 그에게로 가지 말라고 주의를 주었지만 나는 싫습니다. 그것은 피터와 함께 있고 싶기 때문만이 아니라 피터에게 나는 그를 믿는다고 말했기 때문입니다. 나는 그를 믿는다는 것을 그에게 보여주고 싶은 것입니다. 그를 보지 않고 아래에만 있어서는 믿는 마음이 생기지 않습니다.

아니, 무슨 말을 들어도 나는 그에게로 가겠어요!

그런데 뒤셀 씨가 다시 기분을 고쳤습니다. 토요일 저녁 식사 때, 그는 아름다운 네덜란드 어로 사과했습니다. 그러자 팬 던 아저씨는 곧 기분이 좋아졌습니다. 뒤셀 씨는 그 대사를 외는 데 하루가 걸렸을 것입니다.

일요일의 그의 생일은 평화롭게 지나갔습니다. 우리 집에서는 그에게 1919년제 고급 포도주 한 병을 선사했습니다. 팬 던네에서는 겨자절임 한 병과 안전 면도날 한 통, 크라이렐 씨는 레몬 잼 한 병, 미프는 《리틀 마틴》

이라는 책을 한 권, 엘리는 화분을 하나 선사했습니다. 뒤셀 씨는 사례로서 우리에게 달걀을 한 개씩 주었습니다.

안네로부터

키티님   1944년 5월 3일 수요일

　우선 지난 일주일 동안의 뉴스를 알리겠습니다. 정치 뉴스는 아무것도 없습니다. 나도 차츰 상륙작전이 가까워지고 있다는 것을 믿게 되었습니다. 결국 연합국으로서는 소련이 이기도록 하여 소련에게 모든 것을 다 주어 버릴 수는 없습니다. 그러나 현재 연합국은 아무런 조치도 취하고 있지 않습니다. 코프하이스 씨는 다시 매일 아침 사무실에 나오게 되었습니다. 그는 피터에게 그의 긴의자의 스프링을 사다 주었습니다. 피터는 그것을 장치해야 하니까 그다지 기쁜 기색은 아닙니다.

　당신에게 고양이 못시가 없어진 것을 이야기했던가요? 정말 갑자기 자취를 감추고 말았습니다. 지난 목요일 이후로 그림자도 보이지 않습니다. 못시는 이미 고양이의 천국으로 가버리고, 누군가가 못시의 맛있는 살을 먹고 있는지도 모르겠습니다. 그리고 어느 곳의 소녀가 못시의 털가죽으로 모자를 만들어 쓰겠지요. 피터는 몹시 실망하고 있습니다.

　토요일부터 식사 시간을 바꾸어 11시 반에 점심을 먹기로 했습니다. 그나마 한 공기의 죽으로 때우고 맙니다. 이것으로 한 끼니분을 절약하게 됩니다. 야채는 아직도 매우 구하기 어렵습니다. 오늘 오후, 썩은 듯한 양상치를 데쳐서 먹었습니다. 야채라고는 양상치와 시금치밖에 없습니다. 거기다 썩은 듯한 감자를 곁들여서 먹습니다. 참으로 맛있는 배합입니다! 당신도 상상할 수 있겠지만 나는 가끔 절망적으로 "전쟁이 무슨 소용 있을까? 어째서 인간은 사이 좋고 평화롭게 지낼 수 없을까? 이 파괴는 도대체 무엇 때문일까요?" 하는 의문을 가집니다.

　이 의문은 잘 압니다. 그러나 이제까지 아무도 이에 대한 만족스러운 해답을 주지 못하고 있습니다. 그렇습니다. 인간은 부흥용(復興用)으로 조

립식 집을 발명하는 한편, 어떻게 하면 비행기나 탱크를 크게 만들어낼까 하고 노력하겠지요. 매일같이 전쟁에 몇 백만이라는 돈을 쓰면서도 어째서 의료시설이나 예술가나 가난한 사람을 위해 쓰는 돈은 한 푼도 없는 것일까요? 세상에는 식량이 남아 썩혀버리는 곳도 있는데 어째서 굶어 죽어야 하는 사람들이 있는 것일까요? 인간은 어째서 이토록 미치광이 같을까요.

나는 높은 사람들이나 정치가, 자본가들에게만 전쟁의 죄가 있다고는 생각지 않습니다. 아니, 결코 그렇지는 않습니다. 일반 사람들에게도 죄가 있습니다. 그렇지 않다면 세계의 사람들은 오랜 옛날에 벌써 혁명을 일으켰을 것입니다! 인간에게는 파괴와 살인의 본능이 있습니다. 그리고 인류가 한 사람의 예외도 없이 모두 큰 변화를 거치기까지는 전쟁은 끊일 사이가 없을 것이며, 건설되고 육성된 모든 것이 파괴되고 비뚤어져서 인간은 처음부터 다시 모든 것을 시작하지 않으면 안 될 것입니다.

나는 의기소침할 때가 곧잘 있지만, 그러나 결코 절망하지는 않습니다. 나는 이 은신처 생활을 무서운 모험이라고 생각합니다. 그리고 동시에 로맨틱하고 재미있다고도 생각합니다. 나는 일기 속에서 모든 부자유를 재미있는 것으로 다루고 있습니다. 나는 다른 여자아이와는 다른 생활, 그리고 어른이 되면 여느 가정의 주부와는 다른 생각을 하려고 결심하고 있습니다. 나의 출발점은 굉장한 흥미로 가득 차 있습니다. 가장 위험한 때에도 그 유머러스한 면을 발견하고 웃는 것은 오로지 그 때문입니다.

나는 아직 어려서 묻혀 있는 소질을 많이 갖고 있습니다. 나는 어리고 건강하고 커다란 모험 속에서 살고 있습니다. 나는 아직 그 한가운데에 있기 때문에 진종일 불평만 늘어놓을 수 없습니다. 나는 쾌활한 성질과 강한 성격을 가지고 있습니다. 나는 자신이 정신적으로 자라고 있다는 것, 해방이 가까워지고 있다는 것, 자연은 얼마나 아름다운가, 주위의 사람들이 얼마나 친절한가 하는 것, 이 모험이 얼마나 재미있는가 하는 것을 매일 느끼고 있습니다. 그렇다면 내가 어째서 절망할 필요가 있겠습니까?

안네로부터

키티님   1944년 5월 5일 금요일

아빠는 내게 화를 내고 있습니다. 아빠는 일요일에 나와 이야기했기 때문에 내가 당연히 밤마다 다락방으로 가지 않으리라고 생각했던 것입니다. 아빠는 우리가 '포옹'하는 것을 바라지 않습니다. 나는 이 말을 참을 수 없습니다. 그런 일에 대해 이야기하는 것이 이미 그다지 유쾌한 일이 아닌데 아빠는 어째서 문제를 보다 불쾌하게 여기지 않으면 안 될까요? 나는 오늘 아빠에게 이야기를 해야겠습니다. 마르고트가 좋은 꾀를 말해주었는데 들어보세요. 내가 말하려는 것은 대개 이렇습니다.

"아빠, 아빠는 내가 무슨 말을 하길 바라실 테니까 나는 그것을 말씀드리겠어요. 아빠는 내가 좀더 조심하리라 기대하셨기 때문에 내게 실망하고 계시는 거예요. 아빠는 내가 14살짜리 소녀답게 행동하기를 바라시고 계실 거예요. 그러나 바로 그 점이 아빠의 잘못된 점이에요.

재작년, 이곳으로 온 지 몇 주일 동안은 나는 마음 편할 날이 하루도 없었어요. 아빠는 내가 밤에 얼마나 울었으며 얼마나 슬퍼하고 얼마나 쓸쓸해 했는지를 아신다면 내가 다락방에 가는 심정도 이해하실 거예요.

나는 이미 엄마나 누구의 도움을 받지 않고, 오직 자주적으로 살아갈 수 있는 단계에 이르렀어요. 그러나 그것은 하룻밤 사이에 그렇게 된 건 아니에요. 나는 지금처럼 자주적인 정신을 갖게 되기까지는 무척 번민하고 무척 울었어요. 아빠가 나를 웃으셔도 불신하셔도 좋아요. 나는 아무렇지도 않아요. 나는 별개의 독립된 인간으로서 우리 가정의 누구에 대해서도 조금도 책임을 느끼지 않아요. 아빠에게 이런 말을 하는 것은 아빠가 나를 음험하다고 생각하시지나 않을까 해서예요. 그러나 나는 나 이외의 사람에게 자신의 행동을 설명할 필요는 없어요.

내가 괴로워할 때 모두 눈을 감고 귀를 막고 나를 위로해주지 않았어요. 그뿐 아니라 너무 시끄럽게 굴지 말라고 꾸중들었을 뿐이에요. 나는 비참한 심정을 잊기 위해 응석을 부렸던 거예요. 나는 나의 마음속에서 끝없이 부르짖고 있는 외침을 듣지 않으려고 억지를 쓴 거예요.

나는 1년 반 동안 매일 희극을 연출하고 있었습니다. 나는 결코 불평하지 않았습니다. 나는 자신이 해야 할 일은 해왔습니다──이제 싸움은 끝나고, 나는 이겼습니다. 나는 심신이 모두 독립된 하나의 인간입니다. 나는 이 마음의 투쟁으로 강해졌으므로 이제 엄마도 필요없어요.

나는 전투에 승리했으므로 내가 생각하는 길, 내가 옳다고 생각하는 길을 나아가고 싶은 것입니다. 나는 여러 가지 고생을 했기 때문에 늙은이보다 더 철이 들었으니까, 아빠는 나를 이제 14살짜리 소녀로 볼 수도 없고 보아서도 안 됩니다. 너무 괴로워하여 나이보다도 어른스러워졌기 때문이에요. 나는 자신이 한 일에 대해 후회하지는 않습니다. 나는 내가 할 수 있다고 생각되는 일만을 하겠어요. 아빠가 나를 달래셔도 내가 다락방에 가는 것을 그만두게는 못하실 거예요. 그것을 단호히 금지하거나, 아니면 나를 철저히 믿거나 어느 한쪽입니다. 나를 믿는다면 나를 가만 두어 주세요."

안네로부터

키티님   1944년 5월 6일 토요일

나는 어제 당신에게 이야기한 것을 편지로 써서 어제 저녁 식사 전에 아빠의 호주머니에 넣어두었습니다. 마르고트로부터 들은 바에 의하면, 아빠는 그 편지를 읽고 나서 그날 하루 종일 몹시 우울해 하시더랍니다. (나는 위에서 저녁 설거지를 하고 있었습니다.) 가엾은 아빠. 그런 편지를 읽으면 아빠가 얼마나 걱정할 것인지 나는 알고 있어요. 아빠는 무척 걱정을 잘 하는 성질이니까요. 나는 곧 피터에게, 이제 아무 말도 하지 말고 아무것도 묻지 말아달라고 부탁했습니다. 아빠는 그 일에 대해서는 아무 말도 하지 않았습니다. 혹 뭔가 말씀을 하실까요?

이곳의 생활은 다시 어느 정도 평상으로 되돌아갔습니다. 물가 이야기나 바깥 사람들의 이야기는 다시 믿어지지 않습니다. 차(茶)가 반 파운드에 3백 50플로링, 버터가 1파운드에 35플로링, 불가리아 담배가 한 온스에

14플로링이나 한답니다. 모든 것이 암거래이고, 사환 아이들까지도 뭔가를 갖고 다니면서 팔고 있습니다. 우리의 빵집 사환은 재봉틀용 작은 비단실 타래를 0.9플로링에 구하고 우유가게는 암거래 배급 통장을, 장의사에서는 치즈를 팔고 있습니다. 강도, 살인, 들치기는 일상적인 일입니다. 경관도 야경꾼도 도둑의 일당입니다. 누구나 허기진 배를 채우기에 혈안이 되어 있습니다. 임금 인상이 금지되어 모두 나쁜 짓을 하지 않으면 살아갈 수 없습니다. 경찰은 매일같이 행방불명으로 신고된 15살에서 17살짜리 소녀를 찾습니다.

안네로부터

아빠와의 대화

키티님   1944년 5월 7일 일요일

어제 오후, 아빠와 오랫동안 이야기를 나누었습니다. 나는 몹시 울었어요. 아빠도 같이 울었어요. 아빠가 내게 뭐라고 말씀하셨는지 아세요? 아빠는 이렇게 말했어요.

"나는 이제까지 많은 편지를 받았지만 그처럼 불쾌한 편지는 처음이었다. 안네야, 너를 그처럼 귀여워하고 언제나 너를 위로하려고 하고 감싸주는 부모를 갖고 있으면서, 그래도 너는 우리에게 조금도 책임을 느끼지 않는다고 말할 수 있겠니? 너는 언제나 학대받고 버림받고 있다고 생각하지만 결코 그렇지 않아. 안네, 너는 부모를 아주 오해하고 있어. 아마 너는 그렇게 말할 생각은 아니었겠지만 너의 편지에는 그렇게 씌어 있어. 안네야, 우리는 그와 같은 비난받을 만한 짓은 하지 않았단다."

아아, 나는 엄청난 실수를 했습니다. 그것은 이제까지 내가 한 일 중에서 확실히 가장 나쁜 짓이었습니다. 나는 아빠가 나를 소중히 여겨주도록 자신을 훌륭하게 보이려고 울면서 연극을 했던 것입니다. 내게 슬픈 일들이 많았던 것은 사실이지만 나를 위해 무엇이든지 다 해주고, 그리고 지금도

250

해주고 있는 아빠를 비난한다는 것은 얼마나 비난받을 짓일까요?

나는 너무 교만해 있었기 때문에 남을 접근시키지 않았던 자리에서 끌어내려졌고, 그리하여 나의 긍지가 얼마쯤 흔들리게 된 것은 다행스러운 일입니다. 안네가 하는 행위가 언제든지 반드시 정당하다고는 할 수 없습니다! 자기가 사랑하고 있는 사람에게 일부러 슬픔을 안겨주는 것은 너무나도 비열한 행위입니다! 아빠가 따뜻하게 나를 용서해주었으므로 나는 한층 더 자신이 부끄러워졌습니다. 아빠는 나의 편지를 태워버리겠다고 말하고, 마치 자신이 나쁜 짓이라도 한 것처럼 다시 본디대로 착한 아빠가 되어주었습니다. 안네, 너는 아직도 배워야 할 것이 많아요. 우선 남을 무시하고 비난하는 일부터 고쳐야 해요!

내게는 슬픔이 많았습니다. 그러나 내 나이 또래의 아이로 그러한 경험을 갖지 않은 사람이 있을까요? 나는 가끔 어릿광대 노릇을 했습니다. 그러나 그것을 거의 의식하지 못했습니다. 나는 쓸쓸함을 느꼈습니다. 그러나 절망한 적은 거의 없습니다. 나는 자신을 크게 부끄러워해야 합니다. 나는 참으로 부끄러워하고 있습니다.

한번 저지른 일은 돌이킬 수 없습니다. 그러나 이것을 다시는 되풀이하지 않도록 할 수는 있습니다. 나는 처음부터 다시 시작할 생각입니다. 이제는 피터가 있으니까 그다지 어렵지 않을 것입니다. 협조해줄 그가 있으니까 나는 새 출발할 수가 있습니다. 반드시 새 출발하겠습니다. 나는 이제 외톨이가 아닙니다. 그는 나를 사랑하고, 나는 그를 사랑하고 있습니다. 나는 책과 일기장을 가지고 있습니다. 나는 그다지 못생긴 여자도 아니고, 완전한 바보도 아닙니다. 나는 쾌활한 성격을 지니고 있고, 훌륭한 성격을 가진 사람이 되려고 생각하고 있습니다.

그래요. 안네, 너는 자신의 편지가 너무나도 매정하고 진실되지 않았다는 것을 통감하고 있어요. 안네, 너는 자신의 편지를 자랑스럽게까지 여겼던 것을 생각해봐요!

나는 아빠를 본보기로 하여 자신을 개선해가겠습니다.

안네로부터

키티님   1944년 5월 8일 월요일

　당신에게 우리 집 계보(系譜)에 대해 뭔가 이야기한 적이 있었나요? 아뇨, 없다고 생각되므로 지금부터 그 이야기를 시작하겠어요. 할아버지 할머니는 굉장한 부자였습니다. 이 두 분은 자수성가한 분들로, 할머니의 친정도 돈 많고 훌륭한 가정이었습니다. 그러므로 아빠는 어렸을 때 커다란 집에서 부잣집 도련님으로 자랐고, 주일마다 있는 파티며 무도회며 만찬회 등에서는 아름다운 여자아이들 사이에서 인기가 대단했었답니다. 그러나 할아버지가 돌아가시자 제1차 세계대전이 일어났고, 뒤따른 인플레이 때문에 모든 재산을 잃고 말았습니다. 아빠는 이처럼 환경이 좋았기 때문에, 어제 프라이팬을 닦을 때는 55년의 생애 중 이런 일을 하긴 처음이라 말하며 크게 웃었습니다.

　외할아버지와 외할머니도 부자여서, 우리는 엄마 아빠의 약혼 파티에 2백 50명의 축하객이 모였었다는 이야기며, 외가에서 개최한 무도회와 만찬회 이야기를 입을 딱 벌리고 듣곤 했답니다. 우리는 물론 지금은 부자라고 할 수 없지만 나는 전쟁이 끝난 뒤의 일에 희망을 걸고 있습니다.

　나는 엄마와 마르고트처럼 좁고 답답한 생활을 하고 싶지 않습니다. 나는 어학이나 미술사를 공부하기 위해 파리와 런던에 1년쯤 유학하고 싶어 견딜 수 없습니다. 팔레스티나에서 조산부(助産婦)가 되고 싶다는 마르고트와 비교해보세요. 나는 언제나 아름다운 옷과 흥미있는 사람들을 보는 것을 동경하고 있습니다.

　나는 세계를 둘러보고 가슴 벅찬 일들을 무엇이든지 해보고 싶습니다. 여기에 대해서는 전에 당신에게 이야기했지요? 그리고 다소는 돈이 있어도 방해가 되지 않겠지요.

　오늘 아침에 미프는 그녀가 초대되어 갔던 어느 약혼 잔치의 이야기를 했습니다. 장래의 신랑 신부가 모두 부잣집 출신이어서 참으로 훌륭한 잔치였답니다. 우리는 파티에 나온 요리 이야기를 듣고 나도 모르게 침을 삼켰습니다. 고기경단을 넣은 야채 수프, 달걀이랑 로스트 비프로 된 오르되브르, 치즈, 롤빵, 아름다운 케이크, 포도주, 궐련 등등 암시장에서 사고

싶은 것들은 뭐든지 있더랍니다. 미프는 포도주를 열 잔이나 마셨다는군요──이러고도 금주가라고 할 수 있을까요? 미프가 그 정도로 마셨다면 그녀의 남편은 몇 잔이나 마셨을까요? 물론 모두가 취했지만, 참석자들 중에는 두 사람의 경관도 있어서 약혼자의 사진을 찍었다고 합니다. 미프도 우리와 같은 생각을 한 것입니다. 그래서 무슨 일이 생겼을 때 이 두 사람의 마음 착한 경관이 혹 도움이 될지도 모른다고 생각해 두 사람의 주소를 적어두었답니다.

미프의 요리 이야기를 듣고 우리는 군침이 돌았습니다. 우리는 아침에 두 숟가락의 죽만을 먹었을 뿐이라 뱃속이 텅 비어 부글부글 소리가 나는 듯합니다. 우리는 밤낮 슬쩍 데친 시금치(비타민을 없애지 않기 위해)와 썩은 감자와 생것, 또는 요리한 양상치밖에는 먹는 것이 없습니다. 우리는 언젠가는 뽀빠이처럼 힘이 세질지 모르지만 현재로서는 그런 징조가 보이지 않습니다.

미프가 우리를 그 파티에 데리고 갔더라면 롤빵을 남의 몫까지 먹어치웠을 거예요. 우리는 마치 맛있는 요리나 아름다운 옷을 입은 사람들의 이야기를 이제까지 들은 적이 없는 것처럼 미프를 둘러싸고 앉아 꼬치꼬치 캐어 물었습니다. 이래뵈도 우리는 백만장자의 손녀들입니다. 세상이란 참 묘하군요.

안네로부터

키티님   1944년 5월 9일 화요일

나는《요정 엘렌》의 이야기를 쓰고, 예쁜 노트에 다시 깨끗이 베껴놓았습니다. 참으로 잘 되긴 했지만 아빠의 생일 축하에 이것만으로 좋을까요? 나는 알 수가 없습니다. 마르고트와 엄마는 아빠를 위해 시를 썼습니다.

오늘 오후 크라이렐 씨가 위로 올라와서 회사의 선전원으로 있는 부인이 매일 오후 2시에 사무실에서 도시락을 먹게 해달라고 말하더라는 이야기를

했습니다. 키티, 생각해보세요. 이제 아무도 위로 올라오지 못할 것이고 감자를 나를 수도 없습니다. 엘리는 우리와 점심을 같이 할 수 없게 되고, 우리는 변소에도 갈 수 없으며, 움직일 수도 없습니다. 모두들 그 부인을 어떻게 따돌릴 좋은 수가 없을까 하고 여러 가지 생각에 골몰했습니다.

팬 던 아저씨가 "커피에 설사약을 넣어서 주면 돼."라고 말하자, 뒤셀 씨가 "그건 안 돼. 그랬다가는 박스에서 나오지 못할 테니까." 하고 반 대했기 때문에 모두 웃었습니다. 아주머니만은 모르겠다는 표정을 지으며 "박스? 그게 무슨 말이지?" 하고 물었으므로 누군가가 변소를 두고 하는 말이라고 설명했습니다.

그러나 아주머니는 "아아, 그래요? 박스라면 누구나 알아들어요?" 하 고 바보 같은 질문을 해서, 엘리는 쿡쿡 웃으며 "바이엔콜프(암스테르담의 큰 백화점)에 가서 '박스가 어딥니까?' 하고 물어도 아마 모두 못 알아들을 거예요." 하고 말했습니다.

아아, 키티, 오늘은 아주 좋은 날씨입니다. 외출을 할 수 있다면 얼마나 기쁠까요 !

안네로부터

키티님   1944년 5월 10일 수요일

어제 오후, 다락방에서 피터와 프랑스 어를 공부하는데 갑자기 뒤에서 물 떨어지는 소리가 났습니다. "뭐지?" 하고 피터에게 물었더니 그는 그 말에는 대답하지 않고 지붕밑으로 달려올라갔습니다. 그래서 물이 떨어지는 원인을 확인했습니다. 보쉬입니다. 보쉬는 모래상자가 젖었으므로 상자 밖에다 오줌을 눈 것입니다. 피터가 거칠게 보쉬를 상자 속으로 집 어넣자 한참 통탕거렸지만 보쉬는 이미 일이 끝났으므로 틈을 보아 아래로 달아났습니다.

보쉬는 자기의 상자와 비슷한 대용품을 찾다가 대팻밥을 발견하고 거 기다가 오줌을 누었는데, 그것이 다락방으로 새어 운 나쁘게도 감자를 담아

둔 통에 떨어졌습니다. 다락방의 마룻바닥에도 구멍이 나 있어서 몇 방울의 노란 물이 아래 식당의 테이블 위에 놓아두었던 양말과 책 사이에 떨어졌습니다.

나는 배를 잡고 웃었습니다. 보쉬는 이미 의자 밑에서 자고 있었습니다. 피터는 물과 표백제와 걸레로 부지런히 마루를 닦았습니다. 소동은 금세 잠잠해졌지만, 고양이 오줌이 얼마나 지독한 냄새를 풍기는가 하는, 모두들 다 아는 일을 감자와 대팻밥이 다시 증명해주었습니다. 그래서 아빠는 오줌이 묻은 감자와 대팻밥을 양동이에 모아 난로에 태웠습니다. 가엾은 보쉬! 너는 토탄(土炭)을 여간해서 구할 수 없다는 사실을 모르는구나.

안네로부터

덧붙임——우리가 사랑하는 네덜란드 여왕이 어제와 오늘 저녁때 라디오로 우리에게 이야기해주었습니다. 여왕은 귀국에 대비해서 몸을 건강히 하기 위해 휴양을 하고 있습니다. 여왕은 '머지않아'라든가 '내가 귀국하면'이니 '조속한 해방'이니 '용감한 행위'니 '무거운 책임'이니라는 말을 쓰셨습니다. 여왕 다음에 헬브란디 씨가 연설하고, 맨 끝에 목사가 강제수용소와 감옥 및 독일에 있는 유태인에게 신의 은총이 내리기를 빌었습니다.

키티님　　　　　　　　　　　1944년 5월 11일 목요일

나는 지금 몹시 바쁩니다. 모순된 것 같지만 산더미 같은 학과에 손을 댈 틈이 없습니다. 왜 그렇게 바쁜지 간단히 이야기할까요? 정말은 《갈릴레오 갈릴레이》를 도서관에 반납해야 하므로 내일까지 제 1 부를 다 읽어야 합니다. 어제부터 겨우 읽기 시작했는데 어떻게든 되겠지요.

다음 주일에는 《갈림길에 선 팔레스티나》와 《갈릴레이》의 제 2 부를 읽어야만 합니다. 어제는 《황제 찰스 5세》 전기의 제 1 부를 다 읽었기 때문에, 거기서 모은 도표와 계도(系圖)를 정리해야만 합니다. 그것이 끝

나면 여러 가지 책에서 모은 외국어 단어 3페이지를 암기해야만 합니다. 네 번째의 일은 엉망으로 뒤섞인 영화 스타의 사진을 정리하는 일인데, 며칠이 걸릴 것이고 안네 교수는 공부 때문에 시간이 없으므로 현재로서는 어떻게 할 수가 없습니다.

다음에 그리스 신화의 테세우스, 오이디푸스, 펠리우스, 오르페우스, 이아손, 헤라클레스 등의 이야기가 머릿속에서 혼란되어 있으므로 정리하지 않으면 안 됩니다. 미론과 피데아스(모두 기원전 5세기의 그리스 조각가)의 업적도 체계를 세워서 외려면 공부를 다시 하지 않을 수 없습니다. 그리고 7년 전쟁, 9년 전쟁도 엉망으로 있습니다. 모든 게 이렇게 엉망입니다. 이처럼 기억력이 빈약해서는 큰일입니다. 나는 80살이 되면 형편없이 늙어빠질 것 같습니다. 또 성서가 있습니다. 〈목욕하는 수잔나〉까지 보려면 아직도 아득합니다. 소돔과 고모라(주민들의 죄로 인하여 하늘의 불로 멸망했다는 고대 도시)의 죄악이란 어떤 것일까요? 그 밖에도 공부해야 할 것이 많이 있습니다.

키티, 내 머리는 터질 것 같습니다.

그리고 이번에는 다른 이야기입니다. 나의 최대의 희망은 저널리스트가 되고, 작가가 되는 것이라는 사실을 이미 당신도 오래 전부터 알고 있지요? 이 야심——미치광이일지도 모릅니다——이 실현될지 어떨지는 물론 아직 모르지만, 나는 이미 마음속으로 소재를 생각하고 있습니다. 아무튼 나는 전쟁이 끝나면 《은신처》라는 제목의 책을 내고 싶습니다. 성공할지 어떨지는 모르지만 일기가 굉장히 도움이 되겠지요. 이 밖에도 계획하고 있는 것이 있습니다. 하지만 좀더 생각이 정리된 후 자세히 이야기하겠어요.

안네로부터

키티님   1944년 5월 13일 토요일
어제는 아빠의 생일이었습니다. 아빠와 엄마가 결혼 생활 19년째가 됩니다. 청소부는 2층에 와 있지 않았습니다. 그리고 태양이 올해 들어서

어제만큼 아름답게 빛난 적은 없었습니다. 뜰의 밤나무에는 잎이 우거지고 꽃은 활짝 피어 지난해보다 훨씬 아름답습니다.

아빠는 코프하이스 씨로부터 유명한 식물학자 린네의 전기, 크라이렐 씨로부터 자연계에 관한 책, 뒤셀 씨로부터는 《물의 도시 암스테르담》이라는 책, 팬 던네로부터는 달걀 세 개와 맥주 한 병과 요구르트 한 병, 초록색 넥타이가 든 큰 상자를 선물로 받았습니다. 이 상자에는 마치 상인들의 솜씨처럼 예쁜 장식이 되어 있습니다. 내가 드린 장미는 매우 향기가 좋았습니다. 미프와 엘리가 가져온 카네이션은 거의 향기가 없었지만 무척 아름다웠습니다. 아빠는 아주 기뻐하셨습니다. 게다가 오랫동안 못 본 아름다운 과자가 50개 나왔습니다. 아빠는 우리에게 향료가 든 진저 브레드를, 신사분들에게는 맥주, 부인들에게는 요구르트를 대접하고 모두 즐겁게 하루를 보냈습니다.

안네로부터

키티님   1944년 5월 16일 화요일

오늘은 취향을 바꾸어 어제 팬 던 아저씨와 아주머니 사이에 있었던 조그만 말다툼을 소개하겠습니다.

아주머니   독일군이 대서양의 방벽을 굉장히 강화한 것만은 사실이에요. 독일군은 영국군의 공격을 막는 데 온 힘을 다 기울이겠지요. 독일군이 강한 데는 정말 놀랐어요.

아저씨   정말 믿을 수 없을 만큼 강하지.

아주머니   그래요.

아저씨   독일군은 무척 강하니까 틀림없이 마지막에는 승리하겠지!

아주머니   그게 틀림없어요. 나는 그 반대의 결과가 된다는 건 아직 믿을 수 없어요.

아저씨   그런 이야기는 그만둡시다. 이제 당신 말에 대답하지 않겠어.

아주머니   하지만 당신은 늘 내 말에 대답하고 있잖아요. 당신은 나를

어떻게든 지치게 하고 싶어 못 견디겠지요?

아저씨 그렇지 않아. 나는 최소한도로 대답할 뿐이오.

아주머니 당신은 언제나 자기가 옳다고 주장해요. 하지만 당신의 예상은 언제나 맞는다곤 할 수 없어요.

아저씨 이제까지는 맞았어.

아주머니 거짓말이에요. 당신의 예언대로 한다면 상륙작전은 작년에 있었어야 했어요. 핀란드는 지금쯤 전쟁에서 탈락해 있어야 해요. 이탈리아는 이번 겨울에 졌지만 소련은 이미 렌베르크를 점령했을 거예요. 아니, 나는 당신의 예언 따위는 믿지 않아요.

아저씨(일어나서) 그쯤에서 그만두오. 언젠가는 내가 틀리지 않았다는 것을 알게 해주겠어. 머지않아 당신의 코를 납작하게 해주겠어. 당신의 그 투덜거림에는 더 참을 수가 없어. 당신은 화를 내고 있지만 언젠가는 후회할 날이 올 거야.

(제 1 막 끝)

나는 웃음을 참을 수가 없었습니다. 엄마도 마찬가지였습니다. 그러나 피터는 잠자코 입술을 깨물고 있었습니다. 바보 같은 어른들! 이 사람들은 아이들에게 설교를 하기 전에 자기들이 좀더 공부를 하는 편이 좋을 거예요.

안네로부터

키티님   1944년 5월 19일 금요일

어제는 배가 아프고, 어쩐 일인지 괜히 슬퍼서 정말 우울했습니다. 안네로서는 신기한 일입니다. 오늘은 많이 좋아져서 식욕도 있지만 강낭콩은 먹지 않는 편이 좋겠어요.

피터와 관계는 잘 되어가고 있습니다. 피터는 나보다 더 조그만 일에도 애정을 필요로 하고 있습니다. 그는 내가 밤마다 굿나잇 키스를 하면 얼굴을 붉히며 한 번 더 해달라고 말합니다. 나는 못시의 대용품일까? 그런

건 아무래도 좋습니다. 지금 그는 자기를 사랑해주는 사람이 있다는 것을 알고 있기 때문에 아주 행복한 것입니다.

나는 무던히 고생하여 그를 정복한 결과 이젠 좀 침착성을 되찾았습니다. 하지만 사랑이 식었다고는 생각지 않습니다. 그는 사랑스럽지만 나는 곧 그에 대한 마음의 문을 닫아버렸습니다. 만일 그가 이 문을 다시 열려고 한다면 이제까지보다 훨씬 더 큰 노력이 필요할 거예요.

안네로부터

키티님   1944년 5월 20일 토요일

어제 저녁때 다락방에서 내려와 방에 들어선 순간 카네이션을 꽂은 꽃병이 넘어져 있고 엄마가 엎드려서 걸레질을 하고 마르고트가 바닥에서 종이를 줍는 것이 눈에 띄었습니다.

"어쩐 일이에요?" 하고 나는 놀라서 물으며, 대답도 기다리지 않고 방 안을 둘러보았습니다. 어떻게 된 일일까요! 가문의 계보를 끼워둔 나의 종이 집게, 노트북, 교과서를 비롯해서 모두가 몽땅 물에 젖어 있었습니다. 나는 처음에는 울먹거렸다가 다음 순간 너무도 화가 나서 무슨 말을 했는지 기억이 나지 않습니다. 나중에 마르고트에게 들으니 내가 "돌이킬 수 없는 손해——지나치다——너무해——." 같은 말들을 마구 외치더랍니다. 아빠는 큰소리로 웃었습니다. 엄마도 마르고트도 함께 웃었습니다. 그러나 그 토록 고생해서 만든 도표가 엉망이 된 것을 생각하니 나는 아무리 울어도 시원치 않았습니다.

잘 살펴보니 '돌이킬 수 없는 손해'는 내가 생각했던 만큼은 아니라는 것을 알았습니다. 나는 종이를 골라내어 다락으로 들고 가서, 거기서 한데 붙은 것들을 떼어서 빨랫줄에 널었습니다. 그것은 몹시 우스꽝스러운 광경이었기 때문에 나 자신도 우스워서 웃고 말았습니다. 프랑스의 샤를르 5세, 영국의 오렌지 공(公) 윌리엄, 프랑스의 마리 앙트와네트와 함께 피렌체의 마리아 데 메디치라는 식이어서 팬 던 아저씨는 "각 나라 사람들이

마구 뒤섞였구나." 하고 말했습니다. 나는 널어놓은 종이를 피터에게 부탁하고 아래로 내려갔습니다.

"무슨 책이 젖었어?" 하고 젖은 책을 살피고 있는 마르고트에게 물으니까 "대수책이야." 하고 대답했습니다. 급히 그녀의 곁으로 가보았더니 운나쁘게도 나의 대수책은 아무렇지도 않았습니다. 나는 대수책이 꽃병 속에 떨어졌더라면 좋았을 것이라고 생각합니다. 그처럼 싫은 책은 없습니다. 대수책은 낡아서 누렇게 빛이 바래고, 안에는 낙서가 잔뜩 있고 고친 곳도 있으며, 전 소유자였던 적어도 20명쯤의 여자아이 이름이 씌어 있습니다. 정말로 기분이 좋지 않을 때는 이 책을 북북 찢어버리고 싶어집니다.

안네로부터

쌓이는 불안

키티님   1944년 5월 22일 월요일

20일에 아빠는 아주머니와의 내기에 져서 요구르트를 다섯 병이나 빼앗겼습니다. 상륙작전은 아직 개시되지 않았습니다. 온 암스테르담, 온 네덜란드, 아니 남쪽은 스페인에 이르기까지 온 서 유럽에서 사람들은 밤낮 상륙작전 이야기로 꽃을 피우며, 거기에 대해 내기를 하고 희망을 걸고 있다고 해도 지나친 말이 아닙니다.

숨막힐 듯한 심정은 최고조에 이르려 하고 있습니다. 우리가 '선량한 네덜란드 인'이라고 생각하는 사람들이 모두 영국을 믿고 있는 것은 아닙니다. 그들이 모두 상륙작전을 하겠다는 영국의 위협을 훌륭한 전략이라고는 생각하지 않고 있습니다. 사람들이 바라고 있는 것은 위대한 영웅적 행동을 실제로 취해주었으면 하는 것뿐입니다. 누구나 자기 눈 앞의 일만을 생각하고, 영국은 자기 나라와 자기네 국민을 위해 싸우고 있다는 사실을 잊고 되도록 빨리 네덜란드를 구하는 것은 영국의 의무라고 생각하고 있습니다.

영국은 우리에게 무슨 의무가 있다는 걸까요? 네덜란드 인은 공공연히 영국의 원조를 기대하고 있지만, 그럴 만한 어떤 일을 했다는 것일까요? 아니, 네덜란드도 큰 실책을 저질렀을지 모릅니다. 영국은 여러 가지로 실천도 하지 못하는 허세를 부리기는 했지만, 독일에 점령당한 크고 작은 다른 여러 나라 이상으로 비난받을 이유는 없습니다. 영국은 우리에게 사죄하지 않을 것입니다. 왜냐하면 독일이 다시 군비를 갖추기에 열중하고 있을 동안 영국은 잠자고 있었다고 비난해도, 다른 모든 나라, 특히 독일과 국경을 맞대고 있는 나라도 또한 잠자고 있었음을 부인할 수는 없습니다. 우리는 '눈가리고 아웅' 하는 식의 정책을 취해서는 아무 소용이 없습니다. 영국도 온 세계도 이것을 뼈저리게 느꼈을 것입니다. 영국을 비롯해서 각 나라가 차례로 하나씩 큰 희생을 치러야 했던 것은 오로지 이 정책 때문이었습니다.

자기 나라의 국민을 그냥, 더구나 남의 나라를 위해 희생하는 나라는 없습니다. 영국도 그렇게는 하지 않을 것입니다. 상륙작전에 의해 해방과 자유를 얻을 때가 언젠가는 오겠지만, 그 결행할 날을 결정하는 것은 영국과 미국이지 점령되어 있는 나라는 아닙니다.

우리는 매우 많은 사람들이 유태인에 대한 태도가 달라졌다는 말을 듣고 한편 놀라고 한편 안타깝게 생각하고 있습니다. 이제까지는 그런 일을 생각지도 않았던 사람들 사이에 지금 유태인에 반대하는 공기가 짙어져 가고 있다는 이야기를 들었습니다. 이 뉴스는 우리에게 매우 큰 충격을 주고 있습니다. 유태인을 증오하는 원인을 이해할 수 있고, 인간으로서 무리도 아니라고 생각될 경우도 있습니다. 그렇다 하더라도 불합리합니다. 그리스도 교도는 유태인을 두고, 독일인에게 비밀을 팔았느니 원조하는 사람을 배신했느니 유태인 때문에 많은 그리스도 교도가 끔찍한 벌을 받았느니 하며 비난하고 있습니다.

이것은 모두 사실이지만 무슨 일이건 양면으로 바라보지 않으면 안 됩니다. 세계의 그리스도 교도들이 만일 우리 같은 입장에 있다면 우리와 다른 태도를 취할까요? 독일군은 사람들을 자백하게 하는 수단을 가지고 있습니다. 유태인이나 그리스도 교도나 독일군의 지배 아래 있을 경우 입을 열지 않고 배길 수 있을까요? 그것이 불가능하다는 것은 누구나 알고 있는 사실입니다. 그렇다면 사람들은 어째서 유태인에게 불가능한 것을 요구하는 것일까요?

일찍이 네덜란드로 옮겨와 살았고 현재 폴란드에 있는 유태계 독일인은 네덜란드로 돌아오는 것이 허락되지 않겠지요——그들에게는 일찍이 네덜란드로 피난할 권리가 주어졌지만 히틀러가 없어진다면 다시 독일로 돌아가게 되겠지——하는 이야기가 지하운동을 하는 사람들 사이에 속삭여지고 있습니다.

이런 이야기를 들으면 우리는 무엇 때문에 이 길고 괴로운 전쟁을 견디어 왔는지 알 수 없게 됩니다. 우리는 모두 자유와 진리와 정의를 위해 함께 싸우고 있다는 말을 언제나 듣고 있습니다. 그런데도 우리가 아직 싸우고 있는 동안에 불화가 일어나서 유태인은 다시 다른 사람들보다 열등시(劣等視)되는 것일까요?

"한 사람의 그리스도 교도가 하는 일은 그 한 사람의 책임이며, 한 사람의 유태인이 하는 일은 모든 유태인의 책임이다."라는 옛날의 진실이 다시 확인되게 된다면 참으로 너무 비참합니다.

솔직히 말해서 그처럼 선량하고 정직하고 고결한 네덜란드 인이, 아마도 세계에서 가장 압박받는 불행하고 가엾은 우리들 유태인을 어째서 이렇게 판단하는지 나는 이해할 수 없습니다.

나는 이 유태인 증오가 단순히 일시적인 것이어서 네덜란드 인은 결국 그 진정한 모습을 보여 그들의 정의감을 잃지 않을 것을 기원할 뿐입니다. 왜냐하면 유태인 배격은 정의에 위배되기 때문입니다!

그러나 만일 이 무서운 염려가 사실로 나타난다면 네덜란드에 남아 있는 소수의 불쌍한 유태인은 이 나라를 떠나야 하겠지요. 우리도 얼마 안 되는 짐을 싸들고, 일찍이 우리를 따뜻이 맞이했고 이제 와서는 우리에게 등을 돌린 이 아름다운 나라를 나가지 않으면 안 되겠지요.

나는 네덜란드를 사랑합니다. 조국을 갖지 못한 나는 네덜란드가 나의 조국이 되기를 바라고 있었습니다. 나는 지금도 그것을 희망하고 있습니다.

안네로부터

키티님   1944년 5월 25일 목요일

날마다 무언가 새로운 일이 있습니다. 오늘 아침 우리가 야채를 사는 구멍가게 주인이 유태인을 두 사람 상점에 들여놓았다는 이유로 체포되었습니다. 그 가엾은 유태인은 어떻게 될지 모릅니다. 구멍가게 주인도 가엾습니다. 우리는 이 사건에 큰 충격을 받았습니다.

세상은 거꾸로 되었습니다. 존경할 만한 사람들이 강제수용소나 감옥에 들어가고 남아 있는 하찮은 인간들이 국민을 지배하고 있습니다. 암시장에서 잡히는 사람이 있는가 하면, 유태인이나 지하운동을 하는 사람을 도왔다 해서 체포되는 사람도 있습니다. HSB(네덜란드의 나치 운동)의 멤버가 아닌 사람은 자기 신상에 언제 어떤 일이 일어날지 모릅니다.

구멍가게 주인이 체포된 것은 우리에게 큰 타격입니다. 미프나 엘리나 우리가 감자를 날라올 수는 없으니까 먹는 양을 줄이는 도리밖에 없습니다. 그 방법을 이야기하지요. 엄마는 우리에게 아침 식사를 거르고, 점심에는 죽과 빵만, 저녁 식사에는 감자튀김에다 일주일에 한두 번 양상치 같은 야채를 먹기로 하자고 말했습니다. 모두 배가 고프겠지요. 그러나 그래도 발각되어 체포되는 것보다는 낫습니다.

안네로부터

키티님   1944년 5월 26일 금요일

고요한 창 앞에 앉아 비로소 당신에게 모든 것을 쓸 심정이 되었습니다.

나는 지금 몹시 비참한 마음입니다. 이런 기분이 된 것은 지난 몇 개월 동안에는 없던 일입니다. 도둑 소동 뒤에도 이토록 비참하지는 않았습니다. 한편 구멍가게 주인이 체포된 일, 유태인 문제, 상륙작전이 늦어지고 있는 것, 초라한 음식, 은신처의 비참한 분위기, 피터에 대한 실망 등. 다른 한편으로는 엘리의 약혼, 크라이렐 씨의 생일, 예쁜 케이크, 카바레, 영화, 음악회 등의 이야기. 너무나 차이가 나는 두 가지를 비교하면 나는 미칠

것 같습니다. 이 차이는 어떻게 할 수가 없습니다. 나는 세상 일의 우스꽝스러운 면을 보고 웃는 경우도 있지만, 다음날에는 두려워하기도 하고 불안에 사로잡히기도 하고 절망에 빠지기도 합니다. 미프와 크라이렐 씨는 이 은신처에 있는 8명을 돌봐야 하는 무거운 부담을 지고 있습니다. 미프는 그녀의 힘으로 할 수 있는 데까지는 의무를 다하고 있습니다. 크라이렐 씨는 너무도 무거운 책임에 지쳐서 말도 하지 못할 때가 가끔 있습니다. 코프하이스 씨와 엘리도 우리들을 잘 보살펴줍니다. 그러나 이 사람들은 더러 몇 시간이나 하루 이틀쯤 우리를 잊는 수가 있습니다. 이 사람들에게도 자기들 자신의 걱정이 있습니다. 예를 들면 코프하이스 씨는 자기의 건강에 대해, 엘리는 그다지 내키지 않는 약혼에 대해 걱정하고 있습니다. 그래도 짧은 여행을 하거나 친구들을 방문하거나 하며 세상의 여느 생활을 할 수가 있습니다. 이 사람들의 불안은 비록 짧은 시간이나마 풀릴 수가 있습니다. 하지만 우리의 불안은 단 한순간도 풀릴 수가 없습니다. 우리가 여기 있게 된 지 이미 2년이나 되는데, 차츰 더해져오는 이 견디기 어려운 압력을 언제까지 견디어야만 하는 것일까요?

하수도가 막혔기 때문에 물을 버릴 수가 없습니다. 변소에 가면 오물을 통 속에 넣어야만 합니다. 오늘은 어떻게든 견디어내겠지만 파이프 공만 와서는 고쳐지지 않는다면 어떻게 될까요? 시의 위생국에서는 화요일까지 아무도 오지 못합니다.

미프는 인형 모양의 케이크를 보내주었습니다. 여기에 곁들인 편지에는 '성령강림제(聖靈降臨祭)를 축하합니다.'라고 적혀 있었습니다. 나는 이것을 보고, 그녀가 우리를 놀리고 있는 것처럼 느껴지기까지 했습니다. 우리의 지금 심정과 불안은 '축하'라는 말과는 거리가 멀기 때문입니다. 구멍가게 주인이 체포되었기 때문에 우리는 한층 더 신경이 날카로워지고, 다시 모두가 쉿, 쉿 소리를 하게 되었습니다. 우리는 모든 행동을 조용히 하도록 주의하고 있습니다. 경관은 저 문까지 왔었으니까 우리가 있는 곳까지도 올 수 있습니다. 만일 언젠가……아니, 이런 것을 써서는 안 됩니다. 그러나 오늘 나는 이 문제를 잊을 수가 없습니다. 그뿐 아니라 내가 이제까지 경험한 모든 공포가 아직 그대로 되풀이되는 듯해서 견딜 수 없습니다.

오늘 밤 8시, 나는 아래층 변소에 혼자 가야만 했습니다. 모두 라디오를 듣고 있었기 때문에 아래층에는 아무도 없었습니다. 나는 용기를 내려고 했지만 어려웠습니다.

나는 위층에서 들려오는 무시무시하고 음산한 소리와 거리를 달리는 자동차의 경적 소리를 들으면서, 혼자 조용하고 텅 빈 큰 집의 아래층에 있는 것보다 위층의 방에 있는 편이 훨씬 안전한 듯한 마음이 들었습니다. 나는 생각만 해도 떨려오기 때문에 서둘러 가야만 했습니다.

우리는 은신처 생활 같은 것은 시작하지 않았던 편이 낫지 않았을까. 만일 지금쯤 죽어 있다면 이처럼 비참한 생각을 하지 않고 우리의 보호자에게 폐를 끼치지도 않을 테니까. 그 편이 훨씬 낫지 않았을까 하고 나는 가끔 생각합니다. 그러나 우리는 모두 그런 생각을 곧 지워버리고 맙니다. 왜냐하면 우리는 아직 생명을 사랑하고, 자연의 목소리를 잊지 못하고, 아직 모든 것에 대해 희망을 갖고 있기 때문입니다. 나는 머지않아 무슨 일이 ──하다 못 해 대포를 마구 쏘아대는 소리라도── 일어났으면 좋겠다고 생각합니다. 이 불안한 심정만큼 견딜 수 없는 것은 없습니다. 종말이 와 주었으면 하고 간절히 바라고 있습니다──그것이 아무리 괴로운 것이라 하더라도 이때 가서는 저어도 우리는 이기든지 지든지 알게 되겠지요.

안네로부터

키티님   1944년 5월 31일 수요일

토, 일, 월, 화 이렇게 계속해서 몹시 더웠기 때문에 도저히 만년필을 잡을 수가 없었습니다. 그래서 당신에게도 편지를 쓰지 못했습니다. 배수관이 금요일에 또 터져버려서 토요일에야 고쳐졌습니다. 코프하이스 씨가 오후에 와서 딸 코리가 죠피와 같은 하키 클럽에 들어간 이야기며 그 밖에도 코리에 대해 여러 가지 이야기를 했습니다.

일요일에 엘리는 누가 사무실에 들어오지 않았나 하고 알아보러 왔다가 아침을 먹고 갔습니다. 월요일에는 팬 산텐 씨가 은신처의 수위 일을 해

주었습니다. 그리고 겨우 화요일에야 창문을 열 수가 있었습니다.

성령강림제의 휴가 동안은 이상하게 따뜻하고 무더울 정도였습니다. 은신처 안의 더위는 굉장했습니다. 모두의 불평을 소개할 테니 얼마나 더웠는지 상상해보세요.

토요일—"아아, 날씨가 좋다!" 하고 오전 중에 우리는 말했습니다. 오후가 되어 문을 닫고부터는 "이렇게 덥지 않으면 좋을 텐데." 하고 불평을 했습니다.

일요일—"이 더위는 정말 못 견디겠어. 버터는 녹지, 집 안에서 시원한 곳이라고는 아무 데도 없어. 빵은 마르고 우유는 썩고 말아. 다른 사람들은 휴일을 즐기는데, 우리들 가엾은 집없는 천사는 창문도 못 열고 숨이 막힐 것 같아도 여기 처박혀 있는 도리밖에 없군."

월요일—"다리가 아프다. 나는 엷은 옷이 한 벌도 없어. 이 더위 속에서는 설거지도 할 수 없어." 하고 말한 것은 팬 던 아주머니였습니다. 참으로 불쾌한 기분입니다. 나는 아직도 더위 견딜 수가 없지만 그래도 오늘은 바람이 세게 불어 살 것 같습니다. 그러나 햇볕은 쨍쨍 쬐고 있습니다.

안네로부터

키티님   1944년 6월 5일 월요일

또 다툼이 있었습니다. 뒤셀 씨와 우리 부모가 하찮은 일로 싸운 것입니다. 원인은 버터의 분배 때문이었습니다. 그러나 결국 뒤셀 씨가 꺾였습니다. 아주머니와 뒤셀 씨는 요즈음 사이가 매우 좋고 자주 시시덕거리기도 하며 키스도 하고 다정하게 웃곤 합니다. 뒤셀 씨는 요즈음 여자가 그리워진 것 같습니다. 제5군이 로마를 점령했습니다. 연합군의 육군도 공군도 그곳을 파괴하지 않기로 하였기 때문에 로마는 말짱합니다. 야채도 감자도 모자라고 있습니다. 날씨가 좋지 않습니다. 칼레를 비롯하여 프랑스 해안에 포격이 계속되고 있습니다.

안네로부터

상륙작전 개시!

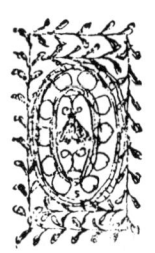

키티님   1944년 6월 6일 화요일

"오늘이 D데이."라고 영국 방송이 발표했습니다. 상륙작전이 개시된 것입니다. 영국은 아침 8시에 이 뉴스를 발표했습니다. 블로뉴, 르아브르, 셸부르그, 칼레, 그리고 예에 따라 도버 해협 등에 맹렬한 포격이 퍼부어졌습니다. 점령 지역에 대한 안전조치로서 해안에서 35킬로미터 이내에 살고 있는 사람들은 위험하니 피난하라는 경고가 내려졌습니다. 가능하면 영국군은 포격 개시 1시간 전에 전단을 뿌리게 되어 있습니다.

독일군의 발표에 따르면 영국의 낙하산 부대는 프랑스 해안에 낙하하였고, 또 BBC 방송은 영국의 상륙용 배가 해군과 전투 중이라고 발표했습니다.

우리는 9시에 아침 식탁에서 상륙작전에 대해 이야기를 나누었습니다. 이것은 2년 전의 디에프 상륙작전처럼 단순히 시험적으로 하는 것일까요?

10시에 영국으로부터 독일어, 네덜란드 어, 프랑스 어, 그 밖의 외국어 방송이 "상륙작전이 개시되었다!"고 전했습니다——그것은 진짜 상륙작전이 시작되었다는 것을 의미합니다. 11시에 영국의 라디오가 아이젠하워 연합군 최고 사령관의 연설을 독일어로 방송했습니다.

12시에 영국의 라디오가 뉴스 방송 도중에 아이젠하워 장군의 프랑스 국민에 대한 말을 전했습니다. 장군은 이렇게 말했습니다.

"오늘은 D데이다. 곧 격전이 벌어질 것이다. 그러나 그 뒤에는 승리가 온다. 1944년은 완전한 승리의 해다. 여러분의 행복을 빈다."

1시의 영국 방송은 영어로 다음과 같이 발표했습니다――1만 1천 대의 비행기가 쉴새없이 오가며 군대를 수송하고 또는 적군의 후방을 폭격하고, 4천 척의 상륙용 배와 소형 함대가 셀부르그와 르아브르 사이에서 끊임없이 군대와 군용자재를 운반하고 있다. 미영(美英) 양군은 이미 맹렬한 전투를 개시했다.

헬브란디 씨, 벨기에 수상, 노르웨이의 하콘 국왕, 프랑스의 드골 장군, 영국 국왕, 그리고 끝으로 처칠 수상의 연설이 방송되었습니다.

은신처에는 흥분의 소용돌이가 일었습니다. 그처럼 모두가 떠들면서도 너무도 기뻐서 믿어지지 않아 마치 옛날 이야기로밖에 생각되지 않는 대망의 해방이 드디어 진짜로 찾아오는 것일까요? 금년 안으로 이길까요? 우리는 아직 알 수가 없습니다. 그러나 희망이 되살아났습니다. 그리고 이 희망이 우리에게 새로운 힘과 용기를 줍니다. 우리는 모든 공포와 부자유와 고통을 이겨내야 하므로 이때 가장 중요한 것은 냉정히 마음을 굳게 가져야 하는 겁니다. 우리는 이제까지보다도 더 이를 악물고 울지 않도록 해야 합니다. 프랑스, 소련, 이탈리아, 그리고 독일 사람에게조차도 실컷 울어서 불행한 심정을 털어버릴 기회가 마련되어 있지만, 우리는 그렇게 할 권리마저도 없습니다!

키티, 상륙작전이 시작되어 가장 기쁜 것은 친구들이 가까이 오고 있다는 느낌입니다. 우리는 너무도 오랫동안 무서운 독일군에게 압박받아 언제나 목에 칼을 대고 위협을 받는 듯한 생각을 해왔기 때문에 친구와 해방을 생각하기만 해도 자신이 생깁니다. 이미 유태인만의 문제가 아닙니다. 네덜란드나 독일에 점령되어 있는 온 유럽의 문제입니다. 마르고트는 9월이나 10월에는 학교에 다시 가게 될지도 모른다고 말하고 있습니다.

안네로부터

덧붙임——당신에게 최근 뉴스를 언제든지 전하겠어요.

키티님   1944년 6월 9일 금요일
  멋진 뉴스가 있습니다. 연합군은 프랑스 해안의 작은 마을 베이유를
점령하고, 지금 칸 공략을 서두르고 있습니다. 연합군이 셀부르그가 있는
반도를 차단하려고 하는 것은 틀림없습니다. 매일 밤, 종군기자들이 연합
군의 어려움과 용기와 왕성한 사기 등에 대해 전선에서 방송하고 있습니다.
그들이 어떻게 그토록 생생한 뉴스를 취재할 수 있는지 이상해서 견딜
수 없습니다. 영국으로 돌아간 부상병들도 가끔 마이크 앞에 섭니다. 날씨가
좋지 않은데도 공군은 계속 활약하고 있습니다. BBC 방송에 의하면 처칠은
D데이에 군대와 함께 상륙하려고 했으나, 아이젠하워 및 그 밖의 장군들이
설득하여 간신히 그만두게 하였답니다. 생각해보세요. 그는 자그마치 70
살의 노인입니다. 얼마나 용기있는 사람입니까?
  은신처 사람들의 흥분은 얼마쯤 가라앉았습니다. 그러나 그래도 우리는
이 해 말엽까지는 전쟁이 끝날 것이라고 기대하고 있습니다. 이제 끝나도
좋을 때가 되었습니다. 아주머니가 투덜투덜 불평을 늘어놓는 데는 정말
견딜 재간이 없습니다. 그녀는 상륙작전에 대한 것으로는 이제 우리를
괴롭힐 수 없게 되었지만, 이번에는 온종일 날씨가 나쁘다고 불평하여
우리를 짜증스럽게 합니다. 차가운 물을 담은 양동이에 처박아 다락방에
넣어두는 편이 나을지도 모르겠습니다.
  아저씨와 피터를 빼고는 모두 《헝가리안 랩소디》의 3부작을 읽었습니다.
이 책은 천재 작곡가 프란츠 리스트의 생애를 쓴 것입니다. 아주 재미있는
책이지만 너무 여성 관계의 일들이 많다고 생각합니다. 리스트는 그 무렵에
가장 위대하고 이름난 피아니스트였을 뿐만 아니라 70살까지 굉장한 바
람둥이였습니다. 그는 마리다고울드 공작 부인, 카를린 사인 비트겐쉬타인
공주, 피아니스트인 아그네스 킹워드, 댄서인 롤라 몬테즈, 피아니스트인

소피 멘터, 오르가 야니나 공주, 오르가 메이엔드루프 남작 부인, 리라 뭐라던가 하는 여배우 등과 동거생활을 했습니다. 세자면 끝이 없습니다. 이 책 가운데서 음악과 예술을 다룬 부분은 매우 흥미가 있습니다. 나오는 유명인의 이름 가운데는 슈만, 클라라 비크, 헥터 베를리오즈, 요한네스 브람스, 베토벤, 요아힘, 리처드 와그너, 한스폰 뷔로, 안톤 루빈시타인, 프레데릭 쇼팽, 빅토르 위고, 오노레 드 발작, 힐러, 훔멜, 체르니, 로시니, 케르비니, 파카니니, 멘델스존 등등 입니다.

리스트는 매우 허영심이 강했지만 호기있고 겸허한, 개인으로서는 훌륭한 사람이었습니다. 그는 누구든지 도왔습니다. 그에게 있어서는 그의 예술이 모두였습니다. 그는 코냑과 여성에게는 정신을 차리지 못했습니다. 그는 눈물을 보기 싫어했고 누구에게나 호의를 베풀기를 망설이지 않았으며, 돈에는 관심이 없었고 신앙의 자유와 세계의 자유를 사랑한 신자였습니다.

안네로부터

키티님   1944년 6월 13일 화요일

다시 한 번 생일을 맞아 나는 15살이 되었습니다. 여러 사람으로부터 많은 선물을 받았습니다.

아빠와 엄마로부터는 슈프렝거의 《마술사》 전 5 권, 속옷 한 벌, 손수건 한 장, 요구르트 두 병, 잼 한 병, 향료가 든 진저 브레드, 케이크, 식물학 책 한 권, 마르고트로부터 팔찌, 팬 던 아저씨와 아주머니로부터 책 한 권, 뒤셀 씨로부터 스위트피, 미프와 엘리로부터 과자와 복습책을 받았습니다. 가장 멋진 선물은 크라이렐 씨가 준 《마리아 테레사》라는 책과 치즈 세 쪽입니다. 피터는 아름다운 모란 꽃다발을 주었습니다. 가엾게도 피터는 뭔가 좋은 선물을 하려고 무척 고심했지만 결국 생각한 것과 같은 물건을 찾아내지 못했나 봅니다.

날씨가 고약해서 비바람이 세고 바다는 거칠지만, 전황은 여전히 아주 좋습니다.

어제 처칠, 스무츠, 아이젠하워, 아놀드 네 사람이 해방된 프랑스의 촌락을 방문했습니다. 처칠이 탔던 수뢰정(水雷艇)은 해안을 포격했습니다. 그는 공포라는 것을 모르는 듯합니다. 우리는 참으로 부러워집니다.

은신처에 갇혀 있으므로 외부사람들이 전황 뉴스에 어떤 반응을 보이는지 모르지만 게으름(?)을 부리는 영국인이 마침내 팔을 걷어붙이고 전쟁에 뛰어든 데 기뻐할 것이 틀림없습니다.

이제까지 영국인을 무시하고, 영국과 늙은이들뿐인 그 정부를 경멸하고, 영국인을 겁쟁이라고 하며, 그러면서도 독일인을 싫어하는 일부 네덜란드인은 혼내줄 필요가 있습니다. 전황 뉴스를 들으면 그들의 둔한 머리도 얼마쯤은 맑아지겠지요.

나는 2개월 이상이나 월경이 없더니 토요일부터 다시 있었습니다. 불쾌하고 귀찮기는 하지만 역시 그것이 있음을 기쁘게 생각합니다.

안네로부터

키티님   1944년 6월 14일 수요일

내 머릿속은 여러 가지 희망과 생각과 비난과 공격 같은 것으로 가득합니다. 나는 남들이 생각하는 만큼 자만스럽지는 않습니다. 나는 자신의 결점과 단점을 누구보다도 잘 알고 있습니다. 그러나 자기를 보다 향상시키고 싶은 생각, 향상될 거라는 것, 이미 매우 좋아졌다는 것을 알고 있습니다.

그런데도 모두들 어째서 나를 가리켜 아는 체하고 잘 나선다고들 할까? 하고 곧잘 자신에게 물어봅니다. 나는 그렇게 아는 체하는 것일까요? 나는 정말 아는 체하고 다른 사람들은 그렇지 않은 것일까요? 나를 언제나 공격하는 사람 가운데 하나인 팬 던 아주머니가 지성이 없다는 것은 누구나 알고 있습니다. 지성이 없을 뿐만 아니라 확실히 바보라 해도 좋을 것입니다. 바보스러운 사람들은 남이 자기보다 더 알고 있으면 그것을 불쾌하게 생각합니다.

아주머니는 내가 그녀만큼 지성이 없지 않기 때문에 나를 불쾌하게 생각하고 있습니다. 그녀는, 자기가 보다 더 나서기를 잘 하므로 나보고 잘 나선다고 생각합니다. 그녀는 자기 옷이 더 짧기 때문에 내 옷을 너무 짧다고 생각하고 있습니다. 아주머니가 나를 두고 잘 나선다고 생각하는 것은 자기가 전혀 알지 못하는 문제에 나보다 두 배나 더 나서기 때문입니다. 그러나 '아니 땐 굴뚝에 연기 날까?'라는 내가 좋아하는 속담이 있습니다. 나는 내가 주제넘다는 것을 충분히 인정합니다.

내가 괴로운 것은 누구보다도 자신을 비판하고 꾸짖는 일입니다. 그런 때에 만일 엄마가 무슨 쓸데없는 말이라도 하면 나는 더욱 못 견디게 되어 절망한 나머지 짜증을 내고 마음에도 없는 말을 하기 시작합니다. 그러고는 "아무도 나를 이해하지 않는다."는 안네의 그 말이 튀어나옵니다.

이 말은 내 마음에 달라붙어 있습니다. 바보스러운 말인 줄은 알고 있지만, 그것에는 약간의 진리가 있습니다. 나는 곧잘 자기 자신을 몹시 나무라기 때문에 위로의 말 한 마디나 나에게 납득이 가는 조언을 해주고, 진정한 나를 끌어내줄 사람을 진심으로 찾고 있습니다. 나는 늘 그런 사람을 찾아헤매고 있지만 아직 발견하지 못하고 있습니다.

당신은 당장 피터를 생각하리라고 믿습니다. 그렇지요, 키티? 피터는 나를 연인으로서가 아니라 친구로서 사랑하고, 날이 갈수록 애정이 깃들어 가고 있습니다. 그러나 우리들을 접근하지 못하게 하는 뭔가 이상한 것이 있습니다. 그것은 도대체 무엇일까요? 나는 알 수가 없습니다. 나의 피터에 대한 동경은 과장되어 있다고 생각할 때도 있지만 사실은 그렇지도 않답니다. 왜냐하면 이틀만 그의 방에 가지 않으면 못 견디게 그가 그리워지니까요.

피터는 좋은 사람이고 사랑스러운 사람입니다. 그러나 나를 실망시키는 일이 많다는 건 부정할 수 없습니다. 특히 그가 종교를 싫어하는 점, 음식이나 그 밖의 것에 대한 그의 이야기는 나의 마음에 꼭 들지 않습니다. 그래도 우리는 분명히 싸우지 않겠다고 약속을 했기 때문에 절대로 싸우지 않을 것임을 나는 확신하고 있습니다. 피터는 싸움을 싫어하고 너그러워 곧 양보하고 맙니다. 그는 자기 어머니가 하면 참지 않을 말도 내가 하면 가만히 있습니다. 그는 자기의 것을 언제나 깨끗이 정리합니다. 그런데도 어째서 그는 자기의 참된 마음을 숨기고 나에게 털어놓지 않을까요? 그는 선천적으로 나보다 말이 적습니다. 그것을 알고 있습니다. 하지만 나는 나의 경험에서 아무리 안으로 도사리는 사람이라 할지라도 언젠가는 자기의 속마음을 털어놓을 상대를 찾기 바란다는 사실을 알고 있습니다.

피터도 나도 가장 여러 가지 생각에 잠길 나이를 은신처에서 지냈습니다. 우리는 곧잘 과거와 현재와 장래에 대해 이야기하지만 이미 말했듯이 나는 아직 진정한 것을 만난 적이 없으며 그것을 서글프게 생각하고 있습니다. 진정한 것은 남아 있다는 사실을 나는 알고 있습니다.

안네로부터

자연에의 그리움

키티님   1944년 6월 15일 목요일

　요즈음 자연에 대한 것이면 무엇에나 열중하게 된 것은 오랫동안 밖에 나갈 수 없었던 때문이 아닌가 생각합니다. 하늘에서 지저귀는 새소리에도 달빛에도 꽃에도 아무런 매력을 느끼지 않았던 시절이 있었음을 나는 잘 기억하고 있습니다. 여기에 온 후 이것이 완전히 달라졌습니다.

　예를 들면 성령강림제의 휴일에는 그토록 더웠는데도 나는 달을 잘 보려고 억지로 11시까지 잠을 자지 않았습니다. 그러나 아쉽게도 이처럼 무리를 했는데도 아무런 보람이 없었습니다. 왜냐하면 달빛이 너무 밝아서 창문을 열 수 없었던 것입니다. 몇 달 전의 이야기인데, 창문이 열려 있던 어느 날 밤, 나는 우연히 4층으로 가서 창문을 닫지 않으면 안 될 때까지 아래로 내려오지 않았습니다. 폭풍우가 강한 어두운 밤으로 비구름이 하늘을 달리고 있었지만 나는 이 광경에 매혹되어 움직일 수가 없었습니다. 이곳으로 와서 1년 반 동안 밤과 마주앉아 있었던 것은 그때가 처음이었습니다. 그날 밤 뒤로 다시 밤하늘을 바라보고 싶다는 나의 소원은 도둑이나 쥐나 게슈타포에게 은신처를 습격받지나 않을까 하는 두려움보다도 큰 것이었습니다. 나는 혼자서 2층으로 내려가 주방이며 전용사무실의 창문으로 밖을 바라보았습니다. 자연을 사랑하는 사람은 많습니다. 많은 사람들은 가끔 밖에서 잡니다. 감옥이나 병원에 있는 사람들은 다시 자연의 아름다움을 자유롭게 즐길 날을 고대합니다. 그러나 부자와 가난함의 차별없이 맛볼 수 있는 자연에서 우리만큼 격리되고 차단되어 있는 사람은 아마도 없을 것입니다. 하늘, 구름, 달, 별 등을 바라보면 마음이 가라앉고 참을성이 강해지는 것은 나만의 상상은 아닙니다. 그것은 강장제보다도 효과가 있는 약입니다. 어머니인 자연은 나를 겸허하게 하고, 어떤 고통에도 용감히 견딜 수 있게 해줍니다.

아아, 그러나 나는 아주 드문 경우를 빼고는 먼지 낀 창문에 걸린 더러운 그물 커튼을 통해 자연을 볼 수 있을 뿐입니다. 이런 것을 통해서 바라보는 것은 유쾌하지 않습니다. 왜냐하면 자연이야말로 참으로 순수하고 때묻지 않은 것이어야 하기 때문입니다.

안네로부터

키티님   1944년 6월 16일 금요일

또 새로운 문제가 일어났습니다. 팬 던 아주머니가 히스테릭하게 되어 있습니다. 머리를 피스톨로 맞는 이야기, 감옥, 교수형, 자살 따위의 이야기만 하고 있습니다.

아주머니는 피터가 자신에게가 아니라 나에게 여러 가지를 털어놓는다고 질투하고 있습니다. 아주머니는 뒤셀 씨가 자기의 교태에 반응을 보이지 않는다고 화를 내고, 아저씨가 자기의 털 코트를 팔아서 마련한 돈을 모두 담뱃값으로 써버리지나 않을까 걱정하고, 싸움을 하고는 욕을 퍼붓고, 울고는 자기를 가엾어 하고, 웃는가 하면 또 싸움을 시작합니다.

이 바보 같은 울보를 도대체 어떻게 하면 좋단 말입니까? 아무도 그녀를 상대하지 않습니다. 그녀에게는 품성이라는 것이 없습니다. 그녀는 누구에게나 불평을 늘어놓습니다. 아주머니의 이러한 히스테리가 가져오는

가장 좋지 않은 결과는 피터를 거칠게 하고 아저씨를 짜증나게 하며 우리 엄마를 비꼬게 하는 것입니다. 그래요, 정말 견딜 수 없는 분위기예요! 그러나 이에 대한 철칙이 있습니다. 그것은 어떤 일에나 웃고, 다른 사람들의 일에는 전혀 관심을 갖지 않는 것입니다. 이기적인 것처럼 들리겠지만 정말이지 이것은 자기 스스로 위안을 구해야만 하는 사람에게는 오직 하나뿐인 치료법입니다.

크라이렐 씨는 다시 4주일 동안의 참호파기 작업에 동원되었습니다. 그는 의사의 진단서와 거래처로부터의 편지로 이것을 피하려 하고 있습니다. 코프하이스 씨는 위수술을 받고 싶어하고 있습니다.

어제 11시에 민간 전화는 모두 끊겼습니다.

안네로부터

키티님   1944년 6월 23일 금요일

이곳 생활은 아무것도 특별한 것이 없습니다. 영국군은 셀부르그에 대공격을 시작했습니다. 아빠와 아저씨는 10월 10일까지는 우리가 자유롭게 될 것이라고 말하고 있습니다.

소련군도 작전에 참가해 어제 비데부스크 부근에서 공격을 개시했습니다. 독일이 소련을 공격한 후 꼭 3년이 됩니다.

감자가 이제는 거의 손에 들어오지 않게 되었습니다. 이제부터는 한 사람 앞에 몇 개씩 남았는지 매일 세어보기로 하겠습니다. 그렇게 하면 모두 자기 몫이 앞으로 얼마나 남았는지 알게 되겠지요.

안네로부터

키티님   1944년 6월 27일 화요일

기분이 바뀌었습니다. 모든 것이 잘 되어가고 있습니다. 셀부르그, 비

데부스크, 슬로벤은 오늘 함락되었고, 포로와 전리품이 많이 있었습니다. 영국군은 항구를 손에 넣었으므로 이제는 군대와 자재를 마음대로 상륙 시킬 수가 있습니다. 영국군은 상륙작전을 개시한 뒤로 겨우 3주일 동안에 코틴텐 반도를 모조리 점령한 것입니다. 엄청난 전과(戰果)가 아닙니까! D데이 이래 3주일 동안 여기서도 프랑스에서도 비바람이 불지 않은 날이 하루도 없었지만, 영국군과 미국군은 그런 일로 공격을 늦추지는 않았습니다. 독일의 그 '비밀무기'는 대활약을 하고 있습니다. 그러나 영국에 아주 조금 손해를 끼치고는 이것을 독일의 신문이 과장해서 보도할 뿐, 그리 큰 효과는 없을 것입니다. 그뿐 아니라 소련군이 다가오고 있음을 안다면 독일에서는 틀림없이 모두 당황할 것입니다.

군무에 종사하지 않는 독일의 여성들은 아이들과 함께 그로닝겐, 프리스랜드, 겔더랜드 같은 곳으로 소개(疎開)를 하고 있습니다. 네덜란드의 국가사회당 당수 무세르트 씨는 연합군과 함께 여기까지 오면 군복을 입겠다는 성명을 발표했습니다. 저 나이 많은 뚱뚱한 사람이 스스로 전투를 하겠다고 생각하는 것일까요? 핀란드가 평화 제안을 거부해서 교섭은 다시 결렬되었습니다. 핀란드는 나중에 틀림없이 후회할 것입니다. 바보 같은 핀란드! 7월 27일까지는 전쟁이 어디까지 갈까요?

안네로부터

키티님   1944년 6월 30일 금요일

6월 30일까지 계속해 날씨가 아주 나쁩니다.(이 부분은 영어로 씌어 있었다.) 이 영어 잘 씌어졌을까요? 나는 영어를 조금 알게 되었습니다. 지금 사전에 매달려 《이상적인 남편》을 읽고 있습니다. 전쟁은 잘 진전되고 있습니다. 보브로이스크, 모기레프, 오리사도 함락되었고 많은 독일군이 포로가 되었습니다.

여기의 생활은 모든 일이 잘 되어가고 있습니다. 모두들의 기분도 밝아졌습니다. 낙관론자는 개가(凱歌)를 올리고 있습니다. 엘리는 머리 모

양을 바꾸었습니다. 미프는 일주일 동안 휴가를 얻었습니다. 이것이 최근의
뉴스입니다.

안네로부터

키티님   1944년 7월 6일 목요일
   요즈음 피터가 장차 범죄인이 될지도 모른다느니, 목숨을 건 모험을 하게
될 것이라느니 하고 말할 때마다 무서운 생각이 듭니다. 물론 이것은 농
담으로 하는 말이겠지만, 나는 그가 자기 성격의 약함을 두려워하고 있다는
생각이 듭니다. 마르고트와 피터는 언제나 "만일 내가 안네만큼 성격이
강하고 용기가 있다면……만일 내가 바라는 것을 끝까지 관철시킬 수
있다면……만일 안네처럼 굽히지 않는 강한 의지가 있다면……." 하고
말합니다.
   남의 영향을 받지 않는 것은 좋은 일일까요? 자기 양심에만 따르는
것은 좋은 일일까요? 나는 가끔 방황합니다.
   "나는 약한 성격이다."라고 말하며 그냥 있는 것은 도저히 상상조차 할
수 없습니다. 그것을 안다면 어째서 그것과 싸워 자기 성격을 단련시키려고
하지 않을까요? 이에 대해 피터는 "그런 노력을 하지 않는 것이 쉬우
니까."라고 대답합니다. 이 대답에 나는 실망했어요. 쉽다고요? 그것은
게으른 허위생활이 쉽고 편하다는 뜻일까요? 아니, 그럴 리가 없습니다.
또 그래서는 안 됩니다. 사람들은 게으름과……그리고 돈에는 금방 유혹
되기 쉽습니다.
   나는 오랫동안 피터에게 줄 가장 좋은 대답——어떻게 하면 자신감을
가지게 할 수 있을까, 무엇보다도 특히 어떻게 해서 자기를 좋게 하는가
——에 대해 생각해보았습니다. 그러나 내 생각이 옳은지 어떤지는 모르
겠습니다.
   나는 누군가의 완전한 믿음을 얻는다는 것은 얼마나 멋진 일일까 하고
언제나 생각합니다. 그러나 이제 와서 다른 사람이 무엇을 생각하고 있

는지를 관찰하고 이에 대한 올바른 해답을 찾아낸다는 것이 얼마나 어려운 문제인가를 알았습니다. 왜냐하면 '쉽고 편하다'느니, '돈'이니 하는 생각이 나에게는 전혀 미지의 새로운 것이기 때문입니다. 피터는 내게 너무 의지하는 듯하지만 어떤 일이 있더라도 그렇게 하게 해서는 안 되겠습니다. 피터 같은 타입의 사람은 자기 발로 스스로 서기가 어렵다고 생각하는 것입니다. 그러나 자의식이 있는 산 인간으로서 자립한다는 것은 더욱 어려운 일입니다. 왜냐하면 여러 가지 문제에 부딪치면서도 옳은 길을 잘못 알지 않고 이것을 헤쳐나가는 것은 두 배나 힘들기 때문입니다. 나는 저 혐오하고 '쉽고 편하다'라는 말을 공박할 이론은 없을까 하고 요 며칠 동안 생각에 골몰하고 있습니다.

안이하고도 매력적으로 보이는 것이 얼마나 인간을 진구렁——즐거움도 친구도 없고 한번 빠지면 헤어날 수 없는 진구렁——으로 끌어넣는가를, 어떻게 하면 피터에게 알게 할 수가 있을까요.

우리는 살아 있습니다. 그러나 어째서 무엇 때문에 살아 있는지 우리는 모릅니다. 우리들은 행복해지려는 목적을 안고 살고 있습니다. 우리의 생활은 모두 다르지만 목적은 같습니다. 우리들 세 사람은 좋은 환경에서 자랐습니다. 우리는 배울 기회를 가지고 무언가를 달성할 가능성이 있으며, 행복을 기대하는 이유도 갖고 있습니다. 그러나……이것은 자신의 힘으로 획득하지 않으면 안 됩니다. 그것은 결코 쉽고 편한 일이 아닙니다. 행복을 얻기 위해서는 게으르거나 목숨을 건 모험을 하지 말고, 활동해서 좋은 일을 해야만 합니다. 게으름은 매력적으로 보이지만 일하는 것은 만족을 줍니다. 나는 일하기를 싫어하는 사람의 심정을 이해할 수 없습니다. 그러나 피터가 그렇다는 것은 아닙니다. 그는 다만 목표가 서 있지 않을 뿐입니다. 그리고 자기는 바보이고 열등하며 아무것도 할 수 없는 인간이라고 생각하고 있는 것입니다. 가엾은 소년입니다. 그는 다른 사람들을 행복하게 하는 것이 얼마나 즐거운지를 모릅니다. 하지만 나는 그것을 그에게 가르쳐줄 수는 없습니다. 그는 신앙을 가지지 않았고 그리스도를 경멸하며 신의 이름을 욕합니다.

나도 진정한 신앙가는 아니지만 신앙심이 없고 신을 경멸하는 마음

가난한 그를 볼 때마다 슬퍼집니다.

모든 사람에게 다 신을 믿는 천성이 주어진 것은 아닐 테니까 신앙심이 있는 사람은 기뻐할 일입니다. 우리는 반드시 죽은 뒤의 벌을 두려워할 필요는 없습니다. 연옥(煉獄)이니 지옥이니 천국 따위를 믿지 않는 사람은 많습니다. 그러나 어떤 종교든 사람들로 하여금 바른 길로 가게 합니다.

그것은 신을 두려워하는 것이 아니라 자기의 명예와 양심을 확보하는 일입니다. 매일 밤 자기 전에 그날 하루를 되새기고, 자신이 한 일 중에서 무엇이 옳았고 무엇이 옳지 않았던가를 생각하는 건 얼마나 숭고하고 좋은 일일까요? 그렇게 하면 자신도 모르는 사이에 다음날 아침부터는 자기를 보다 더 좋게 하려고 노력하게 될 것입니다. 그리고 차츰 그 효과가 나타나는 것입니다. 이것은 누구든지 실행할 수 있고, 아무런 비용이 들지 않고도 무척 도움이 됩니다. 아직 이것을 모르는 사람은 '맑은 양심은 사람을 강하게 한다.'는 것을 경험에 의해 배우고, 발견하지 않으면 안 됩니다.

안네로부터

키티님   1944년 7월 8일 토요일

회사의 총대표 B씨는 베버바이크로 가서 경매시장에서 딸기를 구했습니다. 흙투성이의 많은 딸기가 도착해 사무실 사람들과 우리는 스물네 쟁반이나 딸기를 얻었기 때문에 우리는 그날 밤 그것을 여섯 개의 항아리와 여덟 개의 병에 담았습니다. 미프는 내일 아침 사무실 사람들에게 잼을 만들어주겠다고 말하고 있습니다.

8시 반, 집 안에는 낯선 사람이 아무도 없습니다. 바깥 문에는 빗장이 걸리고 딸기를 수북이 담은 쟁반이 나오고 피터와 아빠와 아저씨 세 사람은 계단을 내려갑니다. "안네는 더운 물을, 마르고트는 양동이를 가져와! 모두들 준비해." 내가 부엌에 들어가자 그곳에는 미프, 엘리, 코프하이스 씨, 헹크, 아빠, 피터 등 은신처에서 사는 사람과 그 보급부대가 복작거리고 있었습니다. 더구나 대낮에!

　그물 커튼이 쳐져 있기 때문에 밖에서는 보이지 않지만 그래도 큰 목소리나 문을 탕 하고 닫는 소리 때문에 나는 불안했습니다. '이래도 은신 생활을 하는 것일까?' 문득 이런 의문이 머리를 스쳤습니다. 그리고 다시 세상에 나갈 수 있을 것 같은 묘한 생각이 들었습니다. 냄비는 가득했습니다. 나는 다시 위로 뛰어올라갔습니다. 다른 사람들은 부엌의 테이블 둘레에 앉아 딸기 꼭지를 따기에 바빴지만 양동이에 담는 것보다는 입에 넣는 것이 더 많았을 것입니다. 이제 곧 양동이가 또 하나 필요하게 되겠지요. 피터는 다시 2층의 부엌으로 갔습니다——그러나 이때 바깥의 벨이 두 번 울렸습니다. 피터는 3층으로 가서 비밀 문을 잠갔습니다. 우리는 조마조마해졌습니다. 딸기는 아직 반밖에 씻지 못했는데, 물을 버릴 수가 없습니다. "누가 왔을 때 소리가 나서는 안 되니까 물을 쓰지 못한다."는 은신처의 규칙은 엄중하게 지켜졌습니다.

　1시에 헹크가 와서 아까 온 것은 우체부였다고 말했습니다. 피터는 다시 급히 2층으로 내려갔습니다. '찌릉, 찌릉' 하고 다시 벨이 울렸기 때문에 그는 다시 되돌아왔습니다. 나는 처음에 비밀 문까지, 그러고는 계단 위에까지 나가 귀를 기울였습니다. 끝으로 피터와 둘이서 마치 도둑처럼 계단 난간에 기대서서 아래층에서 나는 소리에 귀를 기울였습니다. 낯선 목소리는 들리지 않았습니다. 피터는 몰래 계단 중간까지 내려가서 "엘리." 하고 불렀습니다. 대답이 없었습니다. "엘리." 하고 다시 불렀지만 그의 목소리는 부엌의 잡음에 지워지고 말았습니다. 피터는 곧 부엌으로 내려갔습니다. 나는 긴장하여 아래를 내려다보고 있었습니다. "피터, 빨리 위로 올라가. 엘리는 여기 있어. 방해가 되니까 올라가." 하는 코프하이스 씨의 목소리가 들렸습니다. 피터는 한숨을 쉬면서 3층으로 돌아왔습니다. 크라이렐 씨는 맨 뒤에 떨어져서 1시 반에 왔습니다. 그는 부엌의 소란을 보고 이렇게 말했습니다. "어이구, 딸기투성이구나. 아침에도 딸기를 먹었어. 그것도 미프가 삶은 딸기야. 딸기 냄새가 이제 코에 배었어. 당분간은 피해서 위로 가야겠다……거기서 씻고 있는 것은 뭐지? 역시 딸기로군!"

　나머지의 대부분은 병에 담았지만, 저녁때 두 개의 병을 비워 아빠가 급히 잼을 만들었습니다. 다음날 아침에 다시 두 개의 병, 저녁때는 네

개의 병을 비웠습니다. 팬 던 아저씨가 적당한 온도로 살균하는 데 실패했습니다. 이제 아빠는 날마다 저녁때 잼을 만듭니다.

우리는 딸기를 죽과 우유와 빵과 함께 먹기도 하고, 설탕에 찍어서도 먹고 디저트로까지 먹어 꼬박 이틀 동안은 딸기만 먹었습니다. 이것으로 모두 없애고 병에 담아 자물쇠로 채운 것만 남았습니다.

"애, 안네야. 모퉁이의 구멍가게에서 완두 19파운드를 팔아주겠다고 한대." 하고 마르고트가 말했습니다. "참 고마운 분이구나." 하고 나는 대답했지만 껍질을 깔 생각을 하니 지긋지긋합니다.

우리가 식탁에 앉았을 때, 엄마가 "토요일 아침, 모두 완두껍질 까는 것을 거들어다오." 하고 말했습니다. 토요일 아침에 과연 커다란 냄비에 수북이 완두가 담겨 나왔습니다. 완두를 까는 것은 따분하기 이를 데 없는 일이지만, 안쪽 껍질을 벗기면 콩껍질이 부드럽고 맛있다는 사실을 아는 사람은 드물 것입니다. 더구나 껍질까지도 먹으려면 콩만 먹는 3배의 분량이 됩니다. 그러나 속껍질을 떼어내는 것은 특별히 까다로운 일이어서 학자연하는 치과의사나 세밀한 일을 하는 사무원에게는 어울리겠지만, 나처럼 성급한 아이에게는 어려운 일입니다.

모두들 9시 반부터 시작했는데, 나는 10시 반에 그만두었다가 11시 반에 다시 시작했습니다. 껍질을 구부려 안쪽의 얇은 껍질을 벗겨내고 힘줄을 떼어내고 껍질을 던집니다――눈앞에 춤추는 것은 초록빛 껍질, 초록빛 힘줄, 썩은 껍질, 초록빛 벌레입니다. 모두가 초록, 초록, 초록입니다. 이 일을 되풀이하다 보니 귀가 멍멍해졌습니다. 나는 기분을 바꾸기 위해 아무리 하찮은 일이라도 머리에 떠오르는 것을 화제로 삼아 잡담을 계속하여 모두들을 웃겼습니다. 그러나 힘줄을 하나씩 뗄 때마다 나는 절대로 여느 평범한 가정주부가 되고 싶지는 않다고 깊이깊이 생각했습니다.

아침밥을 12시에 먹고, 12시 반부터 1시 15분까지 또 일을 계속했습니다. 나는 일을 마쳤을 때 뱃멀미를 하는 것처럼 어지러웠습니다. 다른 사람들도 얼마쯤 기분이 좋지 않았던 것 같습니다. 나는 4시까지 낮잠을 잤지만 그 완두를 생각하면 지금도 기분이 우울해집니다.

안네로부터

현대의 고뇌

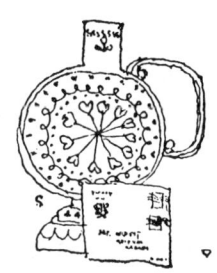

키티님   1944년 7월 15일 토요일

　도서관에서 《현대 소녀들을 어떻게 생각하는가?》라는 책을 빌려왔습니다. 오늘은 그것에 대해 이야기할까 해요.

　이 책을 지은이는 철저하게 '오늘의 젊은이들'을 혹평하고 있지만, 젊은 사람들 모두를 아무런 '좋은 일도 할 능력이 없는 패거리들'이라고 비난하고 있지는 않습니다. 그와 반대로 지은이는 만일 젊은이들이 바란다면 그들은 보다 위대하고 아름다운 좋은 세계를 창조할 힘을 갖고 있으면서도 진정한 미(美)에 대해 생각하지 않고 피상적인 일에만 몰두하고 있다는 의견을 말하고 있습니다.

　나는 이 책을 읽는 동안 지은이가 어느 부분에서나 나에게 비판의 눈길을 보내고 있는 듯해 당신 앞에 나를 알몸으로 세워놓고 이 공격에 대한 자기 변명을 해볼까 해요.

　나의 성격에는, 나를 얼마쯤 아는 사람이라면 누구든지 확실히 깨달을 하나의 특징이 있습니다. 그것은 내가 나 자신에 대해 잘 알고 있다는 것입니다. 나는 마치 제3자처럼 나 자신과 나의 행동을 바라볼 수가 있

습니다. 나는 아무런 편견 없이 변명을 만들지 않고 일상의 나를 객관시
하여 나의 어디가 좋고 어디가 나쁜가를 검토할 수 있습니다. 이 '자의식'
은 끊임없이 나에게 따라붙어 나는 뭔가를 이야기하고 나서는 곧 '그렇게
말하는 것이 아니었던 게 아닐까?' 또는 "그것은 옳았던가?" 하고 생
각하면 곧 그 답을 알 수 있습니다. 나는 자기에 대해 비난하는 일이 너무
많아서 일일이 그것을 들어 말할 수가 없습니다. 아빠는 "모든 아이들은
자기 교육을 자기 스스로 해야만 한다."고 말했지만, 정말로 그 말이 옳다는
것을 차츰 알게 되었습니다. 부모는 다만 아이들에게 충고를 하고 바른
길로 인도해줄 뿐 인간의 성격을 만드는 것은 결국 자기 자신입니다.

나는 게다가 굉장히 용기가 있습니다. 나는 어떤 일에도 견딜 수 있는
강한 인간이라고 생각합니다. 또 나는 늘 자신은 강하고 어떤 일에나 견딜
수 있으며, 자유롭고 젊다고 느끼고 있습니다. 처음 이것을 깨달았을 때
나는 무척 기뻤습니다. 왜냐하면 나는 누구나가 반드시 경험하는 곤란에
쉽게 굴복하지 않을 것이라고 생각하기 때문입니다.

그러나 당신에게 이제까지 내 이야기를 너무 많이 했기 때문에 이번에는
"아빠도 엄마도 나를 이해하지 않는다."는 문제로 옮기겠어요. 아빠도
엄마도 나의 어리광을 모두 받아주고 귀여워하고 감싸주어 어버이로서 할
수 있는 일을 다해주었습니다. 그런데도 나는 오랫동안 무척 쓸쓸하고 나
혼자 외톨이며 무시되고 오해받고 있는 듯한 느낌이었습니다. 아빠는 나의
반항심을 누르려고 꽤 노력했지만 효과가 없었습니다. 나는 나 스스로 내
행위의 그릇된 점을 발견하고, 언제나 그것을 잊지 않고 스스로 고쳐왔
습니다.

내가 번민하고 있을 때 아빠는 어째서 내 마음의 기둥이 되어주지 못
할까요? 아빠는 나에게 도움의 손길을 뻗으려 할 때 어째서 완전히 목
표를 잃고 마는 것일까요? 그것은 아빠의 방법이 잘못되어 있기 때문
입니다. 아빠는 나를 언제나 까다로운 정신적 과도기에 있는 아이로 보고
이야기했습니다.

이것은 얼마쯤 묘하게 들릴 거예요. 왜냐하면 아빠는 나를 믿는 오직
한 사람이고, 아빠만이 내가 바보가 아니라는 자신감을 안겨주었기 때문

입니다.

그러나 아빠가 못 보신 것이 하나 있습니다. 당신은 알겠지요? 그것은 아빠가, 나에게 있어서는 위대해지고 싶다는 투쟁이 무엇보다도 소중하다는 것을 이해하지 못한다는 것입니다. 나는 "네 나이 때는 흔히 있는 일이다."느니, "다른 여자 아이들은." 또는 "그런 것은 이제 곧 잊어버리게 돼."라는 말을 듣고 싶지 않습니다. 나는 일반적인 여느 여자아이가 아니라 무언가 값어치 있는 안네로서 인정을 받고 싶은 것입니다. 아빠는 그것을 모릅니다. 나는 다른 사람이 자신에게 대해 뭐든지 내게 털어놓지 않는 한 나 자신은 그에게 털어놓고 싶지 않습니다. 나는 아빠에 대해 그다지 알지 못하므로 아빠와 이 이상 더 친해질 수가 없는 것입니다. 아빠는 언제나 나이 많은 사람답게 아빠다운 태도로 자신도 나와 같은 정신적 과정을 거쳐온 사실을 이야기합니다. 그러나 아빠는 아무리 노력해도 나와 친구 같은 감정을 가질 수는 없습니다. 그러니까 나는 일기장——때로는 마르고트——말고는 아무에게도 인생에 대한 나의 의견이나 내가 깊이 생각한 원리에 대해 이야기할 마음이 나지 않는 것입니다.

나는 나의 괴로움을 아빠에게 아무것도 털어놓은 일이 없습니다. 아빠에게 나의 이상을 이야기한 적도 없습니다. 나는 스스로 아빠를 멀리 하고 있음을 깨닫고 있습니다.

나는 그렇게 하는 수밖에 도리가 없습니다. 나는 정말 자신의 감정대로만 행동해왔습니다. 그러나 내 마음의 평화를 위해 가장 좋다고 생각되는 행동을 취해왔습니다. 왜냐하면 만일 지금 단계에서 나의 미완성된 일에 비판을 받는다면 아직은 위태로운 나의 침착성과 자신을 완전히 잃어버릴 염려가 있기 때문입니다. 굉장히 가혹한 것 같지만 나는 아빠에게 마음의 비밀을 털어놓은 적이 없을 뿐만 아니라 초조해서 아빠를 나에게서 멀리 하려고까지 했기 때문에 아빠에게조차도 비평받고 싶지 않았던 것입니다.

나는 어째서 아빠를 귀찮아하는 것일까요? 이것은 내가 가장 심각하게 생각하는 점입니다. 나는 아빠를 무척 귀찮게 생각합니다. 그러니까 아빠가 나에게 훈계하는 것이 견딜 수 없는 거예요. 애정 깊은 아빠의 태도는 뭔가 나에게 압박감을 느끼게 합니다. 나는 아빠를 대하는 태도에 내가 좀더

자신을 가지게 될 때까지 나를 가만히 내버려두어주었으면 좋겠다고 생각합니다. 왜냐하면 나는 흥분한 나머지 아빠에게 쓴 저 무서운 편지에 대해 아직도 살을 에는 듯한 자책을 느끼고 있기 때문입니다. 아아, 모든 면에서 진실로 강하고 용기가 있다는 것은 얼마나 어려운 일인지 모릅니다.

그러나 이것이 나의 가장 큰 실망은 아닙니다. 아니, 나는 아빠보다는 피터 쪽을 훨씬 더 생각하고 있습니다. 내가 그를 정복한 것이지, 그가 나를 정복한 것이 아님을 나는 잘 알고 있습니다. 나는 우정과 애정을 필요로 하는, 얌전하고 감수성이 강한 사랑스러운 소년으로서 그를 마음속에 그렸습니다. 나는 자신의 애정을 기울일 수 있는 산 인간을 필요로 하고 있었습니다. 나에게는 내가 바른 길로 가도록 도와줄 친구가 필요했기 때문에, 나는 내가 추구하는 것을 획득하고 서서히 그러나 착실히 그를 내 쪽으로 끌어당겼습니다. 그리고 그에게 나에 대한 우정을 느끼게 했을 때 그 우정은 드디어 저절로 사랑으로까지 발전했던 것입니다. 그러나 지금 잘 생각해보니 나는 그것을 그에게 허락하지 말았어야 했다고 생각합니다.

우리는 아주 개인적인 일까지도 이야기를 했지만 오늘날에 이르도록 내 마음속 깊은 곳에 있던——지금도 있는——것은 결코 건드리지 못했습니다. 나는 피터가 어떤 인간인지 아직 잘 모릅니다. 그는 천박한 인간일까요? 나에게조차 아직도 수줍어하고 있는 것일까요? 그러나 그것은 어떻든 나는 진정한 우정을 만들고 싶은 욕심에서 하나의 잘못을 저질렀습니다. 나는 우정을 보다 친밀한 관계로 발전시키는 일에 의해 그의 마음을 사로잡으려고 했습니다. 그러나 그것은 잘못이었으며 다른 수단을 시도했어야만 했습니다. 그는 사랑받기를 꿈꾸고 차츰 나를 사랑하게 될 것을 나는 잘 압니다.

그는 나를 만나는 데 만족을 느끼지만 나는 그와 만날 때마다 좀더 진정한 우정을 기르고 싶다고 생각합니다. 그렇지만 나는 누구든지 들어주기를 열망하는 문제를 건드릴 수가 없는 듯합니다. 나는 피터 자신이 깨닫고 있는 이상으로 그를 내 쪽으로 끌었습니다. 지금 그는 내게 매달려 있으므로 당분간은 그를 뿌리쳐서 자기 힘으로 서 있게 할 방법이 생각나지 않습니다.

　나는 그가 나의 심정을 이해하는 친구가 될 수 없다고 깨달았을 때 적어도 그의 좁은 속을 넓혀주고 그의 젊음으로 무언가 할 수 있도록 해주고 싶었습니다.

　"그 내면 세계에 있어서는 청년은 노인보다 쓸쓸한 방이다." 나는 어느 책에서 이러한 말을 읽었던 것을 언제나 기억하고 있습니다. 그리고 그것이 진리라는 점도 발견했습니다. 그렇다면 여기의 어른들이 우리보다 큰 고민을 안고 있다는 것은 정말일까요? 아니에요. 나는 그렇지 않다는 것을 알고 있습니다. 어른들은 무엇에 대해서나 자기 자신의 의견을 가지고 망설임없이 행동합니다. 하지만 우리들 젊은이에게 있어서는 모든 이상이 산산이 깨어지고 인간이 최악의 면을 드러내어 진리니 정의니 신을 믿어도 좋을지 어떨지 모르는 지금과 같은 시대에 자기의 입장이나 의견을 지키기란 어른들의 두 배나 어려운 일입니다.

　이곳의 생활에서 어른들 쪽이 보다 더 괴로워하고 있다고 생각하는 사람은 우리네 아이들 위에 덮치고 있는 문제가 어떤 것인지 모르는 것입니다. 이러한 문제는 젊은 우리에게는 너무도 무거운 짐이서 끊임없이 우리를 괴롭히고 있습니다. 우리는 여러 가지로 괴로워한 나머지 간신히 그 해결책을 찾아냈다고 생각해도 막상 현실에 부딪치면 그 해결책은 거품처럼 사라져버립니다. 이상도 동경도 꿈도 차가운 현실에 부딪치면 당장 부서지고 맙니다. 이것이 지금과 같은 시대의 고민입니다.

　나는 너무나도 어이가 없어서 도저히 실현될 것 같지도 않은 나의 이상(理想)을 모두 버릴 수 없음을 나 스스로도 이상하게 생각합니다. 이상을 계속 갖고 있는 것은 인간의 본성은 결국 선하다는 것을 지금도 믿고 있기 때문입니다. 나는 혼란과 불행과 죽음 등을 바탕으로 하여 그 위에 자신의 희망을 구축할 수는 도저히 없습니다.

　나는 세계가 차츰 황폐해가는 것을 보고, 우리까지도 파괴될지 모르는 태풍이 가까이 다가오는 소리를 듣습니다. 나는 수백만 사람들의 고통을 몸으로 느낄 수가 있습니다. 그러나 그래도 더욱 하늘을 우러러볼 때 모든 것은 다시 정상으로 되돌아가고, 이 잔학(殘虐)도 끝나고, 평화와 고요의 세계가 찾아올 것이라고 생각합니다.

　그때까지 나는 이상을 계속 지녀야겠습니다. 머지않아 이것을 실현할
수 있을 때가 오겠지요.

안네로부터

두 사람의 안네

키티님 1944년 7월 21일 금요일

나는 차츰 희망을 가지게 되었습니다. 모든 일이 비로소 잘 진전되기 시작했습니다. 그렇습니다. 정말 멋지게 돼가고 있습니다. 큰 뉴스! 히틀러 암살 계획이 있었습니다. 이번 일의 범인은 유태인인 공산주의자도 영국의 자본가도 아니며, 훌륭한 독일의 장군으로서 그것도 아직 젊은 백작입니다. 그러나 불행하게도 히틀러는 가벼운 상처와 화상을 입었을 뿐 살아났습니다. 히틀러와 함께 있던 몇 명의 장군과 장교가 죽거나 다치고, 주범은 사살되었습니다.

아무튼 이 사건은 전쟁에 지쳐 히틀러를 없애려는 장군이나 장교가 많다는 사실을 말해주는 것입니다. 그들은 히틀러를 없애면 군인 독재자를 옹립하여 연합국과 강화(講和)를 맺은 다음 다시 준비하여 20년쯤 지나면 또 전쟁을 시작할 속셈이겠지요. 독일군은 서로 죽이면, 연합군으로서는 그만큼 이롭기 때문에 아마 하느님이 히틀러를 죽이지 않던 것이겠지요.

독일인끼리 편이 갈리면 영국도 소련도 힘이 덜 들고, 그만큼 빨리 자기들의 도시를 부흥시킬 수가 있을 것입니다.

그러나 사태는 아직 거기까지 이르지는 않았습니다. 나는 너무 앞질러서 멋진 사건을 예상하고 싶지 않았습니다. 그렇다고는 하나 당신도 알고 있겠지만, 이 일은 냉정히 생각해볼 때 있을 수 있는 일이므로 나는 오늘 정말 현실적인 심정이 되어 있는 겁니다.

높은 이상을 늘어놓고 있는 것이 아닙니다. 히틀러는 그의 충실한 국민에 대해, 앞으로 군대는 게슈타포의 명령에 따라야 하며 병사는 그의 상관을 사살해도 좋다고 말했습니다.

이 결과 어떤 수라장이 벌어질지 상상해보세요. 예를 들면 병사인 죠니가 강행군에서 발을 다쳐 다리를 절고 있었기 때문에 장교에 야단맞았다고 해요. 죠니가 소총을 들어 겨누며 소리칩니다. "너는 총통을 암살하려고 했다. 이것이 그 대가다!" 한 발의 총성. 죠니를 걷어차려고 하던 거만한 장교는 저 세상 사람이 되고 맙니다. 마침내 장교들은 병사들의 반감을 알았을 때나 선두에 서야 할 때는 언제나 식은땀을 흘려야만 할 것입니다. 병사가 무슨 짓을 할지 모르기 때문입니다.

너무 이리저리 화제를 바꾸었기 때문에 당신이 내 말을 다 알아들었을지 모르겠군요. 오는 10월에는 학교의 책상 앞에 앉게 될지도 모른다고 생각하니 너무나도 기뻐서 조리있게 이야기를 할 수가 없어요. 어머나, 나는 지나친 낙관은 하기 싫다고 금방 말했을 텐데……. 미안해요. 모두가 나에게 '하늘의 작은 악마'라는 별명을 붙인 것도 전혀 무리는 아닙니다.

안네로부터

키티님   1944년 8월 1일 화요일

앞서의 편지는 '하늘의 작은 악마'라는 말로 끝났는데, 오늘은 그 말부터 시작하겠어요. '하늘의 작은 악마'——당신은 이것이 무슨 뜻인지 나에게 확실히 설명할 수 있나요? 하늘의 악마란 무슨 뜻일까요? 다른 말과 마찬가지로 이것은 두 가지 의미로 생각할 수 있어요. 외부에서 본 하늘의 악마와 내부에서 본 하늘의 악마입니다.

첫번 것은 흔히 말하는 '고집쟁이, 아는 체 주제넘은 행동을 하는 것' 등 나를 유명하게 한 모든 혐오하는 성질입니다. 그러나 둘째의 경우는 아무도 알지 못합니다. 그것은 나만의 비밀입니다.

내가 일종의 이중인격자라는 것은 이미 당신에게 이야기했습니다. 나의 절반은 턱없이 명랑하고 뭐든지 재미있어 하고 무슨 일이든 가볍게 생각합니다. 윙크를 받아도 키스를 받아도 포옹을 해도 천한 농담을 들어도 화를 내지 않는 나입니다. 이러한 면은 언제나 기다리고 있어서 보다 잘 깊게 순수한 다른 면을 밀어내버립니다. 아무도 안네의 좋은 면을 모른다는 사실을 알아 주세요. 그러므로 대개의 사람들은 나를 형편없는 인간이라고 생각하는 것입니다.

확실히 나는 한나절쯤 경박한 어릿광대가 됩니다. 그러면 모두들은 내가 한 달 동안이나 어릿광대 역할을 하고 있는 듯이 불쾌해 합니다. 그러나 이것은 사색적인 인간이 연애 영화를 보는 것과 같아서 금방 잊어버리는 그때만의 기분풀이에 지나지 않습니다. 나쁠 것도 없지만 확실히 좋은 것도 아닙니다. 이런 말을 당신에게 하고 싶지는 않지만 그것이 사실임을 알고 있는 한 말해서 나쁠 것은 없겠지요. 나의 경박하고 피상적인 면은 곧바로 튀어나오기 때문에 깊고 순수한 면은 늘 그것에 지고 맙니다. 나는 이 경박한 안네를 밀어젖히고 굴복시키고 감추려고 얼마나 노력했는지 모릅니다. 그것은 결국 안네라는 인간의 반쪽에 지나지 않기 때문입니다. 그러나 아무래도 잘 되지 않습니다. 나는 그 까닭을 알고 있습니다.

나는 평소의 나를 아는 사람이 나에게 다른 면——보다 좋은 면——이 있다는 것을 발견할까봐 언제나 겁을 먹고 있습니다. 모두가 나를 비웃으며 우스꽝스럽고 감상적이라고 생각하며 진지하게 대해주지 않는 것이 두렵기 때문입니다. 이런 일에 익숙해져 있지만, 그것에 익숙해서 참을 수 있는 것은 '명랑한' 안네뿐이고, '심각한' 안네는 약해서 도저히 그것에 견디지 못합니다. 내가 가끔 억지로 좋은 쪽의 안네를 15분쯤 끌어내면 그녀는 겨우 입을 열고, 입을 열자마자 당장 풀이 죽어 '명랑한' 안네에게 자리를 ㄱ 맙니다. 겉으로는 그리고 나도 모르는 사이에 모습을 감추고 맙니다.

그러니까 좋은 쪽의 안네는 남 앞에서는 결코 얼굴을 내밀지 않습니다. 이제까지 단 한 번도 내놓은 일이 없습니다. 그러나 나 혼자일 때는 언제나 그녀가 자리잡고 있습니다. 나는 마음속으로 어떤 인간이 되고 싶은지 지금의 자신은 어떤 인간인지 잘 알고 있지만, 나는 그것을 오직 마음속에 간직해둘 뿐입니다. 내가 나 자신은 내면적으로 행복한 성질을 갖고 있다고 말하고, 다른 사람이 나를 표면상 행복한 것 같다고 생각하는 것은 아마——아니, 오로지 그 때문이라고 생각합니다. 나는 마음속으로는 순수한 안네이지만, 겉으로는 기뻐하며 뛰어 노는 아기 양 같은 것입니다.

이미 말했듯이 나는 어떤 일에 대해서도 나 자신의 진정한 생각을 말하지 않습니다. 그 때문에 남자친구에게 미쳤느니 바람둥이니 연애소설 애독가니 하는 별명을 얻었습니다. 쾌활한 안네는 이에 웃고, 건방진 말대답을 하거나 혹은 어깨를 움츠리며 전혀 모르는 채 태연히 행동합니다. 그러나 조용한 안네는 그 정반대의 반응을 일으킵니다. 정직하게 말하면 나는 감정이 상하여 자신을 바로 잡으려고 열심히 노력하지만 반드시 좀더 무서운 적에게 부딪칩니다.

"너는 동정이 없고 거만하고 까다롭게 보인다. 너는 좋은 쪽 안네의 충고에 귀를 기울이지 않으니까 모두가 싫어하는 인간이 된 것이다."라고 내 마음속의 목소리가 흐느끼면서 말합니다. 아아, 나는 귀를 기울이고 싶지만 도무지 잘 되지 않습니다. 내가 얌전하고 진지한 태도를 취하면 모두들 또 희극이 시작되었다고 생각하기 때문에 나는 농담으로 얼버무려 본디의 태도로 돌아갑니다. 우리 가족들은 내가 얌전히 하고 있으면 병이 났다고 지레짐작을 하여 두통약을 먹이고, 열이 나지나 않나 하여 목과 머리에 손을 대어보기도 하고, 변비가 없느냐고 묻기도 하고, 혹은 침울함을 나무라기도 합니다. 그러므로 나는 언제까지나 얌전히 있거나 진지할 수가 없습니다. 나는 그처럼 남들이 감시하면 화가 나서 마구 소리치고 그 다음엔 슬퍼지고 마침내는 다시 번민을 되풀이합니다.

이리하여 나쁜 안네가 언제나 표면에 나와 있고, 안으로 숨어 있는 좋은 안네는——만일 이 세상에 자기 혼자뿐이라면——나는 이런 인간이 되고 싶다, 이런 인간이 될 것이라고 상상하면서 그런 인간이 되는 방법을 끊임없이 생각하고 있습니다.

안네로부터

〈안네의 일기는 여기서 끝나 있다.〉

안네가 세상을 떠나기까지

■ 마침내 발각

안네가 마지막 일기를 쓴 지 사흘 만인 8월 4일 아침에도 여느때와 다름없는 은신처의 생활이 시작되었다. 이미 2년 넘도록 계속된 신경이 닳아빠지는 듯한 공포의 밤낮과 날로 더해가는 식량난 때문에 모두들 몸도 마음도 지칠대로 지쳐 있었지만, 마음 한구석에는 가느다란 희망의 빛이 스며드는 것을 느끼고 있었다. 6월 6일 노르망디에 상륙작전이 개시된 이래 전쟁 상황은 빠른 속도로 연합군에 유리하게 전개되고 있었다. 은신처의 지붕 위로 폭음도 요란하게 지나가는 연합군의 폭격기 수가 날마다 늘어갔다. 암스테르담 시내도 어쩐지 술렁이기 시작했다. 모두들은 라디오로 뉴스를 들을 때마다 어쩌면 뜻밖에 쉽게 구원받을지도 모른다는 희망을 갖기 시작했다. 나중에 안 일이지만, 이날 미국군은 상 로우를 돌파하여 연합군의 전선을 북부 프랑스에서 벨기에와 네덜란드까지 연장하는 대포위 작전을 전개하기 시작했던 것이다.

안네의 아버지 오토 프랑크 씨는 아침 식사 후 언제나처럼 피터의 공부를 보아주기 위해 그와 둘이서 다락방으로 갔다. 프랑크 씨는 손목시계를 들여다보며 "벌써 10시 반이야. 자아, 피터. 조금 더 공부를 해야겠구나."
라고 말했다. 책상을 사이에 두고 프랑크 씨와 마주 앉았던 피터는 이때
문득 얼굴을 들었다. 그의 눈에는 공포의 빛이 역력히 서렸다. 프랑크 씨도
가슴이 철렁하여 귀를 기울이자 아래에서 낯선 남자의 목소리——고래고래
소리지르는 남자의 목소리——가 들려오지 않는가!

이보다 몇 분 전, 피스톨을 손에 든 5명의 남자가 은신처가 있는 빌딩
정문으로 해서 2층에 있는 크라이렐 씨의 사무실로 들이닥쳤다.

그 중의 한 사람은 푸른 제복을 입은 독일의 비밀경찰이었고, 다른 네
명은 평복차림이었다. 그들은 아마 네덜란드의 나치 당원이었을 것이다.
독일인은 크라이렐 씨에게 피스톨을 들이대며 두 손을 들게 하고 "너는
여기에 유태인을 감추어두었지? 다 알고 왔다. 거짓말해도 소용없어. 위로
안내해!" 하고 유창한 네덜란드 어로 말했다.

다른 네 명은 크라이렐 씨를 뺑 둘러쌌다. 순간 크라이렐 씨는 넋을 잃고
서 있었다. 그러나 곧 모든 것이 끝났음을 깨달았다. 말없이 조용히 그들을
안내하여 계단을 올라갔다. 2층 층계참에 이르렀을 때, 크라이렐 씨는
'비밀 문'를 위장해놓은 책장 앞에서 잠시 망설였다. 책장에는 상업상의
왕복 서신철이 세 단에 걸쳐 꽂혀 있었다. 이 뒤에 큰 은신처가 있다는
것을 누가 알고 있단 말인가? 어떻게 눈치를 챘단 말인가? 도대체 누가
밀고한 것일까? 이러한 의문이 크라이렐 씨의 머릿속을 스쳤다. 사실
어떻게 탄로가 났는지 아직껏 의문스럽다——라고 프랑크 씨는 말하고
있다.

"뭘 우물쭈물하는 거야!" 하고 호통을 치며 등을 피스톨로 찌르는
바람에 그제야 다시 정신을 차린 크라이렐 씨는 무의식중에 비밀 문의
고리를 벗겼다. 비밀 입구를 알자 5명의 나치는 크라이렐 씨를 끌 듯이
하며 안으로 들어가 "손들엇!" 하고 소리쳤다. 프랑크 씨와 피터가 들은
것은 이 고함 소리였던 것이다.

프랑크 씨와 피터가 무슨 일일까 하고 생각하는 동안에 네덜란드의 나치
당원 한 사람이 피스톨을 손에 들고 다락방으로 뛰어올라왔다. 아아, 모
두들 두려워했던 최후의 사태가 마침내 일어난 것이다! 두 사람은 공포에

296

질린 나머지 소리도 지르지 못하고 숨을 죽이고 조용히 손을 들 수밖에 없었다.

나치는 잠시 두 사람을 노려보다가 아래로 내려가라고 신호했다.

■ 모두 잡히다.

프랑크 씨와 피터가 2층으로 내려와보니 나머지 가족 6명이 벽을 등지고서 두 손을 들고 나치 앞에 서 있었다. 프랑크 씨는 머리가 아찔하여 쓰러질 것만 같았다. 물론 6명의 얼굴을 볼 수가 없었다. 잠시 뒤, 크라이렐 씨와 코프하이스 씨도 독일 비밀경찰에 끌려 모두들이 있는 곳으로 왔다.

잡힌 10명은 파랗게 질린 얼굴로 서 있었다.

이윽고 독일 비밀경찰이 프랑크 씨에게 독일어로 "너희들은 흉기를 갖고 있지 않은가?" 하고 물었다.

프랑크 씨가 역시 독일어로 "갖고 있지 않다."고 대답하자 그는 "짐을 정리해서 5분 안으로 여기서 나갈 준비를 하라."고 명령했다. 드디어 마지막 때가 왔다. 모두들은 잠시 말도 나오지 않았지만, 갑자기 팬 던 씨가 "나, 나, 돈을 조금 갖고 있습니다.……여기서는 나가겠지만 제발 우리를 끌고 가지는 말고 아무 데든 마음대로 가게 해……주실 수는 없을까요?…… 우리는 아무것도 잘못한 게 없으니까……."라고 떨리는 목소리로 말했다.

팬 던 씨의 말이 채 끝나기도 전에 상대는 큰소리로 웃으며 "돈을 갖고 있나? 그거 참, 고맙군. 모두 압수해주지. 자아, 짐을 꾸려. 빨리 해!" 하고 소리쳤다.

그들은 상대가 흉기를 갖고 있지 않다는 것을 알자, 손을 내리라고 했기 때문에 제각기 얼마 되지 않는 소지품을 챙기기 시작했다. 프랑크 씨는 제복 사나이에게 감시를 받으며 자기 침대로 돌아왔다.

"그건 뭐야?" 하고 사나이는 침대 곁에 세워 둔 쇠띠를 두른 큰 나무

상자를 가리켜 물었다.

"이건 내 소지품을 넣어두는 상자입니다."

"그건 알지만, 상자에 써넣은 글씨가 뭐냐?"

그는 상자 뚜껑에 독일어로 '예비역 중위 O 프랑크'라고 씌어진 것을 말하는 것이었다. 프랑크 씨는 제1차 대전 중 독일 육군의 장교로 근무했었다. 히틀러가 정권을 잡았을 때 프랑크 씨는 유태인이라는 이유로 네덜란드로 망명하지 않을 수 없었다. 그러나 많은 옛 장교들처럼 계급이 기입된 여행용 가방을 갖고 있었던 것이다. 프랑크 씨는 독일의 육군에 근무한 적이 있다고 말했다.

"그럼, 어째서 이런 곳에 숨어 있나?" 하고 놀라는 표정으로 나치는 물었다.

"나는 유태인이기 때문입니다."라고 프랑크 씨가 조용히 대답하자 상대는 흥 하고 코방귀만 뀌었을 뿐 잘 납득이 가지 않는 듯했다. 나치의 선전으로 마음이 비뚤어지고 무식한 이 사나이에게는 인간이란 독일 장교이거나 경례할 만한 높은 지위의 사람이거나 아니면 흙발로 걷어차도 좋은 하찮은 유태인이거나 그 어느 한쪽인 것이었다. 한 인간이 그 양쪽을 겸하고 있다는 것은 그에게 도저히 이해되지 않았던 모양이다. 그래도 프랑크 씨가 독일 장교였다는 말을 듣고는 그는 꽤 감명을 받은 듯 처음에는 5분 안으로 준비를 끝내라고 했던 것을 1시간으로 연장해주었다.

제복의 나치가 가버리고 나자 프랑크 씨는 부지런히 짐을 꾸렸다.

그가 손을 뻗어 안네가 부탁한 그녀의 일기장이 든 서류가방을 집으려 했을 때, 네덜란드의 나치 한 사람이 곁으로 왔다.

"돈이나 보석을 갖고 있나?"

"네, 돈이 조금 있습니다. 드릴까요?"

"응, 이리 내, 유태인 놈."

이 남자는 여자들로부터 빼앗은 얼마의 돈과 보석을 이미 손에 들고 있었다. 프랑크 씨가 돈다발을 주자 그는 침대 위에 놓아두었던 서류 가방을 보았다.

"그 속에 뭐가 들어 있나?"

"그냥 종이뿐입니다."

"이리 내!"

그는 가방을 열어보았으나 귀중품이 아무것도 없다는 것을 알자 안네의 일기가 적혀 있는 노트며 그 밖의 서류들을 모두 방바닥에 버리고, 가방에 약탈물을 담은 뒤 좀더 뭐가 없나 하고 뒤지러 갔다.

이윽고 은신처의 사람들은 초라한 소지품을 룩작에 담고, 경찰의 죄수 호송차에 실려 시립극장 가까이 있는 암스테르담 중앙 형무소 안의 비밀 경찰 본부로 끌려갔다.

모두가 간 뒤에 경찰의 트럭이 와서 가구를 모두 가져갔고 청소부가 어지럽혀진 방을 치웠는데, 프랑크 씨의 침대가 놓였던 곳에 찢어진 신문지와 함께 몇 권의 노트가 떨어져 있는 것을 발견한 청소부가 2층 사무실에 있던 미프와 엘리에게 이것을 전했다. 이것은 말할 것도 없이 안네의 일기였다. 이 두 사람도 안네들을 숨긴 공범자였지만 다행히도 난을 면했다.

그녀들은 안네의 일기를 소중히 보관하여 프랑크 씨가 전쟁이 끝난 뒤 오직 혼자 살아서 강제수용소에서 돌아왔을 때 이것을 전했던 것이다.

■ 오히려 편했던 처음의 수용소

비밀경찰 본부에 닿자 남자와 여자들은 각기 따로따로 나누어졌다.

프랑크 씨는 취조실 밖의 벤치에서 코프하이스 씨 곁에 앉게 되었다.

잠시 두 사람은 생각에 잠겨 아무 말도 주고받지 않았으나, 이윽고 프랑크 씨는 코프하이스 씨에게 말했다.

"코프하이스 씨, 우리를 돕지만 않았어도 당신은 이렇게 되지 않았을 것이오. 그걸 생각하면 나는 이렇게 당신 곁에 있기가 괴롭소. 부디 이 마음을 이해해주십시오." 하고 진심으로 사과했다. 그러자 코프하이스 씨는 창백한 얼굴에 엷은 미소를 띠고 "무슨 말씀을……나는 조금도 후회하지 않소. 만일 기회만 주어진다면 또 하겠소."라고 말했다.

프랑크 씨는 이 말을 듣자 가슴이 뭉클해서 고개를 돌려버렸다.

마침 이때 문이 열리고, 코프하이스 씨는 심문을 받기 위해 최조실 안으로 사라졌다.

프랑크와 코프하이스와 크라이렐 세 사람은 취조할 때 이 음모에 관계된 것은 코프하이스 씨와 크라이렐 두 사람뿐이라고 버티었기 때문에 은신처의 사람들을 도와준 다른 네덜란드 인에게는 다행히 화가 미치지 않았다. 이 두 사람은 네덜란드의 강제수용소에 수용되었지만 그 고난을 잘 극복하고, 전쟁이 끝난 뒤 석방되었음을 프랑크 씨는 전쟁이 끝난 뒤에 돌아와서야 알았다.

프랑크 씨는 37명의 수인(囚人)이 갇힌 큰 감방에 갔혔다. 모두 유태인으로 '유태인 사냥'에서 잡힌 사람들이었다. 감방은 초만원이고 대우도 형편없었지만, 그 뒤의 경우와 비교한다면 아무것도 아니었다. 그리고 며칠 뒤 수인들은 기차에 실려 네덜란드 최대의 나치 수용소였던 베스테르부르크로 끌려갔다. 거기서 프랑크 씨는 뜻밖에도 가족과 다시 만날 수 있었다. 남자와 여자는 따로따로 수용되었고 낮에는 쉴 틈도 없을 만큼 노동을 했지만 저녁 6시가 되면 자유롭게 함께 지내도록 허락되었다.

좀 기묘하게 들릴지 모르지만, 새로운 감금생활은 프린센 운하가의 은신처 생활보다 견디기 쉬웠다──고 프랑크 씨는 술회하고 있다. 마음껏 바깥 공기를 쐴 수 있었고, 안네와 마르고트는 같은 또래의 아이들과 함께 지낼 수 있었기 때문이었다. 게다가 영미군(英美軍)이 파리 가까이까지 진격했다는 뉴스를 듣고 모두를 그곳에 있는 동안에 구출될 날이 올 것이라는 희망을 갖기 시작했다.

안네는 몸이 쇠약해서 노동을 하기에는 힘이 들었는데, 다행히 수용소의 의사가 프랑크 씨의 옛 친구였기 때문에 안네는 진찰을 받고 오후의 작업이 면제되었다. 그러는 동안에 안네는 차츰 마음의 건강을 회복해갔다.

■ 가축용 화차에 실려 동쪽으로

그러나 갑자기 엄청난 일이 생겼다. 연합군의 전차대가 네덜란드를 향해 중부 벨기에의 평원을 달리고 있었던 9월 2일 저녁, 베스테르부르크 수용소의 유태인은 모두 다음 날인 3일 동쪽으로 이동할 준비를 하라는 명령이 내려졌기 때문이다. 모두들 실망하지 말도록 서로 격려를 했지만 프랑크 씨는 마음이 납덩이처럼 무거워짐을 어쩔 수 없었다. 동쪽으로 이동이 무엇을 의미하는지 분명했다. 그것은 네덜란드에도 이미 소문이 퍼져 있었던 폴란드의 전율할 만한 살인수용소로 끌려가는 것이었다.

다음날 아침 수인들은 정거장까지 걸어 가축 운반차에 앉을 수도 없을 만큼 빽빽이 실렸다. 손도 닿지 않는 높은 곳에 쇠창살이 끼워진 조그만 공기창이 오직 하나 있었지만, 기차가 떠나기 전에 이것마저 닫혀버려 화차 안은 컴컴했다. 들문(들어올리는 문)이 열리고 하루분의 빵과 먹을 물을 밀어넣자 문은 다시 쾅 하고 닫히고 자물쇠가 채워졌다. 프랑크 씨는 가족과 같은 화차에 탔지만 그래도 마음은 조금도 편안하지 못했다.

가엾은 수인들은 꼬박 이틀 반을 가축용 차에 흔들리며 유럽 대륙을 가로질렀다. 각 화차에는 남녀 공용의 변소로서 양동이 하나 놓여 있을 뿐이었다. 어떤 상태였는지 설명이 필요없을 것이다.

기차는 도중에서 두 번 정거장에 멎어 빵과 물을 넣어주었다. 문이 열리는 것도 순간적이고, 다시 어둑한 화차에 실려 여행은 계속되었다. 남자도 여자도 문명사회의 표준에서 본다면 말로 표현할 수 없는 불결과 학대에 아직 익숙하지 못했다. 남자들은 말없는 가운데 만들어진 규율에 따라 교대로 서서 부녀자들을 잠들게 하려고 했다.

■ 유태인 도살장

이처럼 괴로운 60시간의 여행을 하고, 기차는 겨우 멎었다. 문이 크게 열렸다. 목적지에 닿은 것이다.

플랫폼에서 "모두 내려! 빌케나우 아우슈비츠에 닿은 것이다." 하고 외치는 소리가 들렸다.

이젠 틀림이 없었다. 최대의 유태인 도살장으로 끌려온 것이다.

모두들 비틀거리면서 화차에서 내린 순간, 화장터의 큰 굴뚝 몇 개에서 연기가 무럭무럭 솟는 것을 보았다. 그러나 생각에 잠길 틈도 없이 많은 폴란드 인에게 호통을 당해야 했다. 꾸물대면 사정없이 때렸다. 이들 폴란드 인도 수용소의 수인들이었지만 폴란드 인들 사이에 강한 반유태인 감정이 있음을 안 독일인이 새로 온 유태인들을 지휘할 임무를 그들에게 준 것이다. 여기서도 남녀는 따로따로 나누어지고, 가져온 조금의 소지품은 모두 내버리게 했다. 모두들은 다시 얻어맞고 쫓기며 황량한 들판을 걸었다. 구름 한 점 없는 9월의 하늘로 검은 연기를 뿜어내는 몇 개의 굴뚝만이 음산한 그림자를 드리우고 있었다. 벌판에는 벽돌로 된 군대 막사와 목조 건물과 철조망 등이 널려 있었다. 그들이 열을 지어 걸어갈 때 한 사람의 SS(나치의
친위대) 장교가 노인과 병약자를 열 밖으로 밀어냈다. 그리고 그들을 곧장 가스실(독가스로
죽이는 방)로 끌고 갔다. 나머지 중노동에 견딜 만한 자만이 행진을 계속하여 마침내는 소지품을 완전히 빼앗기고 발가벗겨져 머리를 박박 깎이우고 샤워를 한 다음 창고에서 내온 누더기를 입었다. 앞서 누가 이 누더기를 입고 있었으며 그는 지금 어떻게 되었을까 하고 생각해볼 틈도 없었다. 누더기를 입자 이번에는 팔에 번호를 새겨넣었다. 그리고 유태인 아닌 수인이 감독하는 여러 작업반으로 배속되었다. 은신처의 사람들은 여기까지는 모두들 살아남았다.

'카포스'라는 각 작업반의 감독은 유태인에 대해 마음대로 죽이고 살릴 권한을 갖고 있었다. 그들은 정치범——대부분 사회주의자와 공산주의자——이거나 아니면 형사(刑事) 범인이었다. 정치범이 감독일 경우는, 더러는 잔악한 자도 있었지만 아우슈비츠의 표준에서 본다면 대체로 잘 다루어 주는 편이었다. 그러나 형사 범인의 감독을 만나면 때리거나 차며 혹독한 학대를 했다. 이쪽이 잘했거나 못했거나 그건 전혀 관계 없는 일이었다. 나치는 상당한 생활을 해온 사람들은 이처럼 잔악무도한 변질자나 변태성욕자들로 하여금 학대하게 하고 즐거워했다.

■ 수용소에서 훌륭했던 안네

프랑크 씨는 도로공사장에서 일했으나 다행히 감독이 좋은 사나이여서 프랑크 씨가 같은 반의 젊은 사람에게 지지 않으려고 열심히 일하면 "슬슬 하구려. 지치면 가스실로 가게 되니까." 하고 늘 주의를 주었다. 그러나 팬 던 씨는 고된 생활로 점점 건강이 나빠져서 10월 5일 가스실로 끌려가고 말았다. 이것이 아우슈비츠에서 행해진 최후의 가스 살인이었다. 프랑크 씨의 작업반은 곧 해산되었다.

기후는 차츰 추워졌다. 추운 겨울에 밖에서 일을 하다가는 죽을 것만 같아서 프랑크 씨는 옥내 작업반에 들어갈 결심을 했다. 다행히 신청이 받아들여져 옥내에서 감자껍질을 벗겼다. 하지만 기뻐한 것은 순간이고, 잔악한 감독의 학대로 그의 건강은 완전히 나빠지고 말았다.

12월 어느 일요일 아침, 프랑크 씨는 마침내 일어날 수가 없게 되었다. 그러나 다행스럽게도 동료들이 유태계 네덜란드 인인 의사에게 이야기를 잘 해주어서 프랑크 씨는 병원에 입원했다. 병원에서는 대우도 나쁘지 않았고, 게다가 피터가 가끔 몰래 음식물을 가지고 문병을 와주었다.

1945년 1월이 되자 아우슈비츠에 먼 천둥 소리 같은 소련군의 대포 소리가 들려오게 되어, 1월 17일에 1만 1천 명의 수인을 모두 독일로 옮기라는 명령이 내렸다. 다만 병자만은 남기로 되었다. 따라서 프랑크 씨도 남아 있게 되어 피터와도 헤어졌는데, 이것이 그와 마지막이었다. 피터와 치과의사 뒤셀 씨는 어디서 어떻게 죽었는지 알 수 없다. 1만 1천 명의 수인들은 폭격을 면한 가장 가까운 정거장까지 열흘 동안이나 강행 군을 했기 때문에 도중에 많은 사람이 쓰러지고, 살아남은 사람은 얼마 되지 않았다.

1월 27일, 아우슈비츠에 소련군이 들어와서 프랑크 씨는 구출되었다. 그는 몇몇 생존자와 함께 코트비츠로 옮겨졌고, 거기서 체로노비츠로, 그리고 마지막으로 흑해 연안의 오데사로 옮겨갔다. 프랑크 씨는 서부 유럽에서 온 다른 생존자와 함께 여기에서 뉴질랜드 배를 타고 지칠 대로 지친 몸으로 오직 혼자 네덜란드에 돌아왔다. 코트비츠에 있을 때, 프랑크 씨는 네덜란드에서 온 어떤 친구로부터 안네의 어머니가 1월에 과로 때문에 죽었다는 슬픈 소식을 들었다. 안네와 마르고트는 그보다 몇 개월 전에 독일로 옮겨졌다. 나중에 프랑크 씨는 아우슈비츠 역에서 헤어진 아내와 딸들의 운명에 대해 자세한 이야기를 들었다.

아우슈비츠의 수용소에서는 여자도 남자와 마찬가지로 노동이 가능한 자와 그렇지 못한 자로 나누어져 노인, 아이, 갓난아기, 허약자 등은 곧 가스실에서 살해되었다. 남은 사람들은 남자와 마찬가지로 머리를 박박 깎고 발가벗기운 채 샤워를 하고 누더기를 입고, 그리고 팔에 번호를 새겨야 했다. 그러나 티푸스가 마구 퍼졌으므로 여자들은 당장 노동을 시작하지 않고 잠시 격리 수용되었다.

초가을 어느 날, SS의 감시병이 마르고트를 겁탈하려고 했다. 딸의 위기를 본 어머니는 미친 듯이 달려들었지만 매만 맞고 그 자리에서 끌려나갔다. 안네도 마르고트도 그 뒤로는 어머니를 만나지 못했고, 두 사람은 어머니의 안부를 걱정하면서 독일로 끌려갔다.

아우슈비츠 수용소에서 살아남은 여자들은 수용소에서의 안네에 대해 다음과 같이 말했다.

"프랑크 집안의 세 여자 중에서 제일 어린 안네가 가장 용감하고 씩씩했습니다. 그녀는 몇 시간이고 계속되는 수용소의 괴로운 행진 중에도 꿋꿋한 태도를 잃지 않았고, 불평의 말 한 마디 하지 않았습니다. 그녀는 언제나 초라한 음식물을 어머니와 언니에게 나누어주었고, 허기진 사람들에게도 남겨두었던 조그만 빵조각을 아낌없이 주었습니다. 그녀는 용기와 정신의 힘으로 모든 고통을 이겨나갔습니다. 그녀는 훌륭했습니다. 참으로 놀랄 만큼······."

■ 안네의 죽음

안네와 마르고트가 1천 명의 젊은 여성들과 함께 독일의 베르겐 베르 젠으로 옮겨진 것은 1944년 10월 30일이었다. 안네는 거기서 아우슈비츠

수용소 때와 마찬가지로 용기와 인내력을 보였다. 어느 가정의 자매나 다 그렇듯이 안네는 가끔 마르고트와 말다툼을 했다. 예를 들면 이런 일이 있었다──어떤 때 안네는 친구인 여자들에게, 자기네 막사에서 몰래 수프를 만들 계획이라고 말했다. 마르고트는 이것을 알고, 안네가 자기들의 비밀을 누설했다고 하여 마구 화를 냈다. 이 일에 대해 베르겐 베르젠 수용소에서 두 사람을 알고 있었던 리엔 야르다치라는 부인은 이렇게 말했다.

"그러나 그것은 정말 안네다운 일이었어요. 친절하고 직정적(直情的)이고 감정이 풍부하고 개방적인 안네는 마음속의 생각을 절대로 감추지 않았어요. 그래서 안네는 마르고트보다 더 고생을 했지요. 마르고트는 안네보다 훨씬 소극적이고, 대인관계가 부드러웠기 때문에 기승스러운 안네보다 사려깊은 듯한 인상을 주었습니다."

1945년 2월, 둘 다 티푸스에 걸렸다. 마르고트는 안네의 윗단 침대에 누워 있었는데, 어느 날 그녀는 일어나려다가 바닥으로 떨어지고 말았다. 아주 쇠약해 있었던 그녀는 그 충격 때문에 죽어버렸다. 마르고트의 죽음은 나치의 어떤 극악무도한 행위보다도 더한 충격을 안네에게 주었다. 언니의 죽음으로 안네의 기력은 한꺼번에 허물어졌다. 마르고트의 시체가 들려나가는 것을 본 안네는 침대에서 머리를 들고 중얼거렸다.

"아빠도 엄마도 이미 돌아가셨을 게 틀림없어. 이제 나는 집으로 돌아갈 목적이 없어졌어."

그리고 며칠 뒤, 연합군 부대가 이미 프랑크푸르트에 진입해 있었던 3월 첫 무렵 어느 날 안네는 촛불이 꺼지듯 고요히 숨을 거두었다.

옮긴이 엮음

■ 감상과 해설

안네 프랑크의 일기는 여기서 끝나고 있다. 이것은 그 자체로서 완성된 작품이며 이것이 주는 감동에 대해 더 이상 아무것도 덧붙일 필요는 없을 것이다. 그러나 안네가 서술하고 있는 사건에 대해서는 그것을 당시의 역사적 상황하에서 봄으로써 한층 더 깊은 뜻을 알 수 있을 것이다. 이 간단한 해설은 그 상황을 개략만이라도 설명하고 아울러서 안네 자신의 이야기를 완성시키려는 목적에서 기술하는 것이다.

1

독일 제국은 20세기 초두 이래 유럽 최강의 힘을 자랑해왔으나 제1차 세계대전에 패배함으로써 1918년에 붕괴했다. 황제 빌헬름 2세는 네덜란드로 도주하고 민주주의를 주창하던 베를린의 정치가 그룹이 독일공화국의 성립을 선언했다. 새로운 공화제의 지도자들에 의해 강화가 요구되었고 1919년 4월 베르사이유 강화회의에 대표단이 파견되었으나 그들의 기대에 반해 대표단은 강화조약의 기초(起草)에 참가조차 허용되지 않았다. 뿐만 아니라 전승국인 연합국측──영국, 프랑스, 이탈리아, 미국 등──은 완성된 조약의 문안을 독일 대표단에게 제시하며 여기에 서명하기를 거부한다면 독일 국내에 진주하겠다고 선언했다.

조약은 전쟁의 책임을 전적으로 독일에게 지우며 독일의 점령지를 빼앗고, 군사력을 해체하여 전쟁에 의해 초래된 모든 민간의 손해에 대해 배상을 요구하는 내용으로 독일공화국 정부는 이를 받아들이지 않을 수가 없었다.

이 베르사이유 조약은 독일 국내에서 광범한 분격의 태풍을 불러일으켰다. 많은 독일 국민은 자기 나라뿐만 아니라 다른 나라들에게도 똑같은 전쟁의 책임이 있으며 유독 독일만이 그 책임을 진다는 것은 부당하다고 생각했다. 국가주의자들은 공화국의 수뇌들이 1918년 11월 아직도 패배하지 않았던 독일군에게 배후로부터의 일격을 가했다는 허위설을 유포하여 이들 정치가에게 '11월의 범죄자'라는 낙인을 찍었다. 많은 독일 국민은 이것으로 조국의 패배가 합리적으로 설명되었다고 생각하고 거기에서 위안을 찾았다.

독일의 새 정부는 그 헌법이 바이마르에서 기초되었기 때문에 바이마르 공화국이라고 불렸으나 발족 초기부터 심각한 문제들에 직면하게 되었다. 그 하나는 걸핏하면 인기없는 베르사이유 조약과 동일시된다는 것이었고 다른 하나는 어느 정당도 국회에서 다수를 차지하지 못하여 정부는 항상 복수정당의 연립에 의존할 수밖에 없었다는 사실이다.

공화제에 반대하는 움직임은 도처에서 일어났다. 중산계급은 1920년대 초의 인플레에 의해 모든 것을 잃었기 때문에 그 곤궁을 공화국 정부의 탓으로 돌렸다. 실업자는 보수적인 공화제에 답답함을 느껴 문제의 해결을 좌우 양익의 과격한 정치운동에서 구했고 산업자본가, 지주, 군인들은 공화제 대신 구제국(舊帝國)의 전제적, 군국주의적 전통에 보다 가까운 정체(正體)로 돌아가기를 바랐다.

물론 민주정치에 의한 실험이 성공하기를 바라는 국민도 많았으나 그럼에도 불구하고 전쟁 직후의 수년 동안에 공화제의 타도와 베르사이유 조약의 파기를 표방하는 숱한 정당이 출현했다. 그것들 중의 하나가 독일 국가사회주의 노동자당(國家社會主義勞動者黨)──즉 나치스──이다. 많은 급진주의 단체와 마찬가지로 나치스 역시 모든 불만층에게 호소했다── 제대를 강요당한 군인, 젊은 이상주의자, 재벌에 반감을 품은 실업자, 공산주의 혁명에 위협을 느끼는 실업가나 지주, 온갖 종류의 사회적 낙오자, 범죄자, 이상자(異常者). 나치스의 강령이라는 것은 강한 호소력을 가진 국가주의와 사회주의를 하나로 묶은 것으로 전체주의 국가의 성립을 통해 독일의 영광을 되찾을 것을 약속하고 있었다. 그리고 동시에 국가의 부(富)

를 재분배하고 모든 국민에게 직업을 줄 것을 약속하고 있었다.

1921년 이 나치스당의 당수, 즉 총통에 취임한 것은 오스트리아 태생의 가구 도장공 출신인 아돌프 히틀러였다. 빈틈이 없고 광신적이며 목적을 이루기 위해서는 거짓말이나 폭력에 호소하는 일도 서슴지 않았던 히틀러는 청중 속에 신경질적인 열광을 북돋우는 능력을 갖추고 있었다. 히틀러는 독일의 영광이 쇠퇴한 이유를 유태인과 과격분자의 탓으로 돌리고 이른바 독일 또는 아리아 민족의 우월성을 주장했다. 또한 이러한 민족에게 충분한 공간을 주기 위해 히틀러는 동부를 향해 독일 국경을 확대하고 폴란드 및 러시아를 병합하여 강대한 제국을 구축할 것을 계획했다. 그러기 위해서는 이 두 나라에 사는 슬라브계의 주민을 희생시켜야 하는데 본래 슬라브 인은 인간 이하의 존재이며 노예로 삼기에 적합한 인종이라는 것이 그의 주장이었다. 히틀러의 '신체제(新體制)' 밑에서는 그들은 '지배자 민족'에 봉사하든가 아니면 절멸되어야 하는 것으로 되어 있었다.

1920년대까지는 나치스는 아직도 남부 독일의 바이에른 주에서 세력을 가지고 있을 뿐이었으며 나라도 차츰 부강해졌기 때문에 대다수 국민은 그들을 건달과 부랑아의 집단으로 간주하여 거의 중시하고 있지 않았다.

그러던 것이 1929년에 접어들어 세계적인 대불황이 시작되자 히틀러에게 귀를 기울이는 독일인은 차츰 많아졌다. 그는 복잡한 문제를 간략화하여 설명했고 그것이 사람들에게 만족을 주었기 때문이다. 그가 약속하는 영광스러운 국가의 미래는 사람들을 민주체제 하에서의 국민의 주권이라는 익숙치 않은 짐으로부터 해방시켰다. 1930년과 32년의 선거를 통해 나치스는 독일 국회 최대의 당파가 되었다.

히틀러의 인종 공격 중에서도 가장 악의에 찬 공격이 가해진 것은 유태인에 대해서였다. 그들이 과거 몇 세기 동안 독일사회에 뚜렷한 공헌을 해왔음에 불구하고 히틀러에 의한 선전을 그들을 국외자로서, 열등민족으로서 천시했다.

히틀러가 취한 독일민족 우월설은 그의 국가주의와 마찬가지로 오래 전부터 독일의 국민성에 뿌리박고 있었기 때문에 많은 국민의 마음에 강하게 파고들었다.

1933년 1월 30일, 공화국 대통령은 히틀러를 수상으로 임명했다. 히틀러는 즉시 공화제의 폐지, 그리고 전체주의 체제의 확립을 위한 작업을 착수했다. 나치당을 제외한 정당은 모조리 불법화되었고 교회, 노동조합, 청소년 단체는 국가기관이 되었다. 모든 정보 전달매체——라디오, 신문, 영화, 출판물 등——는 여론 조작에 이용되었다. 국민의 대다수는 히틀러를 지지하거나 따르고 있었으나 그래도 많은 사람이 그의 방식에는 불안을 느꼈다. 그를 지지하지 않는 사람이 나치스의 돌격대, 또는 저 가공할 비밀경찰인 게슈타포에 의해 탄압되었다. 게슈타포에 의한 심야의 연행, 폭력, 고문, 재판에 의하여 많은 강제수용소에의 수용 등은 얼마 지나지도 않아서 히틀러의 반대자들 태반을 침묵시키거나 또는 지하로 잠복시켰다.

그 뒤 히틀러가 잇따라 내놓은 정책은 진작부터의 반유태인 계획을 실행에 옮기는 것이었다. 즉시 관청과 행정기관에서 유태인이 추방되는 등 모든 분야에서의 활동이 금지되었다.

개인 기업에 취업하는 것도 차츰 어렵게 되어 그 때문에 많은 사람이 완전히 생계의 길이 끊기게 되었다. 법률에 의해, 또 표면에는 나타나지 않는 경찰에 대한 공포에 의해 유태인은 서서히 아리아 인들로부터 격리되었다. 유태인의 자녀들과 아리아 인 자녀들과의 공학은 금지되었고 유태인과 아리아 인의 결혼도 금지되었다. 많은 상점이나 기업은 유태인 고객을 거절했고 호텔은 유태인의 숙박을 사절했다.

처음 한동안은 이민도 비교적 용이했으나 이것도 차츰 어려워졌다. 나중에 이럭저럭 독일로부터 탈출할 수 있었던 사람들도 재산과 소유물은 모두 남기고 갈 것을 강요당했다.

1939년 9월, 수상 취임 이래 모든 준비를 갖추어온 히틀러는 마침내 동부에서 전쟁의 막을 열었다. 이때에 와서야 비로소 전쟁의 양상을 파악하고 선전을 포고, 공격에 대비하기 시작했다. 불과 18일 동안에 전차와 급강하 폭격기를 선봉으로 한 독일군은 폴란드를 점령하고 다시 1940년 4월에는 덴마크를 제패, 이어서 노르웨이로 침입했다. 5월 10일, 히틀러는 공격의 방향을 서부로 돌렸다. 불과 며칠 동안에 그의 군대는 중립국인 네덜란드 및 벨기에를 유린하고 프랑스로 밀려들어갔다.

고도의 기동성을 갖춘 독일군의 맹공을 견디지 못하고 프랑스는 6월 22일에 항복했다. 영국은 참혹한 손해를 입은 파견군을 기적적으로 당케르크 해변에서 철수시키는 데 성공하고 예상되는 독일군의 본토 침입에 대비하여 방비를 굳혔다. 이제 히틀러는 유럽의 태반을 제압하는 지배자가 되었고 1941년 6월, 영국 본토에 맹폭을 가함으로써 항복을 내몰려던 계획이 실패한 뒤에는 다시 동부로 공격의 화살을 돌려 1939년 스탈린과의 사이에 체결한 상호 불가침조약을 무시하고 소련으로 쳐들어갔다.

나치스에 지배되는 유럽은 사실상 일개의 노예국가였다. 농장에서, 또 공장에서 굶주린 배를 움켜쥔 주민이 나치스의 전제군주를 위해 땀을 흘렸다. 수천, 수만의 남녀가 노예, 노동자로서 독일로 끌려갔으며 저항운동에 대해서 가혹한 탄압정책이 취해졌다. 독일인 또는 독일인 경찰관이 한 사람 사살될 때마다 그 보복으로서 많은 인질이 사살되었다. 포로가 된 빨치산은 게슈타포의 감옥에서 고문을 당하고 학살되었다. 영국의 방송을 듣거나 반독일적인 출판물을 소유한다는 것은 금고 및 사형에 해당하는 대죄였다.

유럽의 모든 나라에서 독일 점령군은 광적으로 히틀러의 인종정책을 추진하고 이른바 '유태인 문제'를 위해서 히틀러는 '최종적 해결'——즉 절멸정책을 채용했다. 러시아에 침공한 독일군의 뒤를 따라 SS(^{나치스}_{친위대}) 의 특수부대가 각지에서 수십만의 유태인을 살육해나갔다. 점령지에 거주하는 유태인을 처리하기 위해 독일군은 극히 능률적인 조직을 만들어내고 각지에서 유태인을 모아 특수한 절멸 캠프로 보냈다. 그곳에서 수인은 가혹한 노동에 동원되었고 지쳐서 쓰러지면 총살을 당하거나 가스실로 보내졌다.

나치스라는 악몽이 사라지기 전에 조직적으로 살육된 유태인 남녀는 약 6백만 명에 이른다. 유태인 이외에도 수백만의 사람들——그 대부분은 슬라브 인이었다——이 나치스에 의해 희생되었다.

2

안네 프랑크는 1929년 6월 12일 독일의 역사적인 도시 프랑크푸르트에서 태어났다. 프랑크푸르트가 산업적, 문화적으로 높은 평가를 받을 수 있게 된 것은 유태인 사회의 공헌에 힘입은 바가 크다. 프랑크 가는 그 사회의 일원이었다. 안네의 부친 오토 프랑크는 실업가로서 존경을 받고 있었으나 그 가계는 시의 고문서에 의해 17세기까지 거슬러올라갈 수가 있다. 안네와 언니 마르고트에 있어서 유년기를 보낸 이 도시는 애정이 깊은 양친과 친족, 그리고 유모들에게 둘러싸인 견고하고 흔들리지 않는 세계였다. 하지만 두 사람이 지내는 어린이방의 바깥 세계, 강그모파 거리의 쾌적한 아파트 바깥의 세계는 별로 기분좋은 장소가 아니었다. 오토 프랑크는 나치스의 박해가 격화되는 것을 내다보고 있었다.

1933년 여름, 일가는 프랑크푸르트를 떠나 부인과 두 딸은 일단 벨기에 국경 가까이에 있는 아헨의 외가로 갔다. 오토 프랑크는 곧바로 암스테르담에 가서 그곳에서 식품을 취급하는 회사를 시작했다. 과거 수세기에 걸쳐 네덜란드는 박해받는 사람들에게 피난처를 제공해온 적이 있다. 마찬가지로 1930년대에는 다수의 독일계 유태인의 이주를 인정했다. 1934년 봄, 프랑크 일가는 암스테르담에서 재회하여 이곳에 정착했다. 그로부터의 수년 동안 위기에 이은 위기가 들이닥쳐 제2차 대전의 위협이 고조되는 가운데 안네 프랑크는 보통의 네덜란드 소녀와 똑같이 암스테르담에서 행복한 생활을 보냈다.

그러나 이러한 생활도 1940년 독일군의 네덜란드 침공에 의해 달라지기 시작했다. 침공 후 곧 빌헤르미아 여왕과 각료는 영국으로 피신하여 그곳에서 망명정부를 수립, 연합군과 협력했다. 점령당한 네덜란드는 독일의 고등 변무관 잉크바르트에 의해 통치되었다. 잉크바르트는 훗날 A급 전범자로서 교수형에 처해지게 된다. 다른 점령국에서도 그랬던 것처럼 독일은 네덜란드를 공포 통치하에 두고 착취를 일삼았다. 연합국의 방송을 듣지 못하게 하고 보도의 자유를 방해하고 정당이나 노동조합을 탄압했다. 대학을 폐쇄하고 나라의 정치적, 군사적, 지적인 지도자들을 투옥했다. 수천 수만의 사람들을 노예, 노동자로서 독일로 끌고 갔다. 이에 대해 저항운동이 고조되자 나치스의 잔인한 보복을 감행했고 다른 나라에서와 마찬가지로 네덜란드에서도 나치스는 가혹한 반유태인 정책을 강행했다. 용감한 네덜란드 인에 의한 파업이나 항의 운동의 보람도 없이 유태인 사냥과 절멸캠프로의 이송이 시작되었다.

안네 프랑크에 있어서는 독일 점령하에 있어서의 생활도 처음에는 그 때까지와 별로 다름이 없었다. 몬테소리 학교를 그만두고 유태인 중학교로 옮기지 않을 수 없었으나 그래도 아직 가족이나 친구가 있어서 매일매일 새로운 경험을 흡수하는 데 여념이 없었다. 차츰 확대되는 그 많은 반유태인 정책들도 그녀 위에 무겁게 내리덮치는 일은 없었다. 그러나 그녀의 부친은 일련의 사건이 지향하는 바를 정확하게 내다보고 있었다. 1941년 2월, 나치스는 암스테르담에서 최초의 유태인 사냥을 벌였다. 체포된 사람은 일단 베스테르보르크나 후후토의 수용소로 보내지고 거기에서 독일 국내로 열차에 실려 운송되었다.

유태인 사냥이 계속되는 가운데 독일군에 의해 회사를 그만두지 않을 수 없게 된 오토 프랑크는 가족의 안전을 도모하기 위한 계획을 착수, 네덜란드 인인 제휴자와 종업원 등의 도움으로 회사의 창고와 사무실로 사용되고 있던 건물 뒤쪽의 2층방 몇 개가 은밀한 피신처로써 준비되었다.

1942년 7월 5일, 16살인 마르고트에게 독일군으로부터 출두명령이 내려졌다. 그 다음날 아침, 프랑크 일가는 몰래 집을 빠져나와 '은신처'에 몸을 숨겼다. 이윽고 오토 프랑크의 직장 동료였던 팬 던이 아내와 15세의 아들 피터와 함께 합류했다. 그 뒤 초로(初老)의 치과의사 알베르토 뒤셀도 초청되어 '은신처'의 식구가 되었다.

낮에는 건물 아래층 부분에서 지금까지와 마찬가지로 영업이 행해지고 있기 때문에 '은신처'의 여덟 식구는 소리를 내지 않도록 조심하면서 지냈다. 행동하는 것은 건물에 사람이 없을 때였다. 아래층 사무실에 있는 친구들——코프하이스와 크라이렐, 미프 팬 산텐과 엘리 퍼센 등——은 굳게 비밀을 지키며 식량이나 때로는 선물까지 가져다 주고 시내에서 일어난 일에 대해 알고 있는 모든 뉴스를 제공했다. 그 뉴스는 1942년 가을에는 그야말로 비참한 것이 되었다. 유태인 사냥과 국외에의 강제이송은 독일측의 계획대로 진행되고 있었다.

프랑크 일가는 '은신처'에 몸을 숨긴 당시에는 독일의 세계정복은 그 정점에 도달해 있었다. 히틀러의 제국은 서쪽은 영국해협에서 동쪽은 소련

영토 깊숙이, 북은 북극권과 남으로는 북아프리카에까지 미치고 있었다.

그러나 이 무렵부터 서서히 그 흐름이 달라지기 시작했다. 1942년 가을, 소련 영내에 침공한 독일군은 스탈린그라드에서 진격을 저지당했다. 그 것과 거의 같은 무렵에 북아프리카에서는 영국이 독일군을 이집트에서 격퇴하고 다시 프랑스와 미국 등의 협력하에 연합군은 히틀러의 아프리카군단을 구축하고 시칠리아를 점령, 이탈리아로 쳐들어감으로써 히틀러의 맹우인 베니토 무솔리니의 파시스트정권을 타도했다. 한편 연합군에 의한 유럽 각지에 대한 공폭(空爆)은 날로 격렬해졌고 1944년 6월에는 연합군에 의한 노르망디 상륙이 감행되었다.

2년이라는 오랜 세월 동안 '은신처'의 가족들은 비합법적인 라디오 청취를 통해 전쟁의 추이를 지켜보고 있었다. 이제야말로 독일군이 네덜란드에서 구축되어 '은신처'에서 나갈 수 있는 날도 멀지 않았다고 그들은 그날이 오기를 손꼽아 헤아리며 기다리고 있었다.

그러던 참에 1944년 8월 4일 어떤 네덜란드 인의 밀고에 따라 게슈타포가 프랑크 가의 '은신처'를 급습했다. 8명의 유태인은 협력자로서 체포된 코프하이스, 크라이렐 등과 함께 암스테르담 시내의 게슈타포 본부에 연행되었다. 수주일간의 구금 끝에 코프하이스는 질병치료의 명목으로 석방되었으나 크라이렐은 8개월간을 강제노동수용소에서 보냈다. 프랑크 일가, 팬 던 일가, 뒤셀 등 8명은 베스테르보르크의 수용소로 보내졌다.

9월 3일, 연합군이 브리셀을 탈환한 바로 그날, 이송당하게 된 1천 명의 유태인에 섞여 8명은 네덜란드를 떠났다. 네덜란드로부터의 이송은 이것이 마지막이 되었다. 그들은 가축처럼 내몰려 화물칸에 태워졌다. 화차 1량에 75명이 넣어지고 문이 밀폐되었다. 화차는 철봉이 끼워진 작은 창문이 하나 높은 곳에 달려 있을 뿐이었다. 열차는 이따금 서기도 하고 되돌아가기도 하고 우회하기도 하면서 3일에 걸쳐 독일 국내를 동쪽으로 횡단, 3일째가 되는 날 밤 폴란드의 아우슈비츠에 도착했다. 번쩍이는 서치라이트의 불빛 속에서 경찰견의 밧줄을 단단히 움켜쥔 검은 제복의 SS에게 감시당하면서 유태인들은 화차에서 내렸다. 플랫폼에서 그들은 남자와 여자로 분리되었다. 오토 프랑크가 가족의 모습을 본 것은 이때가 마지막이 되었다.

아우슈비츠에서는 건강한 수인은 머리를 깎이고 하루 12시간 잔디밭을 파는 작업에 내몰렸다. 가차없이 그들을 혹사하는 것은 카포라고 불리는 잔인한 사나이들로서 범죄자 중에서 선발되어 유태인의 감시, 감독역으로 SS를 위해 일하고 있는 것이었다. 밤이 되면 수인은 좁은 바라크에 가두어졌다. 창 밖을 보면 화장터 쪽에서 밤하늘이 빨갛게 타고 있는 것을 볼 수가 있었다.

1958년 독일의 작가 에른스토 슈나벨에 의해《안네 프랑크, 어느 소녀의 발자취》라는 책이 출판되었는데 이 책을 통해 안네의 생애 중 마지막 몇 달 동안에 일어난 일을 어느 정도까지 재현할 수가 있다. 아우슈비츠의 수용자들은 당시의 상황을 이렇게 묘사했다. "깜짝 놀랄 만큼 훌륭하게 조직화되어 있어서 깨끗한 지옥이라고 할 수 있는 곳이었습니다. 음식은 형편없지만 꼬박꼬박 배급되었고 우리는 바라크를 무척 청결하게 유지하고 있었으므로 마루에서 직접 음식을 먹을 수가 있었을 겁니다. 바라크에서 죽은 사람은 아침 일찍이 운반되어나갔습니다. 병에 걸린 사람도 역시 그대로 사라졌습니다. 가스실에 보내진 사람은 비명 한 마디 지르지 않았습니다. 깨닫고 보면 없어져 있다. 그저 그것뿐이었습니다. 화장터의 굴뚝은 연기를 내뿜고 있었지만 우리는 언제나와 같이 식량 배급을 받고 점호를 받곤 했습니다. SS는 끊임없이 점호를 하여 우리를 괴롭혔고 기관총을 겨누고 감시탑에서 지켜보고 있었습니다. 수용소의 경계에는 고압 전류가 흐르고 있었지만 우리는 매일 얼굴이나 손발을 씻을 수가 있었고 때로는 샤워까지도 할 수가 있었습니다. 가스실의 존재만 잊을 수 있다면 이럭저럭 살아갈 수만은 있었습니다."

수인은 모두 몽유병자처럼 반쯤 죽은 듯이 움직이고 있었다. 무엇인가가 그들을 보호하여 아무것도 보지 않고 아무것도 느끼지 않도록 하고 있었던 것이다.

"하지만 안네에게는 그러한 보호 기능이 작용하고 있지 않았습니다." 라고 또다른 생존자는 말했다.

"지금도 안네가 바라크의 입구에 서서 수용소 안의 거리를 바라보고 있던 모습이 눈에 선합니다. 그 거리를 발가벗기운 집시 소녀의 일단이

화장터로 내몰리듯 끌려가는 것입니다. 그것을 바라보며 안네는 울었습
니다. 그리고 또 헝가리 인 어린이들이 가스실 앞에서 반나절이나 비를
맞아가며 꼼짝도 않고 방에 넣어질 차례를 기다리고 있는 옆을 우리가
지나갔을 때도 역시 안네는 울었습니다. 그리고 나를 팔꿈치로 찌르면서
말했습니다.──'봐요, 네, 보세요. 저 애들의 눈…….'"

1944년 10월 안네, 마르고트, 팬 던 부인 세 사람은 가장 젊고 튼튼한
여자로서 선발되어 독일의 베르젠으로 보내졌다. 혼자 남겨진 프랑크 부
인은 정신이상을 초래하여 음식을 거부했고 그대로 아우슈비츠의 시료
(施療) 바라크에서 1945년 1월 6일에 죽었다. 남자수용소에 있던 오토
프랑크는 팬 던이 가스실로 끌려가는 것을 목격했다. 뒤셀 씨는 독일로
이송되어 노이엔가메에서 사망했다.

1945년 2월 SS는 진격해오는 소련군으로부터 도망치기 위해 아우슈
비츠를 철수했는데 피터 팬 던은 밤에 서쪽으로 가는 긴 겨울의 행군에
끌려나가 그때 이후 소식이 끊겼다. 오토 프랑크 한 사람이 살아남아 소
련군에 의해 해방되었다.

베르젠에서는 모든 것이 아우슈비츠와는 달랐다. 거기에는 질서도 없
었고 점호도 없었고 식량이나 물조차도 없었다. 다만 얼어붙은 불모의
황야만이 펼쳐져 있고 망령처럼 방황하는 굶주린 인간이 있을 뿐이었다.
1945년 1월에는 연합군이 라인강에 도달해 있었으나 베르젠에서는 티푸
스가 맹위를 떨쳐 이미 희망은 사라지고 있었다. 리스는 안네 일행이 도
착한 날 밤 그녀를 불러낸 데 대해서 말하고 있다.

이 베르젠에서 안네는 학교시절의 친구인 리스 호센스를 만나게 된
다.

"어둠 속에서 떨면서 기다렸습니다. 꽤 오래 걸렸지만 그러는 중에 불쑥
목소리가 들렸습니다──'리스, 리스, 어디에 있지?' 안네였습니다. 목
소리가 난 쪽으로 달려가니까 그곳 철조망 저쪽에 그녀의 모습이 보였습
니다. 누더기를 걸치고 있었습니다. 어둠 속에서도 그 얼굴이 너무 야위어
눈이 움푹 꺼진 것을 알 수 있었습니다. 눈만이 유독히 커보였습니다. 우리
두 사람은 하염없이 울었습니다. 두 사람 사이에 있는 것은 철조망뿐 그

밖에는 아무것도 없었습니다. 그리고 우리들 두 사람의 운명에도 이제
아무런 차이가 없었습니다.

나는 안네에게 어머니가 죽었다는 것, 아버지도 죽어가고 있다는 것을
알려주었습니다. 그러자 안네는 자기 아버지의 일은 아무것도 모르지만
어머니는 아직도 아우슈비츠에 남아 있다고 말했습니다. 마르고트만은
지금 함께 있지만 그 마르고트도 중병에 걸려 있다. 또 팬 던 부인과는
이 베르젠에 와서 비로소 재회했다는 얘기를 했습니다."

팬 던 부인은 결국 베르젠에서 죽었는데 그 날짜가 언제인지 아무도
기억하고 있는 사람이 없다. 마르고트가 죽은 것은 1945년 2월 하순이나
3월 초, 그리고 안네에 대해서는 어떤 생존자가 이렇게 말하고 있다.

"안네는 그때 이미 병에 걸려 있었습니다. 따라서 마르고트가 죽은 것을
모르고 있었는데 2, 3일이 지나자 그것을 눈치채게 되어 그 뒤 곧 잠자듯이
죽고 말았습니다——이제 자기의 몸에는 아무것도 무서운 일이 일어날
일은 없다는 것을 믿으면서."

아직 16살도 되지 않은 나이였다.

3

1945년 5월, 전쟁은 끝났다. 수개월 뒤 오토 프랑크는 오뎃사에서 마
르세이유를 거쳐 암스테르담으로 돌아왔다. 미프와 엘리는 그에게 안네의
필적으로 씌어진 노트와 종이 다발을 건네주었다. 게슈타포가 철수한 뒤
'은신처'의 마룻바닥에 흩어져 있는 것을 발견한 것이었다. 그것은 안네의
일기와 그녀가 쓴 이야기, 그리고 수상 따위였다.

오토 프랑크는 처음에 이 일기를 복사하여 가족을 그리워하는 기념물
로써 개인적으로 회람하고 있었다. 어느 네덜란드 인 대학교수가 이것을
보고 정식으로 책으로 간행할 것을 권유, 프랑크 씨의 손으로 다소 삭제가
가해진 뒤에 1947년 6월 암스테르담의 콘탁터사에서 '은신처'라는 제목
으로 간행되었다. 발행 후 당장 수판을 거듭했고 1950년에는 하이델베르

크의 란베르토 슈나이더사에서 독일어판이 간행되었다. 초판은 불과 4천 5백부, 더욱이 대부분의 서점에서는 이것을 진열하기조차 꺼리는 상태였으나 그럼에도 불구하고 당장 인기를 끌게 되어 S·휘셔 서점에서 간행된 문고판은 총 90만 부나 팔렸다.

1950년에는 프랑스에서도 출판되었고 다시 1952년에는 영국과 미국에서 《안네 프랑크, 어느 소녀의 일기》라는 제목으로 간행되었다. 처음 간행된 이후 40년이 지난 지금 이 책은 50개국 이상의 언어로 번역되었고 그보다 많은 나라들에서 단행본만도 1천 3백만 부가 팔렸다.

1955년 프랑세스 그두리치와 앨버트 허켓 부부에 의한 희곡 《안네의 일기》가 뉴욕에서 초연되었다. 이 작품은 대단한 성공을 거두어 1956년 도의 풀리처상을 비롯하여 수많은 상을 독점했다. 1956년 10월, 독일의 7개 도시에서 일제히 이 희곡이 상연되자 관객은 곤혹스러운 침묵으로 이것을 맞이했으나 결국 이것이 사람들의 마음을 뒤흔들어 거기에서 일어난 감동의 물결이 그때까지 독일인들이 나치스 시대에 대해서 지켜온 침묵을 깨뜨리게 되었다. 이렇게 해서 불과 10여 년 전에 유태인에 대해서 행해진 일에 대해 처음으로 죄악임을 인정하고 그것을 부끄럽게 여긴다는 표명이 광범위하게 이루어진 것이다.

암스테르담에서는 여왕 임석하에 11월 27일 이 연극이 막을 올렸다. 암스테르담이야말로 극중의 사건이 실제로 일어난 도시이며 관객 가운데는 가족이나 친구를 유태인 점멸정책 때문에 잃은 사람도 많았다. 〈뉴욕 타임즈〉 특파원은 그날 밤의 정경을 이렇게 전하고 있다.

'훌쩍거리는 소리가 들렸다. 그리고 드라마가 클라이맥스에 달하여 게슈타포가 '은신처'의 문을 두드리는 소리가 들리자 참을 수 없다는 듯이 흐느낌 소리가 흘러나왔다. 막이 내린 뒤에도 관객들은 몇 분 동안 말을 잃고 움직이지 않다가 여왕이 퇴석할 때에야 비로소 자리에서 일어났다. 박수는 나오지 않았다.'

《안네의 일기》는 1959년 미국에서 영화화되었고 다시 1967년에는 텔레비전 영화로도 제작되었다. 그러나 이야기는 아직도 끝난 것이 아니다. 시간 흐름에 따라 안네 프랑크의 생애는 차츰 더 세부까지 밝혀지게 되었다. 1958년에 나온 전술한 저서 속에서 에른스토 슈나벨은 생전의 안네가 알고 있었거나 또는 그 생애의 궤적이 어딘가에서 안네의 그것과 교차하고 있는 42명의 사람을 찾아내어 그들과 인터뷰를 했다.

1963년 빈 출신의 경감 칼 질바바워가 1944년에는 프랑크 일가를 체포한 게슈타포 경사였음이 밝혀졌다. 질바바워는 자기는 단순한 명령에 따랐을 뿐이라고 항의했다. 그는 일시 정직이 되었으나 나중에 과거를 숨기고 있었다는 혐의로 해직되었다.

1966년 1월에는 제2차 대전 중 네덜란드에서 나치스 경찰장관이며 전 SS 중장이었던 빌헬름 헐스타가 두 사람의 전 부관과 함께 뮌헨에서 체포되었다. 세 사람은 기소되었는데 그 죄상은 약 10만에 달하는 네덜란드 거주 유태인을 아우슈비츠로 이송하는 것을 지휘했다는 것이었다.

안네 프랑크도 그들에 의한 희생자의 한 사람이었다. 1년 뒤의 재판에서 전 SS 소령 빌헬름 초프가 증언대에 서서 프랑크 일가를 밀고한 사나이 ──아마도 창고지기의 한 사람일 것이다──가 '은신처'에서 연행된 여덟 사람 하나하나에 대해 규정된 5길더의 상금을 받았다는 사실을 털어놓았다. 독일의 재판소는 헐스타를 15년의 금고형에 그리고 공범자들을 각각 9년과 5년의 금고형에 처했다.

'내 희망은 죽어서도 계속 살아남는 것'──이렇게 쓴 안네 프랑크의 소원은 이루어졌다. 오늘날 프랑크 일가가 25개월간을 숨어서 지낸 프린센프라하트의 집은 안네 프랑크를 기념하여 안네 프랑크 재단의 손으로 유지되고 있으며 해마다 전세계에서 수백만의 사람들이 이 집을 방문하고 있다. 재단은 또 장래를 내다보며 세계 각국 젊은이들의 상호이해를 증진하기 위해 국제 청소년 센터를 설립, 젊은이끼리의 회합의 장으로 삼는 외에 강좌, 토론, 회의 등을 개최하여 폭넓은 국제문제를 다루고 있다. 안네가 다녔던 암스테르담의 몬테소리 학교는 현재 안네 프랑크 학교로 개칭되었다. 그 밖에도 독일, 이스라엘, 기타 도처에 그녀를 기념하는 시설이 있어서 베르젠의 묘표(墓標)조차 남아 있지 않은 무덤을 대신하고 있다. 그러나 무엇보다도 소중한 것은 그녀의 일기이다.

에른스토 슈나벨은 그 저서를 이렇게 맺고 있다.

318

"그녀의 목소리는 남겨졌다. 수백만이라는 침묵을 강요당한 목소리 가운데서 어린애의 속삭임만큼도 크지 않은 이 목소리만이 살아남았다……이 목소리는 살인자의 고함 소리보다도 더 오래 살아남아 같은 시대의 많은 목소리 가운데서도 두드러지게 높이 비상(飛翔)해온 것이다."

(이 해설은 더블디사에서 간행한 미국판에 붙여진 것이다.)

안네의 일기

- 저 자 / 안네 프랑크
- 역 자 / 박 현 미
- 발행자 / 남 용
- 발행소 / 一信書籍出版社

주 소 : 121 - 110
　　　서울 마포구 신수동 177-3
등 록 : 1969. 9. 12. (No. 10-70)
전 화 : 703-3001~6
FAX : 703-3009
© ILSIN PUBLISHING Co. 1990.

값 10,000원